东方历险记

[美]劳拉·金（Laurie R. King）著 沈可燕南 译

O JERUSALEM

O JERUSALEM by Laurie R. King
Copyright © 1999 by Laurie R. King
Map by Jackie Aher
This translation published by arrangement with Bantam Books, an imprint of Random House, a division of Penguin Random House LLC.
Simplified Chinese translation copyright © 2017 by BEIJING ALPHA BOOKS CO., INC. All rights reserved.

版贸核渝字（2016）第082号

图书在版编目（CIP）数据

东方历险记 /（美）劳拉·金著；沈可燕南译. --重庆：重庆出版社，2017.10
书名原文：O JERUSALEM
ISBN 978-7-229-12575-2

Ⅰ.①东… Ⅱ.①劳… ②沈… Ⅲ.①侦探小说—美国—现代 Ⅳ.①I712.45

中国版本图书馆CIP数据核字（2017）第199626号

东方历险记
DONGFANGLIXIANJI
[美]劳拉·金 著
沈可燕 译

策　　划：	华章同人
出版监制：	伍　志　徐宪江
策划编辑：	张慧哲
责任编辑：	张慧哲
责任印制：	杨　宁
营销编辑：	张　宁　初　晨
装帧设计：	主语设计

重庆出版集团
重庆出版社 出版

（重庆市南岸区南滨路162号1幢）

投稿邮箱：bjhztr@vip.163.com

三河市九洲财鑫印刷有限公司　印刷
重庆出版集团图书发行有限公司　发行
邮购电话：010-85869375/76/77转810

重庆出版社天猫旗舰店
cqcbs.tmall.com

全国新华书店经销

开本：880mm×1230mm　1/32　印张：10.25　字数：250千
2017年10月第1版　2017年10月第1次印刷
定价：39.80元

如有印装质量问题，请致电023-61520678

版权所有，侵权必究

哦，耶路撒冷，我若忘记你
情愿我的右手忘记技巧。
——《旧约·诗篇》，137章：5节

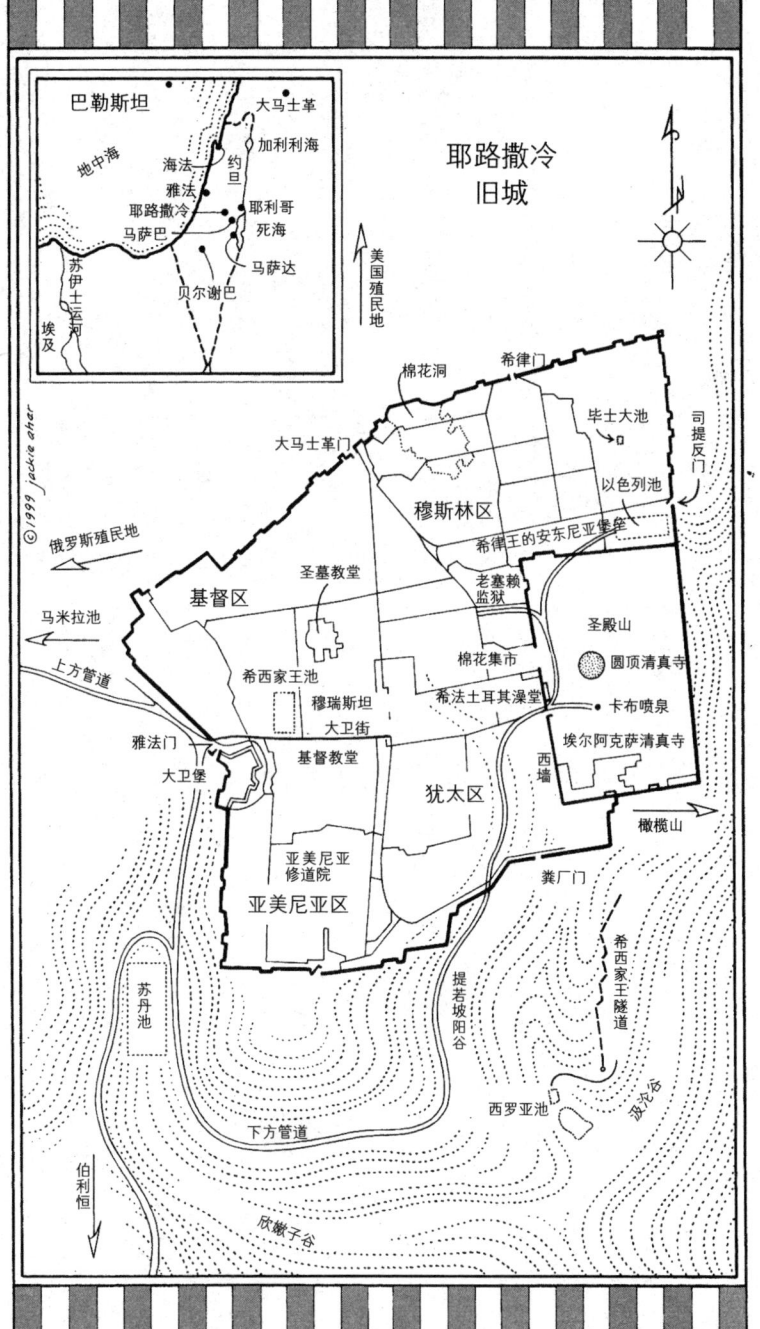

编辑前言

接下来的故事是玛丽·罗素生命中的一个重要篇章，几年前故事的手稿就已交付到我手中（连同一大堆乱七八糟的其他东西，大部分是手稿的注释），但是，它的出版打乱了时间顺序。这本书描述的事件发生在1919年，也就是《养蜂人的门徒》一书中的事件进展期间。随着《沼泽》的出版，罗素与福尔摩斯的传奇故事现已讲到了1923年，然而，在这本《东方历险记》中，罗素仍旧是这位大侦探的学徒。

打乱正常顺序的原因有二。其一，当我第一次读稿子时，有一整段章节似乎凭空消失了，直到二十三页整齐打印的稿件送达我邮箱，才将中间的空白填补完整。寄来的手稿上贴着一枚邮戳显示为卢布尔雅那市[1]的斯洛文尼亚邮票。（这是这些神秘手稿身上的另一件怪事。）其二，即使没有中间的空白，本书的故事也与另一个即将出版并于1923年到1924年冬天发生的故事衔接更为紧密。从主题上来讲，这种出版顺序比将《东方历险记》作为系列的第二部更显整齐划一。

在这里，需要交代一下这个故事的背景。1919年1月，罗素小姐进入的巴勒斯坦刚刚由英国政府接管。前一年的10月，英国军队夺取了德国和土耳其对该地区的控制权。此前一年，即1917年末，耶路撒冷圣城摆脱了土耳其四个世纪以来的控制。1919年1月1日，巴黎和会开幕，埃米尔·费萨尔、托马斯·爱德华·劳伦斯、哈伊姆·魏茨曼，以及其他一些

---

[1] Ljubljana，斯洛文尼亚共和国首都。——编者注

负责制定政策和规划边界的政府当局人员集聚于此,然而,在中东地区,悲剧性的误解和根本性的分歧丛生,骚乱一触即发。3月,埃及发生了叛乱;4月,五个犹太人和四个阿拉伯人在一系列冲突中丧生;9月,耶路撒冷发生了暴乱。

20世纪仅是中东故事中流血事件的最新一章,因为巴勒斯坦的历史是一连串战争的历史。喜克索斯人和古埃及人,腓力斯丁人和亚述人,接着又是古埃及和巴比伦,亚历山大大帝、塞琉古人和罗马人。波斯人让位于阿拉伯穆斯林,十字军未能从萨拉丁手里保有它;甚至连拿破仑都试图攻占巴勒斯坦,最终因感染了蝇传眼疾而战败。

战争期间的几个世纪,在争夺这座连通三大洲的宝贵大陆桥的初期,四周筑有城墙的耶路撒冷小镇形成。小镇围绕着沙丘中的一眼甘泉,在三座山谷间的岩石地块上建成,人们在那里生活,并在那里建立了他们的圣地。武器从青铜器发展为铁器,城墙变得越来越厚,越来越高,最终工程上取得了巨大成绩,保证了围城期间水源的供应,城镇从生命之泉的水源地移到山上。泉水中心的圣地留存至今。

定义了早期犹太教的圣殿,也是宗教崇拜的中心,建在山顶。几个世纪以来,圣殿被破坏又被修复,被毁灭又被重建。公元1世纪,一位来自拿撒勒的爱惹麻烦的拉比[1]兼木匠沿着圣城的外墙游行,最终在横跨其中一座山谷的小山上被处死。四十年后,圣殿最终被夷为平地,巨石被推翻,城市变为废墟,幸存的人们四处分散。两个半世纪后,罗马帝国追随那位被它处死的拉比,改变了宗教信仰。在拜占庭的统治下,耶路撒冷变成了基督教国家中的一个基督教城市。

然后伊斯兰教在南方崛起并蔓延至整个国家,先知穆罕默德的追随者宣称圣殿山是属于他们自己的圣地,并在此建

---

[1] rabbi,犹太人中的学者。——编者注

造了他们的礼拜堂,华丽而复杂,淋漓尽致地展现了对几何图形和颜色的热情。十字军到来,又被赶了出去;马穆鲁克[1]统治着这个国家;奥斯曼帝国的领土从北方延伸至红海,直至其变得腐败和软弱。20世纪的第二个十年,埃德蒙·艾伦比将军用他的聪明才智征服了这垂死的帝国。1918年9月,他在哈米吉多顿[2]战场上取得胜利。英国宣布成为巴勒斯坦的宗主国,并开始了一个不可能完成的决策进程——这些决策的影响和效果一直持续到现在。

我不得不说,没有明确的证据表明接下来的故事的真实性。当然,许多人提到它确实存在,而且罗素小姐描述的大部分自然界中的地标——棉花洞和圣殿山、蓄水池、街道和公共浴池、沙漠中的修道院——至今仍然存在。即使是西墙,也和她当时描述的一样,一个长约五十码深约十码的潮湿石头庭院,里面簇拥着北非穆斯林贫民的高层住宅。然而,没有证据表明本书中这个以色列历史上迄今未知的章节确实发生过。

同样,也没有证据表明它并未发生过。

——劳拉·金

---

1 the Mamelukes,1250—1517年间统治埃及的军事阶层,原为土耳其奴隶。——编者注
2 Armageddon,《圣经》所述世界末日之时善恶对决的最终战场。此处指在米吉多发生的一系列战役。——编者注

作者笔记

在知识海洋中孜孜以求对学者的教育大有裨益,进而使他晋升为同龄人的权威。

——伊本·赫勒敦《历史绪论》

1918年12月的最后一周,也就是在我19岁生日前不久,在夏洛克·福尔摩斯这位良师益友的陪伴下,我来到了英国占领的巴勒斯坦地区。我们之前暂时流放的原因我已经在其他地方[1]解释过了,但是由于那次冒险与我们这次在中东地区所做的事毫无关系,所以,我不需在此赘述。我们在圣地的短暂逗留完全可以说是一种令人可耻的撤退,借此远离那个充满灾难的战场——英国。我们简单处理了一下身上的伤口,抚慰了一下受辱的自尊,制订了接下来的活动计划。

我们到的这个国家,自去年秋季英国人战胜土耳其人以来,就成了英国的保护国。在这里,我们得到了夏洛克·福尔摩斯的哥哥——迈克罗夫特的保护,他是一个神秘的人,偶尔听起来有些吓人,他在英国政府的权威下拥有无限的权力。鉴于我们必须暂时离开英国,迈克罗夫特让我们从五个案发地点中择其一,每个案发地都有相应的任务需要我们的帮助。福尔摩斯突然出乎意料地承认了我们的合作关系中我日渐增强的成人地位,将这个选择权交付于我。我选择了巴勒斯坦。

---

[1] 见《养蜂人的门徒》。——原书注

关于阿拉伯语的注意事项：

阿拉伯语的语法形式比英语要多。例如，"he"和"she"连接的动词词尾不同，"you"可以是阳性、阴性或是复数。英语翻译经常会在译文中使用"thou"和"thy"这两个代词，以使译文更具阿拉伯风格，其实不然。我认为，这样的翻译给人带来的唯一感觉就是生硬且不准确，但是，直译往往不是最好的。因此，我将阿拉伯和希伯来的演讲译成最自然的对等形式的英语，如果读者在字里行间中因没有读到像"Thou son of a dog!"和"By the beard of the Prophet!"这样的话语而感到失望的话，那请自便吧。就我个人而言，我一直不赞同过度使用这类词汇。

同样，人名和地名的书写，我也采用英语的正确拼法，例如：我用"Jerusalem"而不是更为准确的"Yerushalayim"，用"Jericho"代替"Yeriho"等等。

——玛·罗·福

一

> 我开始学习另一种语言,并静心冥想单词的发音。
> ——杰罗姆《圣保罗传》
> 摘自《沙漠教父》,海伦·沃德尔译

我们坐在一条黑色小船上,船舷上缘距海浪仅几英寸。和我的两位同伴一样,我也穿着黑衣,脸上抹着灯黑。厚厚的布包裹在桨架上,一整夜最响亮的声音就是海水轻拍木船的声响和史蒂文划桨时衣服发出的有节奏的沙沙声。

福尔摩斯首先僵住了,接着史蒂文手中的船桨也静止了,最后我也听到了:船右侧引擎发出了一阵悠远低沉的嗡嗡声。这不是我们的船发出的声音,但这声音正在迅速靠近我们,快得让我们来不及逃脱。史蒂文悄无声息地将船桨收了起来,然后我们把船桨叠放在小船底部。

引擎发出的声音越来越大,直至充斥了整个夜晚,仿佛大船就在我们上方,但是这声音依旧在增大,以至于我开始质疑引擎这项发明是否明智。福尔摩斯和我把脸贴在甲板上,眼睛盯着史蒂文,他的头微微抬起,然后转向我们,我能清楚地看见他说话时牙齿上隐约闪烁的微光。

"他们向我们这边来了,如果不开探照灯,可能不会注意到我们。如果他们准备攻击我们的话,我会立即通知你们。深呼吸,潜入水中,尽量远离船尾,一定要拼命地游。你们现在最好把鞋脱下来。"

福尔摩斯和我慌乱地扯着彼此的鞋带，接着又躺在船里待命。大船似乎近在咫尺，但是史蒂文依旧默不作声。我们僵住不动。大船制造出的噪音震得我牙痛，引擎发出的砰砰声变成了我的心跳，接下来令人感到恐怖的是，大船的船身如一面巨大的墙体赫然耸立在我们面前，航行灯昏暗的灯光从我们头顶掠过。在毫无征兆的情况下，我们的小船突然下沉，紧接着又跃入空中，然后在海中打转，正好撞上大船一侧冲来的海浪。我们全身湿透，差一点翻船，之后另一个浪头又把我们拍了回来，接着我们的船又滑入波谷，然后又登上波峰。就这样，我们随着波浪起起伏伏。最后，我们全身湿透，头昏脑涨，像个懵懂的孩子，听着渐渐远去的引擎声，就像海面上的垃圾轻轻随波摇摆。

史蒂文坐了起来。"有人落水吗？"他轻声问道。

"我俩都在。"福尔摩斯肯定地说，声音有些颤抖。船头，史蒂文牙齿上的微光一闪而逝。

"欢迎来到巴勒斯坦。"他低声说道，随之狰狞一笑。

当我直起身子放松时，不禁发出呻吟。"我肩膀受伤了，该死，我丢了一只靴子。福尔摩斯，你还好吗？"距离上次炸弹在福尔摩斯身后爆炸似乎已过去两周，当时他正在照看蜂巢，尽管他皮肤的擦伤正在愈合，但是距痊愈还差得很远。

"我后背没事，罗素，你的靴子在这儿。"福尔摩斯用力将靴子推给我，我摸索着拿起它，然后屈身穿上，另一只没掉的靴子依然穿在我湿透的羊毛袜子外面。

"他们为什么不多开几盏航行灯？"我抱怨道。

"那是运兵船，"史蒂文解释道，"他们依然有些畏惧潜艇。有谣言说一些德军的统帅还不知道战争已经结束了。或者根本就不想知道。悄悄往外舀水。"史蒂文命令道。他拿回船桨，转向我们，继续稳步划向岸边。

余下的航行中没有发生任何意外。史蒂文本可以去参加牛津的八人赛艇比赛,因为即使是在有积水的甲板上,他仍然能沉稳自信,轻松自如地划船。他时不时地扭过头,瞥一眼渐渐靠近的海岸,岸上站着两位先生,阿里·哈兹尔和马哈茂德·哈兹尔,他们为英国政府效力。除了他们的名字,我对这里一无所知。

我一边舀水一边抬头看了看,最终断定史蒂文正在往我们北面的一道双光束和南面一道略带琥珀色的单光束中间划。浪潮开始涌上船头,碎浪的声音越来越近,柔和的海浪激起白色的泡沫,我们突然从这泡沫之间掠过,船猛地一震,我们嘎吱一声被冲上沙滩。

史蒂文立即放好船桨,起身跨过船头踏入浅水区。接着,福尔摩斯抓起背包,轻轻跳到了粗沙上。我也紧随其后,在船头停顿片刻,透过布满海盐的眼镜片,眯眼看了看这漆黑的海岸。史蒂文伸过手来帮我,当我目光下移时,惊讶地发现有两个身影,一动不动站在福尔摩斯身后约三十英尺的地方。

"福尔摩斯,"我悄悄地说,"你身后有两个女人!"

史蒂文的手在我手上短暂犹豫了一下,然后再次拉紧。"罗素小姐,随时都有警卫巡逻。很安全。"

我小心翼翼地踏入他身旁的水中,然后往高处走,挪到福尔摩斯站的地方。

"史蒂文,愿你一切安好。"黑夜中传来一个声音——一个雄浑低沉的异国口音,但绝不是一个女人的声音。

"阿里。我希望你也安好。"

"感谢上帝。"那人又回应道。

"我为你带来了两位侦探。"

"他们本可以在更方便的时候上岸,史蒂文。"

"那我再把他们带走?"

"不,史蒂文。我们接受你送来的人。现在不能请你过来喝咖啡,马哈茂德对此感到很抱歉,因为现在让你过来喝咖啡不是明智之举。Maalesh."他补充道,使用的是通用的阿拉伯语,这是一个对生活中遭遇的不公和灾祸表示不屑的词。

"感谢马哈茂德,我会接受下次邀请的。愿上帝与你同在,阿里。"

"真主安拉会保佑你的,史蒂文。"

史蒂文用屁股把船推挤出去,然后爬到了甲板上,并迅速拿起船桨。在他将船里的水清理干净之前,福尔摩斯带着我匆忙走上海滩,跟在这两个黑衣人身后。当我的脚离开碎石滩时,踢上了一块铺路石,差点被绊倒,接着我们来到一条街上,像是村庄或城镇郊区的街道。

我们气喘吁吁地走了二十分钟,没有遇到任何障碍,只是道路有些凹凸不平,偶尔会碰到狂吠的杂种狗。但是走在我们前面的两个人突然转身,迅速将我们推到一个肮脏的角落。我们蜷缩在那里,穿着湿衣服瑟瑟发抖,这时我看到两双军靴从我们面前慢慢走过,这两个士兵还用手中的手电照向每个边角缝隙,甚至照在了我们身上。当光照到盖在我们身上的外套边角时,我僵住不动,巡逻的士兵看到的定是一堆垃圾和破布,因为照向我们的光转瞬即逝,留下我们这些不敢大声喘气的人,有几个人身上还散发着大蒜和山羊的味道。

脚步声消失在角落里,黑衣人迅速抓起我们,又将我们推到原来的路上。

这就是我的人民坚守了三千多年的土地,真是讽刺:一个肮脏、恶臭的村庄,其村民被英国远征军限制住在即将坍塌的房子里。这片乐土的街道上并非流淌着奶和蜜,而是充斥着污物,阿斯卡隆和阿什杜德的荣光确实早已褪去。

当我们第三次被推到角落时,身上盖着我们同伴那散发着大蒜和臭汗味的长袍（由于近距离的接触，很快就能判断出他俩并不是女人，尽管其中一人身上有廉价的香水味），我想我应该快被这混合的恶臭味熏窒息了，香水味混合着令人作呕的鱼内脏腐烂的腥臭味以及我们跪着的地面上烂橘子散发的刺鼻恶臭。我们在那儿待了好久，直到这两人把手从我们肩膀上移开，让我们站起来。我踉跄了几步，差点吐出来。我大口呼吸着海边清新的空气，用力擦着鼻子，妄图抹掉那挥之不去的恶臭。福尔摩斯把一只手放在我的背上，我强打着精神跟上了那两个人。

那晚我们大概走了六英里，但是如果直走的话，几乎不到三英里。其间，我们一会儿原地不动，一会儿原路返回，还有各种兜圈子。有一次，一个黑衣人走丢了，为了等他跟我们会合，我们又默默等待了约二十分钟，之后又是一大圈。随着他的再次出现，我们改变了方向，开始往内陆偏北的方向一直跑，最后，当我靠近一个黑衣人时，他或者是他的同伴，抓住我的肩膀，迫使我转身，用爪子一样的手按住我的头，将我推入一个矮小狭窄的门道，进入一个感觉像是小山洞的地方，里面又冷又湿，并且充斥着各种奇怪的味道（尽管跟上次的臭味不太一样，但也不怎么好闻）。

这里漆黑一片，我什么都看不到。我一动不动地站在那儿，此时至少有两个人在我周围走动。他们关上门，好像是百叶窗在轻轻作响（我突然意识到他们的脚步声很轻）。然后我身后的男人用一种我不知道的语言说了一句简短的话，并在我面前划着一根火柴，火柴冒出的烟在空中勾勒出一块巨石的形状。明亮的火柴逐渐变暗，当他站起来抖灭火柴上那仍在缓缓燃烧的火焰时，像是一支蜡烛——又或者当那人转向我们时，我看到像是陶土碗中的小小燃油灯芯被点燃了。

我无暇关注这光源，但是我的眼睛一直注视着这两个男人，他们来到房间的一角，耸了耸肩，外衣滑落到粗糙的桌子上，然后转身面向我们。

我早已意识到了这两个人是阿拉伯人，因为他们的名字、穿着，还有伊斯兰教的问候方式，但当我在这狭小的空间中看到他们的真面目时，我还是很庆幸和福尔摩斯在一起，否则我可能会夺路而逃，因为他们看上去实在令人吃惊。他们的胡须和松散的缠头巾几乎完全遮盖了他们黑色的眼睛和黝黑的面庞。这个年轻男人打扮得像个花花公子，假设一个人画了一幅东方花花公子的画像，卷曲的胡须，长长的珠头辫子环绕在脸周围，眼睛上抹着眼影，身上散发着花香，腰带的左边佩着雍容华贵的腰刀，右边是一支珍珠手柄的左轮手枪。手腕上戴着一块沉重的金表，虽然显示的时间是错误的，但是与他系头巾用的头巾绳上的金线交相呼应，他靴子上的深红色与他长款马甲正面那艳丽刺绣中点缀的红色相互映衬。另外那个年龄较大的男人穿着较为保守——或者更确切地说他衣服的颜色较为素雅，刺绣更为精致。他穿着普通长度的阿拉伯长袍，但是他也有腰刀和手枪（一支长筒柯尔特式左轮手枪）。他的脸上有一条长长的伤疤，从左眼的位置向下延伸到胡须处。这个年轻人少了两颗门牙，说话的时候，会出现轻微的口齿不清，发音显得十分古怪。

由于我的犹太人血统，我不想和这些阿拉伯人共处一室，更不想在接下来的六周里，在衣食住行上过多地依赖他们。

福尔摩斯似乎并不在意。他一边解开潮湿的羊毛夹克，一边研究周围的环境，接着僵硬地将背包和夹克一起脱掉，然后丢到那张靠着墙的粗糙长椅上。他转向这两个人。"我希望你们满意，"他低声缓慢地说，"我想在接下来的几天里，我们需要养精蓄锐，而不是和你们继续玩这些小游戏。"这两个阿拉伯人没有反应，但是他们凝视的目光似乎有所加重。

"你们谁是阿里·哈兹尔？"

年龄稍小、穿着鲜艳的男人将头略微歪向一侧。"你是马哈茂德·哈兹尔？"福尔摩斯向另一个人问道。这个矮壮结实且面带伤疤的年长男人轻轻地耷拉了一下眼皮以示认同。"我是夏洛克·福尔摩斯，这是玛丽·罗素。先生们，很荣幸为你们效劳。"

他的慷慨提议似乎并没给这两个阿拉伯人留下什么印象。这两兄弟无言地对视了一会，然后阿里转过身背对我们，走到小屋后面的角落里，蹲下来收集树枝和木棍，点燃一小堆火。我看到福尔摩斯张开嘴，但是欲言又止：迈克罗夫特既然已经选择了这两人，我们就必须相信他们。他们辛辛苦苦，神不知鬼不觉地把我们带到这里；如果这里不安全的话，他们是不会生火的。

我瞥了一眼马哈茂德，发现他那双黑色的眼睛正盯着福尔摩斯看，流露出有趣、赞许和猜忌的表情。当他感觉到我在看他时，突然变得面无表情，扬起的眉毛也降了下来，但在他转身走开时，我断定，不论他是否是阿拉伯刽子手，他定是一个体察入微的人。

"你怎么了？"他问福尔摩斯。虽然他说的英语口音浓重，但是很清楚。

这次轮到福尔摩斯面无表情了。"我没事。"

阿里大笑了一声。"稍微活动一下都会弄疼你，"他说，"当我推你肩膀的时候，你有些不愿意，你是受伤了还是老了？"

我不得不承认，在这种情况下，这的确是个有意义的问题。显然，福尔摩斯也觉得这两人有权知道如今他们身上背负着什么。

"我两周前受伤了。还有点疼。"

阿里深深地叹了口气，重新回到火堆旁，但是这个回答似乎让马哈茂德很满意。他向靠墙的临时桌子走去，弯腰蹲到桌子下面的一堆东西前，拿出一个流苏边的皮包，约两个拳头大小。为了引起阿里的注意，他摇了一下皮包。阿里抬起头，两人又进行了一段简短无言的交流，接着阿里耸耸肩，走到火堆附近，拿起一个像大勺子似的东西和一个长柄平底锅，然后把锅放到燃烧的火堆上，之后站起来，走开了。马哈茂德顶替他弟弟，蹲在火堆旁，拉开皮包的拉带。伸手抓了一把浅灰色的豆子，又用拇指将几个豆子拨弄回包里，然后把剩下的豆子倒入长柄锅中。看来，我们有机会喝咖啡了。

　　福尔摩斯曾跟我说过，在阿拉伯国家，制作咖啡是很漫长的。我们静静地坐着，看着马哈茂德不慌不忙地搅着平底锅里的咖啡豆。这些绿色的小圆点颜色变暗，最后开始渗出香喷喷的豆油。当它们变得又亮又滑，几乎要烧焦时，马哈茂德拿起一个大木臼，手腕轻轻一抖，将整锅咖啡豆倒入木臼中，一个也不剩。他放下锅，拿起杵，开始捣咖啡豆。起初，咖啡豆在杵的敲打下发出噼里啪啦的爆裂声，然后滚落到木臼底部，渐渐地，声音变得柔和而有节奏。每敲击几次，咖啡豆就会轮换着敲击木臼侧壁。最后，那声音就像是鼓声和铃音的混合，舒缓悦耳。

　　最终，咖啡豆变成了粉末，马哈茂德把木臼和杵放到一边，伸手去拿那个看起来与这儿的环境很不协调的英国家常平底锅，里面装着阿里刚刚烧开的热水，水是从房椽上挂着的羊皮水壶中灌的。在三个瘦长的黄铜咖啡壶中，他挑选了最高的那个，然后将研磨好的咖啡粉倒入其中，接着倒入热水。过一会，他撇去浮沫，让咖啡慢慢沉淀，接着将液体与沉淀物混合着倒进一个相同形状的壶中。他加了少许香料，继续搅拌，再次撇去泡沫，最后将焦油一样的咖啡倒入四个没有把手的小瓷杯中。这咖啡和我喝过的土耳其咖啡不一样，有小豆蔻的香味，稠得可以用勺子从杯中舀出来。

喝完仪式性的三杯咖啡后，我们开始吃东西，将一块四处焦黑的扁面包撕成几片，凉的，吃起来像生面粉，然后用面包片当勺子，从公用的大锅里舀五香豆泥吃，依旧是凉的。虽然我们将就着吃了一顿饭，但是吃得很饱。饭毕，我们的东道主似乎在一定上程度接受了我们。他们在自己的长袍上擦手，清洗杯子和空碗，然后放到一边，接着掏出一对漂亮的刺绣烟袋，开始卷烟。福尔摩斯接过马哈茂德递来的烟袋、纸和一杯冷水。他们没有给我提供这些东西，但是当他们似乎要给我这些时，我拒绝了。我不耐烦地等着这些男人举行他们的吸烟仪式，不知道什么时候可以说话。最终，沉默寡言的马哈茂德看了阿里一眼，阿里似乎也感受到了他那信号般的眼神，因为他立即把左手伸到他的长袍前，拿出一个拇指大小的软木疙瘩，并将右手伸到胸前，从那装饰性的刀鞘中拔出那把沉重锋利的刀，接着，令我惊讶的是，他居然用那刀精心地削着一小块木头。不一会，他的烟快烧到他黑色的胡子了，他停了下来，不再雕刻，然后抬头看着福尔摩斯。

"那么，"他说道，"你是否介意告诉我，你们来这儿干什么？"

二

几何启迪心灵,使人的心灵变直……专注于几何研究的人不会误入歧途。

——伊本·赫勒敦《历史绪论》

我也想知道这个问题的答案,实际上,在接下来几天的行动中,这个问题就像是一段副歌,没完没了地在我脑海中重复播放。我来这儿干什么?

"我的哥哥迈克罗夫特说你们遇到了麻烦,我们可能会帮上忙。"福尔摩斯回答说,"这就是我所知道的。"

"麻烦。"阿里重复道。

"他的原话。"

"所以你们不远万里从英国赶来就为了帮我们解决一个麻烦,但是你们对这个麻烦一无所知。"

"我被认为是解决麻烦的专家。"福尔摩斯谦虚地说。

"是你哥哥迈克罗夫特想让你来调查我们吧?"

"我想,如果他想让我调查你们,他本可以说让我们不要相信你们,但这也很难说。迈克罗夫特喜欢把事情藏在心里。"

阿里从喉咙深处咆哮了一声,然后不耐烦地拨弄着他的刀。"你为什么来?你来这儿干吗?"

福尔摩斯并没有设法去回避这个问题,尽管问题的答案确实很让人丢脸。"我们在伦敦有生命危险,为了让我们回去的时候占据上风,我们需要离开几周。迈克罗夫特认为当我们躲到某地的山洞时,可能还会派上用场。"

"所以我们是你们的保姆?"阿里心存怀疑地说。

"绝对不是。"福尔摩斯呵斥道,他的声音突然变得冰冷。

"你是老人,她是女孩,"阿里反驳道,"你可以把你的脸染成深色,但你不会说阿拉伯语。"

"我说的阿拉伯语和黑色帐篷中出生的哈威塔特贝都因人一样。"福尔摩斯说道,很显然,他所说的阿拉伯语和他所想的一样完美无瑕,因为阿里惊讶地看着他,甚至连马哈茂德都扬起了眉毛。"罗素说希伯来语,也会说法语、德语和许多相当无用的废弃的语言;她的阿拉伯语进步很快。"

他说得有些夸张,但是我迅速说出了一句话,这句话是在我们划船期间辛苦学会的(十天的时间主要用于阿拉伯语的强化训练以及国际象棋的集中比赛练习)。我在这间屋子里机械地重复道:"我的阿拉伯语说得并不完美,但是语言的基本框架我已经掌握牢固,定会进步神速。"

我害怕他们会问我问题,假设果真如此,我的无知必将暴露无遗,但是阿里接着他刚刚的话用英语说道:

"非常好,你们发音不错,但是这里的生活不只有语言。我们没有时间迁就你们。"

"如果我们拖后腿了,尽管扔下我们。给我们一个小时的时间,去市场买身船上没有的衣服,我们准备好出发了。"

"你穿成这样,市场上的所有人都会知道你是干什么的。"

"那就不得不麻烦你们跑一趟了。"福尔摩斯说道,他似乎是在以赞同的口吻提出意见,马哈茂德弄出了轻微的响声,但当我们看向他时,他又变得面无表情。

"但是你看上去不对,"阿里反对道,"你的眼睛和我们不一样,这个女孩甚至还戴眼镜。"

"戴眼镜确实奇怪,但是无可厚非。至于眼睛,切尔克斯人常有蓝色的眼睛。柏柏尔人也是,而且他们的头发往往也是黄色的。柏柏尔人还因智力超群而出名,这就更适合我了。"

"我们没有床!"阿里不顾一切地叫喊着。

"哦,好吧,"福尔摩斯说,"但是作为一位'老人',我的意思是我需要睡眠,那么我预祝各位晚安。"说着,他脱下靴子,裹上他的大外套,将脸转向墙。我跟着他学;最终他们两人也照做了。当这两位宽容的西方客人睡在硬土地上时,他们终究也没有躺在舒服的地毯和床单上,但是他们对此拥有绝对的所有权。

各种四条腿、六条腿和八条腿的居民进行的夜间活动令我感到很不适,同时,我越来越觉得我们的东道主对我们的造访感到异常困扰("他们本可以在更方便的时间上岸。"阿里和史蒂文说过),直到黎明前,听到远处一位宣礼吏诵念宣礼词,召唤虔诚的信徒速来礼拜时,我才真正睡着。当门打开,第一道光射进屋里时,我醒了,感觉浑身麻木,却很舒服,我继续睡觉,直到阿里和马哈茂德双手抱着很多东西冲了进来。

他们的购物之旅并没有改变他们的脾气。马哈茂德默默地走到角落里生火煮咖啡,而阿里却充满危险地靠近我们,将他买的东西扔向我们,然后把我们踢醒。(实际上,房间太小了,以至于往下扔东西和来回走动基本上是同时进行的。)朦胧中,我伸直僵硬的身体,戴上眼镜,避开他,然后去拿离我最近的捆绑着麻绳的包裹。

当我看到包裹里的东西时感到有些失望,我坐起来揉揉脸,想知道从哪儿开始穿这件衣服。阿里认为的合适的衣服就是一件粗制滥造的黑色麻袋,从头到脚只为眼睛留了一个洞,还有一双特别小的装饰性薄底凉鞋,鞋带很细,而且还坏了。

"福尔摩斯！"我叫道。他的眼神从衣服上移开，抬头看向我，他的衣服和马哈茂德的类似，是素色的。他的嘴巴抽搐了一下，然后低头看了一眼手中的宽腰带，似乎有些同情我。

"我的衣服不错，"他说，然后起身变成了另一个人，"但是，罗素的衣服不行。她需要年轻男人的衣服。"

"那不可能，"阿里直截了当地说，"那是禁忌。"

"这很必要，而且没人会知道。"

"如果她穿成男人的样子会被扔石头的。"

"不可能所有的法官都赞同这样的惩罚，即便一个暴徒也可能会借此扔石头。如果你害怕会因此而陷入危险境地，那么我们会离开。"

阿里用力握着刀柄，以至于我觉得那象牙刀柄都要在他指间爆裂了，但是他没有拔出刀。

"你不会指责我是个懦夫的，而且她也会穿上男人的衣服。"

"实际上，我不会那样做的。"福尔摩斯说，完全无视了阿里的狂怒，而且听起来还有些无聊——这是他惯用的伎俩，一种老套却很有效的方法。"她不会穿那些衣服，或者类似的东西。不要长袍，不要手镯，不要面纱。她不会走在我们身后，不会给我们做饭，不会用头扛水。你懂的，这不是我能选择的；如果看到她从头到脚都穿着衣服并且处于屈从地位，我应该会非常高兴——因为新奇的事物最有趣。但是，她根本不会这样做，所以我们必须选择，要么适应它，要么改变它。先生们，选择的主动权掌握在你们手中。"

为了不让我穿那些衣服，他所说的话不得不让我转身背对着他们，所以接下来谈话中的非语言部分我没有看到，而且他们说的许多单词我都没听懂。但是，我能解读他们的情感,不需要翻译,也不需要福尔摩斯告诉我为什么阿里突然离开,因为他把所有的女性衣服都带走了。我回头,发现福尔摩斯已经变成了一个巴勒斯坦阿拉伯人。

马哈茂德置身事外,依旧在安静地制作咖啡,而且现在已经到了摇晃锅里快变黑的咖啡豆的阶段。他抬头看了看,眼神与我交汇,然后转身面向靠墙的桌子。我好奇地走过去,拿起粗糙桌面上那本破旧的皮面小书。从封底看,是一本英语书,但是从封面看,是希伯来语或者阿拉伯语书,上面写着一句简短的褪了色的金色阿拉伯语警句。

"《古兰经》?"我问他,他继续摇豆。"你的?"

"你的,"他简短地答道,接着他说了一连串阿拉伯语,福尔摩斯帮我翻译,"'先学习圣书中的知识和你信仰中的责任,然后学习阿拉伯语,以使你谈吐纯洁。'"

"这是《古兰经》里说的吗?"

"伊本·赫勒敦。"马哈茂德说。很熟悉的名字,是一位早期的阿拉伯历史学家,但是我没读过他的著作。

"好,谢谢你。我会认真读这本书的。"

马哈茂德去拿木臼,并把豆子倒入其中,然后继续做咖啡。

马哈茂德一度把注意力转向反常的阿里,阿里在准备衣服方面做足了工作,精心挑选了穿在下身的长裙、套在长裙外的宽松羊毛长袍以及寒夜里我需要用到的厚重羊皮大衣。他给我的仍是薄底凉鞋,但是很合适。他为我带来的长头巾比他们三人戴的松散的缠头巾更适合我,因为它能隐藏我的长发。他甚至给我解释了如何将长头巾系牢固但又显得懒散宽松。

我抚摸着长袍里内搭的长裙,希望能有个镜子,好让我看看镜中自己的男人扮相,马哈茂德点点头,阿里却板着脸,福尔摩斯忙着检查领带和腰带系得是否正确。

从外表上看,我已经是一位合格的阿拉伯男青年了。但是,还有一个问题。

"我们还叫'他'玛丽亚姆吗?"阿里挖苦道,"叫米尔更合适。"

马哈茂德想了一会儿,然后狡猾地看了一眼阿里。"阿米尔。"

阿里放声大笑,我很不情愿地承认这个名字很可笑。"米尔"表示与王子有关。阿里提议的"米尔"表明我是归国家所有的,是某个王子或军官的财产;换言之,就是一个奴隶——虽然奴隶一词用得很精准,但是否称得上奴隶,这取决于我的主人要让我做多少苦工,根本就不值得骄傲。另一方面,阿米尔对一个流浪男孩来说,又有些太宏大了。我已经能想象出,每当这名字被叫出来时,它定是一个笑点。然而,似乎我对此并没有选择权:我是"阿米尔",可笑或者不可笑,就由它去吧。

阿里和马哈茂德因为要离开这里感到很焦虑——或者说,阿里感到焦虑,而马哈茂德却坚定地致力于打包和搬东西。我们打包了衣服和厨房(咖啡壶和木臼、一个平底锅、装水的山羊皮以及一个被称为"萨基"的大凸面铁锅,是用来给我们做维持生计的食物扁面包的),最后我们离开了。

我第一次看到白天的巴勒斯坦,此时正下着雨,漆黑一片,到处都是岩石。简陋的小屋盖在即将坍塌的山坡上,砖的颜色和周围的石头一样,都是暗褐色的;当我回望五十英尺外时,烟雨朦胧,什么都看不见。我转身背对着我们的住所,然后动身前往巴勒斯坦。

走了大概一两英里后,我问福尔摩斯,是否知道我们要去哪儿。我想,这两位哈兹尔兄弟或许在耶路撒冷或者在山脚下有一座房子，但是他们主要的财产似乎只有——帐篷、补给品、做饭用的锅和骡子——都已经被带上了，现在已经走到镇外约十英里的地方。我目瞪口呆地看着福尔摩斯，然后看向阿里。

"你的意思是，你们没有房子？"

"一座 *hair* 房子，"他答道，在阿拉伯语里是帐篷的意思。"现在有两座了。还有三头骡子。"

"我们要成为吉卜赛人了？真是这种处境？"

"不是吉卜赛人，"阿里鄙视地纠正我，"是贝都因人。"

"我的天啊，"我小声嘟囔道，"迈克罗夫特没钱给他的人买套房子吗？"

沉默寡言的马哈茂德开始讲话了，接着是一连串阿拉伯语，可能是一句极其侮辱的话或者是烤饼的配方。我看向福尔摩斯，他翻译道：

"他说，'一条流浪狗总好过一只被拴着的狮子。'"

"哦，"我疑惑地说，"对。"

那么，我们看起来更像是贝都因阿拉伯人而不是住在固定居所中的人。但是，我们并不是那充满传奇色彩，骑着骆驼入沙漠深处的贝都因人。他们因当年的陆军少校，也就是现在的劳伦斯上校和他的阿拉伯叛乱取得的丰功伟绩而名声大噪。他俩骑着骡子（上帝创造的最难对付的四足动物）穿行在狭窄的山地国家——在巴黎和会上的失败让托马斯·爱德华·劳伦斯的传奇经历也黯然失色。

我忍住没有叹气。即使是埃德蒙·艾伦比将军，我心目中的英雄——他既是一名士兵又是一位学者，还是一位既可怕又可敬的指挥官，他坦率直白又精细狡猾——即使伪装成这样，也难以接近他。如果我能看他一眼，定是我站在路边的岩石上，艾伦比将军开着他那辆著名的装甲劳斯莱斯从我身边飞驰而过，溅我一身泥。

我不但没有待在铺满地毯和软垫的大理石地面的别墅里，反而将光脚穿着粗制滥造的凉鞋，与福尔摩斯共享一个帐篷，而且数英里内都没有私人卫生间。我想我至少应该抗议一下，因为没有给我提供单独的帐篷，但是鉴于目前的状况，我想还是顺其自然吧。以前如果有需要，我和福尔摩斯会睡得很近，直到我有能力安排其他事情为止，与他分享一个帐篷总比与三个男性分享一个帐篷要强。

下午渐渐过去，雨慢慢变小，我陶醉其中。身在圣地以色列的欣喜若狂，穿着异国服装的奇异感觉，看着太阳在天空中移动时那无比喜悦，闻着清新空气和袅袅炊烟时的笑逐颜开，冒险之旅带给我的极度兴奋，这一切让穿着粗布麻衣的我想在碎石小路上扭动跳舞。虽然我的目的地是耶路撒冷，但是我不介意我们正在往相反的方向前行，甚至不介意在这两个缄口不言的阿拉伯人的陪伴下，我们对自己接下来的使命一无所知。我在圣地；虽然我很渴望亲眼看到这座城市，看到这三大宗教信仰的圣地，但是现在能在这儿体验到乡间的感觉，也已足够。

一个小时后，我们被迫停下来，用纱布包扎我被鞋带磨破的伤口。但是这点不适并没有破坏我的好心情，我们用杯子接着从古老岩石中渗出的泉水，喝着这一杯杯清洌的泉水让我有种领受圣餐的感觉。我并未抱怨这双磨破脚的鞋，也没有抱怨我身上沉重的包裹，而是继续紧随他们的步伐前进。

夕阳西下，我们沿着尘土飞扬的道路前行，道路两侧长着幼小的橘树，突然，马哈茂德首先停了下来，紧接着阿里也停住了，他们抬起头，显得惊慌失措。除了连续不断的牛叫声我什么都没听到，除了夜晚橘树散发的香甜气味我什么也没闻到。我充满疑惑地瞥了一眼福尔摩斯，但他也摇摇头，表示不解。

阿里转过身来，匆忙把我们攥到树后，我们将包裹迅速摘掉放在树旁。此时马哈茂德取出了他那支精心保存的李·恩菲尔德步枪。阿里悄悄溜进暮色中，手里拿着那把珍珠手柄的左轮手枪，马哈茂德示意我们跟着他。

福尔摩斯压低声音，非常耐心地说道："我可不可以——"

"不许抽烟，"马哈茂德毫不客气地回答道，"牛还没有挤奶。保持安静。"

我们小心翼翼地靠近农场的房屋，确实，除了奶牛大声地吼叫外，我们周围一遍死寂。我们从一所废弃的房子中转移到谷仓里，最后躲在一个棚子后面，等待着。

阿里离开一刻钟后，走进了农场空旷的院子，然后快步走向我们。他向马哈茂德汇报情况，福尔摩斯给我翻译。

"不管这是谁干的，他肯定已经离开了。那两个雇工被挂在树上，背后中枪身亡。我没看到其他人。"

这两兄弟交换了一下眼神，然后又分开了，阿里朝着谷仓走去，马哈茂德进了小屋。谷仓原本储存着各类农场设备，但是现在却传来喊叫声。当我们赶到时，阿里已经点燃了一盏煤油灯，跪在一个男人身旁。男人身上涌出了大量的血，流到地板上，出血量超出了我的想象。男人的胸膛上插着一把匕首，和阿里腰间别着的那把很像。弯曲的匕首和尸体旁大片的血迹，仿佛舞台情节剧，这一幕让我震惊，差点发出一阵大笑，但是这种傻笑的冲动瞬间消失，另一种反应取而代之。

仅仅两周之前，我和福尔摩斯遭遇爆炸、被坏人追踪，追杀遍及整个伦敦，当我们站在伦敦警察厅总部的一间办公室里时，还是遭到了枪手射杀；一名狙击手向玻璃窗射击，子弹与我擦肩而过。我以为我已经忘记了上次窗户爆炸和子弹击中砖块给我带来的强烈恐惧,但是我没有;现在我直接陷入口干舌燥、心跳加速的状态,好像上次的袭击和这次的袭击是接连发生的。

"哦,天啊,福尔摩斯,她在这儿,"我哭着说道,"她在等我们,她一定知道我们要去哪儿。迈克罗夫特那儿已经有人被收买了。我们必须离开这儿,福尔摩斯,我们不能相信这些人,我们不能相信任何人,我们——"

他抓住我,然后用力摇晃。"罗素!用你的脑子好好想想。这不是因为我们。最后一天她本可以随时取走我们的性命。这不关我们的事,罗素。想一想。"

我盯着他,惊恐随之消失,视线慢慢变得清晰。我吞咽着口水,点点头,福尔摩斯安抚我。

但是,还是有两个人死了,而且这个人也快死了。如果这和我们没关系,那是怎么回事?

马哈茂德俯身蹲在这个濒临死亡的男人身边,离他特别近,胡子从这人的肩膀上擦过,马哈茂德趴在他耳朵边,尽量让他听到自己的声音。"伊塔扎克,"他一遍又一遍地重复着,直到这人身体微微动了动,蓝色的眼睑忽然摇晃了一下。

"伊塔扎克,这是谁干的?"我愣了一会儿才反应过来他在用希伯来语讲话。

"马哈茂德?"他松软无力的嘴唇恢复了正常的呼吸。头上戴的刺绣小帽由于他轻微的移动从头上掉了下来。帽子倾斜,落在泥土地上,露出他稀疏的头发,苍白的头皮上有个结痂的伤口。

"我们都在这里,伊塔扎克。是谁干的?"

"鲁思呢?"

"鲁思和孩子们都还没有回来。马车不在谷仓里。你的家人是安全的。是谁干的,伊塔扎克?"

"男人。我见过他。带着。毛拉。上周。"

"在雅法讲道的毛拉?"伊塔扎克眨了眨眼睛以示肯定。"是他们中的一个人?"

"两个人。不是他的。我——"伊塔扎克咳出了血,痛苦地呻吟着,这就是他告诉我们的所有内容。十分钟后他停止了呼吸。马哈茂德站起来,看了看手上变干的血迹,然后走了出去。而福尔摩斯却围着那个男人的尸体转圈,检查地面的痕迹。我站在那里,听着手动水泵的抽水声和水洒落的声音。当马哈茂德回到谷仓时,他黑色外衣的前襟都湿透了。他捡起地上的灯笼,头朝门口,摆出一个非常明显的请我们离开的姿势。阿里用阿拉伯语提出异议,大致是关于鲁思和孩子们看到这起谋杀的事。

"我们不能把他埋了,"马哈茂德对阿里说道,"我们必须离开。"

"我们不能——"阿里开口说道。

马哈茂德略微移动了一下,然后挺直身体,阿里立即停了下来。马哈茂德面色铁青,十分生气,他生气不是因为阿里,而是因为阿里强迫他做的事。我不由后退了一步,热切地希望不会再与他那双愤怒的眼睛对视。"你去告诉附近住着的人,"马哈茂德用力说道,"我们在半路等你。如果上帝允许的话。"

阿里看了我们一眼,然后点了点头,但是在他转身离开前,福尔摩斯破天荒地说了句话:

"这个杀手为什么留下他的刀?"

马哈茂德站在那里,手里提着灯笼,然后看了看福尔摩斯;他和阿里都没有做出任何反应。

"这把刀,"福尔摩斯重复道,"这个人是在毫无防备的情况下被击倒在地,然后被拖到这里的。两名穿着靴子和长袍而不是裤子的男子故意把他放在门口,然后刺入这把刀。他的位置表明阿拉伯人在大声控诉犹太人'最卑鄙的谋杀'。这惊人的效果是故意安排的。"

阿里转身离开,但是马哈茂德示意他停下,然后返回来仔细检查这人的身体。这三个人研究了死者磨破的靴子,头上的伤口,那顶可怜兮兮的帽子,地上的印记,尤其是那把慢慢夺去这位农场主生命的华丽匕首。几分钟后,马哈茂德站了起来。"我们不能埋了他。"他重复着说道。

"我同意,"福尔摩斯说,"那将引发一场比这更糟糕的骚乱。但是给我们一两个小时,就可以把谋杀变成一起不幸的事故。如果那两个雇工只是单纯地消失一段时间……"

马哈茂德用手摩擦自己的胡子,指尖沿着脸上的疤痕游走。他若有所思地点了点头。"是的,这样对所有人都好。但是得快点。"

"现在最好把你们的行李从附近转移走。一方面,对于我们这些放下包裹滑进小树林的人来说,我们对这个偶然碰到的农场并不熟悉;另一方面,没有骡子和日常用品的拖累,我们便于逃跑。"

我可以预料到此事将如何发展,但是说真的,我不想协助他们伪造事故现场。我甚至不愿去考虑他们为了缓和这起谋杀带来的不良后果而不得不做的事。哦,当然,我反对,但是最后,面对这三个男人的共同要求,我优雅地退了一步,将驮着沉重包袱的骡子带离这个地区。我觉得我没有愚弄福尔摩斯,但我抗议。

我们把包裹绑在这三头骡子的背上,然后用绳子把它们系在一起,这样,我只要控制了领头的骡子,就能一下控制这三头骡子。阿里给我做了详细的讲解,详细到即使是个孩子都能听明白，他告诉我如何到达一个隐蔽的地方，在那儿等他们三个会合。他重复了三次，直到我不耐烦地转身离开，后面带着哈兹尔兄弟在这世上所有的财产。

我骄傲地转身离开，当我毫无闪失地成功到达目的地时，我如释重负地松了一口气。我起初在想，在黎明破晓之际，我依旧在乡村周围吃力地走着，然后尝试用更加吃力的阿拉伯语向人们问路，但是我找到了一家烧毁并废弃已久的没有屋顶的商队旅馆，那里杂草丛生，毫无疑问，还有蛇、蝎子和其他快乐生活的生物。我用绳子捆住骡子的腿以防它们走失，然后坐在一块光滑的大石头上，把脚放在裙子下面，盘腿坐着，耐心地等着他们。

并思考着。刚刚因见到那个死人而吓得我全身颤抖的恐惧感已经开始消失，但我还是感到恶心想吐，而且我的心紧张地牵挂着我的同伴，猜测着他们正在做什么。我执着地思考着这个问题，是什么威胁到了一家犹太移民和两个流浪的阿拉伯人？然后仔细思考着这两个巴勒斯坦阿拉伯人和这家犹太定居者的关系。还有什么我没有想到的？

我到底在这儿干什么？

通常我等待福尔摩斯的时间不会太长，但是大概过了两个多小时，其中一只打盹的骡子竖起了耳朵，黑夜中传来一阵低沉的口哨声，接着是三个人快速移动的声音；我们迅速变成了四个男人（从每个人的外表来看）和三只骡子，并且走得很快。

巴勒斯坦没有真正意义上的山，按照欧洲的标准衡量没有，当然距离雅法一天的路程之内也没有，但是我发誓我的两位向导为了此刻特意从国外进口了一些。虽然没有看到山坡，但我们还是在陡峭险峻的路上爬上爬下，我被迫紧抓打包绳,让稳稳当当走路的骡子在黑暗中带我前行,抓住骡子的时候我就放弃了我所有的伪装。在黎明前的某个时刻,我们离开了这片丘陵区,然后在满是灰尘的路上走了几英里。最后我们停下。阿里把冰冷的食物塞到我们手中,我们直接用嘴对着羊皮水壶,大口吞咽着有霉味的水,接着我们在坚硬的地上缩成一团,像石头一样一动不动地躺着,直到太阳在天空中升起。

我醒来后听到争论的声音,即使当时我还处于迷迷糊糊的状态,但是我不会听错。我准备坐起来,然后又立刻倒了回去,怀疑我在睡觉的时候是不是被打了。我全身疼痛。接着我想起了伊塔扎克和血,我尽力直起身子。

雅法似乎是争论的中心议题。从这一线索看,我判定我们的两个同伴打算原路返回,去寻找伊塔扎克口中的"和毛拉在一起的男人"的有关线索。福尔摩斯自然反对这个计划;如果我猜得没错的话,与其让所有人原路返回,福尔摩斯会提议自己回雅法进行调查,阿里和马哈茂德在这里原地等他。看到阿里义愤填膺的表情,我断定建议已经被采纳,也许这是我插话的好时机。

"福尔摩斯,"我叫道,"我理解得对吗,他们想去雅法,然后问了一些问题,但是你反对?"

"但是当然,"他开始讲话,"我怎么能知道——"

"福尔摩斯,"我对我的导师,办案时的资深合伙人,一个从年龄上讲几乎可以当我祖父的男人,一个在世人中备受尊重的人说道,"福尔摩斯,不要太刻薄。他们是对的,你正在浪费时间。我昨晚被他们派走,还带着剩余的家用物品,我并没有和他们争吵,因为这是明智的选择。现在明智的做法就是让他们继续。很遗憾我不得不承认,我不能单独留在这里——我的阿拉伯语不能应付任何一个造访者。但是你可以。"

我想让他留在这儿,而不是去雅法四处奔波,度过紧张的一天,但是除了刚才的原因,我没有提及任何其他的理由;如果他不想提他那还未痊愈的后背,我当然也不准备提起它。他瞪着眼睛狐疑地看看我,阿里被我厚颜无耻说出的话惊得目瞪口呆,但是马哈茂德却用近乎尊重的眼神看了我一眼,然后看向空中,用英语背诵道:"用小饰品打扮自己的女性没有争辩的能力,她们会将一切归咎于安拉吗?"接着他站起来,以此结束了争论。阿里也高兴地学着马哈茂德的样子起身离开,唯恐福尔摩斯会改变我的想法,但在他们离开之前,马哈茂德拿出一个包,翻出一张脏兮兮的信纸、一个铅笔头、一把木尺和一团打着结的干净的绳子。他把这堆东西递给我,然后用下巴指了指满是灰尘的路面上的一块空地。

"那块爬满葡萄藤的大岩石?"他用阿拉伯语说道,等我点了点头他继续说,"以它为中心,周围一百米。我们需要一张地图。"

"为什么?"

对于我来说,这似乎是一个合理的问题,但他的回答却与此毫不相干。

"几何学的一个分支就是测量。"他说。

"还有呢?"

"懂得几何学的人就会获得智慧。"他解释道,然后转身走开了,阿里紧随其后。我看了看福尔摩斯,然后把这简陋的测量仪器放在地上,回到包裹堆边上睡觉。

但是想安然入睡并非易事,我被几个人吵醒了,(按照出场顺序)一位驾着驴车的老人,带着一头奶牛的小男孩,一个带着六只山羊的年龄更小的小男孩,以及三个正在收集燃料的烧炭工,他们虽然全身脏兮兮的,但是看起来很高兴。驾着驴车的老人折了回来,还有一只鸡。所有人,包括那只鸡都停了下来,好奇地研究着我们的营地,他们和福尔摩斯聊天,然后看着他那看似很笨但又并非索然无趣的同伴。

最终,我掀开大衣,放弃睡觉的念头,冲到爬满葡萄藤的岩石边,开始安排我的测量工作。我知道这是马哈茂德交给我们的一件毫无意义的工作,他只是想看看我们是否会听他的话,但上帝知道,我会这样做,而且做得极其谨小慎微,以至于有些讽刺。甚至是种羞辱。就这样,我在太阳底下出着汗,拉着一条杂乱的长绳,岩石蹭掉了我小腿的皮,我扰乱蝎子和甲虫们的住所,绘制出了一个精准计算的正方形,正方形的四周都是用罗盘比对着画的,画上了每棵灌木、每块石头和沙地。我测量,福尔摩斯(当我们独处的时候)记下数据,之后我坐在一棵破树的树荫下,拿出图纸,一种工程师般的自豪感油然而生。实际上有四幅图:地图;地形图;最低点到地面的海拔高度;最后是一幅我尽全力绘制的透视图,清楚的阴影和细致入微的细节有如艺术家的作品。

面对沮丧、急躁,以及因不被重用而心生不满时,福尔摩斯处理的方式非常相似,他不会选择沉默,而是和一群游手好闲的人说话。他跪坐在自己的后脚跟上,一根接着一根地卷烟、吸烟,而我们的访客(除了那只鸡)全都爬到车外或是取下身上的包袱,安顿下来,打算进行一段长谈。福尔摩斯点点头,哼哼几声,摇摇头或附和着笑笑,他唯一一次离开自己的位置,凑近人群,是问那个老人(驾着驴车返回来)雅法是否太平。我竖起耳朵偷听,但很明显那人对雅法一无所知,只对他的驴和我们的骡子,这类马科动物的蹄子感兴趣。

直到黄昏,他们还没有离开,我和福尔摩斯的耐心已经消磨殆尽,真的想勒死他们,然后撕碎笔记本。福尔摩斯突然站了起来，用异常粗鲁的态度把那个唠唠叨叨的老人赶回车里，然后向那只迷路的鸡急躁地挥着手臂，把它从我们的包裹上赶走，接着往篝火里扔了一些木头，然后一屁股坐在火旁。我把那精确得难以置信的图纸扔在地上，拿出我的袖珍版《古兰经》，坐在他旁边。我身心疲惫，但非常期待接下来的课程。

福尔摩斯学习阿拉伯语将近三十年，最早的学习是在麦加旅居期间，我是在离开伦敦前十天开始进行阿拉伯语的强化训练。我不知道我所掌握的知识能否让我得心应手地使用阿拉伯语。但我决心尝试一下，而且福尔摩斯，一直以来都是一位要求很高的老师。过去这几天，我们的闲暇时间都用于学习语言、举止、仪态。我知道了只能用右手吃饭，我掌握了最有用的动词形式和最基本的词汇，我正在学习如何使用微小的手部动作来表达意思以及阿拉伯本地人头部和身体部位的肢体语言。

而且，我也接受过一次该国社会知识方面的快速入门辅导，阿拉伯人（定居和游牧民族的都有），犹太人（在圣殿祭祀时，一些犹太人的祖先曾在此定居），和基督教各派分支的教徒。直到战争爆发，因为有土耳其人压在他们的背上，这些不同的群体曾或多或少都存在友邻关系；但自从土耳其投降以来，束缚被解除，长期的压迫导致积怨深重，暴乱一触即发，英国试图一视同仁地对待他们，反而使其关系变得更加复杂，阿拉伯民族主义崛起，犹太复国主义者和流散各地的难民数量与日俱增。

英国政府在接下来的几年中希望完全掌控这个小国。

没人向我们解释，为什么阿里和马哈茂德在我们到来的那天晚上如此惧怕侦察。我把眼睛从这本我看不懂的小皮书上移开，抬起头，望向天空。

"福尔摩斯？"

"怎么了，罗素？"

"上次你提到的阿里和马哈茂德的'小游戏'。他们表现得那么谨慎小心都是假的吗？"

"不全是。当然，如果晚上那个时候被巡逻队抓到，我们定会有段很不愉快的经历。但是，我认为，这对好兄弟在试图向我们说明，我们的存在让他们感到非常不安。这是一个任何有理智的人都会意识到的事实。"

"你不觉得他们不想让我待在这儿吗？那为什么迈克罗夫特——"

"是的，我认为他们不想让我们留在这儿。两个能忍受沙漠战争训练的年轻士兵，尽管如此，我也不能确定。"

很好，我闷闷不乐地想。我快二十岁了，我和福尔摩斯一起工作了四年，在过去的几周里，我刚向他证明了我的能力，并成功让他把我当成一个有责任感的成年人看待。现在，带着这两件值得我自豪的事，我不得不从头再来，因为我要与两个厌恶女人的男性共事。我并不期待这个任务。

"你觉得他们是否在试图摆脱我们？"

他没有直接回答，而是用了一个文化认同的例子来解释。"罗素，在沙漠中，你兄弟就是要竭尽全力保护你，让你免于死亡。这就是为什么贝都因人的忠诚感是如此绝对：他必须完全信赖那个看到他们后背的人。这两个人还不了解我们。"

从伦敦警察厅那件事来看，我觉得福尔摩斯对这两个阿拉伯人特别有耐心。我说了那么多，他只是微微一笑。

"亲爱的罗素，阿拉伯世界很重视耐心这种美德。"

"耐心，忠诚，和用右手吃饭。"我生气地说。他只是付之一笑。

"等等，罗素，看。但是到目前为止，前面提到的内容里有多少你能翻译成阿拉伯语？"

篝火渐渐变弱，由于疲惫，我的脑细胞开始颤抖，最终，我们的两位同伴总算从黑夜中走了出来。阿里立即抓起一口锅，将火烧旺，开始准备做饭。马哈茂德呆呆地站在那儿看着篝火，手指在胡子和伤疤间来回摩擦。一言不发。我伸了伸懒腰，走过去，拿起放在地上的图纸。我擦掉图纸的灰尘，然后将它们递给马哈茂德，因为我一直在密切注意着马哈茂德的表情，所以当他查看图纸时，我看到他由于惊讶脸部抽搐了一下，还有其他的一些表情——闪现出一丝懊恼？或是可笑吗？但抬头之前，他控制住了所有的表情变化，只点了一下头予以认可。他把图纸小心地放进长袍的内兜里，弯腰在篝火边烤手取暖。当他开口说话时，说的是阿拉伯语，说的内容比较复杂，福尔摩斯在我耳边小声地给我翻译。

"在雅法讲道的毛拉四处流浪，众所周知，他煽动叛乱、引发动荡。"

"反对——"福尔摩斯问道。

"犹太人。英国人。一般意义上的外国人。"

"也反对土耳其人吗？"

马哈茂德做了个怪怪的表情。"土耳其人在这片土地上已经生活了四百年。这个土耳其毡帽不会被认为是外国的服饰。"

"这个毛拉现在在哪儿？"

"他在加沙附近有一套别墅。"

听他说话的语调，我不禁眯起了眼睛。"听起来你好像不同意。"

马哈茂德吸了一口气，然后又若有所思地呼气。"有句老话说得好：'要么一心为民，要么一心为钱。'毛拉是神的使者。神的使者是不会为自己聚财的。一个在山顶拥有别墅的人不会是穷人。"

福尔摩斯，一个把所有人都当坏人看待的人，一个教皇被指控伪造也不会感到惊讶的人，渐渐对伦理道德的讨论变得不耐烦了。"在雅法和毛拉在一起的人是谁？"他问道。

"啊。"马哈茂德说，似乎露出点儿喜色。"这很有趣。"有趣得他不得不蹲下来，以一种更加舒适的姿势待着，然后拿出刺绣的皮革烟袋。"这个毛拉带着两个仆人旅行，一个秘书和一个保镖。"

"不是他们杀的人。"福尔摩斯干脆地说。

"你认为不是他们吗？"

"你的朋友伊塔扎克在去世前说'不是他的'。他们要么是为某人卖命，要么自己就是策划者。"

马哈茂德没有和福尔摩斯争论，也没有表示同意，他只是继续更加认真地卷香烟，然后抽烟。"还有另一个男人，个子高高的，胡子刮得很干净，穿着欧洲人的衣服，不是制服，站在后面听着，看着其他的听众。后来有人看到他和毛拉说话。这两个没有出现的人都是陌生人。"

"啊！那是我们的人。"

"你这样认为吗？"

"难道你不这样认为吗？"

马哈茂德并没有直接回答，而是伸手去拿那个长手柄的火钳。"不管怎样，他已经走了，没有人知道他是谁。"

"难道你不——"福尔摩斯欲言又止。马哈茂德停了下来，看着福尔摩斯，点烟的木炭停在半路。阿里十分恼火。我屏住了呼吸；但最后福尔摩斯没有发表他的评论，只是挥了挥手。"这也没用，但是，你知道那个毛拉的别墅在哪儿吗？"

"他下周回家。"马哈茂德答道。

"很好，"福尔摩斯说，"那就去加沙。"

三

> 普通民众对神职人员的服务没有太大的需求。
> ——伊本·赫勒敦《历史绪论》

三个晚上过后,起初在我脑海中萦绕的那个问题又回来了:我究竟在这儿干什么?我应该在家,今晚应该躺在床上,在英国。我应该在牛津大学,除了第二天的辅导课,没什么可担心的。相反,我们却深陷异国他乡,受制于两个阿拉伯人,他们对我们此行的目的和背景告知甚少。马哈茂德讲完他在雅法的见闻后又恢复了沉默寡言的状态,阿里似乎对我们的狼狈不堪很是幸灾乐祸。总之,这不是一个简单的伙伴关系,如果就这么顺其自然发展下去,我们四个之间的关系会从当前不信任的状态降为公开敌对。那晚早些时候,我就想到了这种结果,管制即将结束,但福尔摩斯却莫名其妙地对马哈茂德简短的指令无动于衷,以致确立了这种不稳定的休战关系。

我们遵从了这两个阿拉伯人的命令,躺在这儿,把这些危险的碎石墙渣盖在我们的肚皮上,尽管这让我们很不舒服,但仍旧保持不动,因为稍微动一下,小石头就会滚落到我们右手边屋顶下方陡峭的岩石上。我们来到这个国家已经五天了,与其说现在是午夜,不如说已接近黎明,我们可能要闯入毛拉的别墅盗窃。我之所以说"可能",是因为,事实上阿里和马哈茂德已经进入别墅,他们让福尔摩斯和我在外面放哨，偷偷监视周围的动静，以免被发现——但是，不知道为什么那晚我俩又紧挨在一起，让房子周边大部分地区处于监视范围之外。我们已经在那儿待了大约九十分钟，但是似乎像是九百年。我身下压着的石头顶着我柔软的身体，挤得我胸腔和盆骨的骨头都错位了，一阵寒意袭来，穿透我厚重的羊皮大衣。夜晚的月亮已经降落，虽然福尔摩斯紧挨着我，我却看不清他，我侧躺着转过头，低声说道：

"福尔摩斯，你能不能告诉我，我们打算在这儿干什么？"

这是我第一次大声地对这个问题提出质疑。毕竟，我们会出现在这里要怪我。在圣地停留期间，尽是不愉快的事，如果事情发展和我想象的不一样，我不准备让阿里和马哈茂德一回来就称心如意地看到我们。

但是从第一天踏上这条路开始，我就没想过离开他们。那天我们大约走了十二英里，但是所走的大部分道路都称不上是正常的路。我们穿梭在仙人掌和无尽的乱石堆中，午后停在石榴树下休息时，我已经精疲力竭。这些石榴树长在阿里所说的"雅博纳"边上，其实就是一座肮脏且几乎废弃的坍塌泥屋。阿里走到我瘫坐的大石头边，差一点踢到我的肋骨，让我起来帮忙搭帐篷。我笨手笨脚地摸索着系好绳索，装水的毛皮似乎变重了，但是我听从了他们的指令去灌了水，吃晚饭时，我都没来得及品尝那褐色的浓汤，就像死了一样昏睡了十个小时。

第二天，当黎明微弱的晨光照到我头顶的帐篷布上时，我早早地醒来了，那是1919年的第一天。天气很冷，但是我高兴地听到黑帐篷中的火坑里传来火焰燃烧的噼啪声。福尔摩斯已经离开了睡觉的地方，他的铺盖卷堆成一堆，靠在远处的墙上，我觉得是他离开时弄出的噪音把我吵醒了。

奇怪的是，我和福尔摩斯已经踏上了和去年夏天类似的远征之路。当时，在威尔士乡村的道路上，我们伪装成一对吉卜赛人，父亲和女儿，去营救一个被绑架的孩子。当然，那是在8月份的威尔士，因此，天气湿润且相对温暖，绿意盎然的乡村里满是当地的村民，而且从一开始我们就目标明确——和这次一点都不一样，但是这种合作关系却非常相似。

我躺在温暖的被窝里沉思，温柔的思绪被阿里粗鲁地打断了，他尖叫着命令我起床，一脚踹在帐篷上，差点要把我头上的帐篷踹塌了。我忍住心中的不满，从被窝里钻出来，开始新的一天。

直到下午晚些时候，又往南走了很远，我才渐渐意识到雅博纳是什么地方：我在雅夫内睡了一整晚，却完全不知道它就是拉比犹太教的发源地。《密释纳》，那本复杂难懂、冗长烦琐但又卓越非凡、积极向上的书，奠定了现代犹太教的基础，它发源于雅夫内的拉比学院，拉比学院是在公元70年耶路撒冷毁灭后诞生的。我漫步其间的，就是那些坟墓，就是聆听拉比约翰兰·本·撒该讲道之处的尘土，而迦玛列、阿奇巴和——

马哈茂德没有转身。阿里只是嘲笑我。福尔摩斯耸耸肩，然后说："哦，好吧。"我向这些逝去的人致哀并因他们的反应而愤怒。

我们继续向南前行，赶往加沙，但是离土地肥沃和人口稠密的沿海平原地区越来越远。我们进入沙漠边缘，雨水给贫瘠的土地带来了短暂的生机，成片的野花可以绽放数日，剩下的十一个月都是干燥的旱季，那里的游牧民族小心翼翼地在偏僻的角落种下几小片小麦和大麦，好的年份里，能收获几捧粮食，大多数人都定居在水井和古老幽深的蓄水池周围，他们用桶和原始的水井机械装置取水，给他们种的瓜和橄榄树浇水。这是巴勒斯坦的沙漠：不是那由一座座沙丘和行进的骆驼构成的残酷大漠，而是充满多刺植物和岩石的干燥荒凉之地，但是如果这个人足够坚定、聪明并且欲求不多，定能在这里开创出不一样的生活。在这片偶尔闪现出绝美和温柔的贫瘠土地上，生活着一群勤劳的人民。看着我脚上长出的水泡，我对他们的尊重之情油然而生。

那晚我们没有到达加沙，而是在一个小村庄外围能看到水井的平地上露营。两顶帐篷支了起来，在我们这顶帆布结构的小帐篷前面，是传统的黑色贝都因帐篷，里面住着阿里和马哈茂德。在阿里生火做饭前，两个男人出现在炉灶旁，让马哈茂德替他们念信。其中一人需要写信，我第一次看到马哈茂德的黄铜墨水瓶，为了防止溢出，里面塞满了棉絮。他为那个穿着暗褐色衣服的人当抄写员。阿里离开一会儿，回来时拿着一大块山羊腰腿肉，饭后，村里过来六个人喝咖啡，当晚他们进行了祷告，然后让马哈茂德为他们读两周前的旧报纸。接着是长时间的讨论，从我不理解的内容聊到我这个站在后面、古怪的、戴着眼镜还没有胡须的瞌睡青年。弥漫着温暖烟雾的空气聚集在羊毛编织的帐篷里，水烟筒发出的咯咯声催人入梦，讲故事比赛的节奏轻松快活。奇怪的是，伊塔扎克这位橘子种植户的血就这样公然地在马哈茂德衣服的下摆处风干了。虽然我对此行的目的全然不知，但我仍旧感觉放松，因为这片沙漠距那个曾在英国跟踪我们而且似乎无所不知的敌人有三千英里。这是一个简单的地方，简单得只有热和冷，疼痛和安慰，生与死。此时，我活力焕发，感觉舒适，这真是个好地方。

马哈茂德又去准备了几次咖啡，最终这些人停止吸烟，起身离开，他们洪亮的声音慢慢在黑夜中消失。我跟着他们走出帐篷，站在外面，看着夜空中闪闪发光的银色月亮，周围簇拥着数以百万计的明晃晃的星星和一道璀璨的银河。这富丽堂皇的一幕令我心醉,这片完全陌生的天空让我着迷,如果不是阿里突然拽住我胳膊的话,我肯定会呆呆地(和冰冷地)站在那儿。阿里低声呵斥道:"去拿你的外套,然后过来。不许出声!"

我拿了外套,然后走过来,在黑夜中跟着福尔摩斯和他俩,直到到达别墅的外墙。最后我任性地问福尔摩斯:

"福尔摩斯,你能不能告诉我,我们来这儿干什么?"

他喘了一口气,用嘶哑且两步开外就听不到的声音说:"我们等着接班。"

我躺了几分钟,看着黑暗的别墅和无人居住的庭院,再次问道:"今晚围着篝火的那些人都在说什么?"

"都是农民经常会说的话题。雨水少。小麦的价格。一位勇士——突袭——一群贝都因人抢夺另一群贝都因人,也就是践踏了两块农田,杀死了一头奶牛。当然,还有那万恶的政府。"他补充道,"马哈茂德似乎对最后一个话题最感兴趣,虽然他很小心地不想让别人看出他对政治感兴趣。"

"我知道了,"我说,虽然不确定我是否真的听懂了,"他查到了杀死伊塔扎克和那两个雇工的凶手,或者大概查到什么了吗?"

"我觉得两者都有。"

听到他这么说我就放心了,因为在过去的两天里,所有迹象都表明这两个阿拉伯人只是流动抄写员,我甚至开始认为他们从没主动参与过迈克罗夫特的事,我们一直误解了他们。"那为什么我觉得他们总是让我们去做毫无意义的事,比如画出那个地方的地图,只是想看看我们会不会听他们的?"

"也许因为这正是他们想做的。"他冷嘲式地回答。

"真是单调乏味。"

"嗯。"

除了巴勒斯坦村庄晚上不可避免的噪音之外，我们再次陷入沉默。豺狗在远处嚎叫，一头驴在下面嘶叫，小公鸡一直在一次次反复地打鸣，鸣叫三十秒，停顿六十秒，然后重新开始。紧接着我们又听到了一轮咳嗽声，住在悬崖脚下房子里的人患了痨病似的咳了起来，然后又安静了下来。除了我脚底和粗糙鞋带在我的脚趾之间磨出的红肿水泡之外，我的两条腿现在都已经麻木了。我发现呼吸变得越来越困难。而且天气也异常冷。

我回想起房子里的两个阿拉伯人，回想起当我提出疑问时，福尔摩斯的回答中总是带着一种奇怪的幽默感。福尔摩斯不像是那种只会耐心听从指挥的人，尤其是面对那些不合理的指令，比如仅在后方单一的位置看守别墅。这个国家以及这里的生活方式对我来说很陌生，但对于福尔摩斯来说并非如此；一时分心导致我没能看清阿里和马哈茂德对我们做了什么，但是福尔摩斯没有丝毫分神。就像是两个人被蒙住双眼在原地兜圈，其中一人是外地人，对现在所发生的事全然不知，另一个人准确知道自己的位置，却愿意让那个人牵着鼻子走，真是个天大的笑话。我不明白为什么会这样，而且我感觉很冷很不舒服，以至于不想再去尝试。

"你确定你能听出阿里学的狗叫声？"过了一会儿，我问。

"他还没有发出这个暗号，"福尔摩斯坚定地说，"他们还在房子里。"

"他们肯定是扫荡了储藏室，饱餐一顿后准备在柔软的床上睡一觉。"

"不要抱怨，罗素。"

我闭嘴不再说话。又过去了二十分钟。在我们躺在这儿的两个小时里，没有发生任何变化，除了村里的一只公鸡，它身边又来了一只大约从一英里外赶来的公鸡。两小时十五分钟时，福尔摩斯再次在我耳边轻轻说道：

"有东西在房子附近移动。"

我还没反应过来，就感觉到一个黑影越过庭院朝我们走来。

"嘿！"传来一个似曾相识的声音，音调很低。

"这边，阿里。"福尔摩斯说。

这个人有一双猫的眼睛，借着星星的光，踏着坑洼的路面，向我们躺着的地方走来。

"保险柜出了点问题打不开。马哈茂德却非要打开它，狗和警卫马上就要醒了。"

"他想让我试试？"

"你说过你对现代的保险柜很了解。"低声说话时很难表达出怀疑和反对的细微差别，阿里却做到了。

"我去。"福尔摩斯说，然后小心翼翼地从墙上滚下来，悬崖上掉下来的石头也像一阵小雨般滚落而下，幸运的是，惊醒了房子下面的狗，而不是住在那儿的人。福尔摩斯跟着阿里进入黑暗之中，然后停下来。"对了，罗素，我想祝你生日快乐。但是我猜现在晚了一天。"我还没反应过来，他就消失了，而事实上，我已经完全忘了我十九岁的生日。我收到的生日礼物有，一个晒黑的鼻子，一对相配的水泡，右脚跟深入骨头的伤痕，因为饥饿缩紧的肚子，还有现在趴在墙这么高的位置上可能会给我留下的所有擦伤。总之，收到过生日礼物这种有趣的事，我也经历过。

更让我高兴的是，我不用再慢慢地等下去了。但是令我吃惊的是，不到半小时，又一个移动的黑影慢慢靠近我，接着阿里出现了，而且很激动。

"保险柜打开了，但是那个傻子坚持要看里面的每一件东西。你必须告诉他,关上保险柜,这样我们才能离开。这里没有麻醉剂。"

我学着福尔摩斯的样子从墙上滚下来,没想到肚子撞在一块大石头上,差点喘不上来气。我疼得直喘气,但是尽量不出声。我站起来,摇摇晃晃地跟在阿里后面,走进房子。

从外面看,这似乎是一座大房子,穿过黑暗的房间——走过光滑的大理石地板和厚实的地毯,空气中散发着烹饪的香味和檀香木的味道——这一切让我更加确信这位宗教圣人确实不是一个穷人。

我们转入走廊,进入一个昏暗的长方形房间,阿里轻轻地关上门。我看着这两个衣衫不整、蓬头垢面的男人,然后弯腰看了看书信堆,接着看了看站在我身边穿着鲜艳衣服的阿里,我多希望他已经被氯仿麻醉得不省人事了,因为如果还有一丝意识,他就会毫不犹豫地开枪。

福尔摩斯坐在保险柜前面的小矮凳上,快速但有条不紊地翻查着他膝盖上的那堆书信。我们进来时,我看见他正拿着一封信,打开看了看,然后将信和信封一同塞到他长袍的前襟里。马哈茂德看起来比平时要活跃,他站在福尔摩斯身边,双手紧握,好像是想拧干双手里的水,或是想拧断福尔摩斯的脖子。阿里伸手拉了我一下,然后用另一只手指着这两个男人。

"告诉他,"他强调道,"告诉他我们必须走。"

我仔细看了会儿福尔摩斯,从他的表情中我能看出他不想离开。我转向阿里。"他在找什么?"

"我们只想取回一封信。已经找到了。我们必须离开。"

"这个毛拉有可能是个敲诈犯吗?"我问道。阿里的眼睛滑向一边,马哈茂德嘴里嘟囔着一些话,大概是说这个人事实上并不是毛拉,他俩都很肯定。"福尔摩斯并不关心什么敲诈犯,"我说,但是又对福尔摩斯补充说,"再过半小时天就亮了。"

听到我这么说,福尔摩斯只是加快了翻查的速度。他并没有改变主意,依旧在那儿看信,漫长的十二分钟过去了,他看完了所有的信,而且又多拿走了几封,然后站起来把剩余的信放入保险箱内。一阵骚动后,阿里和马哈茂德把一切恢复原位,家具、关上的保险柜,还有盖在保险柜上面的耶路撒冷石版画,最后我们匆忙离开。

天蒙蒙亮。马哈茂德锁上别墅的门,别墅前面的墙内长着香气馥郁的树,我们从树影间悄悄溜走(别墅前面的墙很高,完好无损,顶上插着玻璃,起着隔离道路、保护庭院的作用)。马哈茂德再次拿出撬锁工具,撬开大门,等我们出来后又重新锁上。一阵断断续续的犬吠声从房后传来,但我们已经离开下山了,穿过两段之字形的坡路和橄榄树构成的梯田。我们取回放在橄榄树下的行李、几包食物和几抱用细绳捆着的柴火,最后重新回到公路上。黎明来临,我们四个伪装成愣头愣脑的阿拉伯农民。半小时后,一辆拉着英国士兵的卡车从我们身旁飞驰而过,尘土飞扬,我们身上又多了一层尘土。

走近露营地时,我们看到两个人像滴水兽一样蹲在马哈茂德和阿里的黑色羊毛帐篷外。一个年轻男人,身上裹着多层灰褐色的布;当我们靠近时,他站起来为我们让路,他的双脚长满老茧,穿着一双褪了色的没有鞋带的大鞋,这是他最明显的特征。他身边的女人躬身坐在地上,这个已婚妇女裙子前飘着一条红色的刺绣丝带,还有一小堆褪了色的黑色。她的头和上身裹在一条被称为布坎的宽松披肩里,看到我们走近,她赶紧把布坎围到脸上,戴在面纱外面,那红蓝相间的面纱上点缀着金币花纹。我不止一次想弄明白,为什么这个国家的妇女在炎热的夏季裹成这样却不会窒息？除了前额文着的靛蓝色刺青和因干农活而变得粗糙的右手手指外，她身上唯一可见的部位就是她那双乌黑的眼睛。此时她觉得没人注意，显得饥肠辘辘，并且好奇地打量着我们。

这个男人就像久别重逢的兄弟一般跟马哈茂德打招呼，他紧握马哈茂德的手，热情地和他讲话。但是我们以前也经历过这样的情景，而且我发现他的鞋子是借来的。马哈茂德只是蹲在帐篷外面，远离阿里重新用骆驼粪便点燃的篝火，而不是请他的客人到更舒适的铺着地毯的帐篷里待着。因此我断定他们是生意关系，并非朋友。

我们剩下的人继续像往常一样，完全忽略了那两个忙着做交易的人，也忽略了那个女人快速闪过的目光（当然，那个男人根本不屑于向我们介绍她，因此我们就忽略了她的存在）。尽管很好奇，但是我异常小心，尽量不盯着那个女人看，毕竟从外表看，我是个男人。当我在火堆旁扔下手中的几捆树枝和木棍，等着阿里倒掉羊皮水壶中剩下的水，好去半英里外的水井打水时，我很满足于能偷偷摸摸看几眼那个女人。我两次与她对视，第二次对视时，她满脸通红。和女人调情的感觉很奇妙，但是我觉得如果我这个长着浅色眼睛、四处漂泊，并且还在他们面前炫耀自己那副神秘且贵重眼镜的外地人，发现了她这蠢蠢欲动的欲望，并且她能够从这种想法中获得某种快乐，对她来说或许是件幸事。

我把松弛的羊皮水壶搭在肩上，然后走开了。这是我第三次去打水，路上的石头并没有减少，羊皮水壶也没有变轻。同样地，驻扎在水井附近的这群人的两头骆驼和以前一样暴躁，但是狗并没像往常一样跟着我，孩子们似乎已经接受了我不搭理他们的事实，他们只是跑了出来，抬头看着我。我前面的女人在水井边灌满了她那标准的油罐后，轻松地将罐子稳稳地顶在头上,不屑地看了一眼我这个做女人家务活的男人,然后摇摇晃晃地走开了,我发现这条路不但没有变短,而且井绳在我手心磨出的水泡还和以前一样疼。灌满水后,我把这只令人讨厌、哗哗作响的羊背在背上(虽然这几天羊皮水壶一直挂在厨火边上,但是在我看来,它就像是一具腐烂到快要爆炸的动物尸体),拖着沉重的步伐缓慢地走回营地,路上看到那些遮盖全身的妇女正在研磨面粉,男人们则待在帐篷的背阴处聊天抽烟。

　　我回来时,阿里已经煮好茶,正忙着雕刻木头——雕刻的是一只很小但很活泼的驴。福尔摩斯不在,马哈茂德已经摆好写字桌,正忙着为他的客户撰写某种文件,客户一直在说话,告诉马哈茂德一些关于他兄弟和一只骆驼的事,但是他讲话的速度太快,我根本跟不上。这个年轻男人向或许是他姐妹或妻子的那个女人问了两次话,并在再次讲话前,不耐烦地等待着她的回应。她说话的声音很小,却悦耳动听。马哈茂德流利地写着文件,他把钢笔伸进黄铜墨水瓶中蘸了一下,然后连续书写着,只有在用小折刀修剪羽毛笔时才会停下来,最终,这页纸上写满了漂亮、干净、清晰的字体。马哈茂德挥舞着钢笔签上了名字,这个男人也在上面做了记号,然后阿里也被叫过去签了名。马哈茂德把沙子撒在稿件上,弄干墨水,然后轻轻拍打,把纸张弄干净,最后把它折起来,用蜡封好,并在正面写上地址。这个男人接过写好的信件,连连道谢,付了几小枚硬币,然后他和马哈茂德每人抽了一支黑色烟叶卷成的烟,为了除去浓重的烟草味,他们又各自喝了一杯水。最终马哈茂德的客户们离开了,男人仍在和女人说话,当女人站起来时,可以明显看出她已经怀孕了。跟着男人离开之前,她既害羞又热情地瞥了我一眼。

　　他们很快消失在小路上,阿里将他那把可恶的刀迅猛地插入刀鞘（他收刀的动作让我突然很想弄明白，原来是否有阿拉伯人因收刀过猛而让自己开膛破肚），然后迅速拿出他前天晚上烤的一锅扁面包。我们走进帐篷，围坐在火边吃早饭。我已经受够了每天都吃这种潮湿的烤煳的无酵面包，即使是热的，也和吸墨纸的味道差不多。但是那天早上，我饿极了，本应食之无味，却发现了阿里那晚打开并放在地毯中间的大罐蜂蜜，蘸着蜂蜜吃了很多。接着他给我们一人一把红枣和杏仁，然后往四个锡制的杯子中倒入昨天从邻居那儿买的酸羊奶，他们管这叫"拉班"。我注意到，阿里将福尔摩斯和马哈茂德的食物直接摆在他们前面，而我的那份却被放在大约一臂之长的范围内。阿里不喜欢和女人一起吃饭，虽然他不得不忍受，但他还是想尽力证明他对我的厌恶。就连马哈茂德也把咖啡放在我面前的地毯上，而不是让我像男人一样直接从他手里接过咖啡杯。我心中默叹了口气，伸手取回早餐，然后跪坐着享用它。

饱餐一顿后，马哈茂德伸手去拿做咖啡的餐具，我们其余的人都默默坐回地毯上。阿里开始雕刻，福尔摩斯从他长袍的前胸处取出烟斗和烟草，接着将缠头巾的底部卷起，塞进厚厚的黑色头巾绳内，然后将烟草放入烟斗内，用火钳从火堆中夹出一块煤点燃。在过去的几天里，他一直在抽当地种植的黑色烟叶，但今天早上他一反常态，往烟斗中放了一点他下船时从英国买的烟叶。身处异国他乡，品味各种不易，家乡的烟味让我心潮澎湃，第一次，一股思乡之情向我涌来。

福尔摩斯等待着，直到马哈茂德把咖啡豆倒入长柄锅内，豆子烤焦的香味和烟味混在一起，他才把夹子放到火堆旁，然后把手伸到长袍内。他拿出从别墅保险箱中取出的信件。总共五封，他把其中的四封扔到马哈茂德的脚边。第五封递给了我。看到他这么做，马哈茂德的脸变得冰冷无情，阿里突然坐直，用右手危险地拔出他那把宝刀，雕刻的木头掉落在他左边。

"那不是给你的！"他生气地反对道。

"你们俩可能已经习惯于听从命令盲目行动了，"福尔摩斯说，眼睛盯着烟斗，"但是罗素和我从不听命于人。就我个人而言，我不会贸然将手放到任何事先没有检查过的缝隙里。其他那几封信，"他告诉我，"就是平常的信件——两封暧昧的情书，是一位住在开罗的女士写的，一封一个纳布卢斯的地主非法购买土地的信，一封警方的报告，是关于——那个，内容无关紧要。然后就是这封信了。"

我安慰自己，阿里没打算将刀子用在我们身上。我从信封里取出信打开，看到纸上写满了德语。我伸开腿躺在地上，放松腿部的肌肉——这三个男人立刻对我发出不满的嘘声。

"哦，看在上帝的分上，"我反对道，"把膝盖抵在腋下，我只能坐这么几个小时。我肌肉抽筋了。"

"这是你的脚，"福尔摩斯解释道，"你鞋底这样指着别人是非常不礼貌的。这和你用左手吃饭一样不礼貌。"

"对不起。"我嘟囔着，然后把我的手脚又痛苦地叠在一起坐着。

当咖啡豆烘焙到一半时，马哈茂德没能顺利将其放入袋中，虽然动作很勉强，但他仍在继续。我已经看完了这封信，当盛咖啡的小瓷杯猛然放到我面前时，我正在重读这封信。我心不在焉地喝了一小口。

"很有趣。"我说道。福尔摩斯没有回应。我发现他一条腿蜷起，另一条腿塞到长袍下，正极其专注地注视着他的杯子，一条眉毛微微扬起。

我现在已经十九岁了，和福尔摩斯相识了四年，在此期间，他和他的女管家，哈德森太太，以及他亲密无间的老伙伴兼传记作者，华生医生，已经成为我仅有的家人。我和他一起学习，在他那往往很讨厌但绝非乏味无聊的公司度过了数千个小时，我和他合作过几起案件，包括去年夏天那起紧张激烈、生死攸关的绑架案；到现在为止，我对他的了解多于我自己，而且我能迅速读懂他的肢体语言。

"嗯。"我若有所思地咕哝了一声，他虽然一言未发，但明显对那封信心存怀疑，我第三次仔细通读了这封用德语写的信。仔细斟酌后，我才发现他为什么会怀疑。"也许你是对的。"我承认道，可是当我说完这话后，我发现我们对面那两张黝黑的脸上浮现出惊愕的表情。我故意点了点头，品尝到了复仇的甜味，然后把信折好放回信封，还给福尔摩斯。

"我只能说单词最后的字母 e 写得有些夸张，而且小圆点离它有些近。"我若无其事地说，然后向马哈茂德递出杯子，"还有咖啡吗？"

马哈茂德面无表情地看了我一会儿，然后伸手去拿装咖啡的黄铜高脚杯，阿里却控制不住了。

"你们说的是暗号吗？"阿里突然喊道，"我也没看到任何手势。"

"仅仅是心与心之间的交流，"福尔摩斯答道，然后把目光转向马哈茂德，继续说道，"罗素小姐已经发现我们辛苦从毛拉的保险柜里偷来的信中有一封是伪造的。"

"居然是伪造的！"阿里没看马哈茂德就突然夸张地惊叫起来，"你们——"

"肯定是你们设计的。"阿里说道，这话有些让人透不过气来。"你们写的。"阿里开始以一种极其夸张的方式抗议道，马哈茂德眼底却露出一丝静谧的微笑，最终阿里停止了他语无伦次的讲话。福尔摩斯沉重地说道。"我们上岸那天晚上，你们为了好玩，带着我们到处走，把我们推进成堆的腐烂臭鱼和垃圾里。我当时就反对过,但自从我们离开城镇,你们又继续小题大做地带着我们走过犹太山。我什么都没说,如果你认为罗素很没耐心,那你们就错了。你们觉得有必要考验我们的能力,我很理解;如果设身处地地想想,我可能也会这么做。但是,这已经够多了。"他摇晃着那封信,然后俯身将它扔进快要燃尽的火堆中。果不其然,两兄弟没人跑过去抢信以保信的安全。马哈茂德伪造的这封信是提庇留时期的一位传说中的德国间谍写的,信在煤炭中间冒了一会儿烟,喷出一股火焰,最后卷成一团黑色的灰烬。福尔摩斯从火堆处往上看。"五天,将我们蒙在鼓里,比我预想的多了三天,尤其是想到开始的时候。做决定吧,相信我们,或者让我们自己走。"

仍像顽石一样的马哈茂德打断了福尔摩斯凝视的目光,快速瞥了我一眼,然后俯身向前,把咖啡残渣倒在燃尽的信纸上,卷曲的黑色物质颤抖了一下,化为灰烬,马哈茂德继续重复这个动作,站直身体,然后把杯子递给阿里。

"我们要去见约书亚。"他说,然后面向帐篷内部。

"啊,"福尔摩斯说道,同时满意地点点头,"约书亚。"

马哈茂德手扶着帐篷中央的栏杆,停住了。"你知道约书亚?"

"我听说过他。"

马哈茂德仔细看了一会儿福尔摩斯,然后继续向帐篷内部走去。

"谁是约书亚?"我问道。福尔摩斯扬起一条眉毛,看向阿里,想请他解释,但他只是忙着拂去长袍上的碎木屑,然后走开,开始收帐篷。"福尔摩斯?"我继续追问。

"罗素,你读过《圣经》。我确定你不需要我给你解释他的代号。"

"约书亚是个代号？是其中一位军官的名字？"

"这里的约书亚暗指的更多，它是一个非官方的身份，而不是他军队的头领。"

我想了想，然后说道："《约书亚记》，'他派出两人秘密监视这个国家'？"

"准确无误。"福尔摩斯赞同道，他在炉灶的石头上敲空烟斗，然后站起来走出帐篷。

四

> 在交通主干道上没必要带武器……但是在其他地方携带武器是明智的,对一个外地人来说,当你携带枪支时,很大程度上决定了当地人如何对待你。
>
> ——《巴勒斯坦和叙利亚旅行指南》1912年版

现在我们有许多东西要收拾,帐篷、羊皮水壶、做饭用的锅、骡子等,直到早晨过去一半,我们才出发。我打包好我们为数不多的行李,然后帮忙折叠福尔摩斯和我自离开雅法后一直住着的圆顶帐篷。

一上路,我们就往正东稍偏北,耶路撒冷的方向行进,阿里确认我们只需走到贝尔谢巴。我们还是按第一天的顺序前进:阿里和马哈茂德走在前面,步履均匀,从不回头看,除了阿里偶尔会回头喊叫,命令我们不要落后跌倒,不要让骡子走丢。这两人领先我们至少十步至半英里,一路上一直在讲话——更确切地说,是阿里一直在手舞足蹈地讲话,而马哈茂德却一直在倾听,偶尔会回应。福尔摩斯和我,要么安静得一言不发,我专心阅读《古兰经》,要么他教我阿拉伯语语法和词汇,或者给我讲当地的风俗和历史。我们身后跟着三头骡子,它们的蹄子嗒嗒作响,背上的锅相互碰撞,发出叮咚声,它们一直乖乖跟在我们身后,直到我们进入村庄,我们不得不抓起缰绳,以免村里的狗惊吓到它们,当汽车靠近(通常是一辆老式的福特T型车),发出极其少见的轰鸣声时，我们不得不拉好骡子。

我意识到阿里和马哈茂德在这里很出名。尽管马哈茂德长相粗鄙，他却是一位备受尊重的先生，替人撰写和朗读文件。我发现他们会定期来村子，停留一小时或一周，替当地的居民给远方的亲戚写信，为邻里之间拟合同，替村民向政府写请愿书，阅读收到的来信或旧报纸，甚至给他们讲故事。这封辞藻华丽的阿拉伯语请愿书，是请求土耳其统治者能用简明英语撰写公文，马哈茂德现在收到的报酬是埃及货币，有时甚至是英国货币，但基本都差不多。随着我们向前行进，我开始羡慕这两兄弟的自由洒脱，因为他们被人熟知，所以被人接纳，尽管他们与众不同：作为游牧民族的一员，却没有牲畜；没有女眷，但显然对靠近他们的人妇和女儿并未心怀不轨；拥有宝贵的技能，让他们与众不同，但同样赋予他们神秘感和权力；这并没有什么特别之处，因此我们奇怪的口音和用词——福尔摩斯独特的缠头巾和我那松散的长头巾，阿里亮红色的埃及皮靴和他那五颜六色的长夹克，我们的骡子，与这个国家中平民用的驴和山羊，还有真正的贝都因贵族用的骆驼和马都不一样，我们拥有柏柏尔人的蓝眼睛，而两兄弟却是棕色的眼睛，甚至是我的眼镜——都不像预想的那样不可原谅，好像我们组成了一个截然不同而独具风格的部落。阿里和马哈茂德已经这样生活了至少十年，对于需要密切关注乡村活动的邻国（现在是占领国）政府而言，真是一个完美的安排。

我想知道，如果现在战争结束，这两兄弟的生活方式是否会改变。在和平时期，政府是否还需要在这个国家安插间谍？

"福尔摩斯，你怎么看？"我对着前面的路点点头，这两兄弟手牵手，阿里另一只手在空中挥舞，正在阐明自己的观点，在阿拉伯世界，两个男人在公共场合牵手是一种时尚，但对于西方人来说，这种奇怪的做法真是亮瞎我俩的双眼。

"你觉得他们这样很有趣吗？"他问道。

"我不知道我怎么看。我不了解这个国家，但是据我所知，可能所有人都和他俩一样。"

"不，我觉得你可以相信阿里和马哈茂德在这里几乎是独一无二的。即使托马斯·爱德华·劳伦斯和格特鲁德·贝尔比他俩更像本地人，但是冥冥之中还是会有一条线把他们与当地人分开。"

过了一会儿，我才理解他的意思，便问："你是什么意思？你是说他俩不是阿拉伯人吗？"

"肯定不是。你没有听到他俩说话时双元音中带着伦敦腔吗？"

"我相信阿里是在一个讲英语的学校上的学，他的英语很好，但他说话的口音是阿拉伯口音，不是伦敦东区的口音。而且我没听到过马哈茂德用英语说话超过二十四个词。"

"不是伦敦东区的口音，更像是伦敦南部克拉珀姆地区的口音，阿拉伯口音靠的是积累。罗素，你真的需要在你的口音上多下点功夫。"

"两个来自克拉珀姆的兄弟到这儿来做什么？"我怀疑地问道。

"罗素，罗素。他们不是兄弟，你难道没有发现吗？除了外表完全不像之外，他们的口音和习惯——餐桌礼仪（即使没有桌子，也能以此评判一个人），姿势，态度——都是完全不同的。他们顶多是表兄弟，而且我愿意打赌。"

"朋友？"我怀疑地问。这肯定又是他独创的笑话。

"同伴，他们都欣赏阿拉伯的服饰和文化，决定一起享受吉卜赛人的自由生活。"

"另外为英国政府做些事。"

"是的，为他们的国王。毕竟，他们是迈克罗夫特的人。"

啊，是的，迈克罗夫特，福尔摩斯家族的大哥，和福尔摩斯这个弟弟一点也不一样：他肥胖、懒惰，是政府机器上的永久齿轮。但就像我的师父福尔摩斯一样，迈克罗夫特聪明，有远见卓识，能看穿敌人的花样，能在混乱中迅速抓住核心问题。和福尔摩斯一样，迈克罗夫特也是一位品格高尚的人，这对于英国人民和国际政治来说，都是一件幸事，因为据我所知，迈克罗夫特在政府内部的权力几乎是无限的。如果想让政府整体瘫痪，他都可以做到。相反，他只是推波助澜，静观其变，偶尔会小声地给出意见，然后坐回去继续观看。如果有人有能力将一对英国人塑造成贝都因人的间谍，迈克罗夫特就是这样的人（但是我还不能确定福尔摩斯是否在戏弄我）。我原以为，不论迈克罗夫特需要在这儿执行什么任务，那个任务都会像他本人一样含蓄；现在我已经开始相信这个任务太过含蓄以至于根本不存在。但是，听言外之意，我们最终会在贝尔谢巴搞清楚这一切，无疑是由这个神秘间谍组织的头目约书亚向我们说明。

一点整，我们停下来让骡子饮水，然后煮茶。完成自己的工作后，我坐到小火堆旁，脱下那双万恶的凉鞋，小心翼翼地将流着血的脚塞到我脏兮兮长袍的褶边下面。甜茶辅以一把杏仁和一些严重干瘪的无花果干，不到半个小时，阿里就把东西收拾走了。我叹了一口气，伸手去拿凉鞋，但是福尔摩斯却拽住了我的胳膊。

"等一下。"他说。他从长袍的下摆处掏出一把杏仁壳，扔进奄奄一息的火中，接着站起来，迅速走到骡子站着的地方。他停顿一会儿，仔细端详阿里那打着复杂绳结的包裹，然后将手放到绳子上，一分钟后，满是结的帆布包被打开了。

他把手伸进包的底部，掏出一双我以为永远都不会再看到的熟悉靴子，重新系上包。他再次回到火堆旁，将靴子扔到我面前，然后麻利地弯下腰，抓起那双劣质的凉鞋，扔到燃烧的杏仁壳上。

我五天前塞到靴子里的袜子仍旧浸着海水，鞋皮有一股霉味，但我毫不犹豫，将双脚钻进靴子内，系紧鞋带，然后将笨拙地别在皮带处的细长飞刀恢复原位，放到靴子顶部的护套内。当我穿着像老朋友一样的靴子站起来时，阿里和马哈茂德一言未发，但我的双脚似乎在高喊着轻松，如果有必要的话，我觉得我能步行到大马士革。

我们穿越这片不毛之地，唯一看到的是几顶其他游牧民族的低矮黑帐篷，和我们的帐篷很像，还有几间破旧的小屋，直到下午晚些时候，我们才偶尔会看到十四个月前贝尔谢巴战斗的残骸：一些乱七八糟的带刺铁丝网，一门大炮支离破碎的骨架，一匹马七零八落的裸露骸骨，还有一束束翘起的奇怪电线，差点绊倒我们——没人知道这是什么，直到福尔摩斯解释说，这是在大面积软沙上为汽车铺设临时通道的快捷方法。当太阳完全落下后，我们停下来吃了一顿冷饭，接着在厚厚云层的笼罩下，在黑暗中继续前进。

多亏我白天换回了原来的靴子，我发现跟上这两兄弟一点都不难，但是在如临深渊的黑暗之中，我再次落后，第二次在骡子的带领下前进。

大约一小时后，大风吹来。寒夜变得越发冰冷刺骨，扬起的沙子打在脸上。我摘下眼镜，如果大风没有吹掉我鼻子的话，这眼镜就快被沙子吹得模糊不清了，接着我把长袍紧紧地裹在身上，跟着前面昏暗不清的队列继续前行。

一会儿开始下雨了。阿里和马哈茂德出现在我们的视野中，他们等我们赶上，好帮忙拉骡子。很快大雨倾盆。电闪雷鸣，最终暴风雨直接倾倒在我们头上，我们紧紧抓住骡子的缰绳，生怕它们受惊后带着我们的帐篷和锅飞奔而去，消失在这黑夜里。这条小路已经不能走了，路面变得光滑黏稠，最终四只脚的骡子都举步维艰。

当冰雹袭来时，我突然停住了。"该死！"我大声喊道，为了能在阵风的呼啸声和冰雹打在大铁锅上渐强的砰砰声中听到我的声音，大声叫喊是很有必要的。"为什么我们今晚非要到达贝尔谢巴？"

这两兄弟没人解释。但是，我反对的声音似乎让他们认识到继续前行也是徒劳之事，因为他们没有再坚持。我们在极度混乱的状态下胡乱摸索着，直到风似乎有些减弱，我才意识到我们正紧靠着一块露出地面的岩石。我们跌跌撞撞地走近骡子，卸下它们背上沉重的包裹。阿里取出那顶大帐篷，不过我们只是爬到折叠的帐篷下取暖，而没有尝试在暴风中满是岩石的地上支起帐篷。我们挤在一起，冰雹打在我们头顶的帐篷上。最后这一切都停了，周围一片寂静，静得能听到雪花轻轻飘落的沙沙声；最终黎明降临，只留下安静和彻骨的严寒。

当这个还没完全冻住的帐篷响动起来时，我似乎已经进入梦乡，接着有人离开了我们这温暖的集体——我想应该是阿里，因为我听到了他的脚步声。几分钟后他回来了，发出奇怪的沙沙声，停在骡子旁边。又过了几分钟，他离开拴骡子的地方，回到我们仨身边，又停住了。到现在为止，我都忍着没有挪动一下，因为我想如果我继续麻木地躺在那儿，可能就不会感到冷了，但是此刻我伸手拉开盖在脸上的粗糙帐篷，看见阿里正蹲在白雪覆盖的地上，伸出两只手敲击打火石。火星四溅，打火石发出巨大的撞击声，他拉来的潮湿灌木迅速欢快地燃烧了起来，我们有火了。

不同寻常的是，早上马哈茂德下厨。他开始用一些奇怪的谷物煮了粥，又热又甜，还加了肉桂，我们用木勺从公用的大锅里盛着吃。这必要要配上扁面包，面包尝起来有一股可口的小麦味，吃的时候要撕成几片，蘸着黄油吃，对于马哈茂德来说，只不过是那凸面的大铁锅运转正常，烤出了浅色、未煳、熟透了的面包。接着马哈茂德让阿里去拴骡子的地方——现在天已经亮了，能看清他在做什么——他回来时拿着一个凹陷的没标签的罐头盒。阿里打开罐头盒，递给马哈茂德，马哈茂德将罐头倒入锅内。令我惊讶的是，当罐头倒入锅中时，发出了一阵肥油的滋滋声，肉的香味飘散在冰冷的空气中。

那天早上的肉定是上帝恩赐的礼物，它救了我的命。我们重新装好瓶瓶罐罐。早上只是有点冷，但并非寒冷刺骨，虽然我的羊皮大衣湿了，但是足够御寒。

贝都因人相信一个迷信说法，福尔摩斯曾跟我提过，直到露水落到地上，才能开始一天的旅程，以免鬼魂带走旅行的人。这种习俗其实是常识，因为如果将潮湿的羊毛帐篷打包，它很快就会坏掉。但是，如果那天早上我们只是等着帐篷自己晾干，肯定要在那儿坐到日落时分，所以我们尽力将黑帐篷上的冰雪拍打下来，然后给其中两头骡子重新分配剩余的包裹，最后把笨重的帐篷放在第三头低吼的骡子背上。

空气清新的早上，沙漠闪闪发光，广袤的天空被雨水冲刷得干净透亮，万里无云。一片片的雪堆在山顶上，当太阳照向它们时，很快就融化了。雪水汇集在一起，流到我们脚下的干谷中，一抹鲜亮的绿色覆盖在乱石堆上，野花遍地都是，一夜之间，所有这一切奇迹般地出现了。当我们前进时，骡子啃食着青草的嫩叶，阳光温热，它们背上的包裹也轻轻冒着蒸汽，这世界真是让人心满意足。

除了这两兄弟。阿里一路上一直保持沉默,马哈茂德比平时更加忧郁。我问福尔摩斯是否知道他们为什么情绪低落,他摇摇头,我耸耸肩。

同时,这片乐土就像一幅美丽的画卷,在我们面前展开,我吃得很饱,与以往不同的是,今早我的脚第一次没疼。这真是一件不可思议的事,一双舒适的鞋居然能让一个人的关注点变得不同。我似乎正在重新看待周围的一切,包括我的同伴。

"福尔摩斯,你胡子长得真快。"过一会儿我评论道,"痒吗?"

"现在感觉还可以,前十天的时候最糟糕。"

"你抹眼影了?"那天早上我们都特别注意了一下自己的着装,因为我们在肮脏烟熏味的羊毛帐篷里近距离过了一晚,而且我们要去一个小城市,那里的人都会用好奇的眼睛打量我们,所以从这两方面讲,注意一下自己的外表是很有必要的。阿里精心地将胡子弄成了卷状;马哈茂德拍打掉了长袍上的尘土;我在帐篷的角落里将靴子刷净,把头发牢牢地打成结,系在松散的头巾里。

"每个穿着讲究的贝都因人都抹眼影。"

"这很时髦。实际上,你看起来特别凶恶。"

"谢谢。现在用阿拉伯语重复一下我们刚才的对话。"

我们又挣扎着度过了一节阿拉伯语课。我现在讲阿拉伯语的流利程度大致和一个三岁脑瘫患儿的水平差不多,而且除了我的同伴,我还没跟任何外人说过一个阿拉伯语单词,但是我已经能听懂一段对话,不用特意挑出某个单词去找意思,就像阿里从小扁豆中挑石头一样。也许再过一个星期,我会发现自己竟在用这种语言断断续续地思考。到那时肯定会很累,因为阿拉伯语有五种不同的喉音、六种齿音、八种代词和三十六种复数变化形式。

阿拉伯语课结束后,我用阿拉伯语告诉福尔摩斯,岩石是红色的,小花是白色的,苍蝇是安拉派来的灾难,骡子散发着恶臭。他转而描述了圣城麦加(像他这样的异教徒禁止入内),告诉我真正的贝都因人是彻彻底底的游牧民族,他们在沙漠深处靠骆驼奶和山羊肉维生,为骑马和劫掠而生,鄙视所有耕种土地的人。说阿拉伯语是我开的头,但是一会儿我就不知不觉地轻松说回了英语。

"你是贝都因人的口音,对吗?而且似乎比阿里更流畅。"我说道。

"我学的是正统的阿拉伯语,不是那些边缘民族的语言。马哈茂德的发音就很好。"

"但你说他俩是英国人?"

"我对此毫不怀疑。但是,如果我是你的话,我不会在这儿提此事,因为他们可能会听到。"

福尔摩斯说最后一句话时声音变小了,因为我们的两个同伴停了下来在等我们。当我们靠近他们时,令我惊讶的是,马哈茂德居然在用英语讲话。

"因为现在这些干谷里都是水,所以我们必须走公路进城。阿米尔必须保持绝对的沉默。即使遇到挑衅,他也决不能说话。"

"你认为会有人挑衅?"我问道。他不理我。

"还有一件事我们必须避开,就是对阿米尔进行全身检查。即使是在英国,发现有人女扮男装,也会有一定的后果。记住:沉默。"

奇怪的是,马哈茂德总是令人印象深刻,和福尔摩斯一样,他感情热烈,拥有高度的自控力。我默不作声地跟在后面,对阿拉伯语课兴趣不大。大约半小时后,我们走下一座小河谷，停在那儿，阿里从他的长袍中拿出一个包裹，将他珍珠手柄的左轮手枪还有其他一些东西装了进去，包括马哈茂德的一个小包裹和从其中一个包裹底部拿出的步枪，然后他伸手去要福尔摩斯带的左轮手枪。最后阿里解开黄金腕表的皮带（六天中，这个表的指针就没动过），将其包在一张从马鞍袋中拿出的绝缘油布里，最后把所有东西都藏在一个角落，前面放些石头，这是为了防止它们移位，便于隐藏，而且便于我们确定他放武器的位置。像我们这样的当地人是不允许携带武器的。

我们身后是一张河谷和山丘交织而成的网，包括（现在水流湍急的）埃尔萨巴干谷，1917年10月，英军曾在此对贝尔谢巴展开大规模的决定性攻势。我们右侧是土耳其战壕的残骸，战壕是在平坦的平原上挖掘的，沟渠的边沿遍布着带刺的铁丝网，铁丝长度依旧，虽然生锈但还是极具破坏性。我们对防御工事敬而远之，很快来到一条误以为是公路的小径，这条通向海岸的小径上面满是车辙，它最初是由土耳其人建造的，现在用于连接贝尔谢巴的驻防区与延伸至埃及出口拉法的沿海铁路。一年前，作为前线城市的贝尔谢巴和加沙面临着被英国占领的危险，这条路成了一条军事活动活跃的通道。现在城镇迅速恢复了以前的静寂状态，如果那些卡车仍旧彻夜来回跑动，它们就不会衰落得这么快。

不幸的是，这种状况意味着士兵将继续驻扎于此，他们早已对等待复员感到不满，从停火协议签订的几周延长至几个月，似乎归家无望，来到通往贝尔谢巴的检查站，我很快就明白了为什么阿里和马哈茂德会如此忧虑，并会丢弃身上的武器。

距检查站半英里时，阿里将骡子带到路边，莫名其妙地开始煮茶。卡车隆隆地来回驶过，满载着包裹的骆驼步履沉重地静静走过，我们坐在公路不远处，小口地喝着茶。但是，喝茶休息并不轻松，我们的两位阿拉伯兄弟已经紧张得喘不上气了，他们跪坐在地，一边抽烟，一边喝茶，一眼没看检查站，公路沿着检查站的方向逐渐缩小，消失在西方的地平线。

马哈茂德突然站了起来，将刚刚斟满的茶水泼在火堆上，然后把我抵到嘴边的茶杯抢走，将水倒出。阿里迅速收拾好所有煮茶的器具，然后匆忙投入马鞍袋中。几分钟后，我们向东踏上了这条通往城市的道路。因为马哈茂德的坚持，我摘下了我引人注目的眼镜，我不知道他们看到了什么才会有这样的举动。

检查站那些烦人的士兵见到我们很高兴，显然是因为他们认出了这两兄弟。

"为什么，这不是我们的老朋友双胞胎兄弟吗？戴维，他们今天带了朋友。这样好吗？"

"连阿拉伯佬都能有朋友，查利。"

"确实，戴维，居然还有像这个瘦子这么漂亮的。"

幸运的是，我脸上的染料掩盖了我涨红的脸颊，因为他们谈话的内容很快升级，变得很是生动形象。尽管如此，我们四个人只是愣愣地站着，眼睛看着地面，直到这两个士兵不想再继续说话了，其中一个士兵走过来，将刺刀的刀尖抵在包裹的麻绳上。三只骡子用尽全力快速后退，我们的行李如雨点般落到它们的蹄子周围。不到两分钟，我们所有的东西都散落在地，接受英国军队的检阅，他们踩上踩下，踢踢咖啡壶和满是泥浆的帐篷橛子。当他们没有发现比水果刀更致命的东西时，似乎感到很失望，如果我们带着枪，又会发生什么呢，想到这儿我吓得发抖。

当他们厌倦了搜查时，我才发现阿里和马哈茂德早已看到的逐渐靠近的：贝都因人的一整个商队——男人、女人、孩子、骆驼、狗、马、山羊和绵羊。甚至有一只孤独的鸡，在简陋的鸡笼中焦躁不安地叫着，鸡笼绑在一只骆驼的背上。商队的前面突然停了下来，但是后面还在继续前进，纷至沓来的商队堵住了来往方向的道路。卡车被迫停住，司机们从车窗中伸出头，叫喊咒骂，一辆发出刺耳喇叭声的装甲车在人群中穿行，设法离开这座城市。虽然这两个英国士兵还没在我们这儿玩够，但是不得不放弃检查，为了满足自己，他们大声咒骂该死的阿拉伯佬有下流的偷窃习惯，然后转身离开了。

阿里弯腰取回一只精致的陶瓷杯。我们还没反应过来，那个沿着队伍走的名叫戴维的士兵，悄悄地将肩膀上的步枪拿了下来，漫不经心地四处摇晃着，然后将枪柄朝着阿里的头猛击过去。阿里倒在了厨具中间。我愤怒地向前迈了一步，接着感觉到福尔摩斯的手紧紧拽住了我的手臂。

幸运的是，这两名士兵都没注意到我们的举动，他们继续用自己的方式骚扰这个骆驼商队，但是马哈茂德看见了我本能的反应，在弯腰搀扶阿里之前，他若有所思地向我皱了一下眉，阿里已经坐了起来，抱着头，大声呻吟。

似乎过了好久，我们才收拾好行李放在骡子背上，在这些士兵回来前偷偷溜走，我们逃到了这座城镇的街道上。在土耳其火车站附近，我们停了下来，将一些要掉下来的松散东西包进马哈茂德仔细捆绑的包裹里。这些绑得不结实的包裹在路上坚持不了一小时的，但显然我们走得也不远。我和福尔摩斯帮马哈茂德用力抬起一个鼓鼓的包裹，然后马哈茂德在骡子背上用麻绳将整个包裹捆了好几圈，固定住。捆绑好货物后，他停了下，顺着骡子的背看向我这边。

"当那个士兵打阿里的时候，"他用完美的英音低声说道，"你好像要攻击那个人。"

"是的，对不起。我当时有些冲动。"

"但是当时你会去保护阿里？用你的身体？"

"当时情况不同，我当然会。"

他对我违抗命令的做法似乎并不生气，只是有些迷惑。最后他说："但是女人不能打架。"

"这种架要打。"我回答道。马哈茂德与我坚定的眼神对视，然后看向旁边的福尔摩斯。

"这种架要打。"我的导师福尔摩斯肯定道。

"天啊！"马哈茂德一边摇头一边咕哝道，用阿拉伯语背诵着一些东西，然后去搀扶阿里，我扬起眉毛看着福尔摩斯。

"我认为是《古兰经》里的内容，"他对我说，"他那天也背了同样的一段话；由于某种原因，他似乎对这段话印象深刻。大意就是，'安拉会创造一个戴着首饰但不会打架的女人？'"当然，这是一个反问。

当然。

五

嫩的儿子约书亚从什亭暗暗打发两个人做探子，吩咐说："你们去窥探那地和耶利哥。"

——《约书亚记》，2章：1节

贝尔谢巴，盟约之地，亚伯拉罕和以撒曾在此定居，从这里，他们踏上了去往山城耶路撒冷的不祥之旅，因为这位父亲愿将他心爱的儿子作为牺牲。1914年8月的枪声惊扰了当地居民延续已久的古老生活方式，当时这里的人口数量只比夏甲和以实玛利被驱逐到旷野时的数量稍多，技术略微进步。现在在这座城镇中，比山丘还要古老的灰褐色小破屋和几栋由土耳其人建造的现代楼房不自在地交织在一起，土耳其人想以此表明他们保留这个边境哨所的决心。这里还有许多由即将进驻的军队匆匆建成的房屋，用来安置军队人员。

我们的目的地是这座城镇最南端的古老旅店，一个只有一层的泥砖建筑，中心有一所庭院，四周是许多肩并肩挨着的房间。我们刚走进这家旅店，就听到阿里（我越来越佩服他脑袋的硬度了）和不知道从哪儿出来的几个人开始大声地讲话，接着他们牵走了骡子。

当我们走到庭院中间时，有个老头出现在门口，他向马哈茂德走来，亲吻马哈茂德脸颊三次以示欢迎。然后拉着阿里的手，轻轻扣在自己胸前，虽然他和福尔摩斯及我不太熟悉，但依旧热情地和我们打招呼。我们一起站着待了几分钟，之后他发现阿里不像平时那么活跃,当听到我们在检查站的不幸遭遇时,他生气地扬起双手,为阿里受到这些狗娘养的士兵(这个词是福尔摩斯翻译的)的虐待而感到惋惜,然后检查了阿里用缠头巾遮住的伤疤,我们都认为那伤疤很可怕。在马哈茂德的强烈要求下,店主最终让他这位体力不支的客人迅速回房睡觉了。

即使阿里不在,旅店里的吵闹声依旧没有减弱,偶尔有人会大声地问马哈茂德问题,他总是小声地回以一句极简短的话,短得似乎不会给提问者留下任何印象。他们完全忽视了福尔摩斯和我,却高兴地将我们领到旅店后面的角落里。我们被引入一间客房,那扇不结实的门被小心地关上,我很快就有增加词汇量的机会了,包括各类害虫的单词,还有一些极富表现力的形容词。

门突然开了,破旧的合页被撞了下来,六个小男孩搬着从牲口背上卸下来的行李,摇摇晃晃地走了进来,当行李放到地上时,只留给我们一点移动的空间,而且现在这点空间还被正在酣睡的阿里占着。马哈茂德抓住其中一个男孩的肩膀,指了指堆在地上乱七八糟的湿帐篷,让他带出去,铺到屋顶上晒干。一屋子的潮湿发霉味、烟熏味和膻味也随着帐篷一起出去了。男孩欢快的声音越来越远,接着从开着的窗户飘进来,最后头顶上传来他们晾晒帐篷沉闷的重击声和脚步声。

男孩们顺着门道将午餐端了进来,一个大浅盘里盛着米饭和几大块嚼不烂的绵羊肉(我们几乎每晚都吃嚼不烂的山羊肉,这次换成了绵羊肉)和一堆面包,还有几杯酸奶,几碗大枣和无花果干。男孩们用指尖勾着长嘴壶的壶柄,将我们右手边的水杯倒满,然后站在桌边交谈了一会儿,走开了,礼貌地关上了门。我们三个拿起盘子里的肉球和米饭,狼吞虎咽地吃了起来。我对用不太灵巧的右手吃饭信心大增,但是马哈茂德吃饭一直不嚼,所以他第一个吃完了。他在长袍上擦了擦油腻的手指,走过去看阿里,阿里一直不停地打着呼噜,接着马哈茂德又走了回来。

"他睡着了,"马哈茂德毫无意义地说,"你们在这儿待着,我出去一下就回来。"他打开门走了出去。

福尔摩斯和我面面相觑,然后我们裹上长袍,到包裹堆顶上睡觉。

下午晚些时候,阿里把我们吵醒了,他不停地抱怨自己头很痛以及食物冰冷。看到盘子上那些小小的指印,我恶心得直发抖,于是不再看他。过了不久,马哈茂德冲了进来。

"一个小时。"他对我们说道。阿里赶紧站起来,将盘子和空碗放到门外,然后他和马哈茂德开始重新整理我们的行李。两个杯子,一个碗,还有那把最小的黄铜咖啡壶,壶的手柄被查利的靴子踩断了,这些都被放到了一边,其他的东西都被整齐地塞进一个极小的包裹。一会儿,散发着阳光味道的帐篷被拿了进来,它缩成一个小团,被放在角落里。

福尔摩斯和我跪坐在一旁,看着他们。

我们的房间又恢复了原来整齐的样子,马哈茂德去拿他的羊皮外套。我们也匆忙地拿起衣服,跟他出了门。

傍晚的空气中弥漫着生火做饭的炊烟味,白天的暖意很快褪去,因为沙漠中的天气向来如此。我们悠闲地漫步在这座泥砖砌成的城镇里,走过两口井,井边聚集着忙碌的妇女;走过一座屹立在公园中的清真寺;走过一堆叽叽喳喳欢闹的孩子,他们好像在玩一种阿拉伯式的板球。虽然一路上士兵没理会我们,但当地人却好奇地打量我们。最后,我们进入一座大公墓,它看起来很新——这是一座军事墓地,地下葬满了在英国、澳大利亚和新西兰战死的士兵,他们是为了确保这座古以色列人所在的最南端城镇能够第一个摆脱土耳其人控制而死的。

在烟雾弥漫的黄昏，我们走到令人伤心却很整洁的小墓园尽头，随后转身原路返回。进墓园的路上，我们躲开了一辆停在入口附近盖着帆布的军用卡车——当看到卡车司机正坐在车后面抽着烟时，阿里对其敬而远之，这一点都不奇怪。唯一奇怪的是，我们出现的瞬间，居然没有人阻拦，然后揪着耳朵把我们赶出去，四个衣冠不整的阿拉伯人胆敢玷污英国的军事公墓。事实上，当我们在昏暗中第二次靠近卡车时，驾驶室的门打开了。我准备快速消失在黄昏中，但令我如释重负的是，探出头来的那个并未辱骂我们，只是说"只有你们几个"，然后又把头缩了回去。

卡车启动，发出一阵轰鸣声，驾驶室的门砰地关上了，我们来不及犹豫，因为马哈茂德在车挂挡开走之前就跳进了后面的车篷。

虽然我们待在帆布篷里，但是车篷后的布随风飘起，我们能看到这座城市渐渐消失在视线中。车在加沙公路上的检查站暂时减慢车速，但是哨兵们并没有检查后面的车棚。不久，这辆卡车在坑坑洼洼的路面上颠簸而行，我们抓住卡车的侧壁，试图减轻颠簸的程度。夜晚变得越来越冷，道路依旧颠簸不平，似乎过了很久，我们突然右转，路况变得更糟。

又走了十分钟，卡车陷入一个大坑，车前面某部位传来巨大的爆裂声，然后引擎熄灭了。

我确信定是车的某个重要零件坏了，因此只是坐在那里。阿里和马哈茂德却挣扎着站起来，跳下了车。福尔摩斯和我跟在后面，慢慢直起身。

"这个爱尔兰人说，它是沿着铁轨出城的，"福尔摩斯低声说道，"要不是因为坐军车很光荣，我宁愿走着。"

"那我们到了吗?"我问。

"好像到了。"

卡车的大灯照亮了一堆泥砖,泥砖上面覆盖着生锈的瓦楞铁皮,我本以为是一所废弃的房子,但是当阿里触碰房门时,门却悄无声息地开了。我们走进去的那一刻,车灯熄灭了。马哈茂德在我们后面关上门,我听到阿里在我前面走动,然后,另一扇门打开了,灯光照亮门厅,我们四个站在那儿挤作一团。

里面的房间构造奇特,低矮狭长,墙体粗糙不平,地面是夯实的泥土,长长的带着皮的树干支起了铁屋顶。百叶窗上钉着几块弄扁的汽油桶,室内的白色涂料应该是很久以前粉刷的,因为墙皮已经脱落,整个建筑似乎要土崩瓦解,但不要被这表象蒙蔽双眼:这座破烂不堪的建筑比外面要暖和,严丝合缝,没有一缕光漏到外面。两条相距二十英尺的长长的墙相互平行,长约五十英尺,左面的墙在某点中断,两面墙垂直成L形。房子里储存着成堆的货物——板条箱、大包,还有盖着帆布的设备。但是房间内部没有墙。

然而,我的注意力并不在这间屋子上,而在那个投下一半影子的孤零零的人身上。他又矮又胖——圆圆的身躯、圆圆的头、双手攥成拳头——穿着卡其布军装,坐在一把轻便折椅上。我们进来时,他根本没抬头看我们,只是继续工作,好像是把什么东西串在棍子上,放在煤油炉上烤。他左膝边的茶叶箱上面放着一个盘子,盘子里放着几个圆形的东西,右腿边同样堆着很高的圆东西,但是由于视力不佳,我不知道他在做什么,直到鼻子闻到飘来的香味,我才想起在牛津大学宿舍里喝热可可的情景,以及远在苏塞克斯的哈德森太太的厨房:这个人正在烤松饼。

用烤叉烤好松饼后,他放下叉子拿起一把刀,从罐头瓶中蘸黄油抹在松饼的四周，然后把它放在右边的盘子上。他将盘子稍稍推向阿里，阿里和马哈茂德已经走到他身边，跪坐在炉子对面。阿里拿了两块松饼，递给马哈茂德一块，当他们开始吃松饼的时候，那个人又将叉子拿了下来，继续串另一块松饼。

福尔摩斯和我走向那个温暖如家的房间，穿过成堆的货物和遮着帆布的设备。在一盏壁挂的油灯前，我们弯腰坐在一张粗糙不平的长椅上等着。

当我们的主人认为松饼已经烤好时，就将黄油涂在松饼四周，和其他烤好的松饼放在一起，然后端起盘子递给福尔摩斯。

"这儿有蜂蜜，"这是他对我们说的第一句话，"如果你们喜欢，我就去找。恐怕我这儿没有果酱。因为在每次大规模进攻前，他们都会在战壕中发果酱，从那以后，我就再也不喜欢吃果酱了。虽然我只在法国待了六个月，但是即使现在闻不到泥土、尿骚和腐尸的气味，我也不敢看果酱。希望你们能原谅我刚才所说的话。我要不要去挖蜂蜜？"

我们告诉他，抹黄油就足够了，然后我们狼吞虎咽地吃了起来，抹了黄油的烤松饼非常美味，是纯粹的英国食物。幸运的是，这松饼足够坚硬，能证明当时的环境。

左边的盘子很快就空了，右边放着烤好的松饼的盘子也快空了。这个胖胖的男人伸手去拿身后的水壶，将它放到火上，接着从衬衫口袋中拿出一条卡其布手帕擦手，然后将手帕折了起来。

"我必须说，"他若有所思地说，听起来像是在继续上次的谈话，"福尔摩斯先生，当我收到你们到来的消息时，我感到非常好奇。尤其是当你哥哥已经告诉你，我们可能是在利用你时，你居然还能义无反顾地过来。当然，不只是你，还有罗素小姐。"他补充说，然后向我微微低了下头。"但是，我承认我确实犹豫过。毕竟，伦敦和巴勒斯坦不一样。"

"我已经告诉我的两位向导，尽管放心，我们不会做任何显眼的失礼之举，也确实不需要任何保姆来照顾我们在此处的生活。"福尔摩斯平静地说，听起来搞笑多于忐忑。

"你们已经圆满通过他们的小测试。"这个男人答道，圆脸上的眼睛眯成了一条缝。"你们并没有因疲惫或脚痛跛行而落后，没有发脾气，你们做到了一个男人应该做到的一切，而且你们看出了保险箱中的信是假的。还有，罗素小姐，你制作的地图非常可爱。对了，叫我约书亚。每个人都这么叫我。"

"'派间谍来到这个国家。'"我用希伯来语小声地嘟囔道，想着"间谍"这个词在这里用得恰到好处，因为在希伯来语中，这个词词根的意思就是徒步徘徊在四周。我脚上的水泡就可以验证，自从到这儿，我们一直在当间谍。

"非常好。"他用英语说，听起来很满意。

"你的间谍收集信息还是散布谣言？"我问他，"《圣经》中你的前辈们好像两个都做。"

"和我的前辈一样，我具体做什么并不明确，是根据我这边人们的需要而定，也许，就像你所说的，两种事都做，听和说。"他向我们微笑的时候露出黄色的牙齿。

"既然已经证明了我们至少有能力完成这些，"福尔摩斯说，将话题拽回到正题上，"你知道我哥哥迈克罗夫特给我们的'任务'是什么吗？"

约书亚摇了摇头，然后隔着热气腾腾的水壶忧伤地看着马哈茂德，用阿拉伯语说了些什么，听起来好像是在指责福尔摩斯喝未煮熟的咖啡。

福尔摩斯简单地回应了他，而我的耳朵却听成了："当夜晚狗吠的时候，第二天早上再去照看羊。"

我不知道这和咖啡豆有什么关系，但是约书亚好像觉得福尔摩斯的反驳很有道理，因为他点了点头。"也许你是对的，"他说，"但是，我认为在这种情况下，我们可能需要多耽误一会儿，喝杯茶。"

他走到一堆盖着帆布的东西前，拿出一个柳条编织的篮子，里面摆着一套整洁的茶具，好像是专门为劳斯莱斯后备厢设计的野餐装备。他从里面取出了五个精致的花形茶杯和茶碟，然后配上中国的茶壶、牛奶罐、糖碗，最后满意地将它们摆在我们中间。他脚边放着一个带瓶塞的小瓶，里面装着牛奶。他自己完成了所有的准备工作：热锅，炒茶叶，加开水，等待必要的三分钟，然后将茶倒进银制的滤网中滤一下。当我们人手一杯茶时，约书亚抿了两口茶，把茶碟放在膝盖上。

"问题是，"他说，又像是继续上次刚被打断的谈话，"如果以最含蓄的方式暗示一个人羊圈里有狗，很难让整栋房子的人进入防御状态。特别是当这家人在过去的几年中消灭了乡村里所有的狗，表面上看起来很成功。"

福尔摩斯翘起眉毛表示反对，厉声说道："五天前有三个人在雅法的郊区被杀。这就是成功？"

"一件很不幸的事，可能产生深远的影响，但这只是一个孤立事件。我们已经抓住了那个人。"阿里咕哝着说，马哈茂德放下杯子，拿起念珠开始拨弄，约书亚则继续说话。"这好像是起报复性的谋杀。伊塔扎克去年监禁了三个年轻的阿拉伯穆斯林，还殴打了一个对他妹妹抛媚眼的犹太男孩。上个月其中一个小伙子因流感死在监狱里。被逮捕的这两个人是死去男孩的叔叔。"

"你认为伊塔扎克一周前在听那个煽动叛乱的毛拉讲道

时,看到了其中袭击他的一个人,只是一个巧合?"

"未必是巧合。毛拉的演讲可能促使他们更快采取行动。悲剧,导致互相猜疑,但也仅此而已,当然与伊塔扎克的死无关……但是与我们有关。我们唯一感到庆幸的是,他的妻子和孩子们不在家。我认为他们不会对此事置之不理的。"

"但是,还有另一件事。"他低头凝视着杯中的残渣,好像不愿抬头看炉子对面的人。阿里警惕地注视着他;马哈茂德的手放慢了拨弄念珠的速度。

"那个德鲁兹教派穆斯林米哈伊尔死了。"约书亚平静地说,然后抬起头,看向对面的马哈茂德,只见马哈茂德的脸瞬间石化。阿里的茶杯掉到坚硬的泥土地面上,碎成无数片,他转过身,快速从光亮走向黑暗,步伐大得两腿呈 L 形。"他是被枪杀的。"约书亚继续说道。"还不确定,但好像是两三天前发生的。干谷处有豺狗出没。"

"谁?"马哈茂德的声音变得嘶哑。

约书亚摇了摇头。"可能是某些女人的丈夫。"

"米哈伊尔喜欢女人。"马哈茂德缓慢地说,他的手指在脸上的疤痕处短暂地摩擦。"而且他常常因她们陷入困境。'橱柜从来不防范有钥匙的人。'"他讲话的重点不在他的名言上,但是,听起来马哈茂德好像也不相信他的死因会是某一位爱吃醋的丈夫。

"这是你的人?"福尔摩斯问道。

"对,米哈伊尔是我的人。"

"他是干什么工作的?"

"我不知道。"约书亚坦白道。马哈茂德盯着他,我听到屋里黑暗处传来阿里短暂挪动的声音,"没错。沙漠中流传着各种问题的谣言。都没什么实质性的内容。他走出去听。"

"为了听羊群中狗发出的声音?"福尔摩斯问道。他把这田园意象说得像是日常生活。

"没有狗。如果那里有的话,我会听到它们的叫声。"

"那就是更为安静的东西。狼。"

约书亚深深地叹了口气,他乐呵呵的脸变得比我想象中更加焦虑不安。他把手伸进胸前的口袋,掏出一个烟草袋,开始卷烟。看到这个动作,我决定坐下来等着听一段长长的故事。"我不知道你们俩对我们这里的战争了解多少,所以如果我以熟悉的方式叙述这一切,那么请见谅,但是我们现在的处境很棘手。战争的前几个月我是在西部前线上度过的,"他开始说,"战争,正如你们必定会想到的,主要是在距敌人一百码的泥地上趴着,有时候,我们冒着巨大的生命危险,将战线向前推移几码,但是,有时候却恰恰相反,被敌人逼得后退几码。然而,这里的战争却完全不同。和达达尼尔海峡的灾难以及潜艇上无数牺牲的生命不同,我们在开罗坐着搜集趣闻轶事,保护苏伊士运河,我们对此感到非常满足。

"直到艾伦比到来。"当约书亚提到这个名字时,言语中充满了崇拜,虽然我认为这个看似温柔的小男人不会轻易崇拜另一个人。"艾伦比1917年6月被任命为司令指挥战斗。四个月后——四个月!我们发现自己正在穿越西奈,进入巴勒斯坦。我们占领贝尔谢巴,接着占领加沙,上帝保佑,我们在圣诞节的时候,站在了耶路撒冷城门前。九个月后,也就是距他开始执行这个不可能完成的任务一年后,他召集当地的骆驼和殖民者,组成了一支名不见经传的军队,然后采取了大规模进攻,我们得知这消息前,他们就已经到达了大马士革。

"这真是一场辉煌的战役——巧妙、谨慎、狡诈、势不可当。米吉多之战大获全胜,打得漂亮,引人注目。两个阶段,也就仅仅一年之隔,艾伦比就攻占了整个国家,土耳其四百年的统治土崩瓦解。

"现在他仍在坚守这个国家,坚持维护这个国家的统一,直到巴黎和会时,他们决定瓜分它。法国人想要这片土地,阿拉伯人认为这是他们的国家,犹太人认为这是上帝应允他们的乐土,英国人却占领这里,艾伦比将军一生都在达恩和贝尔谢巴之间奔忙,平息着这场派系之争。"

"与此同时,你听到远处狼的谣传。"福尔摩斯提示道。

"我不知道这些狼是谁,但是,是的,我认为我听到了。而且我非常肯定,当我们足够靠近他们时,发现他们说土耳其语。"现在约书亚在和马哈茂德说话,而且马哈茂德也在专心听。"我们并非俘虏了所有敌人,而且他们并非都投降了。这里和德国一样,有许多不满的年轻军官谴责战争期间旧体制给他们带来的损失。同盟国提出的要求会激怒他们。他们的损失确实会很大。一个错误,但是当复仇即将来临时,胜利者会认为应该表现得慷慨大方,并听从这些解释吗?我们在这里见证了另一场战争的火种,外加政治诱因,这一切即将发酵,最终吞噬我们。艾伦比认为我们可以挽救兄弟于危难;如果我们能保持上风,我就知足了。我们很快就能看到战争的爆发。"

福尔摩斯不耐烦地插话道:"面对现在的处境,你希望我们做什么?"

"做什么?我不需要你们做任何事。"这个身材矮小的胖士兵走开了。他就像一位居高临下,恼羞成怒的军官一般站起来,离开了充满疑惑的部下。"福尔摩斯先生,如果我们在伦敦,我可能会允许你采取行动,甚至可能允许你带队。然而,我能否提醒你这不是你的地盘?阿里和马哈茂德是我的人。是非常有价值的人。即使是在最好的时候,像这样的人我这里也很少,但在过去三个月中,军人复员外加意外事故,我现在只有一半的兵力。"

"什么意外事故？"福尔摩斯突然问道。

"事故就是我的人累了，和平已经让他们懈怠。"福尔摩斯与他对视，拒绝他应付式的回答，"一个人死于车祸，另一个人坠崖身亡。"

"伊塔扎克被刀子捅死，米哈伊尔被枪杀。你们通常都是平均每三周死一个人？"

约书亚平静地坐着，拒绝回答，但是，面对这样的人员流失率，连我都察觉到了其中的蹊跷。我想起迈克罗夫特，他的工作就是负责帝国资源的奇怪波动，他也从未向我们解释过这种小问题。

有一件事我不太明白，为什么这个矮胖的英国间谍执意认为这些人的死更让人恼火而不是担忧呢？也许官僚主义所追捧的保住面子延伸至此。他下一句话似乎证实了这一点。

"福尔摩斯先生，这一切都与你无关。你能待在这儿——都是我勉强同意的，不要想象你哥哥手中的权力会威胁到我——我只是希望我的两个人受到保护。让我直截了当地跟你说吧，福尔摩斯先生，你和罗素小姐是随时可以牺牲的。我以前用过比你们更强的人，而且这个人同样很有名望。如果你们消失了，这和我毫无关系。你们只不过是我们的备胎，福尔摩斯先生。你和罗素小姐已经证实了，草草地瞥一眼可能会将你俩误认成贝都因人，而且阿里和马哈茂德光靠个人力量也易受到攻击。四个男人——如果你允许我这么说的话，罗素小姐？——在应对偶发的袭击时，总比两个男人要安全。而且你俩可能会派上用场，比如跑腿送信或者带把枪。坦白地说，尽管你哥哥很有影响力，但是如果有其他的人选，我是不会用到你的。但是我没有其他人选，所以我会利用你们，并且充分信任你们，相信你们不会让我的人被杀。再来点儿茶吗?"他拿出茶壶,就像他从未说过任何尖刻侮辱的话一样。我拿着茶杯,没有动,但是福尔摩斯看起来并未生气,反而很高兴,递出茶杯让他续水。

"多跟我说说那些没实质性内容的谣言。"福尔摩斯提议道,就像没听到这个男人说话似的。约书亚仔细端详福尔摩斯,显然很满意,因为他倒上茶,加入牛奶后,把茶壶放到一边,从胸前的另一个兜里掏出了一张地图。他把地图铺在地上,然后像阿拉伯人一样跪坐在地图边上,尽管他身材肥胖,但是动作灵巧。阿里从黑暗中走了出来,站在我们身后,看着地图。

这是这个大陆南部的地图,从地中海畔的雅法下至海湾上的阿卡巴,几乎延伸到埃及边境。贝尔谢巴大约在地图的三分之一位置处,周围一片空旷。约书亚用左手的指尖指着地图,然后将手放到地图上,似乎想擦掉上面的碎屑。

"数千年来,沙漠向来是受压迫者撤退的地方,也是为当地政府带来麻烦的源头。狂热分子藏匿于此,在这里建立修道院或组建军队;造反的人撤到这里,像烈士一样死去,或者重组、集结力量。这似乎是一个极具破坏性的地方,贫瘠空旷,尤其是在夏天,但是沙漠里的生活已经严重影响到了人类的理想和信念。

"福尔摩斯先生,你问那些谣言的内容和来源。我也希望能如此简单。我们所听到的都只是传闻和只言片语。一个男人在这里,"——他指着地图上一个叫"索尔特"的城市说道——"某天晚上围着火堆讲了一个故事,是关于阿拉伯人征服的传说,故事的结果是异教徒死亡,耶路撒冷城对除了穆斯林以外的所有人关闭。一个在水井边的女人"——他把手指放在拉姆拉市上——"说一个男人购买武器。听到的这些风声绝非无中生有,都有一定实质性的内容,但也不排除有假的，马哈茂德和阿里受过训练，能辨别真假。他们会继续做他们的事，然后打听消息；你们去打水，然后按他们的指令行事。"这个身着小号军服的男人停顿了一下，再次看向福尔摩斯，见他没反应，似乎对其默认的态度很满意。他向后坐了坐，和马哈茂德说话。"这些反犹太人的演说正在不断升级。"

"在希伯伦的伊玛目吗？"马哈茂德问道。

"还有其他人。"约书亚转过身解释道，"直到最近，犹太人和阿拉伯人才相安无事地一起生活在这个国家。他们必定不会把对方当家人看待，只是邻居。由于多种原因，今时不同往日。阿拉伯人民害怕《贝尔福宣言》以及《赛克斯－皮科协定》。总的来说，他们是惧怕外来人。他们尊重英国人，景仰艾伦比将军，但是他们需要为他们的不确定找一个关注点，最近从俄罗斯和东欧涌入大量的犹太人可能成为他们关注的焦点。除非做点什么，否则犹太人将成为替罪羊。伊玛目和毛拉，那些政治人物鼓励他们这么做。"约书亚沮丧地用手捋着他稀疏的头发。

"谣言渐盛，日益血腥残暴。我们这儿已经发生了几起扔石头砸人的事件，一家犹太人的商店被烧毁了。谋杀伊塔扎克和他的两个帮佣的凶手行径最为恶劣；如果你们没有制造假象，让这起事故看起来像是可怜的伊塔扎克摔倒在大镰刀上，而他的两个帮佣带着从厨房找到的为数不多的现金逃跑了，我确定周三在雅法定会爆发大规模的骚乱。

"艾伦比将军虽然竭尽全力，但他只是孤军奋战，问题却层出不穷，雪上加霜。而且这里有许多误会——不知从哪儿开始解决。当农民从长辈那儿听说，《贝尔福宣言》的真正意义在于，他那干旱的十英亩土地将被减半，减掉的一半跟从俄罗斯来的一个犹太人家庭分享，他认为这就是政府所说的建立一个'犹太人的家园'的真正含义。他不知道巴黎和会,不相信遥远的政治家们能保护他。他所知道的只是土耳其奴役了他四百年;现在,枷锁挣脱了,他会为自己的自由而战。"

"奥伦斯曾经说过,'闪米特人的眼中不能揉沙。'"马哈茂德解释道。他用浓重的口音准确地说出这句话,听着非常别扭。

"劳伦斯上校是处理黑白真假的专家。"约书亚冷冷地说。

"但是,事实确实如此,"马哈茂德坚持说道,"阿拉伯人并非才智过人,而是一个比较感情用事的民族。"通过对阿拉伯语的学习,我认为他说的不全对,但我不准备和他争辩。

"跟我说说这个,马哈茂德,"约书亚说道,放下茶杯,"你认为这种反应是经过慎重考虑的而不是完全自发的?"

这个简单的问题立刻刺激了整间屋子的人:福尔摩斯就像一只发现猎物的猎犬一样激灵了一下,阿里直起腰,马哈茂德眼神变得深邃。福尔摩斯首先打破沉默。

"这提议很有趣。我能否问一下你为什么会问这个问题吗?"

"一定的相似性在……虽然他们中的某些人确实意在袭击,但是准确地说,我们不能称他们为'袭击'。我认为他们只是有'征兆'。阿拉伯的宣传册都具有强烈的相似性。同一个谣言会在两个或多个偏远的地方迅速蔓延,最终传播到乡村。对英国政府的政策声明进行的有偏见的翻译就表明袭击已经有了征兆。真是想不到,在扔石头引发混乱和进行煽动性演讲的几个时间和几个地点,这个头目竟能消失得无影无踪。"

"一个让人忧心的圈套。"福尔摩斯自言自语道。在他缠头巾和胡子中间露出的脸上能看到一种强烈的满足感。

"一个圈套？"

福尔摩斯不耐烦地挥了挥手，对这个问题不以为然。"这个活动的中心在哪儿？"

"福尔摩斯先生，这只是个小国。如果路况良好的话，开车一天之内就能把大半个国家转过来，或者骑自行车一周之内就能转过来。大多数混乱的局面都出现在耶路撒冷、雅法和海法组成的三角形区域内，但是大部分人口也都集中于此。如果有活动中心的话，我猜应该是在耶路撒冷周围，可能是在这座城市的北部。"

福尔摩斯完美地控制住了自己，对这个猜测得出的想法没提出任何异议，他会把这类想法等同于精神失常，这是一种极具破坏性的清理思想的习惯。他若有所思地自言自语道："如果有阴谋，那么谁会是那个阴谋家呢？"

约书亚把福尔摩斯自言自语的话当成了问题，靠在折椅上又开始进行另一段演讲。"在巴勒斯坦，很明显有三伙人：基督教徒、犹太教徒和穆斯林。我认为我们可以暂时不考虑那些边缘的少数民族，德鲁兹教派穆斯林、苏非派穆斯林等等。如果我们假设骚乱的目的在于引发更多的骚乱和颠覆军政府努力维持的现状，那么基督教徒不太可能：因为自1921年十字军被驱逐至今，英国现在的统治让他们处于最优越的位置。犹太人通常是被攻击的目标，而非煽动叛乱的人，虽然有过几次对穆斯林展开的阶段性报复。但是如果就此认为这是穆斯林的阴谋，又显得有些草率。犹太人中有几个教派，尤其是最近的移民，会把当地犹太人传统的自满当作建立犹太家园的主要障碍。在这里生活了几代的犹太人更倾向于低调做事，默默祈祷；那些激进的移民，也就是那些来自俄罗斯和欧洲的犹太复国主义者，可能是煽动叛乱的人，在逆境的压迫下，急于团结自己的民族。值得注意的是，在伊塔扎克农场发生的战后冲突没有造成任何死亡或重伤。"

"只不过到目前为止还没发生罢了。"我小声嘟囔道。

"米哈伊尔这个人,"福尔摩斯打断道,"死亡的地点在哪儿?"

显然,福尔摩斯并没有听约书亚夸夸其谈的演说。这个胖间谍面露不悦之色,然后对马哈茂德说:"米哈伊尔是在以实提莫干谷中部被发现的。两个男孩追一只山羊时发现了他。他被发现纯属偶然。"

福尔摩斯弯腰扫了一眼地图,当发现河床有问题时,他向我指了出来。

"你不知道他在那儿做什么吗?"他问约书亚。

"正如刚才所说的,我认为他正在探听消息。"

"他被抢了吗?"

"他包里除了一些基本的补给品外什么都没有:面粉和咖啡——为数不多——一瓶水、烟草,还有其他诸如此类的东西。没有钱,枪也丢了,不过是那两个贝都因男孩拿了它们。如果我强迫他们上交战利品,"他继续解释道,"他们以后就不会向我报告任何消息了,他们整个家族也不会。相反,我给了这两个男孩一点小奖励,他们承认拿枪和钱,但他们发誓没有拿其他的东西。我相信他们。"

"他是本地人吗?"

"你说米哈伊尔?不。尽管他有个基督徒的名字,但他是德鲁兹教派穆斯林,来自海法北面的丘陵区。但是他对整个巴勒斯坦都很熟悉。据我所知,战争爆发前,他是位导游,在英国和德国的游客中尤其受欢迎。"他突然停了下来,"马哈茂德知悉此事,但是你没必要知道。福尔摩斯先生,你不是在调查一起谋杀案。实际上,你不用调查任何事。你在这里只要服从就可以了。明白吗?"

"我知道了。"福尔摩斯含糊其词地说,但是约书亚似乎并不在意。他放松了一下,当他继续讲话时,带着一种接纳的语气。

"当我听说你们要来时,我以为英国政府精神错乱了。一个老人,年龄比这里大多数的指挥官都大,没有军事背景,还带着一个女孩,两人都不了解这个国家,也不懂当地语言。坦率地说,我拒绝了。但是他们要求我给你们一个公平的评价,之后,如果我愿意的话,可以送你们回去。当马哈茂德同意你留下时,我以为他在太阳下面待太久,晒傻了。根据经验判断,马哈茂德赞同的不多。但是他说你们有这个能力,所以现在你们出现在了这里。很高兴你们能和我们并肩作战,福尔摩斯先生,罗素小姐。祝你们好运。"他开始收拾茶具。

福尔摩斯没有理会我们不被看好的事实。"我猜你已经把尸体埋了。那他的遗物呢?"

"我留着呢。"

"我必须看看。"

"那些东西没什么好看的。"

"我还是要看。"

约书亚在愤怒的边缘徘徊,然后,他耸耸肩,控制住了自己。

"他的包裹不在这儿。我把它放在贝尔谢巴的总部了。"

"我能去那儿吗?"

"不行。"他深深地叹了口气,"如果你坚持要看,我会派人送过来。你不会拿走什么东西吧?"

"对了,忘了告诉你。我们还得知道他被发现时的确切位置。"

约书亚再次犹豫,但是这次他很快妥协了。他蹲在地图边,然后把河道指给马哈茂德看,问他:"你知道干谷的弯道吗？就是有三块大石头堆在一起，上面有一座长着怪柳的小山？"马哈茂德想了一会儿，然后点点头。"米哈伊尔是在最西面的大石头后面被发现的。他的包裹大约在十英尺外。"

"他是被左轮手枪打死的吗？"福尔摩斯问道。

"倘若如此，那枪也不是他的枪。他拿的是一把小手枪；这把枪较大，甚至有可能是把步枪。但是他尸体上已经出现了蛆虫，因此不能确定当初开枪造成的伤害情况。子弹不在他身上。"

"我明白了。那么，如果可以的话，今晚让我们看一下他的遗物。我们会让你知道我们发现了什么。"福尔摩斯站了起来，开始扣长羊皮外套的扣子。

很明显，约书亚不习惯被他的人差遣，他不知道是应该把军纪的威力强加给福尔摩斯还是忽视他的反应。他强颜欢笑地选择了后者。他拍着我们的后背，开始把我们往门口推。

"如果你们有什么需要，请告诉我。"他说，很肯定我们不会有什么请求。

"实际上，"我说。他停了下来，疑惑地看着我。我那三位穿着长袍的同伴也停了下来。"再要一顶帐篷。"我坚定地要求道。

"再要一顶帐篷？"约书亚反问道，听起来好像是我们这一路很浪费，已经丢掉了好多帐篷。

"不行，"阿里说，"那么几个人要三顶帐篷会引起怀疑的。"

"要么给我一顶帐篷，"我直截了当地说道，"要么让福尔摩斯和你们一起住。"这些男人是不会了解一个女人的决心的（除了福尔摩斯）。他们一个接一个地低下头，然后约书亚耸耸肩。

"很好。再来一顶帐篷。不过是顶小帐篷。"

"这样更好。"

六

  沙漠居民没有奢侈品。他们住在毛发编织的帐篷中，或者是用木头或黏土造的房子里，没有家具。

  他们只有遮阳和避雨的地方，其他什么都没有。他们的食物要么是生的，要么加工得很少，用火稍稍烤一下就保存起来。

——伊本·赫勒敦《历史绪论》

  回贝尔谢巴的路似乎比向外走的路更颠簸，而且天气变得愈加寒冷。在这座城镇的最南端，古井的南面，我们被放了出来，五分钟内我们到了旅店。尽管已近午夜，但是当我们经过厨房时，阿里还是点了咖啡。我不高兴地去了旅店后面的厕所。

  我已经离开了坐落在山上的泥砖建筑，那态度和言语傲慢的约书亚让我心烦意乱，虽然回来的路很长又很拥挤，但是并未驱散我心中强烈的愤怒感。我跟着端咖啡的服务员回到房间，不耐烦地等他倒好咖啡。门关上的瞬间，我怒不可遏地嘟囔道：

  "'你们的用处就是扛枪。''跑腿送信。'他以为他是谁呀？"

  福尔摩斯没有回答，但是阿里说话了："他是约书亚。"

  "我应该对这个名字印象深刻？上帝啊，他得到了资源，甚至不考虑利用。"我指着福尔摩斯跪坐的地方，他正用拇指和食指夹着一个精致的杯子，小口地喝着咖啡，显得很是悠然自得。"福尔摩斯，客观地讲，你难道不觉得约书亚是个愚蠢的指挥官吗？他不懂得充分利用他人的长处！"

他低下头，表示同意，但阿里却发出了刺耳的笑声。

"长处？什么长处？一个老人和一个女孩。"他用手和嘴唇生动地模仿吐痰的姿势，摆出一副间谍头子鄙夷和不屑一顾的态度，简直太过分了。我跳起来，冲了过去，把脸猛推到他面前。

"打我！"我命令道。我身后，福尔摩斯迅速放下杯子，走开了。

"真主安拉，这是一个多大的诱惑——"阿里说道。因此我扇了他一记耳光。他脸色发紫，蹿了起来，用手抓住我的肩膀，但在他站稳之前，我玩了一个小把戏，我知道这种把戏对他这种体型和力量的人来说，只能用一次。当他向我走过来时，我抓住他长袍的前襟，向后倒下，然后用脚猛地踹向他，只见他从我头上飞过，穿过开着的门，摔向旁边的房间。在他喘上气站起来前，我站在他跟前，左手拿着一把飞刀。他瞪大眼睛，手滑向皮带，我半转过身，把刀扔回客厅，门上挂着一幅布满蝇屎的1913年的日历，令人满意的是，刀正好扎在日历上画着的人脸的鼻子上。我转身走开，取回我的刀，回到已经变凉的咖啡前。

福尔摩斯回到自己的座位上，努力克制，没有大笑，然后咕哝道："罗素，你现在感觉好点了吗？"

当然，我感觉不错，但是阿里离开之前，我就开始后悔自己对他的侮辱，只见他跌跌撞撞地走回屋，手里拿着那把邪恶的刀，胡子下面的下巴因为生气拧成一团。

但是马哈茂德正兴趣大增地看着我。

"你每次都能把刀扔得这么准？"他用阿拉伯语缓慢地

问我。

"每次都能。"

毫无疑问,接下来我不得不向他证明这一点,我用飞刀戳死了三只大蜘蛛,扎中了两道铅笔记号和一个飞速移动的苹果核。马哈茂德似乎对我这个意想不到的技能格外满意。可想而知,阿里在生闷气。分成两半的苹果核落在地上后,他微微动了一下。

"一个炫酷的马戏团把戏而已,"他轻蔑地说,"你以前用刀伤过人吗?杀过人吗?"

福尔摩斯清清嗓子说道:"亲爱的,她一直生活在伦敦。你需要给她时间。"

我想,面对福尔摩斯的嘲笑,阿里·哈兹尔和我第一次达成一致。福尔摩斯在嘲笑我俩,如果不是门口响起敲门声,马哈茂德可能会帮我们解围。

打断我们的是一位警觉的士兵,手中拿着两个用帆布包着的包裹和一封信。他把信递给马哈茂德,一个包裹给了阿里,另一个包裹给了我,然后匆匆离开。马哈茂德静下来读信,我瞥了一眼自己的包裹,高兴地发现了帆布:它虽然很小,有些磨损,但仍是个帐篷。以前我与福尔摩斯近距离共享一个帐篷,但是现在我有其他选择了。

最终我看到一份简短的说明。我拿起它,读了起来。字体太过完美,以至于虽然并未见过作者,我却立即对他产生了不信任之感。

> 我刚刚收到消息,你们自封的毛拉昨天在纳布卢斯被枪杀了。

"啊,"我对福尔摩斯说道,"你从他保险柜中拿的那些信中有一封就是来自纳布卢斯的,对吗?"

"敲诈者把受害者逼到远处再行凶也是常事,"他心烦意乱地承认道,"马哈茂德,当你第一次打开毛拉的保险柜时,里面很乱吗?就像之前有人匆忙翻找过那些信一样?"

最终,马哈茂德耸耸肩。"里面挺乱的,但是不知道那个人的习惯……"

"人们通常认为敲诈犯都是单独行动,但事实上,如果一个小偷小摸的罪犯想为他人进行非法服务,如果那个人处于更加棘手危险的位置且罪行即将暴露,那么,他就会有一个稳定的收入来源。"

"确实如此,"我解释道,"敲诈犯也可能不是一个受雇佣的罪犯,但是一个罪犯很容易变成一名敲诈犯。"

"一个人为了激起骚乱,可能伪装成毛拉,但是之后当他的保险柜暴露了他敲诈犯的真实身份时,他就会展现他的多面性。"福尔摩斯详细说明道。

"这纯属推测。"马哈茂德反对道,他的英语突然间变得很地道。

福尔摩斯叹了口气。"确实如此。让我们看看米哈伊尔的袋子能告诉我们什么。"

我们蹲下来检查米哈伊尔——这位德鲁兹教派穆斯林的遗物,首先是一个条纹布的袋子,里面装着在山上生活的必需品:面粉、水、干豆、茶叶、烘焙好的咖啡、一块坚硬的贝都因奶酪、一把无花果干和六个装着调料的小纱布袋子。他还有一块打火石和一块钢铁;一个破煮锅和一个小咖啡壶,上面刻着漂亮的图案;一个刺绣的荷包里装着烟草、卷烟纸还有一盒快空了的火柴,一把刀和一个刀鞘(从上面覆盖的血迹判断,应该是他本人的血);口径为0.22英寸的子弹,毫无疑问,发现他尸体的男孩没有看到这个。对于一名贝都因人来说，行李中只有两样东西有些异常，一副可折叠的小型黄铜望远镜和一个铅笔头。

福尔摩斯一个接一个地拿起那些小纱布袋子，然后闻闻。其中一个袋子让他感觉有些问题，因此他解开检查里面的东西。他把手指伸进去，再拿出来，看看手指上沾了什么，然后用指尖轻触舌头，进行味觉检验。

"盐，"他推断道，"这么脏的盐。我想应该是刚开采出来的盐矿，而不是从蒸馏池中提取的。"

"死海地区这两种盐都有。"阿里心不在焉地评论道，只见他将条纹包的内衬翻到外面，用手指检查接缝处和包带。"如果它很脏，说明这盐可能不是政府提供的。"他把包扔到地上。"约书亚是对的，里面什么也没有。"

福尔摩斯捡起那个铅笔头，盯着它看。这个笔头有二点五英寸长，笔尖被削得很锋利。"没有纸、日记之类的东西吗？你们的朋友约书亚是否说过他把这些东西拿走了？"他问马哈茂德。

"是的。"

"我相信米哈伊尔是你们的朋友，对吗？"

"米哈伊尔是我们的朋友。"

"他是什么样的人？"

"这还有必要说吗？他现在已经死了。"

"一个人正是因为他是什么样的人才会被谋杀。"福尔摩斯说，真不知道他为什么如此有耐心。"如果你告诉我米哈伊尔是什么样的人，我们可能更容易发现他的死因。除非你们相信这是一起事故。"

马哈茂德伸手去拿那个火柴盒，滑开，似乎希望找到什么线索，然后又合上了。他用手指一遍又一遍地翻转火柴盒——我注意到，他的手指比我以前看到的更加修长和灵敏。

"米哈伊尔是个好人，"他突然说道，此时他并没有引用任何名言警句，"他是一个诚实的人，而且他讨厌土耳其人。几年前，他们杀了他全家，毁了整个村庄。一场大屠杀：他的爸爸、妈妈、两个妹妹、妻子，还有儿子，一夜之间都死了。他并不热爱英国，但是他相信约书亚。米哈伊尔对他所做的事都很在行。没有发生过任何事故。"

这是我听马哈茂德说过的最长的一段话，不管他是用什么语言，他这次讲的英语不带一点口音。福尔摩斯并未做出任何反应，只是拉紧盐袋上的绳子，然后把它扔回到那一小堆遗物上。他伸手去要阿里正在重新整理的条纹包。阿里犹豫了一下，然后不耐烦地交给了他。福尔摩斯将包倒扣过来，以便将所有东西抖落在地，然后他再次将包的内衬翻到外面，开始检查。一会儿，他就被一小块插在包内接缝处的棕色东西吸引住了。"哈！"伴随着这句胜利的喜悦之声，他拿出了小折刀，然后开始用刀刮这块东西，当那东西从接缝处松动掉下来时，他把它拿到鼻子前，用力嗅了一下。

"你知道这是什么吗？"我问他。

"我应该知道。"他说道，然后拿给我闻。

"蜂蜜！"

"蜂蜡，"他纠正道，"这是一小段被风吹断的蜡烛，被人遗忘在一块布满灰尘的石头上，然后变冷凝固，之后被人刮下来拿走。"

"一小段蜡烛，"阿里轻蔑地说，然后又辛辣地讽刺道，"就算是野蛮人有时也会用蜡烛。"

福尔摩斯并没有理会阿里的话。他把蜡烛放在刀柄上，接着从长袍中摸出一小块光滑的纸，小心翼翼地将蜂蜡削落在纸上。他闻了闻这些碎屑，然后将纸紧紧地包起来，塞到他的长袍里，接着在膝盖处的外衣上擦净刀尖，说道："我们必须检查一下米哈伊尔遇害的地方。"

"没必要，"阿里抗议道，"我们知道他被杀害的地点和原因。"

"我们对此一无所知。"福尔摩斯平静地说。依旧对阿里的抗议置之不理，他走到我们的包裹前，取回他的羊毛毯子，将自己裹在毯子里。他坐在卷起的帐篷一角，眼睛凶狠地盯着阿里。"与他人合作，我都没法好好工作，"他说道，"如果你想陪我的话，我会同意的。但是，在我们行动的过程中，我对你的建议毫无兴趣，晚安。"他拉过毯子，盖在头上，蜷缩在帐篷上，睡着了。

最终，我们也睡着了。

五点钟，我们被清真寺宣礼吏诵念的宣礼词吵醒。在失眠和天亮间的几小时，我们忙着整理行李，补给我们的粮食。早餐（咖啡、扁面包，还有一杯稀释的酸奶）过后，马哈茂德站了起来，将他的刀别在腰带上，然后看着我。"过来！"他命令道。

这是他第四次直接跟我讲话，我急匆匆地跑了过去，差点被自己绊倒。他不让我像奴隶或女人一样跟在他身后，只是让肩膀一直保持在我前面。

这里的商店很少，但他还是买了一些小小的奇形怪状的灰绿色咖啡豆、一些小块的硬棕糖、两块同样坚硬的奶酪，一罐来自英国军队的浓缩牛奶、一些小米、三种可食用的豆子、两罐番茄酱、一把芳香的薄荷叶、一些洋葱、六个干瘪的石榴、两个柠檬、四个小鸡蛋（然后将它们用稻草包好，放在他带来的网兜里）、四个新的茶杯、两个陶瓷咖啡杯、一个碗、一盒德国火柴、几包进口的埃及香烟、一些干果、六种调料且每种只有几小勺的量，都紧紧地包在方纸内，十个橘子、六根胡萝卜和一个放了很久的白菜头。马哈茂德拿着鸡蛋和茶杯，我背着其他所有的东西。

小路上传来锤子敲打金属的声音，我们很快就站在了一家铁匠铺前，马哈茂德想在这堆工匠制品中找一把咖啡壶，用来替代上次被英国士兵踩坏的那个壶。他们一边喝茶一边讨价还价，看来这得耽误一段时间，既然没人注意我，我就将包裹放到地上，四处看看。

门口一堆亮晃晃的东西吸引了我的注意力，与这堆东西相比，其他的东西都好像是车间零件。这些颜色鲜艳的东西并非如我所想，是地毯之类的东西，而是一堆刺绣的长袍。其中一些衣服是黑色的织布，上面配有传统的俗艳的红色和橘色，但其中两件较为显眼，天然的奶白色棉布上巧妙地混合了绿色和竹绿色。这衣服的针线活既结实又精美，如果不是明显能看出是女人的衣服，我定会爱不释手。

但是马哈茂德却没有这样的顾虑。我还没反应过来，马哈茂德就走了过来，将我手中漂亮的衣服拿走了。我转过身，吓了一跳，看着他走回店里，把衣服扔到还在讲价的咖啡壶旁边的地毯上，堆成一堆。最终，我断定这件衣服是这工匠卖水壶开高价的附赠品。又过了二十分钟，砍价结束，交易成功，马哈茂德一手拿着鸡蛋，一手拿着四个玻璃杯。我把新咖啡壶塞进我的包内，然后在后面摇摇晃晃地跟着。

当我们回到旅店时，阿里不见了，福尔摩斯正在努力打包行李，放到骡子背上，但是并未成功。马哈茂德似乎对阿里的离开显得很镇静，只是开始认真干活，并指导旅店的伙计打包和捆绑行李。当我们离开城镇时，阿里依然没有出现。直到我们完全离开城镇北面希伯伦公路上的检查站时（这个检查站由三个陌生的英国人把控，他们虽然沉默寡言但办事高效），阿里才出现。他无动于衷地坐在路边的岩石上，手中拿着一截木头和他的刀,他脚下放着的大包裹,是我们在靠近贝尔谢巴前埋在干谷里的。

阿里将左轮手枪和步枪分发给我们,又将剩余的枪藏在骡子背上的包裹中,我们再次启程,我终于有机会问马哈茂德为何会买那件长袍了。

"我只是希望尽快完成交易,"他告诉我,"否则我们得在那儿耽误一整天。"

"你跟他说了一些有关女朋友的事?"马哈茂德说完之后,他和店主都大笑,而且其中一人是淫笑,不论是在哪个国家,这点都是相通的,这种笑能让一个女人立刻吓得竖起汗毛。

"我跟他说你想给你女朋友买长袍。"

"我明白了。哦。你的意思是你给我买的?"

"我花三先令买的。如果你想要,我卖你四先令。"

"真的?好的,这衣服很漂亮。我想要。谢谢。"马哈茂德哼了一声,加快了脚步,但是我又开始怀疑他说的话,继而小跑着跟上了他。"马哈茂德,你买这件长袍是因为你看到我想要?"

"当然不是,我想赶紧成交。仅此而已。"他又开始加快走路的速度,我并没有跟上去。我很高兴能拥有这件衣服,但是我希望能知道它真正的由来。

而且我不会原谅他那令人毛骨悚然的淫笑。

七

胜利常常有不为人知的原因。

穆罕默德说:"战争就是欺骗。"

有句谚语说:"一场骗局比一个部落更有价值。"

——伊本·赫勒敦《历史绪论》

贝尔谢巴北部有一条狭长的区域,是一片真正的农田,那里的土壤不再是岩石表面上薄薄的尘土,那里的水源充裕,滋润着每一株庄稼。看惯了满是石头的地方,乍一看那小片小片的绿色小麦和大麦,感到很奇怪,但是当我们进入浅浅的山谷时,两边都是绿色,路边的树木奇迹般地躲过了土耳其人的斧头,我又感觉似曾相识,就像回到了去年夏天假扮吉卜赛人的时候。在这里,我们身后有发出叮当声的骡子,而非叮叮当当、嘎吱作响的华丽马车队,但是在路上隐姓埋名的感觉却很类似。

"这让我想起了威尔士。"我和福尔摩斯说。

"说阿拉伯语!"他用阿拉伯语低吼道。他要求即使没人注意我,也要时刻伪装自己,这情景也很像我们在威尔士时的情景。我又乖乖地用蹩脚的阿拉伯语把这句话重复了一遍。

福尔摩斯纠正了我的用词和发音,等我重复了一遍,他才说是的,他记得威尔士,然后讲了一个完全无关的故事,说的是贝都因人突击搜捕一名来自哈威塔部落的旅客,他也参与其中,我能听懂每一句话。我的阿拉伯语正在进步,但是用外语的思维去思考确实压力很大。

我们陷入沉默。大约走了一英里，我们所能听到的声音就是背着沉重包裹的骡子发出的声响，偶尔经过的卡车的轰鸣声，各种山羊脖铃发出的声响，以及我们前面两个男人偶尔聊天的声音。阿里似乎精力充沛；我无聊地想知道，在他取枪的途中到底遇到了什么，让他如此兴奋。

但是，我想得最多的还是前些天晚上和那个间谍头目约书亚奇怪的偶遇。在面对我觉得似乎相当严重的问题时，他固执的决定让他看起来沉着冷静、处变不惊，当时我就感到奇怪，后来就觉得更奇怪了。而且如果他认为福尔摩斯会因为赞美的话或苛刻的命令就偏离自己初衷的话，他肯定不会识人。确实，如果他想引起福尔摩斯的兴趣，他所选的方式是最好的。

我恍然大悟，然后小跑着赶上福尔摩斯，因为在我沉思的时候，他已经走远了。

"告诉我，福尔摩斯。"我开始说道，他却不满地向我发出嘘声。我吃力地用阿拉伯语说出了一句话，大概是这个意思："认为约书亚想帮你——你，还是不是？"

福尔摩斯将我说的话调整正确，直到我用正确的语序重复了一遍，他才说："我觉得你已经发现了，我们的朋友约书亚实际上是个非常聪明的人。"

这一切都很好，很妙，但如非必要的话，我个人是绝不会相信这个矮个子男人的。

从离开贝尔谢巴，到那晚安营扎寨，我们大约走了十八或二十英里，道路崎岖不平，一路上除了阿拉伯语，什么都听不到，我很累。做完工作后，我机械地吃着阿里做的淡而无味的食物，然后一屁股坐在黑帐篷中的火堆前，靠着一堆包裹，模模糊糊地意识到马哈茂德在敲击装咖啡的木臼，福尔摩斯又开始讲话，说了另一个故事。因为没有努力集中注意力，我只听到一大串阿拉伯语，声音在我耳边回荡，直至我的注意力被说我名字的声音勾了过去。我竖起耳朵去听他的话，一会儿，我断定他在给阿里和马哈茂德讲我们在威尔士冒险的故事；听着听着，奇怪的事情发生了。尽管，或可能是因为，我睡眠不足、身体疲劳和对这种无处不在的语言产生的心理反感，我突然意识到，我几乎能听懂他们所有的话。好像体内的某个机械装置被点开，这种奇怪和吃力的状态被一扫而空，以至于他们谈话中个别我不认识的词也听得很清楚。我在火边坐了半个小时，喝了几小杯浓郁苦涩的咖啡，听福尔摩斯讲发生在威尔士的案子，讲得跟史诗一样。

福尔摩斯向来是位很棒的演说家，但是后来我才意识到他这次的表现特别出色。福尔摩斯总是批评自己的自传作家，说华生总是将侦探眼中普通的智力训练搞得很传奇，像他这样的人居然能说出这样的话。一般情况下，他总是看不起华生栩栩如生地描述某些事情，但是那晚在灶火前，福尔摩斯讲的故事辞藻华丽，一些细节即使是华生可能都会犹豫要不要那么说。故事讲得激动人心，直到结束，我才发现我们的两位同伴向我这里投来了惊讶的目光。除了火焰的窸窣声和远处农夫养的驴的叫声，空气再次静止，阿里转过头瞪着我。

他用阿拉伯语说："不可能。"

我用阿拉伯语回答："真相确实如此。"

他又不假思索地继续用阿拉伯语说道："你爬上一棵树，进入敌人的房间，救出了那个美国参议员的孩子？单枪匹马？一个女人——一个女孩？"

"真相确实如此。"我重复道，他赤裸裸地怀疑我，让我很生气，只能努力压制心中的怒火。

"我不相信这个故事。"阿里激烈地反对道。一个女人不但可以把他扔出屋子，扔出飞刀准确无误地命中目标，而且最重要的是她还能在救援中表现英勇，显然这已经超出了他的接受范围。

"你是在指责我说谎吗？"福尔摩斯平静地问。

阿里看向我们，毫无疑问，他看到了我脸上的怒火和福尔摩斯脸上的冷漠，以及我俩脸上的鄙视。他甚至瞥了一眼马哈茂德，想要寻求帮助，但那张面无表情的脸没有任何反应。

"夸张。"他用英语愤愤不平地说。

"非常少。"福尔摩斯说，像是在接受阿里的道歉。然而，他并没有放过这个话题，而是继续审视阿里，好像他就是个学生，所学课程的成绩有不及格的危险。我可以理解，这眼神让阿里感到很不自在。最终福尔摩斯冷漠生硬地说：

"如果你继续将罗素当成一个女人和英国人看待的话，我能预料到我们之间将会出现问题。这样很危险。现在，我强烈建议你停止这种想法。罗素是阿米尔，一个从外面来的男孩，本地的方言讲得不是很好。提到他的时候要用阳性的代词，将他想成一个没胡子的年轻男人，这样你就不会暴露我们了。"

在福尔摩斯讲话的过程中，阿里的表情由假笑变成疑惑，直至暴怒。他站了起来，攥紧拳头，福尔摩斯和蔼的面庞进一步激怒了他。他向前走了一步。马哈茂德叫住了他，他转向马哈茂德，但是向福尔摩斯伸出拳头以示抗议。马哈茂德又开口了，他说的句子太短，以至于我都没听懂意思，但是这话就像一把刺刀刺向阿里。这个生气的男人愤怒地瞪了一眼这个静静坐着的人，转身默不作声地冲进黑夜之中。

之后我们都回帐篷睡觉了，但是夜晚的寂静被漫长的低声谈话打破，黑色帐篷方向传来的声音此起彼伏。我一句话都没听清，但是听声音像是马哈茂德说得比较多。

早上阿里似乎不太高兴,马哈茂德比以往更加沉默,福尔摩斯心烦意乱,急于离开。我们整理帐篷时,马哈茂德在煮茶,黎明时分,天气寒冷,我们站在一起品尝香甜的热茶,之后我们走入干谷,背后拖着长长的身影。

干谷的底部逐渐变得潮湿,清澈的水洼到处都是,但是地面还算坚固,只是偶尔会碰到小块的泥地。福尔摩斯走在前面,忽略沙土地上留下的足迹,也忽略了取回米哈伊尔尸体时地上留下的痕迹。前段时间大量的降水让干谷注满了水,最近刚刚退下的水在巨石上留下了一条潮湿的水位线。福尔摩斯的眼睛总是盯着水位线上方的巨石看,常常停下来伸长脖子看向我们上方的悬崖顶上。

当我们绕到干谷的弯道处时,发现福尔摩斯正站在三块巨石顶上,一棵小小的怪柳长在三块巨石顶上的小山丘上,太阳高悬在我们头顶。我们停下来。阿里收集了一圈石头,然后开始在河道底部生火。马哈茂德拿出他的咖啡壶。很快,烘焙咖啡豆的香味弥漫在整座阴冷的峡谷,但是福尔摩斯并未注意到这些,而是继续在山坡上翻找,偶尔停下来拨弄一根折断的嫩枝,或俯身去看一块扰乱他心绪的石头。最终我爬上巨石加入他。

"这里至少出现过两个人,"我刚走近他,他就开门见山地说道,"而且不是左轮手枪,而是步枪,三发子弹,从那里打出来的。"他用手指轻轻戳了一下对面峭壁的顶部,然后继续用从腰带拔出的刀轻轻撬开崖壁上一块块松动的石头。"又是一个神枪手。他第一枪击中了米哈伊尔的缠头巾,比这儿高五十英尺,第二枪伤到了米哈伊尔。"他修长的手指从岩石的裂缝间伸出,指间夹着一块奇形怪状的灰色金属,是从岩石的缝隙中掏出来的。他给我看了一眼,然后偷偷塞进他的长袍内,接着又向下爬了几英尺,去追踪一块在岩石表面留下的淡棕红色污迹,在下面他又发现了一小块喷溅物。"当打出第三枪时,正如约书亚所说,他从巨石上滚了下来。"尽管有暴风雨的影响,但是在巨石下面,污迹依旧清晰可见。

我们坐了几分钟,福尔摩斯在思考所发生的一连串事件,而我在为这个未曾相识的人的死而感到惋惜,直到最后面包的香味混着咖啡的醇香飘了过来,我们才从巨石上爬下来吃午饭。

用餐完毕,三个男人点着了烟,福尔摩斯叙述了米哈伊尔,这个德鲁兹教派穆斯林死前几分钟的遭遇。"他走下干谷。他一定知道后面有人跟踪他,因为他行进的速度很快,在这种地面不宜快速行走,这么快的速度让他打滑跌倒。他可能还不知道那个拿着步枪的人就在对面,直到第一枪打穿他的缠头巾……"他停下来,将一团白线放在一块扁平的石头上。"他戴的是普通德鲁兹教派穆斯林的头巾,我想我已经拿到了这头巾?当子弹射穿头巾的时候,他惊慌失措,跳了起来,但是又摔倒了,他用力抓住那块岩石,整个人悬在半空中,因此那块石头上留有这块黑色的动脉血迹"——阿里和马哈茂德转过头,看向那个山坡——"第二枪射中了他,皮肉受伤,很快鲜血直流。这枪射中了他的左臂;再往前出现了残缺的手印。这是第二轮。"他从长袍里取出那枚被压平的子弹放在残缺的头巾旁。"即使是从这儿,你们也能看到他跌落的轨迹。他穿过这片湿滑的区域,跳到巨石上,然后跌倒,滚了下来,抓住了一棵死树,最后死树被连根拔起。然后他弄丢了背包,转身又去取包,他刚刚停下来,第三枪就将他击中,就此毙命。过了一会儿,追杀他的人沿着他的脚步从山丘走下来,步履相当缓慢。经过检查,他发现这个德鲁兹教派穆斯林已经死了,接着他又翻了米哈伊尔的包。我认为他拿走了一些手写的东西,就是用从包裹中发现的最近刚削的铅笔写的。"

"你怎么知道的？"阿里叫喊道，"你没在现场看！或者你在？"他质问道，眼中突然闪现出一丝怀疑。

"别犯傻，"福尔摩斯用同样大的声音回应道，"我从石头上观察到的。阿里，我知道米哈伊尔是你的朋友。但我很遗憾，他就是这么死的，经历了三十秒的恐惧，被一颗干净的子弹结束了生命。"

"而且知道了什么是失败。"马哈茂德苦涩地说。

"也许我们可以改变现在这种失败的局面。"

"但你是怎么知道这件事的？"阿里坚持问道，"你发现了子弹和线，但你是怎么知道还有第二个人存在的？"

"不可能是那个拿着步枪，翻查米哈伊尔包裹的人，因为这个神枪手是在干谷的对面，等他走到这儿的时候，血应该已经干了。在这边还有另外一个人，他走到米哈伊尔的尸体边，踩在一片血上。接着他走到袋子掉落的地方，停下来，在那挪动了三四次，后来走下干谷，他留下的脚印已经被上涨的水冲刷干净了。他穿的是靴子，"福尔摩斯补充道，"特大号的。如果你们想看，我会给你们看那些子弹留下的痕迹以及米哈伊尔走过留下的踪迹。"

"没那个必要，"马哈茂德说，"我们已经在这儿耽误很长时间了。我们都在这儿检查山坡，势必会引起注意。我们打包走吧。"

混乱中，阿里来不及争论。他在一个雨水坑中冲洗了咖啡杯，将它们收好，放在骡子背上背包的一侧，将那个宽大的铁锅系在另一边，然后和马哈茂德一起向着干谷上方走。

我们跟着他们，三只发出嘎嘎声的骡子跟在我们身后。过了一会儿，我小心谨慎地用阿拉伯语问福尔摩斯，他是否知道我们要去哪儿。

"马哈茂德肯定知道。"他答道,然后命令我详述我的家谱。当然是用阿拉伯语。

我们继续沿着干谷上方走,我磕磕绊绊地说了很长时间亲属关系的术语,同样磕磕绊绊地在颠簸的路上走了很久,我们总是向着峭壁的顶部行进。下午晚些时候,干谷狂风大作,黄沙漫天,我们四人在干谷艰难前行,用力拉扯着被风暴激怒的骡子,最后,我们走上一片高原,宽广空旷的高地上点缀着傍晚的夕阳。

一眼望去,看不到一个人。

令我惊讶的是,阿里对这片空旷之地的反应竟然是将外衣的下摆向上卷起一点,将刀牢固地塞进皮带里,然后轻松悠闲地径直向北慢跑而去,很快他就从我们的视野里消失了。我们跟随着骡子的步伐前进,当天彻底黑下来时,我们停下来吃冷面包,让骡子休息。等到新月微弱的光照亮周遭的一切时,我们继续前进。当月亮落到地平线以下,远山上突然出现淡淡的微光,不久,阿里和至少其他六个人大喊大叫的声音响彻黑夜。

这些人就像马哈茂德失散多年的兄弟,亲切地跟他打招呼,亲吻他的手,分外热情地向他致意,我想尽管他们的外表和说话方式如此,但他们可能是基督徒——或是穆斯林,只不过是忽略了他们的宗教禁酒令。但是,这些人中似乎大部分都是来自偏远的乡村,而且那些游客,尤其是那些不仅有名有才,又深得他们信赖的游客,定会被他们灌得酒精中毒。

此外,我认为,不像前些天我们所看到的那种表面上看起来很热情,其实很虚伪做作的问候,今天的问候应该是建立在真正的友谊和长期的了解之上。那位走在阿里旁边,朝气蓬勃的中年男子迎面给了马哈茂德一个坚实而热情的拥抱,接着轻松地大笑起来。而且,作为回应,马哈茂德向他发自心底地笑了一下，然后拍拍他的肩膀。这种表情出现在马哈茂德脸上显得很不自然，但是他一直保持着这种微笑，和其他涌上来的人握手致意。

当我们相互介绍完之后，这一持续了很久的欢迎仪式逐渐淡去，我们重新给这些新来的人分配包裹，其间我看到了一段小小的奇怪插曲。那个叫法拉什的领头人，举起他带的灯笼，仔细看了看马哈茂德的脸。他甚至伸出手，用一根手指去摸马哈茂德脸上丑陋的伤疤。

"好点了吗？"他平静地问。

"感谢上帝庇佑，很好。"

"那阿里现在如何？"法拉什摇摇头，"你和你兄弟，你们俩总是带伤来找我们。"

马哈茂德大笑——他居然会笑。"受伤的时候，阿里害怕截肢。他头部的伤现在已经好了。"接着，他们说话的声音变小，我几乎听不到。马哈茂德对这个人说："那个德鲁兹教派穆斯林米哈伊尔死了。"

"啊！"法拉什痛苦地叫了一声，然后问道，"被杀了？"

"被枪打死的。"

法拉什又悲伤地摇了摇头。"又失去了一个好人。"他小声嘟囔道。过了一会儿，他打起精神，努力挣脱悲伤，恢复心情。"但是你和阿里又一次与我们团聚了，我们应该设宴庆祝一下。"

在欢乐喜庆的气氛中，村民们带我们走过崎岖不平的道路和两三条小河谷。在毫无预兆的情况下，我们浩浩荡荡地来到了一个小村庄，走过一排稀稀落落的土屋，土屋的墙边都盖着棚子，好让土屋保持直立，避免倒塌。我们路过一口井和一些光秃秃的树，最后到达这个镇上最宏伟的住宅，一座面积为十二平方英尺、无窗的建筑，像个盒子，特别低，甚至连我们四个中最矮的马哈茂德进屋都要弯腰。很明显，这里曾住着至少一只山羊和成群的鸡，是最近刚刚腾空的，跳蚤多得吓人，但是这种特殊的礼遇确实很壮观。

很快，村里的男人都到齐了，和我们一起进入土屋，女人们拥在门外。点烟，递冰水，煮咖啡，这个古老村落的村长来回招呼着，很明显这是他的房子。喝完咖啡，四个男人摇摇晃晃地走了进来，抬着一个巨大的盘子，上面放着一大堆米饭，在灯光的照耀下闪着油光，最上面摆着一大堆匆忙烧熟的老羊肉。仓促准备出来的饭菜搭配着老羊肉，让我们这顿饭吃得着实不易，至少我们几个都在尽力嚼那怎么也嚼不烂的羊肉，但我们还是吃了米饭、面包和少量的羊软骨，填饱了肚子，咖啡喝得较多。然后我们坐在炉边听故事，讲的是战争时期英勇抗战和战前大胆拼搏的故事。下半夜，村长突然站起来，握着我们油腻腻的手和我们道别，然后带着整个村庄的人离开了，只剩下几个腼腆地咯咯笑着的孩子一直徘徊在我们门前，直到第二天清早。

第二天是法定节假日，一整天，邻近帐篷和房子里的人都跑到我们屋里玩。马哈茂德一直忙于写信和草拟合同；阿里坐在树下，手里拿着针线，正在缝补骡子背上的包和垫子，然后悠然自得地和熟人聊着天；福尔摩斯蹲在我们房子的背阴处，被当地人的土话和八卦吸引住了；而我呢，正在掸一条地毯上的尘土和从地毯里爬出来的虫子，然后把地毯拿到远处一条灌溉水渠边上光秃秃的果树林里，赶走了跳蚤，但是引来了苍蝇。骡子发出的有节奏的嘎吱声让我昏昏欲睡，我极度疲惫，躺在地上睡着了，不顾可能存在的危险，也不受路人的打扰，直到轰隆隆移动的马蹄声将我吵醒。我迅速逃跑，发现我躺在了骑兵冲锋前进的路上，或者这里至少发生了踩踏事件。但这只是一场赛马，一只奇丑无比的畜生赢了，沾沾自喜、精神焕发的阿里坐在它的背上。我走到人群中，马哈茂德在他的赌注上赚了一大笔。

下午晚些时候，我们开始生火做饭。接着是下午的祷告，我带骡子来到距我们最近的雨水池，给它们擦洗身体，一大群孩子陪我来到这儿，孩子的数量多得和整个村子的人口不成比例，很快，他们全身是水，比骡子还湿，但是不如骡子干净。这些小孩发现我很好笑：一头骡子，旁边站着一个脸上戴着奇怪玻璃圈的男孩，并且还嘲笑他们的滑稽动作。我回到村庄，后面跟着一群穿着湿衣服的叽叽喳喳的孩子。

拴骡子的时候，我听到有人喊我的名字。令我惊讶的是，我居然看到了马哈茂德。他正用一只手把一些看起来像钱的东西塞到胸前的长袍里，然后用另一只手指着我。他旁边围着一群人。

我拭去衣服上的泥土，整理了一下缠头巾，走过去看看他想干什么。令我更惊讶的是，当我走近时，他将沉重的胳膊搭在我的肩膀上，然后转向他的同伴。

"阿米尔是个很聪明的男孩，而且飞刀技术很不错。"他说。他认真地将自己的发音发得足够清晰，好让我知道他在说什么。"我敢和任何人打赌，保证他百发百中。"

我浮夸的名字配上其貌不扬的外表又产生了它一贯的效果，村民们都不由自主地大笑起来。马哈茂德像鲨鱼一样咧嘴笑了笑，然后将胳膊死死地搭在我的肩膀上。我站在那儿，想知道他这狡猾的脑子里到底在想什么，以及接下来将要发生什么。

当村民们意识到他是认真的，真的要在这个有着搞笑名字的年轻人的刀技上下赌注时，他们赶紧接受了这个疯子的建议，生怕他反悔。如果他想将白天从他们那儿赢走的所有钱如数奉还，他们怎么会拒绝呢？几个人匆忙离开，去找一个合适的标的物，剩下的十来个人开始磨刀，最后马哈茂德给了我一个坚实的拥抱，转过头，对着我的耳朵用清晰的英语低声说道："开始的时候不要表现得太好，明白吗？"

为了掩饰我的惊讶，我突然咳了一声，转过身，看到那些人拿来一根长长的树干和一些垫在树干下面的石头。阿里赢得了那场不可能获胜的赛马比赛后，马哈茂德就打算为这些村民做个骗局，将他们辛苦赚来的余钱骗到手。哦，在英国的酒吧里我用飞镖做过这样的事，但只是从我的对手那骗了几杯酒喝，对于他们来说，这点小小的损失根本不值一提。但是这次的事就得另当别论了，我口中泛酸，真不喜欢这味道。

我振作了起来。马哈茂德知道他在做什么；毕竟，这是他的人。哦，好吧，我自言自语道——毫无疑问，过不了多久，这些村民也会这么说。我只希望能从容应对。

过去四年里，在福尔摩斯和其他一些人的指导下，我掌握了各种奇怪的本领。我能吃力地撬开一把锁，骑马、开车样样都行，乔装打扮成正经的业余戏剧爱好者，还能将一个成年男人（一个毫无防备且没有受过训练的男人）扔出去。我只有两样与生俱来的天赋，就是很容易学会其他语言而且扔东西很准。不论是一块岩石还是凸出来的东西，毫不夸耀地说，我的左手都能无误地瞄准它，虽然我偶尔发现这技能还蛮有用的。这次又是。

这些人看到我又窄又小的飞刀时，不禁咯咯地笑了起来。第一轮，每当我飞刀脱靶的时候，他们就会拍打膝盖。马哈茂德开始着急了——哦，不是着急，而是变得比以前更加冷漠，他的右手会缓慢地摩擦脸上的伤疤——当他很快输了三笔数目相当大的赌注时。我漫不经心地扔着手中的刀，然后看了马哈茂德一眼，试图从他那儿得到暗示。

要么是他接受了这一切，要么是他相当清楚该如何玩这个游戏。不论是哪种，他都相信我。他将手伸进内兜，抽出一大笔钱，然后数了数，为此添加了更多戏剧性的效果。他把这些钱放在脚前方的地上，回头看了看我。

那天下午我们从村民那儿拿走了许多钱，村里其余的人，男人、女人都在看热闹。当这些不太富裕的人下注时，我努力去输一点钱，但总是事与愿违。我输的这点钱并没有引起马哈茂德的注意，因为他发现这是一笔很棒的投资，从短期现金回收上说，这能让人自信心爆棚，从长期收益上看，这是积聚声誉的良方。让你的东道主感觉完全上当受骗，以此来疏远他，这绝非一个好主意。

但是我们拿走的是穷人们的钱。我一点都不愿意按照马哈茂德的指令去骗穷人的钱。

最终，村民们输了很多钱，渐渐对比赛失去了兴趣。最后一个挑战我的人也下台了，比赛就这样愉快地结束了，虽然也有遗憾。马哈茂德折起一沓厚厚的脏兮兮的纸币，将两把沉甸甸的硬币扔进腰带间的钱包里，抬头看了我一眼，似乎满足地笑了笑。人群渐渐散去，我看到我们的同伴正站在人群中观看我的表演。阿里充满敌意地看了我一眼，福尔摩斯觉得我很好笑。我蹲下在一块石头上磨刀，接着将刀别回靴子中，然后走到他们身边。说实话，我觉得骄傲多于羞愧。

一个长长的贝都因帐篷出现在村后的山坡上，浓郁的咖啡香飘散在空气中。我给骡子洗澡时跟着我的那群孩子，因为比赛而没法靠近我，现在蜂拥而至，都过来缠着我，但是我十分领情地从我狂热的崇拜者中逃离，从远处迂回潜入帐篷，坐在喝咖啡的大人中间，挨着村长养的那只坏脾气的猎鹰和同样坏脾气的萨卢基犬。

晚上举行了一场半正式的宴会：喝咖啡，吃东西，喝咖啡，吃蜜饯，抽烟，喝咖啡，然后聊天。六个人抬着一个巨大的黄铜盘子，上面放着四只烤全羊和金黄色的炸松子。今晚的肉很美味，肉质细嫩柔滑。米饭里加了小小的、味道浓重的红色浆果，是一种调料，当地人称之为漆树和弥漫着小豆蔻香味的苦咖啡豆，是用来提神的。人们开始拿出水烟筒和烟斗抽烟，研磨咖啡时敲打木臼发出的有节奏的声音消失了，独弦小提琴奏出的"恼人"音乐和演奏者唱得像哭一样难听的歌也停止了，接着开始讲故事。令我既惊讶又高兴的是，我发现我已经能听懂他们讲话了。在连续使用这种语言的重压下，我的阿拉伯语进步神速，比我想象的还要快。

村长开始讲话。他曾经是个高大的男人，但是现在已经瘦得皮包骨头，肌肉松弛。他穿着鲜艳：蓝长袍，绿头巾（这是先知后裔的标志），胡子用指甲花染红（在过去，某些地方认为这是去麦加虔诚朝圣的标志）。他的口中只剩下几颗棕色的牙齿残茬，但是他的眼睛清澈明亮，当他一边抽烟一边讲述他的经历时，他的手稳稳地扶着水烟筒，他在最近的战争中表现英勇，曾从高地上射击撤退的土耳其军队。

接着，他的儿子——法拉什，前一天晚上曾亲密无间地和马哈茂德讲话，还被告知了德鲁兹教派穆斯林米哈伊尔的死讯——讲了一个复杂的故事，是关于一个亲戚的。他从其他的部落娶了一个女人，然后激起了一场长达六十二年的仇怨，但是我没听懂这个故事。福尔摩斯讲了一个令人毛骨悚然的故事，是关于哈威塔人家族世仇的，起于一场婚礼，听的人都被逗笑了，但是我不知道他们为何会笑。阿里讲了一个很短的故事，是关于女人和驴的，但是这一次我又没搞懂其中的笑点。接着他又讲了一个栩栩如生的长故事，是关于两个男人和五只蝎子的，我突然间意识到他说的那两个人正是戴维和查利，在贝尔谢巴路上骂人的英国卫兵，阿里讲述着他是如何巧妙复仇的,这解释了为何他拿着武器在城镇北面的公路上重新加入我们时,情绪是那么高涨。我和其他人一起大声笑着,阿里怀疑地看了我一眼。

接着轮到一位年长的村民,他讲故事的声音高昂单调,每个人每个角落都能听到,故事讲的是偶发的战争,几乎把我讲睡着了,其他人也觉得有些不耐烦。大概过了半个小时,村长果断地拿起他那装咖啡的皮罐和煮咖啡用的锅,很快,这个故事被端上来的咖啡替代了。

等我们全都喝完必喝的三小杯咖啡后,马哈茂德递出他的小杯子,然后开始讲话。

帐篷中鸦雀无声,因为坐在女人身边的孩子们都安静了下来,所有人都在听这个强有力的声音讲述着外面的世界。马哈茂德是一位很棒的演说家,他讲的故事引人入胜,甚至有些激动人心,像他这样一个平时少言寡语的人,能讲出这样的故事,真是令人吃惊。他讲的是三个半月前最终征服土耳其军队的事。

显然这些人知道战争的结局,但是对细节却一无所知,马哈茂德向他们讲述了细节。当第一次提到艾伦比的名字时,这些人如释重负,这位征战英雄的名字音译成阿拉伯语,是"通往先知"的意思。马哈茂德说预言已经实现,只有当尼罗河的水流入耶路撒冷,古老的预言才会变成现实,圣地不再有异教徒,当英军从尼罗河水源地带着大批背上驮着水的骆驼向这座城市供水时,这个毫无希望的预言就变成了现实。他继续讲了些英勇抗战的故事,小团体抵抗军队的事迹,一个人单枪匹马,爬过小山,像石头一样悄无声息地摧毁了几英里外满是机枪的大堡垒的故事。他讲的每个故事都让人赞不绝口。大部分时间里,听众们都屏住呼吸,小声嘟囔着,然后发出"哇!"的惊叹声;每个故事结束时,他们都会摇摇头，然后大笑。

然而，当讲到艾伦比成功诱骗土耳其军队和他们的德国军师时，下面爆发了雷鸣般的掌声。马哈茂德用手在空中勾勒出了耶路撒冷北部土地的形状，他用左手比画出海洋和海法，用右手勾勒出古尔和约旦河谷，那块炎热、令人难受且疟疾频发的低地将巴勒斯坦与东面广阔无垠的沙漠分开。在这里，艾伦比设下了他最大的骗局：他计划佯攻右翼敌军，直击约旦河谷，但实际上，他打算从左翼攻打敌军，穿过耶斯列谷，包围敌军，这就是著名的米吉多战役或称哈米吉多顿。

马哈茂德讲得激动人心，故事开始于耶路撒冷，当雅法门附近的法斯特酒店被军方征用，穿着高级军服的顾问在镇上公开出入时，土耳其间谍确定盟军司令部将向约旦河附近转移。接着他描述了英军左翼部队在夜间悄悄逼近，从表面上看，军队只是待在几个月前设好的帐篷中。当他说到间谍收到虚假信息时，听众们开始连连点头，表示赞赏，狡诈比单纯的聪明更能体现人的机智。

但是，当他开始讲述英军假装在约旦转移的细节时，村民们开始咧嘴大笑，赞赏这位司令机智过人，他经常让货车拉着原木来回行驶，扬起尘土，模仿正在行军的部队；白天，他指挥整个军队在敌人能够看到的情况下向东行进，到了夜晚又悄悄地向西转移，回到他们的营地。诱饵兵来来回回，光天化日之下出去，然后又偷偷地从约旦河谷回来，几个人却营造出了集结大规模力量的假象。当艾伦比在营地布置好帐篷模型和五座跨越约旦河谷的浮桥时，托马斯·爱德华·劳伦斯上校和他的贝都因人骆驼队在不远处进行了声势浩大的突袭。

当讲到排成队的假马时，马哈茂德的听众们万分激动，眼中饱含着泪水：从埃及运来两万条旧毯子裹在灌木上，其中一些用木腿支撑着,从尘土飞扬的远方看去,就像是大量骑兵队的马匹。

在间谍错误情报的诱导下,土耳其人认为他们德国军事顾问帮助制定的全盘战略堪称完美。土耳其帝国将军事力量集中在巴勒斯坦东部边境,准备抵御来自耶路撒冷的袭击;当艾伦比出其不意地在他们毫无防备的西侧展开攻击时,土耳其人根本没机会反抗。在世界大战胜利的关键时刻,艾伦比横扫土耳其军队,抓获九万俘虏,突破土耳其军事大后方,迫使土耳其军队残余力量匆忙向大马士革逃窜,最终投降。

无疑,马哈茂德所讲的故事是整晚的高潮;与此相比,其他任何事都显得苍白无力。突如其来的典型阿拉伯式告别语让整场晚会告一段落。蹒跚学步的孩子们都被哄睡着了,大一点的男孩们叫嚷着四处散去,大人们临走前和村长、马哈茂德握手道别,然后走向黑夜,他们高声背诵着马哈茂德所讲故事的情节,大声笑着,叫嚷着,消失在黑夜中。

并非所有人都离开了。村长的密友和家人,大概有二十五到三十个人,还在这儿聊天,抽最后一支烟,商量着一些小事。我想今晚可能到此结束,满怀期待地想着我那张硬板床,至少我可以随心所欲地躺在床上,放松腿部肌肉,而不用担心冒犯任何人,此时,福尔摩斯提出的问题让周围的人陷入了短暂的沉默。

"兄弟们,"他问道,一边卷烟,一边专注地紧皱眉头,"你们觉得土耳其人真的离开这个国家了吗?"

八

写作是对文字的塑造,是口语的代表,反过来,口语亦是写作灵魂的再现。

——伊本·赫勒敦《历史绪论》

这个问题在帐中激起一片涟漪,炉火旁的人们顿时安静了下来。我能听到隔壁昏昏欲睡的孩子们发出的声音和村那头某人无聊的大喊声。福尔摩斯用舌尖舔了舔薄薄的卷烟纸的边缘,把烟封住,然后用煤钳从炉火中夹起一块炭。在沮丧中,人们开始讲话,七嘴八舌,嘈杂一片。

我觉得有些人定会反对福尔摩斯,他们由衷地相信艾伦比和费萨尔已经真正地迫使土耳其人屈服,并将他们驱逐出境。一些人点头表示赞同,伸手去拿水烟筒和香烟,想从吸烟中得到一些慰藉。但是有些人并不赞同。那些处于好战年龄的人,那些比普通贝都因人看起来更加谨慎小心的人,那些一直安静地待在角落里伤痕累累的跛行人,那些并未袖手旁观而是曾经射杀过逃跑敌兵的人,都没有点头,而是大声地议论着土耳其人的胆小懦弱。他们偷偷地相互看了看,又偷偷地看了看福尔摩斯,然后一语未发。

当他们提出异议,畅所欲言时,福尔摩斯礼貌地听取各方发表的意见,任凭接下来的谈话渐渐偏离主题,转向一系列战争时期伊斯兰教徒与异教徒斗争的血腥回忆。但是我认为福尔摩斯肯定注意到了那些偷看他的目光,我对他接下来的表现并未感到惊讶。几分钟后他站起来,离开帐篷,当他回来时,没有坐回原来的位置,而是坐在了三个沉默安静的男人中间。其中一人就是村长的儿子法拉什。

我很不情愿地承认,福尔摩斯打算向这些人提出的问题已经在不经意间以最好的方式悄悄地问了出来,因此我仍旧待在靠近炉火边倒数第三排的位置。我想看看马哈茂德和阿里接下来的表现,尽管阿里面露不悦之色,但他们也打算待在原地,让福尔摩斯继续秘密地审问。而且,马哈茂德的目光也从福尔摩斯身上转移到了村长身上。

"你是不是有东西需要我读一下?"他提议道。

村长苍老的脸上呈现出急切渴望的表情,旁边的几个人亦是如此,希望得到马哈茂德的帮助。三五个人走开了,回来时拿着几本他们珍视的破旧杂志。村长对着分隔墙的方向下达了一套快速的指令。很快,粗糙条纹织物下出现了一个女人的手,拿出来一本破旧的英语杂志,名为《属于男孩的文章》,封面生动形象,上面画着一群穿着卡其布军服的枪骑兵,骑着马,气势汹汹地向一个看不见的敌人挺进。中间那匹马和骑手都有些犹豫不决,我觉得这可以理解,因为这些人手中锋利的棍棒可能会受到一队机枪的狙击,但逻辑从来不是爱国主义的主要因素。不管怎样,村长显然很珍视这本杂志,在其他几人拿来的六种类似的文学读物中,他将这本杂志放在了最上面,摆在马哈茂德面前的地毯上。

马哈茂德在杂志和书中挑选他要读的,一件条纹长袍中露出一本书,封皮我很熟悉,看到的瞬间,我就知道他会选那本书,结果证明我是对的。他的手越过那本《属于男孩的文章》和《周六晚邮报》,在一本主人公名为尼克·卡特的阿拉伯语版美国侦探小说面前犹豫了一下,最终拿起了那已有九年之久的《斯特兰德杂志》。他小心翼翼地翻开杂志,检查了所有保存完好的页面，之后坐回垫枕，开始读书，与其说他在翻译这则故事，不如说他是在解释，解读的时候删减了大部分情节。马哈茂德今晚选择为大家读的这个故事是华生医生的文学代理商阿瑟·柯南·道尔写的，名叫《魔鬼之足》。故事的主人公是一位顾问侦探，名叫夏洛克·福尔摩斯。

从脸上的苦恼之色看来，马哈茂德像是在读一篇关于和平谈判的文章，但是我觉得阿里会绷不住笑出来。福尔摩斯一直在俯身听那些人谈话，完全沉浸在氛围轻松的聊天中，当听到自己名字时，他异常惊讶，猛地直起了身体。马哈茂德继续读故事，表情严肃，但是在他嗓音深处，却有一丝忍俊不禁的感觉。福尔摩斯定定神，瞪了我一眼，警告我不许发笑，然后继续谈话。既然帐中所有人的注意力都被那激动人心的故事情节所吸引，那么不去打搅他们才是万全之策（沉重的呼吸声从女人们所坐的那侧压迫而来，导致坐在帐篷两侧的人都呼吸沉重），故事中充满了贪婪、复仇、诱人发狂和极其恐怖危险的情节。距故事结束尚早，他们那组人的注意力早被故事所吸引，福尔摩斯很难与他们继续谈话，但是最终他坐回原位，明显对他获知的消息很满意，所以让和他一起谈话的那组人也加入大家，一起听故事的高潮。

马哈茂德非常理智地缩短了案件动机和作案方式等相关的冗长内容，将其简化成了几行对话和一个激动人心的结论。

这个故事讲得相当成功。大家议论纷纷，讨论一个人如何才能将双手放在那种具有极大杀伤性的物质上，以及这类犯罪应受到何种惩罚，还有仅仅对一个女人（因为基督教遵从一夫一妻的婚姻制度，所以那是一个不可得到的女人）的渴望能否成为犯罪动机。

最终，当马哈茂德明显不准备继续读《尼克·卡特历险记》或《属于男孩的文章》中有关男孩枪骑兵的故事时，接下来的谈话变得断断续续、零星散漫：一个男人告诉他的邻居，他的小孙子已经被送到希伯伦的医院了，而且有可能救不活。另一个男人有一匹马的马蹄残废了，问是否有人知道尚未在马身上实验过的补救疗法。阿里临时做了个调查，我认为应该是关于该地匪患情况的，他说很担心向东行进时会碰到一小撮盗匪。被问到的人反应不一，从机械的明显不知情的安慰，到愤慨地认为在这种多事之秋，四处走动一点都不安全。接着，阿里提到了在以实提莫干谷中发现的孤零零的尸体，但没提死者的名字和身份。

　　一连串的猜测如行将熄灭的火堆中残存的几缕火焰，突然涌现了出来，东南方向丘陵地带出现强盗的事也被大家讨论了一番。然而，时间已晚，大家讨论的兴致很快消失。男人们开始裹上长袍，裹得像蚕茧一般坐在帐中。我们四个离开主人的家，抄近路回到了我们虽然跳蚤肆虐但依旧体面的房子。

　　幸运的是，今晚我们坚持得比村里的孩子们要晚，所以我们可以小声说话，不用担心被偷听。令我惊讶的是，福尔摩斯毫不犹豫地跟我们分享了他获取的消息。我以为门一关，我们仨围在福尔摩斯身边时，他会假装疲惫或至少表现出些许惊讶，尤其是刚刚马哈茂德还在冒险读柯南·道尔的故事，但是他没有。当然，他会告诉我们刚才那些人说了什么，即使他不情愿，甚至存在隔阂，但是，后来从他的回答中，我看出他这样做是为了承认他亏欠马哈茂德的，因为当他在盘问那些可能知悉某些消息的人时，马哈茂德转移了其他人的注意力，成功掩护了他，这让福尔摩斯很满意。福尔摩斯跪坐在地，整理好松垮的缠头巾，开始讲话——令我感到宽慰的是，他讲的是英语。

　　"跟我在一起的那些人，在战争头三年，都是土耳其士兵。当阿拉伯独立运动真正开始取得进展时，他们被抛弃了。"

"别管那叫抛弃。"阿里反对道,说的依旧是英语,"他们是为了获得自由,而甘当奴隶,并非卖国贼。"

福尔摩斯并未理会这种细节。"这不重要。重要的是,甚至早在1917年,这三名新兵就知道,在土耳其军队中有些人在精心筹划这个国家的未来,如果土耳其战败的话,他们会阴谋颠覆现在的一切。"

"但是1917年,土耳其获胜了。"阿里反对道。

"表面上看似乎是这样,但是对一小部分军官来说,战争的结果依旧悬而未决。那三人中有一人是负责在远处洞穴中隐藏补给品的工作组的一员,补给品包括食物、衣服、武器、弹药、医疗用品和详细的地图。他记得,其中有些地图是耶路撒冷的地图。"

"天啊!"阿里倒吸了一口气。马哈茂德若有所思地捋着胡子,然后从长袍中取出念珠。

"这些补给品已经不在了——我们可不可以说,这些补给品是被这些人在回家的路上顺手牵羊拿走的呢?"

"但是如果只有这一批私藏物……"阿里顺着自己的思路啰啰嗦嗦地说道。

"那些军官是谁?"我问福尔摩斯。

"他们知道那些军官的名字,但是他们说,那些名字关系到他们前上司的切身利益,这对战后找出他们的上司至关重要。他们认识其中的六位军官,那些军官要么死了,要么被英军扣押。现在则全都死了。"

"太惨了。"马哈茂德简短地评论道。

"是的。但是,他们还说,那六位军官并非单独作战,他们也是听命于人。命令并非来自大马士革,而是来自耶路撒冷。"

我们仔细想了想福尔摩斯的话,接着,马哈茂德问道:

"你有那些土耳其军官的名字?"

"是的,我有。也许他们会在行政管理方面留下一些蛛丝马迹,能让我们找到他们的上级。如果这些德国人实际上是掌管军队而并非只是提供参考意见的话,我们当然可以依靠这些留存的记录找到他们。我猜约书亚就曾追随过这个特殊领导人。能给他发个消息吗?"

"可以。"马哈茂德答道。

阿里稍稍动了动,但是在他站起来,预示今天就此结束前,我向马哈茂德提了两个问题。

"你的意思是说,"我认真地说道,因为我想清楚地了解此事,"我们要找的是一群土耳其军官,他们成功躲避抓捕,并且转入了地下?而且那些军官企图从英国政府手中夺回这个国家?"

马哈茂德显然不喜欢被人提问,但是过了一会儿,他还是回答我:"事情并非你想的那么简单。英国政府统治下的巴勒斯坦隐藏着许多问题,诸如秩序混乱、群众不满,他们可能会趁机夸大这些问题,混淆群众视听,挑起群众不满,蓄意颠覆政权。'漫天的尘土掩盖一切。'想想如果一个人卷起漫天的尘土,是为了四处移动而不被察觉。那么当飞扬的尘土平息后,这个人定会停在他所预期的位置,没有人会知道他在哪里。"

他的回答真是生动形象,虽然不太准确(难道扬起的漫天尘土不会引人怀疑吗?),信息也不太翔实。

"他的目的是?"我继续问道。

这次是福尔摩斯回应的我:"我们应当说,约书亚似乎认为动荡的目的在于,催促英国政府加速从这笔昂贵且令人不快的交易中退出,疲于管理这样一个棘手的行政区域。我认为加上今晚的证据,我们可以假定当英军撤离后,这场动荡的幕后策划者会进一步占领这个权力的真空地带。这是一个既复杂又简单的计划,非常适合一个有耐心且喜欢操纵局势的人。"

"因此,你认为有这样一个人存在?"

"或者,就像马哈茂德说的,有一个小联盟。作为一种假设,还需测试,不过是的,这种可能性很大。"

"他或他们操控这个保险箱被盗的毛拉,谋杀那些并无恶意的农民,射杀那些在干谷中的人,而且——"

"罗素,罗素。约书亚告诉我们伊塔扎克并不只是一个农民。对吗,马哈茂德?"

"是的,在战争期间,是个间谍。"

我想,这太好了,但是我又疏忽了另一件事。"但是,"我坚持道,"这种对待政治的方式太冷酷无情。为什么在此之前你们的约书亚没听说过他或他们?"

马哈茂德用阿拉伯语回答我说:"当猫看着鸟毛说不知道鸟的去向时,这是否意味着猫就没有填饱肚子呢?"

我琢磨了一会儿才明白这句话的意思,先是语法,后是句意。但是最终,我觉得我明白了。"你的意思是说约书亚早就知道阴谋占领这个国家的计划。他经常说的那个狼在羊圈里的模糊不清的故事以及试图让福尔摩斯失去线索,这些都是他的诡计。我的天啊,这个人比迈克罗夫特还要狡猾。因此,我们要寻找的是土耳其的马基雅维利,像蛇一样狡猾。我们该去哪儿找?离开这里去沙漠吗?在西奈?还是耶路撒冷?"

马哈茂德又引用了另一句格言,是一句很长的阿拉伯语,按照字面翻译的意思就是,"耶路撒冷是一个装满蝎子的金碗。"阿里轻声笑笑以示赞赏,然后不知何故,一支愤怒之箭突然射中了我,我怒视着马哈茂德。这愤怒累积已久,引发愤怒的一些事和他有关——他假装出的控制力和冷漠离群,他背后神秘的约书亚,以及他打算回应我无知提问时显示出的居高临下的态度,他没完没了引用的谚语和复杂的警句,以及他毫不掩饰地轻松强迫我去帮他榨取那些最贫困的村民。还有其他一些他不该受到指责的恼人的事,但在一瞬间,所有的烦恼困惑通通向我袭来,迫使我问出了一个我本不打算问的问题。

"告诉我,马哈茂德,你脸上的伤疤是怎么来的?"

说出这句话的瞬间我就后悔了。听到这句话,阿里变得像中风患者,甚至连福尔摩斯都对我不经大脑说出的话小声嘟囔了一句。我用手擦擦额头,表现出疲倦和自我厌恶。

"对不起,马哈茂德。这不关我的事,虽然——"

"我被抓了。"他直截了当地说。他的眼睛闪闪发光,穿过昏暗的房间,注视着我。"我被拷问。被营救。然后被带到这里。"他突然说起了阿拉伯语,"阿里和米哈伊尔把我带到这个村子。村长的家人照顾我,把我藏起来,躲避土耳其人的搜查。那是两年前的事了。从那天起,我就把他们当成了我的父母。"

我感到内疚自责,无言以对;我希望他打我一顿,或者毙了我,而不是选择回答我的问题。我所能想到的应对方式就是一句话都不说。我用膝盖跪着走到马哈茂德身边,伸手去摸他满是灰尘的靴子。这真是一个奇怪的举动,我也不知道我当时是怎么想的,但这是一种比任何言语都更具说服力的请求原谅的方式,而且他感受到了。过了一会儿,我感觉到他把手放在我的肩膀上,轻轻地捏了一下。

"不用担心,玛丽。"他用英语说道。

"我没权利——"

"阿米尔,"他用阿拉伯语打断我,"冷静点。"

然后特别奇怪的是,我真的冷静了。

九

大部分强盗在耕作区出没。

相比之下沙漠更为安全。

——《巴勒斯坦和叙利亚旅行指南》1912年版

早上我们和村民告别,继续向东行进。离开之前,我看到阿里把法拉什叫到一边,往他手里塞了一张纸条,上面肯定写着那六名土耳其军官的名字,准备给间谍头子约书亚送去。天知道我们该去哪儿找寻答案。孩子们像尾巴一样缠着我们,当甩掉最后一个孩子,或者说是赶走他时,我转向福尔摩斯。

"我们为什么要往这个方向走?"我用阿拉伯语问道。

"你听到昨晚的谈话了,当时阿里提到了以实提莫干谷。我们准备继续调查米哈伊尔的死因。"

"我听到了'强盗'这个词,是吗?强盗?往东南方走?"

"你听到的没错。"

"你觉得是强盗杀了米哈伊尔?"我充满疑虑地问道,"但是他没有被抢走任何东西。"

"可能是强盗,也可能不是,但如果那儿有强盗的话,他们肯定知道在米哈伊尔被枪杀的时间有谁曾经过他们的地盘。强盗的地盘意识非常强。他们时刻注意着途经他们领地的人。"

"他们可能知道,但是他们会告诉我们吗?"我问道。

他没有回答。

村庄慢慢淡出我们的视野,我们掉转方向,向正南方向行进。一整天我们只见到了各种无忧无虑的生活:妇女们在照料山羊,几顶黑色帐篷,一支长长的骆驼商队在高温下摇摇晃晃地向北面耶路撒冷的方向行进。下午,我们走进一条干谷,来到低地,理论上强盗们都会来这儿抢劫路过的人,半小时后,我脚前面的一块石头突然飞到空中,接下来的瞬间,峡谷中回响起一声巨大的枪响。

几只骡子被吓得惊叫起来,当它们飞快地跑向干谷深处时,也把我拽飞了,如果骡子踩到了前面的人,他们就不能跳到巨石边寻求庇护了。

我立刻学着他们的样子跳了起来,除了阿里在狠狠地咒骂驴子外,我们都安静地蜷缩在一起,直到马哈茂德向阿里大吼闭嘴时,他才安静下来。又一颗子弹打在岩石上,枪声从干谷呼啸而过。几分钟后,第三颗子弹袭来,我们都被迫趴在地上,没人受伤。

接着我开始听到说话的声音,起初我以为声音是从我们头顶上传来的,如果确实如此,我们就真的遇到麻烦了,直到我听出那是马哈茂德压低的声音。我缓缓挪动到巨石的后面,然后看到这两个阿拉伯人在各自的石头后面争吵。事实上,他们似乎并没有过多地争吵,因为阿里正在恳求什么,但是马哈茂德拒绝同意。他俩这样持续了六到八分钟,直到一颗从天而降的子弹打断了他们,阿里终于让马哈茂德感到厌烦;马哈茂德就像是一位不合格的家长,对孩子无理的要求妥协了,他将自己的手转向骡子逃走的方向,伸手从长袍中掏出他那把威严的美式手枪,站起来,用长长的枪管对准袭击我们的歹徒的方向,然后开火。

阿里突然紧随我们的骡子,沿着崎岖的干谷飞快地跑走了,他的长袍和头巾随风飞起。但是,这个计划只是刚取得一点点成功。当马哈茂德的第四轮射击结束后，上面的人一定是冒险向下看了一眼，接着看到了逃跑的阿里。幸运的是，这个人担心被子弹射中，因为没有一颗子弹落到飞奔着的阿里身边。

阿里消失后，我激动的心情也平静了下来，我想知道，在上面那人的增援队伍到达之前，我们还剩多长时间。我们能躲过一支步枪，但是，这并不代表我们能躲过两支三支。我只能希望阿里快速找到骡子，然后带着我们的恩菲尔德步枪回来，或者在这些强盗集结前，夜幕能够降临。

"福尔摩斯。"我低声说，但尽可能让他听到我的声音。

"嗯。"他用法语答道。是的，说法语肯定能避免被偷听。

我同样用法语问："我觉得我这个位置得天独厚，可以看到上面看不见的地方，我能试试吗？"

"不能！"马哈茂德回应道，而非福尔摩斯，"他不能这么做。"我无聊地想弄明白他用这个阳性代词来指代我，是故意的还是因为不懂法语的语法。

"为什么不能？"我问道。

"阿里会回来的。"

"福尔摩斯？"我想向福尔摩斯确认一下。

"是的，"他说道，"他说得对。"

我想，这样也好。我往巨石深处挪了挪，我们只需在此等候阿里的救援，或者一个接一个地被干掉。

我们静静地躺在狭小的空间中。上面的人会时不时地向干谷打几发子弹，而且还挪动过位置，迫使我们匆忙跑到岩石另一边寻求庇护。但是，他的枪法真的很糟，这种弹跳式的射击反而比直接射击更易射中我们。天色渐渐变暗，我有些尿急，突然，上面传来一阵噪音，接着我清楚地听到阿里呼喊我们的声音。

我们吃力地爬上峭壁,看到阿里和一个被麻绳五花大绑着的人。他们旁边放着一把步枪,这真是一把老掉牙的武器,怪不得他枪法这么糟糕。阿里舒服地坐在这个人的背上抽着烟,我惊奇地看着周遭的一切,在我看来,这里似乎完全对我开放,一览无余。显然,福尔摩斯和我想的一样。

"你是怎么靠近他的?"他问阿里,阿里只是冲他咧嘴笑了笑。

"变成一块石头靠上来的。"马哈茂德冷冷地说。

"那就是阿里,是谁越过耶路撒冷拿到的枪?"福尔摩斯问。

"那就是阿里。"马哈茂德就像是一位父亲,对他胆大儿子的恶作剧摇了摇头,接着他看向阿里,严厉地问道,"其他人呢?"

"这营地有三个人,其中两人骑马走了。这个傻子。"——他张开手掌拍打了一下他清醒的脑袋——"以为他自己就能掌控局面。"

马哈茂德蹲下盯着这个强盗的脸看了看。"他们什么时候回来?"他问这个人。

这个人尽管被绑着,却开口便是各种威胁恐吓,直到他突然尖叫一声,然后开始猛地上下晃动自己的身体,试图将阿里从自己的背上弄下去。阿里淡定地将烫在这个人背上的香烟拿开,重新放入自己嘴里。一股烧羊毛味飘散在空气中。强盗呻吟并开始咒骂,阿里又不动声色地将他那点燃的香烟放在距这个人脸颊三英寸的地方。

"他们什么时候回来?"马哈茂德重复道,他的声音变得更加温柔。这个人用他唯一一只露在外面的眼睛盯着这支香烟,当烟头靠近他的脸时,他猛地挣扎了一下。阿里大笑;马哈茂德耐心地等着他的回答;福尔摩斯冷漠地看着;而我试图不去看他们。

"什么时候?"马哈茂德第三次问。但依旧没有答案。马哈茂德冷漠地从阿里手中夺过香烟,深深地吸了一口,抖掉烟灰,接着迅速地将自己庞大的身躯压在这个强盗身上,把强盗的头抵在自己的双膝下,用力将其左脸碾压在地。香烟慢慢地无情靠近这个强盗的眼睛。我吓得倒吸了一口气,别过头没往下看。

强盗开始尖叫,不过是出于恐惧,而非因为疼痛,他一边呻吟,一边喊着什么。他说的阿拉伯语太快了,我都没听懂是什么意思,但是他的话似乎让马哈茂德很满意,因为当我再次看向他们时,马哈茂德拿着烟头的手正放在这个人的肩上。

"很好,"他镇静地说,"我还有一个问题,回答完我们就走。跟我说说在以实提莫干谷杀人的那个人?"

"不是我杀的,"这个强盗着急地说,"以实提莫干谷杀人的事我什么都不知道。"

"你没有杀他,但你知道是谁干的。告诉我。"马哈茂德举起手,拿着已被烧得所剩不多的烟头,直接按在强盗的耳朵上。那人猛地一颤,好像被枪射中了似的。当燃烧的烟头继续在他脸前徘徊时,他竭尽全力将那一只眼的注意力集中在这烟头上,白烟环绕上升,他的眼睛紧随烟头移动,就像是两匹连在一起嗒嗒跑动的马。"他们是谁?"马哈茂德问道,他的声音变得越来越温柔,越来越危险。

"陌生人。但我见过他们!"这个人叫喊着,当烟头再次靠近他时,他几乎要哭出来了。"往东走,在海边,我以前见过他们。带着××。"我没听清关键词,但是马哈茂德知道这个强盗在说什么,阿里也听懂了。甚至连福尔摩斯也微微点了点头。

"是在塞多姆附近,还是在萨菲附近工作的那些人?"

"玛兹拉。在××。"

"很好。谢谢,兄弟。我希望你跟我说的都是实话,因为主见证了这一切,如果你说谎,我会回来烧毁你的双眼。"

这个人皱起眉头,但是一直和马哈茂德对视。马哈茂德很满意自己听到的是真话,顺势抽回了自己的手。那人闭上双眼,松了口气。马哈茂德拍拍他的肩膀,然后离开了。

阿里从这个人的背上站了起来,眼睛眯着看向远方的落日。"我得去找骡子,那狗娘养的肯定吓坏了,"他抱怨道,然后愤怒地转身,向那人肋骨处踢了一脚,"这匹母马我要了,"他说,"它看起来跑得挺快的。"

强盗听到阿里这么说,尖叫了一声,但是没提出任何异议。阿里又踢了他几脚,然后朝着拴马的带刺灌木丛走去。他解开缰绳,蹿上马背,猛拽马头,踢了马一脚,策马飞奔而去。马哈茂德走到强盗步枪边的马鞍袋旁,仔细翻查,拿走了几样东西,然后将其余的东西扔得到处都是。接着他拿起步枪,猛地抬了一下下巴,示意我们赶紧走。

赶上他时,我抗议道:"你不能把他绑着留在那儿。如果豺狗发现他怎么办?"

"我把他的刀留下了。夜幕降临之前他会松绑的,而且他的朋友们早晨也会发现他。"

"福尔摩斯?"

"他不会死的,即使是在英国,他也可能会因所犯的诸多罪行而被绞死。"

"连你也这么说。他说的盐是怎么回事?"我问福尔摩斯。

"盐?"

"杀死米哈伊尔的人在某个地方被看到带着盐或者其他什么东西。"

"啊。盐贩子，在利桑，就是那座向死海延伸的半岛。"

"盐贩子？"我惊讶地说。

"不论在哪儿，一件有价值的商品一旦被政府管控，总会有人想方设法去逃避这种监管。"

我在脑海中将这些串联起来。"这就是阿里所说的，米哈伊尔包里脏兮兮的盐不是政府管控的盐。这有联系吗？"

"他拥有的盐和后来出现的盐贩子有联系？不一定。我觉得走私盐在这个地区相对普遍。马哈茂德，是吗？"

"'喂狮子的人都是傻子，'"他肯定地说，"没人买政府的盐。"

我们走了几英里，之后我又开始说话。我们似乎是在往一个新的方向匆忙逃跑，这片沙漠真的太大了。"阿里打算怎么找我们？"我大声问道。

"你用阿拉伯语说话会比较好。"福尔摩斯责备道，确实如此。

"阿里会找到我们的。"马哈茂德不客气地说，然后大步朝前走。

阿里确实找到了我们，在昏暗的月光下，骑着马，后面带着三头骡子，一路小跑着朝我们这边走来。当然，马哈茂德点起的大堆篝火可能也对阿里找到我们起到了一定的帮助作用，但是我开始觉得这和读心术有关。

阿里下马，将绳索拴在干净的骡子腿上，然后将缰绳牢牢地拴在马脖子后面，重重地拍了一下马屁股。它竖起耳朵，朝着他们来的方向飞奔而去。

"它要去河谷，"阿里向我解释道，"我没给它喂水，它在那儿嗅出了水的味道。我不想被人指控偷了一匹马。"他高兴地大笑起来，拽过马哈茂德放在火堆旁装五香豆的碗，一只手抓豆子吃，另一只手挥舞着计算今天的冒险经历。

这和今天下午冲下河道的阿里迥然不同。自从我们离开贝尔谢巴——自从福尔摩斯严厉地批评过他,事实上——阿里已经蜷缩到自己的世界中,他常常避免和我们直接交流,避免看向我们,尤其是福尔摩斯。但是,现在他又像以前一样充满幽默感,甚至比以前更幽默。当他边开玩笑,边向我们解释(跟我们所有人解释,并非马哈茂德一人)他是如何找到骡子时,我发现他似乎又长高了几英寸,他的胡子似乎更加柔顺光亮。

今天阿里单枪匹马与强大的敌人展开斗争,并取得决定性胜利,他为自己的聪明才智自鸣得意,重拾自信。我突然明白,当我们第一次在干谷中被牵制时,马哈茂德营造出的氛围,像是在纵容孩子般的恳求,应该与阿里现在的表现有必然联系。通过假装反对阿里危险艰难的救生行动,把它当成孩子的把戏,但是当时我们都知道这需要巨大的技巧和勇气,他允许阿里就像做游戏一样炫耀自己的功绩——没人只骄傲而不自夸。

我对自己的分析和在人际交往中发现的那些有趣且错综复杂的关系相当满意,于是高兴地放声大笑;阿里转过头和我一起大笑。

那晚,我们懒得支帐篷,只是将自己裹在长袍和毯子里,度过了短暂而严寒的几小时。夜晚天空漆黑一片,数以百万纯净明亮的星星簇拥在一起,闪闪发光,此时阿里开始煮茶。我将自己紧紧地裹在毯子里,歪歪扭扭地坐直,蜷缩在小火堆旁,呼出的气体在面前瞬间化做一团白气。当我们出发时,我仍旧裹着毯子,太阳出来了,照到我们脸上,我才把毯子放进骡子背上的包里。

我们通常在上午晚些时候吃早餐,早饭后,我跟福尔摩斯要地图,我知道他偷偷将地图藏在长袍的某个地方。阿里在村里寻找他英勇行为的目击者，好作为自己炫耀的资本，我无视他这注定徒劳的行为，因为整个早上我们好像只看到三个人（而且是几英里外），接着我拿到福尔摩斯递给我的小张折纸，在膝盖上展开。

经过一番努力（这地图虽小，但记录非常详尽），我找到了我们离开贝尔谢巴时的路，经过以实提莫干谷，向上走到一个没有名字的方格，是个村庄，然后又走到另一座干谷，在那儿我们遭到一个盗贼的袭击，接着我们径直朝东行进，来到我们现在坐着的地方。根据地图标示，我们即将到达马萨达，或塞比荷，希律王山顶的堡垒，公元74年犹太人抵抗罗马人入侵的最后堡垒。

马萨达是一座耸立在悬崖上，能够俯瞰死海的天然山丘堡垒。正对面是广阔的利桑半岛——这块伸入水中的狭长陆地——和位于它东侧和最北端的玛兹拉镇组成了科斯蒂根角。但正如我记忆中的一样，我们所在的河岸与该半岛之间，让骡子游过去的话，距离有点远；蹚水过去的话，又有些深。

"我们会从南面绕到玛兹拉吗？"我问道。

"太慢了。"马哈茂德咕哝一句。

"那我们游泳游过去？"我高兴地问道，然后用英语补充道，"这得多有趣啊！"

这种俏皮话对于马哈茂德来说毫无意义。"那没必要。"他压抑地嘟囔道，然后派我去牵骡子。

根据地图标示，从昨晚那不舒服的露营到现在，我们至少走了二十英里，但是直到下午晚些时候，我们才到达马萨达附近。在漆黑的夜晚中，让骡子从悬崖上下来实在太危险，所以我们原地露营。阿里再次消失，顺着陡峭的悬崖来到大海，离开帐篷，为我们生火做饭。

我轻松地学着阿里的样子。但他还没来得及递给我羊皮水壶或一把帐篷桩,我就往相反的方向逃走了。

　　我从高地走近马萨达,沿着坡道的残骸向上走,这坡道是罗马人在对叛军堡垒发起最后一轮猛攻时曾用过的。进入城墙之后,我穿过荒芜的高原,背对着太阳的余晖站在那里,俯视着罗马兵营和背后的大海。耶路撒冷陷落两年后,罗马那势不可挡的力量笼罩了丘陵地区,那时是一次一篮碎石——犹太囚犯们搬运着这篮碎石,忍受着痛苦和讽刺,为了躲过头顶同胞们手中的弓箭以求自保——为他们攻城的机器修建坡道。坡道完工;第二天一早,攻城机器运到了,防守被突破,入侵者冲进城内,结果发现:空无一物。除了死尸和一整座空城——男人,女人和孩子——为了免于被俘,他们选择自杀。我想知道,当罗马人以胜利者的姿态踏入山顶的停尸房时,弗拉维·席尔瓦[1]在想什么。我还想知道,记录这件事的人当时在想什么,实际上,他曾在同一场战役中指挥过犹太军,也是战败后另一起集体自杀中的两名幸存者之一。他背叛他的人民,挥舞着手中的笔为他的新主人造势。我觉得,约瑟夫斯[2]这个叛徒不可能领会马萨达这残酷讽刺背后的真意。

　　这里仍旧寂静无声,胜利和毁灭同在,这里的人民是顽强民族的代表。下面唯一有生命的标志就是对岸贝都因人营地投下的熟悉黑影。一只蹄兔跑了出来,怀疑地看着我;一只秃鹫在海边自由翱翔。夜幕降临,水面漆黑一片,像个黑色的大碗,但是周遭空气温暖潮湿,雾气蒙蒙。利桑就在我面前;我想知道阿里在干什么。想到这儿,我觉得我有责任去帮他,于是我走下让我陷入沉思的山丘,回去钉帐篷。

1　Flavius Silva,1世纪晚期的罗马将军,于公元72年率军攻占马萨达。——编者注

2　Josephus,1世纪犹太裔罗马历史学家,撰文记录了席尔瓦的行为。——编者注

十

人的身体可以毫不费力地浮在水面上，只有身处困境时才会被水淹没；但是游泳并不好玩，因为脚总是有浮到水面的趋势。

——《巴勒斯坦和叙利亚旅行指南》1912年版

我觉得，对一名走私犯来说，这男人的长相真的太普通了。我以前见过走私犯，大部分都是退休在家的人；在我曾经居住的苏塞克斯海岸，走私一度成为一种再普通不过的职业。但是，食盐走私令我着迷的是，这种平淡无奇的职业总是需要补偿性的肆意张扬的个性，不过在这里却并非如此。这名食盐走私犯看起来像是一家小店的店主，生活愉快安稳，讲话客气温和，非常希望我们能买些东西。也许走私在这里是一种很普通的职业，不需要胆大蛮勇。阿里和马哈茂德看起来却更像是犯罪分子。天啊，我看起来也比他更像罪犯。

"我们对盐很感兴趣。"阿里不久前说道，这位名叫巴希尔的走私犯相信阿里的话。他跟我们讲了食盐；讲了政府管控的盐和盐税；从耶利哥附近的池塘和从远处死海和塞多姆附近的山丘下提取的食盐的区别；政权更迭时，新任官员对英国法律的误解，如果认同法律的规定，陌生的外国官员不会受贿赂的影响，他们鄙视东方政权多年来贿赂或乞讨的行为。土耳其统治时期，这相对容易些，他遗憾地解释道。他还谈到了像他这样老实的商人以后会遇到的困难，而且他也不确定盐是会继续保持政府垄断，还是会公开自由买卖，如若公开自由买卖的话，势必会威胁到他的生意；他还谈到了盐的纯度、味道和价格之间的平衡关系；制盐所涉及的成本，包括在违禁盐池中进行非法开采的风险。他用专业知识向我们讲解《圣经》中罗得妻子的故事，当她回头看到城市毁灭时，她变成了一根盐柱，并大胆猜想，南面的那根柱子也许就是她。我们的巴希尔先生真是见多识广。

是的，巴希尔认识德鲁兹教派穆斯林米哈伊尔。他不算常客，却是个有趣的家伙，若想从巴希尔这儿得知他的情况，那再好不过了。米哈伊尔是个非常值得信赖的人。"说实话，先生们，你们知道吗？我之所以会喝你们的咖啡，就因为我是米哈伊尔的朋友。"是的，他已经听说这可怜的家伙死了，这真是个损失。怎么听说的？哦，消息不胫而走。流言满天下，马哈茂德是否听说过阿布-塔炎村长二儿子的风流韵事？没有？呃，事情是这样的，一天他看到一个女人，然后兴高采烈地走向她，最终决定娶她。但不幸的是，她已经结婚了。所以，某个星期他来到阿卡巴时——

这个故事和大多数阿拉伯人围着营火堆讲的故事一样，可以一直讲下去，没完没了，而且需要你对当地的民俗有深刻的了解，并有一种不同寻常的残暴幽默感。我突然想起，就像在工薪阶层的酒吧中无意中听到的故事，这故事只是在黑色羊毛帐篷下，以这种朴素的诗歌吟诵的方式用粗嘎的阿拉伯语讲出来，显得更为生动、富有诗意。

不管怎样，这个故事，与阿里之后讲的那个故事（是一只被偷并被染色伪装的母骆驼的故事，而另一只也被染色且看起来很像她的骆驼被第一只骆驼的原主人偷了回去——直到骆驼褪色，他才发现自己的错误，故事达到顶峰），用了一小时的时间。接着马哈茂德提到了一只归米哈伊尔所有的母马，它有一个奇怪的能力——

我们又开始讲故事。二十分钟后，那匹母马停下来休息，马哈茂德开始试探巴希尔。巴希尔知不知道米哈伊尔上周去了哪儿？也许巴希尔见过米哈伊尔？因为这儿有一匹马——不是那匹有奇怪能力的母马，而是另一匹马——马哈茂德对它很感兴趣，而且米哈伊尔已经去找马的主人询价——

巴希尔并没有上当。从那匹安静的小母马的马鞍上下到这满是盐渍的海岸之后，他就一直在静静等待，想从我们的谈话中得知我们的真正来意；而且，马哈茂德完全知道这个盐贩子没有上当，但这是东方人做生意的一贯套路，博弈双方都不会有挫败感。马哈茂德一直就那匹不在场但很神奇的马说个不停。巴希尔先生满面笑容，喝着咖啡，在该发笑的地方大笑，在惊讶或忧虑时摇头。我的膝盖都麻木了。阿里用他那邪恶的刀在一条拇指大小的木头蛇背面抠出一个造型，福尔摩斯耷拉着眼皮看它，一副半睡半醒的样子。

过了很久，一向沉默寡言的马哈茂德停止讲话，开始喘息休息，福尔摩斯首次开口说话。

"还有另外一匹马。"他说。巴希尔很有礼貌地看着他，马哈茂德也安静下来。"这是家事，你懂吗？"巴希尔先生看起来很感兴趣。"有个人，不是本地人，但是偶尔会来这儿。有一匹马，是种马，原来是属于我父亲的，但是被偷走了，偷马贼将这匹马卖给了这个人。这个人又亲自跑到北方去卖马。"但我对此看法截然不同。盗马是件非常坦然的事情，只是为了赚钱，不给原主人将马偷回去的机会——这并非不光彩之事。巴希尔可能是一个商人，但他也是知荣辱的人。福尔摩斯继续说："米哈伊尔是我兄弟的兄弟。我听说他认识这个人，他现在能找到这匹马。如果我找到那个地方，我的兄弟们和我就能去那儿把我父亲的马带回来。你明白吗？"

听到福尔摩斯这么说，巴希尔突然眼前一亮，两个机会都有利可图，又不费吹灰之力，此外在这种故事中担任角色，有可能成为家喻户晓的人物，从这儿到阿勒颇的人围着营火堆讲故事时都有可能提到他。福尔摩斯完全掌控了局面，他将手伸进长袍中，取出一个皮质的小钱包，几次用手晃动。里面发出连续不断的叮当响声。

"我可能也有兴趣买盐。"他说道。

"我有许多盐，"巴希尔说道，"我可能也认识你要找的人。"福尔摩斯打开钱包，拿出三枚银币。他随意将这三枚银币排成一排，放在他面前的地毯上。当巴希尔先生继续说话时，他又将手伸向钱包，拿出更多的银币在手指间把玩。

"我不知道这个陌生人来自哪儿，但我也认为他不是本地人。我不知道是来自大马士革，还是更遥远的北方。他一个多月前联系过我。他也对盐很感兴趣。他没有提到过马之类的话。"他补充道，然后就他这耐人寻味的笑话微微一笑。

福尔摩斯将手里的一枚硬币放在三枚银币中间的那枚上。这是一枚金币，见到它，巴希尔两眼放光，很难说是他眼睛还是那金币更亮。福尔摩斯漫不经心地说："我觉得他对盐池中的盐应该不感兴趣。"

"对。"这个盐贩子表示赞同。他很享受能跟福尔摩斯立场一致。

"他对其他盐比较感兴趣，就是你从塞多姆附近带来的盐。"

"是的……"

"或者，我是不是应该说，不是对食盐本身感兴趣，而是对你提取盐的工具比较感兴趣？"

巴希尔甚至不再盯着那堆硬币看；这是一种超越经商的快乐。

"确实如此。"我瞥了一眼我的同伴,只见马哈茂德嘴上挂着浅浅的微笑。阿里则目瞪口呆地看着。

"可能是战争遗留物吗?也许与埃尔·奥伦斯在土耳其铁路上所做的工作有关?"我突然意识到他拐弯抹角想说什么:劳伦斯上校已经成为一个传奇,他对沙漠铁路展开的游击队突袭让他闻名于世,他曾在铁轨下面安放炸药,当敌军供应物品的火车驶过时,点燃炸药,整列火车直接翻进沙里。

这个盐贩子高兴地拍着自己的大腿。"朋友,你是不是也想要点儿?我这儿供给充足,不过说实话,这东西对开采盐矿也用处不大。太危险了,在雅法就能听到它的巨响,而且它把盐炸得满村都是。"

"今天我不需要,但是以后可能需要。告诉我,这个外来的陌生人,是不是已经从你这儿买了这些东西?然后带着这些东西离开了?"福尔摩斯又温柔地将另一枚金币放在刚刚那枚金币上面,然后用指甲把它和其他硬币排成一列。

"遗憾地说,他已经从我这买了。一个多星期前。"

"具体是哪天?"

盐贩子犹豫了一下,福尔摩斯的手指在最后一枚金币上徘徊。

"新月之夜。"

"他离开你的时候,走的是哪条路?"

"是朝着希伯伦的方向离开的。他和另外两个男人,带着三匹马和五头驴。"

第三枚金币被放在了那堆钱币上。"他从你这儿买了多少?"

"他想把我这儿全部的都买了,但是我只卖给他二十五个。"

"二十五个?你卖给他的是一磅重的炸药吗?"福尔摩斯

问道，听他说话的声音，感觉有些失望。

"是成捆的。十个绑成一捆。当然，还有三根雷管。"

"当然。二百五十磅炸药，"福尔摩斯嗓音轻柔地说道，"有了那东西，那个人肯定能取出大量的盐。谢谢你，我的朋友。请收下这个，这是盐钱，后期我会让你把盐送来。不过不着急。"

巴希尔先生犹豫了一下，然后拿起钱迅速收了起来，接着又喝了几杯咖啡，站起来走开了。阿里也站了起来，和巴希尔一起走到他的马旁，但福尔摩斯向阿里挥手，示意阿里回来，然后亲自陪这个矮胖的走私者。

他们站在远处的马旁交谈了几分钟，接着巴希尔先生骑上马走了，但是，我看到福尔摩斯将另一枚金币放到了巴希尔手中。紧接着，福尔摩斯面带笑容回到了火堆旁。

"他有什么话要避开我们？"我问他。

"啊，"福尔摩斯一边说，一边坐到地毯上装烟斗，"当那个来自北方的陌生人正和巴希尔交易的时候，巴希尔的一位同事——我猜可能是他的儿子，因为他对辜负了我们的好意感到很惭愧——利用这个机会看了一下这个男人的包，在其他东西间碰巧看到了一把左轮手枪，一把拥有令人羡慕的准星的狙击手步枪，和一件修士的长袍。"

他一边用镊子夹木炭，一边享受着他的言论带给我们的影响。阿里的注意力都被那支步枪吸引了过去，虽然，老实讲，我早就猜到了这个人会有一支步枪。但是一件修士的长袍？

"他确定？有一件修士的长袍？"我问道。

"巴希尔先生的族人都是信奉基督教的阿拉伯人。我很庆幸他儿子知道修士长什么样。马哈茂德，"福尔摩斯说，打断了阿里低声叫嚷着要复仇的声音，"如果你想找一个穿着长袍的修士,打算去哪儿找?"

"这个国家有许多修士。许多修道院。"

"但是不像以前那么多了。"我说。

"可能确实如此。但是,最为著名的修道院仍在西奈半岛和圣凯瑟琳。有圣杰罗尼莫修道院、圣约翰修道院和耶利哥附近的圣乔治修道院、马伊莱亚斯修道院、马萨巴修道院和圣狄奥多西斯修道院;拉特伦的圣以利亚修道院和耶路撒冷的圣伊莱亚斯修道院;还有圣马可修道院,十字架修道院,阿比西尼亚修道院,亚美尼亚修道院,还有——"

"够了,"福尔摩斯说,"我们准备找一座修道院,骑马距这儿不过一两天的行程,在一个偏僻的地方,最好在古尔或在古尔的西面。陌生人到访这里一两天不会招惹任何是非。一个……"他停顿了一下,用烟斗柄敲打了一下他的下齿,茫然地瞪着在石头周围来回拍打的海水。"一个带蜂房的地方。"

阿里疑惑不解地看着他,但是马哈茂德只是口中默念着:"马萨巴修道院、圣乔治修道院、圣杰罗尼莫修道院、圣约翰修道院、诱惑之山修道院和马伊莱亚斯修道院。"

福尔摩斯从长袍中取出地图,放在地上展开。"我看看。"

我们西北方的马萨巴修道院在死海和耶路撒冷中间的丘陵地带。圣杰罗尼莫修道院在耶利哥和大海北端中间的地带,在耶利哥城和约旦河之间通往东方的路上,坐落着圣约翰修道院,这条路已经被络绎不绝的朝圣者踩坏。圣乔治修道院位于一座通往耶利哥城西侧的干谷,就在通往耶路撒冷的古道的附近,诱惑之山修道院位于耶利哥城的北部,马伊莱亚斯修道院坐落在耶路撒冷的南面,伯利恒路的路边。

"当然,在这座城镇还有许多其他的修道院或者其他一些不允许游客进入的修道院。但是,只有这六所修道院满足你的要求,"马哈茂德带着一丝淡淡的歉意补充道,"我想说我不确定诱惑之山修道院是否有蜜蜂，而且这些修道院一天之内难以到达。"

"这些将是一个开始。"福尔摩斯收起地图并将它放入长袍内，"明天我们出发去马萨巴修道院，到那儿之后，我们再看。"

"现在时间尚早，"阿里说道，"如果我们现在出发，明天傍晚就能到修道院。"

"不，"福尔摩斯坐在覆盖着盐层的温暖沙滩上说，"我们在这儿很舒服，另外，罗素还没在死海中游泳呢。我们不能大老远跑来，还没在死海中游游泳就走。"他就像是来度假的，躺在海滩上，来回挪动着肩膀，在沙滩上蹭出一个大坑，然后将长满胡子的脸对准太阳。阿里和马哈茂德没好气地看着他，很明显，他们想知道他执意留下的目的。福尔摩斯睁开一只眼睛。

"罗素，你刚刚说话了吗？"

"哦，没有。什么都没说。"

"很好。那么，如果除了坐着和哼哼之外无事可做的话，你可以去把那个羊皮水壶装满。"他头枕着沙滩，闭上了眼睛。

我紧绷着脸，直到我背对着他们走开，然后我一路咧嘴笑着走到泉水边。福尔摩斯曾经是个戏剧家，只有当他感觉良好并准备好时，他才会告诉我们他今晚想干什么。

我想到时候我肯定会特别惊讶。然而，当夜幕降临，月亮升起时，福尔摩斯仍旧没动静。没有跟踪巴希尔先生，也没有走到对岸贝都因人的营地去质问阿里和马哈茂德。一整天笼罩在海面上的阴霾随着夜晚的来临渐渐消失，在福尔摩斯搅动海水之前，高悬的半圆月映出的倒影在平静的海面上延展，变成了一条明亮的微微颤抖的线。

"罗素。你准备好洗澡了吗？"

我完全愣住。"你是认真的？"

"我一直很认真。"

我心中升起无数疑问，但是忍住没问出来。"我没有泳衣。"我反对道，虽然我这么说，但我依然觉得我的理由荒谬至极。

"罗素，我会保护你的，不会让阿里和马哈茂德玷污你的身体。"

他所说的话停滞在空气中，就如同他话语中带着的讽刺一样沉重压抑，而且他所说的话让我感到很不安，让我意识到周围男性的存在。我试图通过远眺这黑暗空旷的大海去忘记这不舒服的感觉。我已经好几天没有碰水了，天知道我下次什么时候才会有机会接触水。我的头皮渴望挣脱缠头巾的束缚，获得自由。我站了起来。

"我能用一下肥皂吗？"

在白月光的笼罩下，我穿着衣服下到水中，福尔摩斯一直背对着我。我用肥皂和沙子爽快用力地擦洗着身体，冲掉所有的污垢，反复擦洗。含有高浓度盐的海水打在我身上数不清的伤口和水泡上，让我刺痛难耐，而且实际上我并没感觉自己变干净，但当我觉得洗干净时，脸上的染料差点掉色。我将硬肥皂扔到干燥的沙滩上，然后一头跳进海里。

把自己没入水中，尽力将自己冲洗干净，有点像将一个软木塞强行按到水中，结果必然会浮起来。海水温暖浓稠，就像是个活物，托举着我赤裸的身体，而且我发现，如果我保持绝对静止，四肢缓缓伸直，头发如云朵般顺着手臂和后背散开时，我会和大海融为一体。我裸露在外的身体能感觉到前面的空气有点凉，但是海水的温度和我的体温一致，我怦怦的心跳声慢慢穿过我的血脉，到达大海，成为海洋的脉动。当我浮在水面时，月亮和星星都低头凝视着我。此时此刻，世间最响亮的声音就是我的呼吸声，就像是一阵大风在我的鼻孔间穿梭。

我昏昏欲睡，接着又有些心神不宁，最后我意识到在我的世界中还存在另一个人，他正坐在岸边，二百码外，抽着烟，提防着入侵者，守护着我。我在水中坐起来。

"福尔摩斯，我真不明白，你有必要站在那儿防蹄兔或狐狸吗？过来，游泳。"

起初，他坐在那儿一动不动，接着我察觉到有些动静。周围很黑，我又没戴眼镜，什么都看不到，尽管如此，我依旧转身跳进海里。

我俩都是游泳健将，习惯了英吉利海峡冰冷的海浪，在这儿游泳显得游刃有余。放慢速度前，我俩都快游到半岛海岸了，接着我们停了下来。福尔摩斯一直和我保持距离，对于朋友来说，这距离足够近，但又有一点不合适。我能模模糊糊地看到他的身形，至于对话交谈，这距离足够了。

在海面上坐直有些困难，就像一个软木塞设法在水中直立着浮起来。最终，我在水里伸直身体躺下，头靠在手臂上，这样能让我轻松把耳朵露出水面。

游泳带来的轻微骚动停止了，海面恢复了彻底的平静。这里没有水流；约旦河谷所有的水流在此变成了蒸汽；它们不会再向更远的地方流去。在淡淡月光的笼罩下，我仿佛将自己置身于温暖厚重且舒服的水上摇篮中，我能强烈感受到自己的皮肤，脆弱但充满安全感。我甚至能强烈地感受到福尔摩斯的存在，距我五十英尺，和我置身的环境相同。借着快要燃尽的火堆发出的暗淡光亮，我看到阿里和马哈茂德在遥远的西岸斜躺着。毫无疑问，他们正在听我们游泳的水花声和我们偶尔的谈话声。

想到马哈茂德，我压低声音，生怕他们听到：

"福尔摩斯？"

"嗯，罗素。"

"当马哈茂德说他被土耳其人盘问的时候……"我欲言又止。

"严刑拷打，是的。"福尔摩斯肯定道。

"我也这么认为。我这么问简直太傻了。我早应该……"我又一时语塞。

"猜到？"他讽刺问。

"知道。我早应该知道会是这样。我知道——这个伤疤肯定与他的头脑中存在的某些精神创伤有关，而且显然与他的这个小动作也有关：当他有压力的时候，他的手指会来回摩擦那个伤疤。"

"我不用担心，罗素。马哈茂德似乎没事。"

"你不这么认为吗？"

"如果有什么的话，我应该说，当他终于能够公开说出这些经历时，他会感到些许宽慰和轻松。"

我没想到这个。

大海的神奇魔力消失了。过了一会儿，我们游回岸边，轮流用淡水冲洗我们身上的盐渍，收起我们的脏衣服，漫步走回我们的营地。

就这样，我们上床休息，在古尔温暖、潮湿、咸咸的空气中，在没有任何蚊虫烦扰的环境中，躺在柔软的沙滩上睡觉。

在我睡着之前，我躺下回味整晚发生的一切，对于我来说，所发生的一切就是一份礼物，那晚——那是福尔摩斯在无人知晓的情况下，给我准备的一份生日礼物。

福尔摩斯很狡猾，但也很慷慨大方。

十一

> 马萨巴修道院——只为男士提供住宿；女士们必须在修道院墙外的塔楼内过夜。游客必须大声地敲打紧闭的小门递上他们的介绍信……
> 客房的床上满是跳蚤。
> ——《巴勒斯坦和叙利亚旅行指南》1912年版

第二天下午我们到达了马萨巴修道院。从我们在死海的营地到我们初见那特别的修道院，途中历尽艰险，与我们在海滩度过的梦幻之夜迥然不同。我们所走的路满是锯齿状的岩石，尽管阿里一直安慰我们说马萨巴修道院就在我们前面，但我一直没想过能在有生之年看到这个地方。我的一只靴子裂开了，又不小心扭伤了脚踝，口干舌燥，我的羊毛外套和穿在我胸部的紧身衣擦破了我的皮肤，让我疼痛发痒，蹭破的几小块皮肤上次被盐水刺激，现在又慢慢地渗进汗液，刺痛难耐。我已经忍受很久了，步履蹒跚，一步一个脚印，缓缓前行，等着体力透支。

走到后半段的时候，我已经麻木无感了。又走了几英里，我产生了一种奇怪的感觉，似乎再次回到了那美好的夜晚。那晚游泳时，我感觉到了那不自然的、厚厚的、滑滑的水，在那泓清泉中擦洗全身，随之而来的是一股刺痛感，半圆的月亮挂在夜空中，火焰燃烧富含矿物质的腐烂浮木产生的怪异色彩，就像石头圈中一条炽热的彩虹。我陷入回忆之中，思想游离得越来越远，直到我真的精疲力竭。我眼神呆滞，没有注意到路上的危险，在毫无预兆的情况下，我猛然撞上我的同伴，跌跌撞撞地倒向另一边，接着，马哈茂德的手抓住了我的肩膀，防止我脚下踩空。我低头看到一座足足有六百英尺深的悬崖，下面是一条蓝丝带般的浅浅溪流，接着我抬起了头。

"我的天啊！"我充满敬畏地说。

"这真是一个奇特的地方。"福尔摩斯赞同道。

"它……的确是。"

它看起来像是个充满立体感的泥黄蜂的巢。正对着我们的是干谷对面的崖壁，和内盖夫荒漠一样，崖壁也是灰白色的，但它还是听到了季节的召唤，染上了一抹浅浅的绿色，崖壁向上延展至远处的小山顶，这些小山顶同样绿意盎然，形状清晰可见；向远处瞭望，全世界似乎都是灰白色的，坑坑洼洼的都是岩石。接着，我们的目光被对面修道院的轮廓吸引，边缘的围墙向下延伸至被流水侵蚀而成的水洼和背阴处的壁龛，我突然意识到，有些水洼太过规整方正，根本不像自然形成的，而且许多壁龛棱角尤其分明。右面是一条废弃的小路，比山羊上山的路略宽，小路沿着岩石的纹路延展，通向一栋建筑物和一个由墙壁和房顶簇拥而成的院落。崖壁上的山洞前都挡着低矮的石墙，壁龛也都被高高的石墙封锁，墙上有进出的门：泥黄蜂的洞穴被安置在人类的居所。

蜂巢左侧的立体主义倾向近乎癫狂，是一堆棱角分明的建筑物，层层坚硬的岩石和瓦片向下延伸至干谷，上面是一对正方形的瞭望台，牢牢屹立在沿着西侧建筑轮廓顶部延展的路上。墙壁、窗户、屋顶、露台、扶壁和楼梯都处在不同的修复阶段，看起来很别扭，就像是一个倒立的桶状单色建筑群。修道院中心的唯一醒目标志是两个圆屋顶和几棵树。

"快点，"阿里说，"太阳下山后，就不让我们进了。"

我们沿着一条模糊不清的路向下走，这条路位于干谷悬崖耸立的一面。几小时后，我们安全到达谷底，拎起衣服的下摆，蹚水走过浅水区，然后又爬到高处，来到修道院的大门前。当阿里敲响那扇紧闭的小门时，已经日落西山了。他总共敲了三次门，而且一次比一次力气大，最终门只打开了一角。

"太晚了。"里面的人说道。

"我第一次敲门的时候还没日落。"阿里回应道。

"明天再来吧。"

"明天我们就走了。"

"那就更好了。"门关上了，但阿里用靴子顶住了门。

"我们想朝拜，"他说道，令我惊讶的是，他用通用的拉丁语补充道，"你们一向热情好客，请不要将我们拒之门外，圣者。"

"客房里已经有人了。"这位尖刻的修士答道。

"我们有帐篷，我们不会贪得无厌的。"

"你们必须有来自耶路撒冷的信。没有耶路撒冷城我们修道院的允许，我不能让你们进入。"修士带着胜利的语调补充道。

"我有信。"阿里答道。修士叹了口气，将手伸到门外。阿里递出一张又脏又旧的纸，但是由于这封信并没有写日期，而且信的署名清晰可见，看门人并没有赶走阿里，而是不得不让我们进入。另外，也可能是门的铰链没有顶住我们的第四次进攻。门开了，看门人将信还给阿里，往后站。我们把骡子带进来，交给一位侍从，然后跟着这位修士来到了修道院的中心。

修士接受我们的捐赠后，就漫无目的地带着我们穿过房屋，走过他们精细照料的草坪，那里种植着无花果树和橄榄树，还有各种瓜果蔬菜。许多鸟儿在这安家，接着我们注意到在天台花园的一个隐蔽角落里有一窝蜜蜂。这儿有一座华丽得让人窒息的圆顶教堂，我们穿过教堂，并对它赞不绝口。我们还看到了一堆堆在铁栅栏后面的头盖骨，这是用来纪念614年那场灾难性的波斯入侵的；我们还看到一小片区域，埋葬着最近死亡的居民；还有修道院南面的一个大山洞，据说圣萨巴斯本人曾在这里与狮子和平共处。

这所修道院的修士总共不到五十人，都很瘦小，皮肤晒得黝黑粗糙。自从进入修道院的院墙内，我就敏感地意识到，自从6世纪该修道院建立以来，没有女人进入过。当然，除非她全副伪装。

随着太阳慢慢落下，棕榈树上的鸟儿们也安静了下来；最终，月亮上升到干谷边缘，人们可以清楚听到谷底的流水声，滚滚的水流沿着河道流向死海。修士走开了，然后阿里和马哈茂德也走了。周围一片冰冷死寂，荒凉的废石堆在蓝月光的笼罩下显得恐怖怪异。我强忍住没有发抖。

"从这儿不论去哪儿都得跋涉千里。"我平静地说。

"我们距耶路撒冷有三个小时的路程。"

今晚似乎并不冷，我来了兴致："说完了吗？我们什么时候去？"

"耐心，罗素。首先，我们需要资料。"

"但是我们会去那儿吗？"

"你曾告诉过我，耶路撒冷被视为宇宙的中心。我相信我们会发现它同样是此次神秘事件的中心。"

"你在这儿找到你想要的东西了吗？"

"不在这儿。米哈伊尔包里的蜡烛不是来自这些蜜蜂。"

"你是怎么确定的？"

"这座教堂里蜡烛的气味和米哈伊尔包里蜡烛的气味完全不同，"福尔摩斯说，"而且颜色质感也不对。"我没有质疑他的判断；毕竟，他提前退休这些年，养蜂一直是他的业余爱好，他在这方面投入了大量的时间。我只是站起来，最后看了一眼干谷这怪异的超自然景观。

"我们去看看阿里晚上又要强迫我们吃什么。"

让我惊讶的是，我们再次住进了修道院墙外的帐篷里。阿里做了一道菜，用的不知是什么肉，吃起来像是鸡肉，但是脊骨有点多。当我小心翼翼地坐在坑坑洼洼的地毯上从骨头里挑肉吃的时候，我反省这段表里不一的时光，在圣地遵守犹太戒律真的很难。

地面特别硬，当马哈茂德开始煮咖啡时，我放弃正统的坐法，而是直接蹲坐。我先脱下靴子，检查一只靴子侧面的长缝，然后问阿里是否有针和结实的线能让我修好鞋。

"为什么今晚我们不能住在修道院里？"我抱怨道。我破旧的长筒袜和脚下的地毯根本不能起到隔离防护的作用，地面的石头依旧能硌疼我，蹲着的姿势让我扭伤的脚踝感到疼痛，如果试着坐下的话，我的屁股会受伤。"围墙里的地面比较平。"我补充道，下一秒我又开始咒骂，因为那不够尖的针头刺进了我的大拇指。

"你有没有撞见谁在客房里住？"福尔摩斯问马哈茂德。

"客房里没有人，"马哈茂德答道，"照顾客人的仆人走了，那个修士不希望我们打搅他。"

我把刺破的大拇指从我的嘴里拿出来。"我们可以争取一下。"我满怀希望地说。

"客房里的床上一般都全是跳蚤，"马哈茂德出乎意料地用英语评论道。不知何故阿里一阵大笑。这话听起来像是一段语录，而且很明显，这笑话只有他俩才能听懂。

"他们这儿以前客人多吗？"福尔摩斯问。

"一周前来了四个英国人，还有就是在圣诞节前来了一群人。没人在新月之时来过。"

"我想也没有。很好，明天我们向北走。"

启程时，身下躺着的岩石依旧很不舒服，以至于深夜两点的时候，我更渴望能睡在那满是跳蚤的床上。早起赶路一点都不困难，因为我再也不想睡在岩石上了。

我们转身面朝大海，向北前进，又继续沉闷地跋涉了二十英里（自从第一天离开雅法，我到底走了有多远？至少两星期了），从荒芜的丘陵区下到约旦河谷，至此河水汇入死海。第一次见到约旦河谷时，我很高兴能看到绿色的棕榈树、香蕉和甘蔗，能听到躲在树叶间的鸟儿发出的沙沙声，但是每走一步，空气都变得越来越温暖潮湿，以致呼吸困难。几头骡子都低着头，沉重缓慢地前行，汗水从它们的脖子和胁腹往下滴。我们亦是如此。

圣杰罗尼莫修道院依旧让人失望，没有找到想要的东西，接下来的几天里，我们去了约旦的约翰浸信会周围的几个小修道院。我们穿过荆棘，呼吸着闷热的空气，一路向西，来到耶利哥城，这里肮脏狭小，根本配不上它古老高贵的历史。我们准备去城北诱惑之山上的希腊修道院，之后我们将向凯尔特干谷中的修道院进发，接着去拜访耶路撒冷路上的那些修道院。但是刚甩掉镇上的杂种狗，我们就偶然发现了一个考古挖掘的现场，这里住着一位上了年纪的英国女人，她对考古这门学科充满热情，尤其是对陶瓷碎片充满渴望，听她唠叨，感觉她浑身充满能量。在我们疲惫不堪之时，她毫不费力地抓住了我们，将我们拖进她家。在那里，她问我们各种问题，给我们演讲，然后留我们过夜，第二天早晨洗漱后才让我们上路，如果晚了，还要留我们吃饭，被她一顿唠叨，感觉头昏脑涨的。

从她那特殊的营地出来,我们一路向北,赶往诱惑之山(通向山顶的是一个陡坡,我打算自告奋勇留在后面照看骡子)。然而,在我们到达山顶之前,大约在镇外一英里处,有一条小路穿过一小片香蕉种植园,古老的耶利哥泉水灌溉着这些树苗,一辆车在一旁等候。

这是一辆重型车,敞篷的劳斯莱斯,军队里高级别的军官专用的那种车,即使是在最颠簸的路上行驶,底盘仍旧平稳,坚不可摧。司机坐在车子的踏脚板上,抽着烟,看着我们沿着尘土飞扬的道路走来。当我们走近时,他站了起来,将烟头按灭在马路上,然后以一种熟络的方式向马哈茂德点头问候。

"我已经替你安排好了,你可以将骡子和全套衣服装备留在下一个农舍里。"他用英语礼貌地说,一听就知道他来自爱丁堡。"艾伦比将军想和你谈谈。"

十二

对一个统治者来说，刀剑和笔都是必要的统治工具；然而，在王朝初期，对刀剑的需求会更大。

——伊本·赫勒敦《历史绪论》

这真是太奇怪了，既有趣又奇异，就这么一动不动地坐着，脚下的路飞快地驶过，比走着快多了。路旁的树木还没等我看清就消失了。我觉得我好像看到了站在路边目瞪口呆的孩子们，我脸上的表情和他们一样吃惊。

似乎转瞬之间我们就到了海法：一百英里的路程，到这儿的时候还能赶上喝下午茶。我们开车来到一所大房子（我后来发现，这是一位高级军官的宅邸），与房子不相称的是，许多军用卡车和装甲车分散地停在曾是花园的庭院内。司机将我们放在门廊处，一名副官接待了我们这些衣衫褴褛的人。他戴着一副厚厚的眼镜，穿着一身未经战争洗礼的军装，他接待我们的态度极其礼貌，以至于让人觉得他每天下午都会接待像我们这样的客人——也许确实如此。

这位副官带着我们沿着锃亮的走廊向前走，军靴发出咔嗒声，他拐了个弯，停在一扇门前，打开门说道："将军，哈兹尔兄弟到了。"他向后退了一步，让我们进去，然后关上了门。我依稀听到他走远的声音，但是我的全部注意力都集中在屋内那个男人身上。

屋里有两个人，但是在这间办公室的主人面前，其他人都显得微不足道。

虽然他并非特别高大，看起来却是如此伟岸。这种气势源自他的个人魅力：他的身体如一棵挺拔的劲松，绷得军装似乎快开裂了。他眼光锐利，眼神深邃睿智，能在短短几秒内分辨他人的强弱利弊及其潜在价值。他长着鹰钩鼻子，稀疏的头发剪得很短，圆滚滚的脑袋倒向一边，好像是在倾听暗流涌动的声音。人们在背后都管他叫"公牛"。马哈茂德曾在村里说过这个男人的功绩：在十六个月内，他迅速将他从前任军官那儿继承来的各路军队集结成一股力量，将他们带出了僵持已久的苏伊士战场，在圣诞节为绝望中的英国人送来了耶路撒冷这份大礼，接着又击溃了土耳其帝国的残余势力。那时，从君士坦丁堡到苏伊士运河，这个男人就是所有被攻占领地的唯一权威：他就是总司令埃德蒙·艾伦比将军。他似乎占据了屋里的大部分空间。

刚进门，我们就停下了，艾伦比用他那探照灯般的眼睛扫视着我们。漫长的五秒钟后，他让我们放松一下，然后转向坐在他办公桌对面的人，说道："明天我检查完他的报告后，再告诉他决定。现在是喝下午茶的时间。"这时，门迅速打开了，"很好。亚瑟，如果可以的话，请放到火炉边上。这儿和英格兰一样冷。"他从椅子上站起来，向马哈茂德伸出一只手，"很高兴再次见到你，哈兹尔先生。我想你已经好了吧？那些刀伤可能让你经历了一些不愉快的事。阿里·哈兹尔先生，你看起来也很好。还有你们两个，"他对我俩说道，然后用力握住我们的手——但是，我注意到，直到亚瑟将茶具摆好，关上门，他才叫我们的名字。这个高大的男人转向他的助手，一个外表懒散、头发锃亮、出身名门、不可多得的外交人才。他的眼中迸射出一种令人意想不到的火花，"普拉姆柏瑞，"将军说道，"我想让你见一下……夏洛克·福尔摩斯先生，"说话的时候，他密切注视着他助手的脸，助手眨了一下眼，以示回应，显得异常惊讶。艾伦比咧嘴笑了笑，好像自己得了一分，当助手提出想认识我的时候，他又面露狡黠："还有他的同事，玛丽·罗素小姐。"

普拉姆柏瑞的反应表明公牛已大获全胜：他对着这位站在他面前的肮脏阿拉伯男青年再次吃惊地眨了眨眼睛，甚至扬起了他淡淡的眉毛。艾伦比将军忍不住大笑了起来。

我决定继续和艾伦比将军玩这个游戏。"你好吗？"我用我最擅长的牛津腔礼貌地说道，然后伸出一只同样懒散且肮脏的手。

"呃，是的，很好。那么，你好吗？"普拉姆柏瑞勉强寒暄道。

"罗素小姐，你配得上这身衣服。"艾伦比评价道。

"谢谢。"

"以前劳伦斯上校为进入土耳其边界，有时会扮成女人，但是一个男人从头到脚穿上阿拉伯女人的衣服也算不上什么伪装——他可以把一个橘子或者一只跳舞熊藏在女装内。但是女扮男装却截然不同。而你，福尔摩斯先生，穿这身衣服很帅。我发誓你看起来更年轻了，我们什么时候见过？九年前？对，是十年前，就在我的维多利亚湖之旅之前。你哥哥身体还好吗？"

"我最后一次见他的时候，他身体很好。"

"很好。很好。请坐。"艾伦比短暂犹豫了一下，之后我意识到，他可能是在沉思和抗拒什么，因为有我，唯一一个女人在场。艾伦比拿起茶壶倒水。"我觉得伯爵茶还可以。这是他们最后一次运货时给我送来的。如果你们想加牛奶，恐怕我们这儿只有罐装的牛奶；我不太喜欢茶水中有羊奶的味道。"

在国内喝下午茶，通常是一大盘小三明治——抹着鱼籽酱的黑面包和加奶油的温室黄瓜——以及装在银盘里的挂糖霜的小蛋糕。我们拿着精美的杯子品茶,将盘子放在膝盖上,用精致的绣花毛巾擦嘴,但是我们当中只有一人看起来像是属于这儿的,就是普拉姆柏瑞。

我们礼貌性的交谈内容包括外面世界发生的一些发人深省的大事。听到罗斯福总统的死讯时,我非常悲伤,他曾是我父亲家的远房亲戚。当阿里和马哈茂德听到驻守麦地那的守备部队终于起来反抗他们狂热的指挥官并向埃米尔·阿卜杜拉投降的消息时,他们非常高兴。喝第二杯茶时,我们开始说正事。

"两天前,我在贝尔谢巴,"艾伦比突然说,"告诉我,自从离开约书亚,你们发现了什么?"

阿里放下杯子,然后用完美的英语开始向艾伦比汇报情况。我兴致盎然地听他分析过去的这几天,他没有过多解释我们所做的事。他的汇报听起来好像我们有明确的行动方针,而不是为一个线索往返在沙漠中。但是艾伦比似乎都听明白了:他默默地拿着茶杯靠在椅子上坐着,直到阿里讲到我们来到耶利哥城,在镇上被将军的司机绑到这儿来。

"遇到麻烦了?"他问。

马哈茂德回答了他的问题:"不是针对英国人,但是你南部士兵的所作所为真的会让英国没朋友。"

"他们想回家,我知道,而且我迫切地想送他们回家。他们心里难过,而且离家又远,尤其是澳洲新西兰军团。你们听说过苏塞克斯的兵变吗?如果你们相信的话,他们称之为'士兵罢工'。那真是一个糟糕的示范。还有其他的吗?"

"你已经和约书亚通过话了,"马哈茂德回应道,"你知道我的想法,我认为动乱即将来临;你也知道约书亚的想法,他认为这是一起蓄谋已久的动乱。"

"你赞成约书亚的想法?"艾伦比问。

"是的,有人想颠覆这个国家。"

"谁?"

马哈茂德没有回答,而是将头歪向一边,在阿拉伯国家,将头歪向一边和法国的耸肩是一个意思。

"谁?"艾伦比重复问道,带着命令的语气。马哈茂德突然坐正。

"将军,你心里比我清楚谁会是这个人。我只是地面上的生物,我只知道我地盘内的情况,但是你掌控着从达恩到贝尔谢巴,直至西奈半岛的情况。我真心希望你知道得比我多,不然我们就都迷失了。"

艾伦比是出了名的爱发脾气,现在他似乎真的要发脾气了,我觉得我们几个都有点害怕。接着他态度有所缓和,甚至大笑了起来。"很好,哈兹尔先生,从一个市井小民的角度看,是谁在背后捣鬼?"

"一个土耳其人,"马哈茂德毫不迟疑地答道,"这伎俩散发着土耳其的恶臭。"

普拉姆柏瑞点了点他油光锃亮的头以示赞同。

"希望在我们注意力集中在别处时,拿回这个国家?"艾伦比说,但他并非在提问,"预料之外才是最佳时机。"

"而且士兵们厌倦了打仗,英国人厌恶了战争带来的死亡。这个国家处于混沌的状态,如果一个专制统治者或者一个狂热分子想要掌权的话,这是一个最理想的状态。"

"可以肯定的是,说服英国人大老远跑到这儿支援一场新的战争几乎是不可能的,"艾伦比赞同道,"即使是英国政府也不愿将军事占领升级为全面战争。但是,不管是谁发起的,不管为了什么,事情已开始有了苗头,我们的任务就是经过严格把关,把它扼杀在萌芽状态,现在就杀了它,而不是在六个月后，或六年之后，在另一个战场。"他向前坐了坐，此时，我才觉察到他的身高，拿着陶瓷茶杯和无皮三明治的艾伦比不再那么高大。"这个国家历经了上千年的战争。这片土地早已血流成河。但我不打算，"他铿锵有力地说，"再引起另一场杀戮。我相信我们有机会在以色列创造一个新生事物：在这个国家，邻里以兄弟相称，而不是敌人。我相信如果魏茨曼和费萨尔同意的话，如果我们可以公平地开始，基督徒、犹太教徒和阿拉伯人就可以和睦相处。但是，我们必须有一个公平的开始，一些人，一些团体，企图在早期扼杀这一切。"他的脸上闪过一丝尴尬的表情，然后他坐回椅子上，继续粗声说道，"我不能顾及每个地方，不能到处去灭火。如果有人企图颠覆这一切，我需要有人帮我抓住他。我不知道你们，福尔摩斯先生，罗素小姐，能做什么；我知道你们只是暂时逗留于此。但是你们两个，"他先是严厉地盯着马哈茂德看，然后是阿里，接着继续说道，"应该擅长挖掘事物的真相。约书亚告诉我，你们是他最得力的干将。证明给我看。"

"一个月内，2月9日或2月16日，我打算在耶路撒冷主持一个各派宗教代表的会议。届时，我们将会参观西墙、圣殿山，以及圣墓教堂，然后我们会在总督府里先进圣餐。我希望能在那时化解这个问题。你们明白吗？"艾伦比将军的话语中带着一丝威胁，我突然想到了几个我听过的故事，几个成年男子与"公牛"进行一场艰难磋商后，当场昏厥或呕吐，看来这不是完全无中生有。阿里三次面色铁青，如岩石般冷漠的马哈茂德似乎也有些发抖，好像他脚下的土地移动了。

艾伦比看到他俩的反应，似乎很满意。他点点头，站起来，说，"你们去看看报纸吧。"我们乖乖地放下杯子，站起来。"有什么问题吗？很好。罗素小姐、福尔摩斯先生，再见。我得早点离开赶去提比利亚，所以我不能再见你们了，恐怕我不得不把普拉姆柏瑞送到耶路撒冷，你们别无选择。但是，在你们留宿期间，如果有什么需要的话，一定要通知亚瑟。"

这是我第一次意识到我们要在海法过夜，但是当我看到住所时，我并未对这个决定提出质疑：这里有浴室。房顶吊着高高的天花板，还有曾经红极一时的法国抹灰挑檐和华丽漂亮的厚羽毛褥垫，床上罩着松散的蚊帐，但最重要的是，这里有浴室，当我打开水龙头时，热水就流了出来。起初我以为是因为时间的推移，我皮肤上的染料才变得越来越黑，但事实证明，变黑是因为脸上的污垢太多。高盐度的海水和硬肥皂并没有把我清洗干净。

我们在楼上的休息室吃晚餐，据阿里说，这座宅子建起来的时候，这儿曾是女眷的闺房。喝汤时，我问我们的两个同伴，刚刚艾伦比将军说的一句话我有点不明白。

"艾伦比将军刚刚说了一句有关捡起普拉姆柏瑞副官脑子的话，这是不是笑话？"

马哈茂德不自然地笑了笑，但是阿里却咯咯地笑出了声。"很典型，这位副官是属于艾伦比的。他看起来也就十九岁，像不像？这就是他们所谓的'乳臭未干'。事实上，他以第一名分别毕业于剑桥大学的历史系和哲学系，战前，他就已经在这里待了三年了，他和将军一样了解这个国家。"

这个懒洋洋的年轻人是艾伦比的另一个障眼法，与约旦河岸一排排的假马一样。我赞赏地点点头，希望在离开前，能多见见这位伟大的男人。

我们在旁边的房间喝咖啡（英国咖啡，和马哈茂德做的又淡又稀的咖啡很像），桌上堆着高高的文件和盒子。我们浏览了关于最近一些事件、演讲和暴力冲突的报道，直到我困得摇头晃脑。午夜时分，我放弃读报纸，回到铺着羽毛褥垫的床上睡觉。近一个月我都在船上或地上睡觉，能在这样的床上睡觉简直奢侈至极，以至于我都有些不习惯；当晚我舒服地躺在地板上，裹着被褥睡着了。

第二天的记忆，有些不完整而且断断续续。我记得早上从地毯上的被褥堆里爬起来，然后再次享受了奢华的热水澡。我清楚地记得第二天的早餐：蘸芥末的腰子、鸡蛋葱豆饭、煮鸡蛋、面包和腌鱼，都是从餐柜中热气腾腾的盘子里取出的。这里甚至有来自开罗、巴黎和伦敦的报纸——还有些一周之内的报纸。

我清楚地记得登上送我们回耶利哥城的汽车。这次是一辆沃克斯豪尔，它看起来就像一位走过许多颠簸难走路面的老兵。马哈茂德坐在前排；我坐在司机的后面，也就是右手边的位置；福尔摩斯在我的左边，也就是中间的位置；阿里坐在福尔摩斯旁边，也就是最外面的位置。

之后，我只记得发生在那天的三件事。第一，是告诉福尔摩斯我前一天晚上做的梦。孩子们在海滩上拿着水桶和铁锹玩耍，背景是一头被人骑着的驴。接着清楚地映入脑海的是一座跨河的桥，一个小孩和三只长着长耳朵的黑色山羊，全都仰头看着我们。最后我记得汽车减速爬坡，经过岩石峭壁和一些稀疏的树丛。

之后的记忆是一片黑暗。

十三

　　人与人之间血浓于水的感觉是很自然的，但也有例外。血亲之间会产生感情，没有什么能伤害他们。
　　当一个人的亲属受到虐待或攻击时，他会感到羞耻。
　　　　　　　　　　　　——伊本·赫勒敦《历史绪论》

　　我平躺着，左脸颊压在能嗅到阳光味道的软枕上，不想醒来。床尾在我眼中就像一面粗糙的高墙，被蜡烛或恒定的黄色灯光温暖地照耀着。我了解了一下我的身体状况，头疼得厉害，胃也同样疼痛难耐，身体其他的部位像扭在衣服里，受尽折磨。我小心翼翼地，慢慢地，放松我的头部，将头转向房间。
　　从低矮倾斜的天花板判断，我在某个阁楼里。一盏用黏土烧制的油灯在我床边的茶叶箱上燃烧着，灯芯上燃起的小小的火焰完美无缺，一动不动，有如维梅尔的画作。我并非一人：一个孩子坐在灯那边的地上，斜靠着对面的墙，一堆木制的箱子高高地摞在墙边。孩子的头靠在墙上。睡着了。
　　我一直安静地躺在床上，凝视着这纯净的小火焰和这个颈项苍白的熟睡孩子。她穿着浅色连衣裙，我觉得应该是蓝色的。她的手臂交叉在胸前，胳膊肘抵在蜷起的膝盖上，双手搭在肩上。裙袖被撸了上去，两只纤细的手腕处露出五六个玻璃手镯。她的左耳垂闪闪发光，思考后我认为应该是戴在耳朵上的小金耳环发出的光。我的眼镜被折叠起来，放在靠近我的茶叶箱上；我能从两个镜片中看到油灯火焰的两个映象，还有一个又长又高的油灯映象浮现在一杯水中。

躺在这儿真是一件美事，周围寂静无声，安静得我能清楚地听到孩子呼吸时发出的轻轻呼噜声。我不知道我是怎么来这儿的，但我知道我既不想动又不想回想，因为这样做会让我感到疼痛。不过我依稀记得远处的声响，模模糊糊记得有人说话和走动的声音，这个房间很安静，我觉我可以听到灯油燃烧发出的细小嘶嘶声。孩子哼了一声，醒来了，眨了一下眼睛，然后直勾勾地看着我。我很失望，不能再享受这份静谧。当她揉眼睛的时候，她胳膊上的手镯叮当作响。

"你好。"她说。她没有用英语，也没有用阿拉伯语，说的竟是希伯来语。

"你好，"我用希伯来语回应道，然后又用我蹩脚的希伯来语问道，"我在哪儿？"

"你受伤了，"她说，接着用阿拉伯语继续说，"马哈茂德把你带到了这儿。"然后又切换回希伯来语，"刚才你是在说希伯来语吗？"

"说得不太好。"

"听起来还好。我就是问问，因为我妈妈说如果你醒来，我应该跟你说阿拉伯语。"然后她继续用阿拉伯语说，"你现在感觉好点没？"她说的话听起来很奇怪，我愣了一会儿才意识到哪儿有问题：她用的是阳性词，而不是我习惯的阴性名词。

"我在哪儿？"我坚持用希伯来语问道。

"你在我们房子顶上的储藏室。我叫萨拉。"

"萨拉，那么这个房子在哪儿？"我耐心地问。这个孩子比我想的还要小。

"在拉姆安拉。"她答道，当时这个答案对我来说毫无意义。

"我的朋友在哪儿？"我多想继续沉浸在这无知的幸福中，但是回忆如潮水般涌入我的脑海。

"马哈茂德叔叔把你带到这儿就走了，但是他说他会回来的。阿里和他一起走了。"

接着，往事历历在目，汽车，车祸，还有血。我那干裂的嘴巴，慢慢变得像皮革一样粗糙，冷汗顺着我的脊柱流了下来。"其他人怎么样了？"我用英语问道，当那个孩子紧张地看着我时，我又用希伯来语重新说了一遍。

"没有其他人。"她困惑地说道。

"有一辆车吗？"

"那辆车出事了。这就是你受伤的原因，马哈茂德叔叔说的，但是我们不会让其他人发现你的，所以我们把你放在这儿。看来事情不太妙。"她说道，然后皱了皱鼻子，看了一眼蜘蛛网。

她说的话我根本没听进去，但事实只有一个，福尔摩斯不在这儿。难道没有司机吗？我记不清我们做了什么、到了哪里，但是我知道福尔摩斯当初和我在一起，而他现在不在。

不知道福尔摩斯的下落，我就不能在这儿躺着了；我必须知道他的下落，首先我得走。我每移动一下，疼痛就会随之而来，但是并非难以忍受，我没有骨折也没有脱臼，我往右翻身，将脚滑到床下，用左手推开胸前的粗糙被单，顺势瞥了一眼，然后僵住了：被单上沾满了某种干燥脱落的红棕色物质。我躺回来，借着微弱的灯光，将手举到眼前，看到双手粘着同样干裂的棕色污点，我的皮肤上，手掌上和指甲里都是。

我手上有血。

"我们本打算为你清洗血迹，但是马哈茂德叔叔说最好让你睡觉。这不是你的血。"孩子试图用这话安慰我。我闭上眼睛，把手放到身底下，用力支起自己，直到我坐起来。我的头一阵阵剧烈地抽疼，胃也翻腾起来，想吐，但我的双脚踩在地板上，并没有晕倒。我只是坐着，头倒在膝盖上，等待头痛慢慢缓和。

一阵惊叫声从门口传来，然后萨拉爬起来，飞奔到房间那头。我没力气抬头，因此我第一眼见到的是拉埃尔赤裸的脚。

"女儿，我觉得我跟你说过了，当我们的客人醒来时，要过去叫我。"她说的希伯来语听起来柔美悦耳；那一瞬间，她的声音听起来很像我妈妈。

"对不起，妈妈。我正要去叫你。"

这个女人声音甜美，她搭在我脖子上的手很凉。我似乎感觉不到她的脉搏或热量，但她却向我传达了同情与安慰，我本可以靠着她的手臂躺在这硬板小床上，听着她说话，度过我的余生。但相反的是，我问了她一个问题。

"车里还有其他人。另外两个人。什么……他们发生了什么？"

"一个死了，一个失踪了。"

"哪个？"我不得不忍着头痛，强迫我闭合的喉咙挤出这个问题。

"司机死了。就是他的血留在你的——"她惊叫了一声，抓住我的肩膀，并向她的孩子快速地说了什么，当她的女儿冲出房间，拿来一个瓶子和一个玻璃杯时，她紧紧地抱住了我。

一杯白兰地缓解了我的头疼和胃痛，过了一会儿，我小心翼翼地挪动身体，坐直。茶叶箱上的油灯不再让我感到头晕眼花。我的头继续一阵阵地抽痛，但是我想它也许不至于从我肩膀上掉下来。

"马哈茂德和阿里去哪儿了？"

"他们去找你的朋友了。他被袭击你们车的人带走了。"

"什么时候走的？"

"你们大概在中午遇袭。现在是晚上十点。他们应该是在七小时前把你留在这儿的。你现在感觉如何？"

"我会活下去的。"

"恶心？头晕？"她用英语问我。

"还不算太糟。"一直说希伯来语似乎更自然——来来回回地转换语言让我感到头晕。

她把手伸到身后，拿起油灯。"看着我。"她命令道，她将灯举到我俩中间，盯着我的眼睛看，接着来回移动油灯。她对看到的或没看到的并不满意，然后她手举着灯停了下来。

"你看起来很糟。"她坦率地说。

我的记忆断断续续，不能连到一起，因此我直接向她坦白："回忆困扰着我。几年前我出过一场车祸，这次想起的都是上次车祸的事……真糟糕。这不是脑震荡。"我补充道，说的是英语。"我以前出过车祸，这次不像上次那么糟糕。"我把手从头部拿开。

"很好。"她把油灯放回茶叶箱上，"你能吃东西吗？"

"我不知道。喝茶可能会舒服些。"

"我会派萨拉给你送茶来，一会儿再给你带晚餐。我叫拉埃尔。我应该提醒你，如果可以避免的话，尽量不要弄出任何声响。马哈茂德认为你最好躲起来。"

两位女主人离我而去。我再次触摸自己的身体，发现右耳后部有一个大的、一碰就疼的肿块，一边的肩膀擦破了，一处肘部擦伤和多处疼痛瘀青。不论是什么袭击的我们，我似乎都是个幸运儿。甚至我从桌上拿起的眼镜，除了右侧镜片有两处平行的划痕和戴在脸上时有些摇晃外，也保存得相对完好。

我正在想站起来是否会有风险,此时萨拉回来了,立刻救下快要摔倒的我。她从黄铜高脚杯里倒出的浓茶有甜甜的薄荷味,尽管和我想象中的不太一样。它和白兰地起的作用差不多,缓解了我的头痛和胃痛。当拉埃尔手中拿着一个托盘回来时,我已饥肠辘辘。

一碗清淡的汤,一块面包,一小杯低劣的红葡萄酒下肚后,我更加真切地感受到了周围的一切。下一个目标就是站直,在拉埃尔的帮助下,我做到了,但我时刻警惕着房顶低低的椽子,以免碰到头。

当我试探着一瘸一拐站起来时,她的手托着我的胳膊肘,我问她:"我在哪儿?"

"拉姆安拉。距耶路撒冷约十英里,纳布卢斯公路附近。你现在在旅店的阁楼里。我是旅店的老板。"

"你真是个仁慈宽厚的人,能收留我。"我大胆说道。我很难确切知悉马哈茂德和这个女人之间是如何约定的,而且胡乱猜测定非明智之举。

"马哈茂德曾帮过我,所以我帮他。他在战争中救了我和我女儿的命。你听说过尼利吗?"

这个名字突然逃离昏暗的角落,出现在我的脑海里。我立即说道:"'上帝是不会放弃以色列的。'这起间谍行动是由……阿伦森家族主导的?"

"是的,在去年春天以前,我丈夫和我在拿撒勒经营一家旅馆。人们经常在旅馆里谈话,因此我们为你们的政府送去了大量的情报,直到土耳其人背叛了我们。我是阿伦森姐姐的密友,阿伦森的姐姐……被土耳其人折磨致死。一周后,他们杀死了我的丈夫。马哈茂德救了我和萨拉,然后将我们带到这儿。把他的朋友藏在阁楼里不算什么,他的大恩大德无以为报。"

在她的搀扶下，我可以自由移动，然后慢慢地在房间里走动。"我不能待在这儿。"

"你要去哪儿？"

去哪儿的确是个难题。但是，我不能就这么干坐着。随着身体慢慢恢复，我越来越担心福尔摩斯。谁带走了他？为什么带走他？我发现我正站在拉埃尔的面前。

"他们什么都没告诉你吗？"

她伸出手，放到我肩上。"那两个人在这个地区有比英国军队还多的士兵协助。他们会找到你朋友的，而且他们会回来找你的。"

当然，她是对的。在陌生的城市里深夜出走，对福尔摩斯或我来说都是没有帮助、毫无意义的事，而且我还有可能走失。但是待在这儿同样很难受。

而且我不想将自己关在阁楼里。

"你旅馆里有客人吗？"

"最后几位客人刚刚走了。"

"有没有不信任的帮佣？外面有没有人在找我？"

"没有。"她坦白道。

她帮我穿上衣服，系牢头巾。我将大部分身体倚在她胳膊上，在狭小的楼梯间摇摇晃晃地下了两段楼梯，去了厕所，我用肥皂、水和一个硬刷子擦洗我的手。萨拉去睡觉了，我坐在炉火前的长椅上，身上裹着一条毯子，拉埃尔往炭火里填了一些木头，然后走开了。我想她觉得如果让我一个人安静温暖地待着，我可能会去睡觉。

我不想睡觉；实际上，我对睡觉心怀顾虑。我受伤的大脑还不能将从海法驱车直下之后所发生的事拼凑在一起，但是有一辆汽车、一场事故，还有一个人死了，而且我每次闭上眼睛，四年前我家经历的那场车祸的场景就会历历在目。逼真而可怕的回忆：哥哥的脸庞，妈妈的尖叫，对我亲爱的爸爸的记忆是一片空白，只知道他驾车越过悬崖，然后车子陷入一片火海，这充满内疚懊悔的噩梦一直困扰着我。除了很久以前看过的心理医生外，我从没和福尔摩斯说过这场车祸，也从没和任何人说过我全家亡故的事。我不知道我为什么会在拉埃尔面前脱口说出这件事，但是不行，我不想冒险去睡觉。

因此我斜靠在粗糙的水泥墙上，看着壁炉中奄奄一息的火焰，然后在昏昏欲睡和惊醒中徘徊，我真想挣脱束缚，推开门，冲进黑夜中，尖声喊出我走失的同伴及导师的名字，但我现在只能在这儿待着，想到这我就心跳加速，惊恐万分。

就这样循环往复地，我度过了无聊的几个小时，刚要进入麻木的状态，突然房间某处悄悄移动的声音唤醒了我。

我咬紧牙，抬起头，观察这屋子。

马哈茂德站在那儿；他后面是拉埃尔，手臂上扛着一把步枪，拿枪的姿势看上去很舒服。我看到他简直兴奋至极，这个冷漠、不爱交流但又完全值得信任的阿拉伯人让我大吃一惊。我忍住脆弱的泪水，小声嘟囔道："愿你平安，马哈茂德。"

"愿你平安，阿米尔，"他答道，"很高兴看到你伤得不太严重。"

"你们找到福尔摩斯了吗？"

"我们知道他在哪儿。"

"感谢上帝。"我用英语大声说道。我耸耸肩，将毯子滑落到地下，设法站起来。但是马哈茂德却拉来一个凳子，坐在我面前。他用黑色的眸子看着我的脸。

"你很疼。"他说道。

"没事，一会儿就好。"我说道。有点无视疼痛的存在，也无视看着我的那些眼睛。他想了一会儿，接着似乎做出了决定。

"你是一个外国人，"他说道，"但也不是外国人。如果你只是一个外国人，如果你只是一个英国女人，我今晚就不会回来，因为外国人没有——他们对荣辱的定义有所不同。今天所做的就是血债血偿，你明白吗？你和你的福尔摩斯吃了我们的盐，分享了我们的面包。是存在血缘关系的，你明白吗？"他说的英语比之前说的简单得多。我突然觉得他在用阿拉伯语思考，随着他说，再翻译给我听。我向他保证，我明白他在说什么，而且我赞同他的说法。他继续说："如果不存在这些关系，那么救回他只是个任务，一项为英国政府提供的服务。阿里和我会像完成其他工作一样去做这件事。但这事关荣辱，如果你愿意的话，我认为你有权和我们一起去。"

我在想，如果我是他，我应该会问我现在身体状况有多糟，会不会妨碍他们的行动，但他没有问。我不卑不亢地看着他的眼睛。

"如果你们愿意，我会和你们一起去的。"

他点点头，站了起来。"我要安排一下。我会回来找你的。"他对我说。他向拉埃尔简单地交代了几句就离开了。拉埃尔跟他出去，几分钟后她回来了，手里拿着一个玻璃杯，杯里装着两英寸高的透明褐色液体。

"这个会帮你缓解疼痛。不能彻底止痛，但是喝了它，你就不会头晕了，也不会减慢你走路的速度。"

我喝下它，然后坐在那儿，直到马哈茂德过来接我。

十四

  显然沙漠中的生命是勇敢的源泉,他们越野蛮,就越勇敢,就越容易打败其他民族,并侵占他们的财产。
——伊本·赫勒敦《历史绪论》

  对于一个遭受车祸重创的人来说,我感觉身体非常好。虽然身上的瘀青变得越来越明显,而且头痛难耐,但是,只要我不突然移动或不去想这场车祸,我就没事。想起车祸,我就会直冒冷汗,头晕想吐:艰难,寒冷惊慌。

  所以我不去想车祸,只是坚定地将它从我的脑海中赶走,我成功了,一点细节都不记得。我将全部注意力转移到马哈茂德正在干的事上,整个人只想着福尔摩斯和救他回来。

  午夜时分,我们从拉埃尔旅店的后门溜出去,来到寂静的巴勒斯坦城镇。当我们经过商店后面的时候,第三个人出现,走在我们后面——不是阿里。我觉得他肩膀上扛着一把长长的步枪。

  不久我们就离开了这座城镇。马哈茂德在前面开路,他飞舞的长袍在圆月的照耀下投射出乱糟糟的影子。前方道路昏暗;拉姆安拉的灯光落在我们身后,马哈茂德放慢了脚步。当我靠近他时,他开始说话——这次说的又是英语,这样可能就不会有误解了。

  "当时有三个人埋伏在路上。汽车为了爬坡减慢了车速,而且他们在沿途策划的小规模山体滑坡确保了我们会以更慢的速度行驶。他们从我们身后的小山和右肩膀处向司机射击，我们直接掉进了一个浅沟。干得干净利索。

"司机死了。当我们掉下公路时，你的头撞在了车内壁上。阿里把你拉出来。我跟他躲进了岩石堆里。我们等福尔摩斯出来，但他没出来，当我回去找他时，两个人把他带到了一辆藏在公路弯道处的汽车上。第三个人一直拿着枪埋伏在我们上方。他是一名出色的枪手。如果我们没把装备留在耶利哥城，如果我有枪，我会跟着他，但是我没有。"他耸耸肩，似乎在向我道歉，我向他做了一个阿拉伯手势，意思是"那好吧"。

"你知道这些人去哪儿了吗？"我问。

"我现在知道了。我们在那地区有自己的人。"

"他受伤了吗？福尔摩斯？"

"路上没有血迹。"他模棱两可地说。

"他是自己走过去的？"我坚持问道。

"他是自己走到他们车上去的。他们拿枪对着他的头。"

"他们是怎么做到的？他们怎么知道我们会在那儿出现？"

马哈茂德深深地叹了口气，我想应该是难以启齿，他没有直接回答我的问题。"我绝不该听一个司机的。汽车又大又吵，只适合和平时期的征服者乘坐，而非抄写员。我是一个适合步行的人，而且偏离那条路真是鲁莽冲动。"

"你知道为什么吗？"为什么伏击，为什么是福尔摩斯，为什么——

"还不知道，"他严肃地打断了我，转而用阿拉伯语说道，"外语说得够多了。我们得快点赶到关押他的房子那儿。如果被发现，我们可能得被迫杀人。我希望死的人越少越好。我自己不想看到死亡。我不相信血海深仇。如果能恰当地完成这件事，就不会有杀戮，但是时间紧迫，很难做出周密的计划,所以有可能出错。我希望,今晚这个时候以及他被带走之后,等待我们的只是一座沉睡的房子,这样你就不用采取任何行动了。如果房子里的人醒来,我们可能需要你。你明白吗?"

"我明白。"

"我能相信你吗?"他用英语问道。

"去干吗……"

"……去杀人。"我觉得他的眼睛在看着我,在月光中探寻答案。我停下来,看着他。他的眼睛就像是被黑暗包围的黑洞。

"我不知道。"我最后说道。

令我惊讶的是,他点点头,我不知道是赞同还是满意,然后我们又开始向前走。

"如果你开始感觉不舒服的话一定要告诉我。"他命令道。

"我头疼。"我坦白道。

"当然会疼。"

他似乎在向我表示关心。离开城镇后,我们大概走了四英里,后面跟着那个拿着步枪的人,直到马哈茂德碰到我的胳膊肘,带我穿过一个灌木丛,这灌木可能和荆豆同属一科,是某种巴勒斯坦的荆豆,全身长满刺和爪子,接着我们走上一条隐蔽的小路。路的尽头有一座小泥屋;我们在那儿发现了阿里。看到我进来,阿里阴沉着脸。

"你把他带来啦?"他对马哈茂德说。

"她已获得了这个权利。"马哈茂德平静地答道。他故意使用的阴性动词词尾再次被选择性代词加强效果,迫使阿里承认我的身份和我的存在。阿里脸上的厌恶并没有改变,但是他并未多说什么,只是从锅里给我俩一人舀了一杯汤。汤很热,尝起来有肉和洋葱的味道,而且我确定阿里以前从没煮过这种汤。

"马哈茂德，谢谢你。"我说。当我喝完杯里的汤时，阿里又舀了一杯，杯上还放了一片扁面包，然后端着杯子向门口的皮帘子走过去。他跪下，把杯子放到外面的石头上，然后回到火堆旁。一会儿，外面的人拿起杯子又走回看守岗位，我们听到了皮鞋碰触石头发出的微弱摩擦声。阿里拿出刀，用大拇指摩擦刀尖。

"阿里！"马哈茂德斥责道。阿里伸出手猛地挥舞了一下。

"好！"他咆哮道，"很好！"他站起来，将刀放回皮带中，然后开始踢煤炭上盖的尘土。"我真太高兴了。我们走吧。"他从地上抓起一个包裹，并将斜靠在墙上的步枪匆匆拿了起来，然后从我们中间挤了过去，走出门。马哈茂德拿起第二把枪和另一个包裹，跟着出去了。我跟在他们身后，跌跌撞撞地从满是岩石的山坡上走下来，尽力跟着他们，不掉队。

还没见到马，我就已经嗅到了它们身上的气味。五匹马，全黑，每匹马身上都佩着特有的马鞍，这马鞍是用一种只有阿拉伯人会经常使用的衬布做的。阿里和马哈茂德已骑上马。马哈茂德扔给我一套缰绳，我欣慰地发现这缰绳系在一种特有的马笼头上，而不是多数阿拉伯人使用的那种普通的笼头，就像专门为我设计的。没有马前鞍的帮助，也没有任何障碍物，我设法骑上了这匹马（它向后竖起耳朵，看起来像是不愿驮我，却想咬我）。还剩下两匹马，第三个人毫不费力地跳上其中一匹的马背，踢了它一下，走到了小分队的前面。我的马坚定地跟在它同伴的后面，我却手忙脚乱地坐在马鞍垫上，试图在马背上找到平衡点。

一在马背上坐直，我的目光就落在了阿里身后那匹没人骑的马身上，而且我莫名其妙地感到宽慰，好像这匹无主马的存在，预示着我们终将找到那位失踪的骑士。我的精神因此振奋了一些。

我们骑着马在崎岖不平的山坡上艰难前行，即使是在正常情况下，以这么快的速度骑马前行，我也会被吓得发抖，但现在这似乎只是整个疯狂计划的一小部分而已。一小时后，远处一道闪电划破天空，伴着我们嗒嗒的马蹄声，紧跟着传来了隆隆的雷声。风暴还停在我们北面很远的地方，这为我们的旅途又增加了一场噩梦。一道耀眼的光过后，我们什么都看不见了，虽然风暴还在远处，但是雷声和轻微的风声仍掩盖了我们弄出的一些噪音。我费力地从马哈茂德给我的小本《古兰经》中翻译的那一小段话，一直在我的脑海中徘徊："是神将闪电带到你身边，当他让乌云密布时，你既充满了恐惧，又充满了希望。"

我们的向导或者说是守卫，放慢了行进的速度，我的头随着马儿慢跑也晃动了起来，头痛欲裂，这比马儿慢跑还要可怕。我现在头晕目眩地骑着马，只希望我身下这只任性的动物不会把我带下悬崖，很快我们放慢速度，缓步前行，接着停了下来。我气喘吁吁地紧紧抱住马鞍垫的边缘，近乎失去意识，只知道不能从马背上摔下去。

马哈茂德的声音从我膝盖附近的地方传来。"拿着，喝了。"我伸出手，朝他的方向摸索着，拿到一个拔去塞子的小药瓶，然后把它举到嘴边。这和拉埃尔在旅店给我喝的药水一样，有药草、蜂蜜和麻醉剂的味道，而且它和之前一样奏效。我慢慢清醒了。我逐渐意识到这三个人有目的地在马匹周围走动。在昏暗的月光下，他们穿的黑色长袍几乎让他们成了隐形人，他们其中的一个——那个陌生人——出现在我身边，然后弯腰抬我的马腿。突然改变这匹马的站姿，让我有些措手不及，如果不是我的手指缠在马的鬃毛里，我差点就从马身上掉下来了。我紧紧抱在马背上,努力想他们到底在干什么,最终我想到了:他们要用布包裹马蹄,防止出声惊扰敌人。我们肯定靠近目标了。靠近福尔摩斯了。

包裹住马蹄后,云层很快遮住了月亮,风也停了。我们骑着马,慢慢地走在一条看似平坦的路上,走了一两英里后,我们下马又步行了一英里。周围寂静无声,黑漆漆的像个山洞。豺狗甚至都睡着了。

我的马突然停了,我感觉到手正拉拽着缰绳。我跟着马儿们离开的声响和拖拽灌木时的嘎嘎声走着,接着马哈茂德在我耳边低语:

"你能看见吗?"

"几乎看不见。"我惭愧地轻声回应道。我夜间的视力一向不好。

"我也看不到,"马哈茂德令我吃惊地坦白道,"阿里会在前方引路。"

我们跟着阿里,在围墙的掩饰下,穿过一片果园,爬上一座小山,接着我发现,映着天空我能看清石头的轮廓。黎明即将来临。一只猫头鹰伏在树上;夜晚一片寂静,我能听到鸟的羽毛拍打空气的声音。

"里面有个暗间儿,"阿里屏住呼吸对我们说道,"会有人看守。她……明白……吗?"他故意使用正确的阴性代词指代我,用来呼应之前他对我的鄙视和怀疑。马哈茂德抢在我前面答复了他:

"阿米尔明白犹豫就可能意味着灾难。他会去做该做的事。"

我真希望我能借他的信心一用。尽管天很冷,但我还是吓得冷汗直流,而且我的胃又开始翻滚了。

阿里打开一扇锁着的门。里面有一个花园和一扇结实的木门。阿里打开木门。门内的建筑有一股石料和木蛀虫的味道，还有一股浓重的类似香薰的味道，但又不是香味；过了一会儿，我才确定那是大麻的味道。走廊很长，而且空荡荡的，我们的衣服碰到坚硬的石墙发出的沙沙声变成了刺耳的杂音。阿里光着潮湿的脚，从石头上走来，脚摩擦石头时发出极小的吮吸声。马哈茂德的肚子咕咕叫了一次。感觉这条走廊似乎长得没有尽头。

我们曾听到一个声音模模糊糊地从远处传来，但刚一出现就消失了。过了一会儿，我们经过一扇门，里面又传来这个声音，是一个男人的打鼾声。当我们轻松通过那扇门后，阿里加快了行进的速度，经过几扇门、一扇窗户、三个拐角，下了一段楼梯，然后他停了下来。

"待在这儿。"我听到他湿漉漉的脚走在石头上的声音。过了一会儿，这声音又回来了。"看清了，"他屏住呼吸说道，"但是我们必须把门卫引出来。"

"阿米尔，"马哈茂德小声说，"把你的头巾拿下来。快点。你的头发——放下来。摘下眼镜。把你的长袍给我。现在，你必须把那个门卫叫出来。"

"我？到底怎么叫——"

"快点！我们必须打开门。这个门卫不会因我或阿里开门的，如果我们强迫他开门，他就会报警。你必须把他引出来，阿米尔。你的福尔摩斯就在那里。"他补充道。

因为他知道必须让我这么做，所以他想用这个消息稳定我的情绪。我挺直肩膀，理清思路，把指节铜环抵在木头上，犹豫了一下。

"他管他的上级叫什么？领导？"

"试试'司令'。"阿里建议道。我希望得到一个更确定的答案，但是时间紧迫，我只得这么叫了。我摘下手上的指节铜环放在门口，继而又犹豫了一下，把手伸到脖子后面，解开了这件像内衣似的长袍的扣子。我对这门技术的掌握着实不太好，根本没有能力完成这个任务：我和福尔摩斯没有进行的训练之一就是诱惑技巧的学习。

我轻轻地连续敲打几下门，用力捏了捏我的脸颊，好让自己看起来脸颊发红，然后开始急促地呼吸——这也不太难，我的心脏已经疯狂地跳动了起来。

当门上的小窗滑开的那一刻，我站在走廊的另一侧，靠在墙边蹲着，长袍盖在穿靴子的脚上，脸上装出我所期待的恐惧，凝望着他。铁窗打开时有铁的撞击声，这就预示着我要开始表演了。我抬起头，惊讶地看着那双框在小铁窗里的眼睛，虽然只能模模糊糊地看到它。

"怎么了？"那个男人问道。

"那个人，"我情绪激动地用阿拉伯语小声说道，"司令。他伤害了我。请你，哦，请你帮帮我，"我乞求道，"我想回我们村子。"

"你是谁？"

"我住在村里，"我临场发挥道，我声音哽咽，接着我伤心至极，热泪盈眶，泪珠扑簌簌地落到脸上。"他伤害了我。"我呜咽着说。

那个男人无情地笑了笑，拍了一下小铁窗，关上了；我的心瞬间跌入谷底。但是接着传来了门闩滑动的声音，门把手开始转动。他拉开这扇沉重的门，走了出来，只是说些安慰我的话，此时，悄悄靠在墙边的阿里向前走了一步，夺下他的武器。沉闷的重击声告诉我，他用的是刀柄而不是刀刃；而且这相当有效。

门卫倒下了，在他撞上石头前，我和阿里抓住了他，把他捆了起来，然后我们极其笨拙地排成一列钻进了门。马哈茂德关上门后，我们砰的一声将包裹放到了地上。

我取出眼镜戴上，模模糊糊地意识到阿里从兜里拿出了一团麻线，然后跪在被打晕失去意识的门卫身旁。马哈茂德迅速打开内室的门，进入那个昏暗的房间；我跟着他走了进去，看到了福尔摩斯。

真是奇怪，此时此刻，我的反应真是荒谬。当看到他时，我的身体就像是被刀捅了一下，但我首先想到的是，这只有福尔摩斯才能干出来，他是如何让他皮肤上的染料从正常的能看见的部位扩展至全身的：从头皮到脚趾，没有血迹和瘀青，全身黝黑。令人难以置信的是，我接下来想到了一件令人气愤的事，几月之前的炸弹袭击，导致他后背负伤，这也是我们从伦敦飞到巴勒斯坦的原因之一，本来已经愈合得挺好的了，可是直到——

我意识到马哈茂德正在使劲儿用手指戳我的胳膊。

"他还活着。"马哈茂德一边专注地看着我的眼睛，一边说道。

"是的，去吧。"我毫无意义地说，但是他似乎理解了我的意思，一边向前走，一边从刀鞘中拔出刀。

一根长长的绳子绑着福尔摩斯的两个手腕。在他上方的横梁上挂着两个铁钩，绳子的两端绑在铁钩上。他的脚放在地上，但他的两只胳膊紧紧地绑在头两侧，与头部形成一个角度，这样待五分钟都会极其痛苦，就连呼吸也会特别难受。从表面上判断，他已在那里待了很久。他后背的伤、身上小圆点形状的烧伤，以及鞭子抽打留下的长长伤痕不是刚刚才有的。

现在，马哈茂德正面对着他，但我不能靠近。我害怕凝望福尔摩斯的眼睛，他是我的朋友，我的老师，我唯一的家人；我害怕可能会看到的一切。相反，我看着马哈茂德正盯着福尔摩斯看,而且我知道福尔摩斯何时睁开眼睛并和马哈茂德对视,因为他那长着胡须、满面伤痕的脸微微皱了一下。他在微笑。

"我的天啊,福尔摩斯,你看起来真糟糕。"马哈茂德说。他将手伸到长袍内,拿出一个小银盒,用大拇指按一下打开了它,然后用小指头舀出一点黑色的像糨糊似的物质。他向前探身,将其放入福尔摩斯口中,然后把盒子拿走,在他的长袍上擦了擦手指,这时我们听到身后沉重的外门打开的声音。

许多事似乎同时发生:匆忙的脚步声过后,一个身材高大的陌生人愤怒地张大嘴站在门口;不容多想,我将手自然而然地伸到靴子上,拔出飞刀,正对着这个入侵者的喉咙扔了出去,此时阿里正快速地跑过去,抱着刀柄,突然出现在这人的脑袋后;又是一记沉闷的倒地声,这个人猛地倒向一边,摔在地上,同时,我的刀咔嗒一声,撞到对面墙的石头上。时间在战栗,再次以直线的方式移动。

阿里低下头,惊奇地看着自己的右臂,用左手的手指掀开撕破的袖子,好奇地轻触了下伤口上的血,那又长又浅的伤口从他的手腕延伸至手肘。我突然看到一个可怕的画面,阿里躺在地上,从喉部拔出我的刀:他险些……他望着我,然后又看了看自己的胳膊,脸上涌现出无比喜悦的表情。我以为他会放声大笑。我将自己道歉的话咽了回去。

我身后传来一阵噪音,是一阵奇怪的大声咳嗽声,接着是喘气和呻吟声,然后突然止住了。我转身去看马哈茂德,他手中仍拿着刀,砍断绳子,放下了福尔摩斯的胳膊。福尔摩斯僵硬地向前迈了一步,然后倒了下去,但马哈茂德就像排练过一样熟练,随着福尔摩斯一起移动,因此福尔摩斯倒在了他的肩上,并疼得咕哝了一声。马哈茂德站起来,扛起福尔摩斯,这宽厚的肩膀扛起了这后背血淋淋的瘦高男人。

马哈茂德低下头,向门口走去,快速穿过门,飞快地奔向小路,就像螃蟹一样横着穿了过去。阿里塞住第二个入侵者的嘴巴,站了起来,从门卫的椅子上抓起一件厚重的长袍,当马哈茂德经过他时,他把长袍扔到了福尔摩斯背上,然后跟着他们跑了出去,来到走廊上。我在屋内取回我的刀和一堆衣服,我觉得它们看起来像是福尔摩斯的衣服;然后又从马哈茂德之前扔衣服的地方取回了我的头巾和长袍,接着一边跑一边穿衣服。阿里在我们身后用门卫的那串钥匙锁上了门,然后悄无声息地从门的下方将钥匙滑了进去。接着我们仨都跑了起来,尽力保持安静,走下石头走廊,上楼,出去,最终我们逃了出来,进入凉爽清新、空气潮湿的黎明。如果有人拦截,我会毫不犹豫地杀人,现在我懂了。实际上,我恨得咬牙切齿,渴望战争、杀戮和复仇;但是没人拉响警报,我们就像小老鼠离开食品储藏室一样,从那里溜了出来。

我们还没到围墙,麻烦就来了,真是一波未平一波又起,当然我还没准备好。

阿里拉开门,又退了回来,让我们先出去。马哈茂德仍扛着福尔摩斯,没有一丝疲惫,他第一个走了出去。我跟着他走了约三步,刚看清墙,突然从我肩膀的方向传来一个响亮的声音,他要求我们停下并亮明身份,我瞬间充满了恐惧。

或者更确切地说,他刚开始提要求。他还没问完。我们从他上方的大门口突然冒出来,显然吓他一跳,他也同样吓我们一跳;说话时,他笨拙地拿着枪,而且他犯了一个致命的错误,认为只有马哈茂德和我两个人。阿里是我所认识的人里反应最快的。我还没来得及转身面向这个准备攻击我们的人,阿里那邪恶的刀就已完成了它的使命。当阿里手捂住那人的嘴时,他没有痛苦,没有害怕,只有惊讶。

我以前见过人死，但只是在医院的病床上，由于肺里吸入毒气或深受疾病折磨才会死亡。但此时不同以往，一个血肉之躯突然变成一个一动不动的空壳，肥胖的身体啪的一声倒在地上，身上还带着一个滴着水的羊皮水壶。内心深处一个声音用力按压着我紧闭的双唇，但是不管这是尖叫还是大笑，我永远都不会知道，因为阿里看出了我内心的彷徨，重重打了我一拳，打得我牙齿嘎嘎作响。

"别犯傻，"他向我发出嘶声，"跑！"

我跑了起来。

太阳快要升到地平线上，天马上就要亮了，可以清楚地看到马哈茂德扛着笨重的包袱在路上走了四分之一英里。这画面简直太滑稽了，我漫不经心地想，就像一个长腿男人骑着一头小毛驴，但这个男人肩上扛着十三英石的重量全力冲刺的速度还是给人留下了深刻印象。我幻想，即使是最后一个警卫出现，马哈茂德也不会停下来，因为他相信阿里能解决这个问题。

我前面长袍和肢体纠缠在一起的画面突然闪到路边，消失了。我走到那地方时，放慢了脚步，只有阿里一人从我身边经过，他全速冲进灌木丛间的小窄路，俯冲到一条崎岖险峻的小路上，一路狂奔。但是，我惊讶地看到他居然光着脚：他一手拿着红色靴子，一手拿着死去警卫的枪。我也冲了下去，跟着他爬下山坡，虽然我很努力地向前跑，但当我赶到马跟前时，只有一个人在那儿，就是我们那个不知道名字的向导。他骑着马，手里拿着我那匹马的缰绳，看起来十分紧张。缰绳刚扔到我手中，他就用脚踢了一下他那匹马的肋骨。我努力说服自己的马等一下。等我上马后，马儿才跟着它的同伴沿着那尘土飞扬、满是石头的狭窄道路向前走。

十五

当有野心的人征服一个王朝并夺取政权时,他们会不可避免地效仿他们前任的大多数手段。

——伊本·赫勒敦《历史绪论》

大概走了三英里,我才追上其他人。那匹无主的马依然没人骑,但是马哈茂德骑着的那匹母马正低头站着,肚子上下起伏,汗水从它的胁腹滴下来。此时,阿里正伸手帮马哈茂德将软弱无力的福尔摩斯从马脖子处往下移。我下马站到他们身边,他们并未发现。福尔摩斯看起来毫无生命迹象,但当我帮阿里抬起他时,他睁开了眼睛,瞳孔很小,我破涕为笑,如释重负:他被麻醉了,没有死。

他们已经给福尔摩斯穿上了一条陌生人的肥大裤子和阿里的羊皮外套,现在他们将他放到地上,为了不加重他后背的伤而让他侧躺着。

"上帝啊,你们给他吃了多少鸦片?"我质问道。

"足以让他保持安静的量。"马哈茂德答道。他用来扛福尔摩斯的左臂肯定已经麻木了,因为他正用右手大力地揉,好让血液流通。

"看起来他这辈子都不会醒了。他已经完全失去了意识。"

"他会恢复的,"他说道,然后挑衅地补充道,"他几乎已经皮包骨头了。或许我应该降低点剂量。"

"鸦片的作用什么时候消失?"

"几个小时吧。可能五小时,也可能八小时。"

"在这之前,他需要卧床休息。"

"已经安排好了。"

"在哪儿?"

"两三小时。"他含糊地说。最后他用力甩了一下左手,抓起那匹没人骑的马的缰绳,纵身一跃跳到马背上。阿里弯腰想把一动不动的福尔摩斯也举到马背上,但是我用手拉住他的胳膊阻止了他。

"等等,"我说道,"从重量上来说,我是最轻的,而且我的马是最大的。"最大的区别我没说出来。阿里和我等着马哈茂德的回应。

"你的头怎么样了?"过了一会儿他问道。

"疼。"实际上,随着每一次心跳,头都会剧烈地疼痛,而且我恶心想吐,手脚发抖,但我觉得我不会昏过去。至少不会没有任何预兆。我冷冷地与马哈茂德对视。他内心深处听从了我的提议。他从马上下来,对着我的马抬了一下下巴,命令我骑上去。我把福尔摩斯的东西递给他,骑上马,调整一下,坐到坐垫的后部,为福尔摩斯留个地方。他和阿里把福尔摩斯抬起来,让他的后背抵在我胸前。我勉强能越过福尔摩斯的肩膀看到路,但我担心会把他的后背碰疼,因此说出了我的担心。

"他感觉不到。"马哈茂德说。

我想,如果上帝允许的话。

我们走了整整三个小时。我们的向导在某个时间离开了,半小时后,他又骑着马在后面追赶我们,手里拿着阿拉伯三明治——夹着五香肉和几片生洋葱的扁面包。我们一边骑马行进,一边吃饭。过了一会儿,我感觉我手脚发抖的症状减轻了，也不想吐了。但我的头仍旧很疼。

我们一会儿在布满岩石的路上小心翼翼地前行，一会儿在平坦的大道上轻松大步行进，两小时后，福尔摩斯苏醒了。此时他身体不再绵软无力，扶着他会容易一些；但是，他后背的伤明显让他很痛苦。我们不得不停下，阿里和马哈茂德把福尔摩斯的身体放直，我溜下马，然后又笨拙地爬了上来，坐在他前面。就这样，福尔摩斯抵着我的背，我们骑马走完了接下来的几英里。在没有征求任何人同意的情况下，我们的向导平静地骑着马转上了另一条路。几分钟后，阿里掉转马头过来看我们，然后踢了他的母马一脚，飞奔而去，剩下我们在一阵尘土中骑马小跑前行。

二十分钟后，传来了一个人的说话声，我差点跌倒在地。我听得非常清楚。

"罗素？"

"福尔摩斯！感谢上帝——你还好吗？我们马上到了。"我等着回应，"福尔摩斯？"

没人回答。我设法转身去看他，但是他的头软弱无力地靠在我脖子上；他又失去意识了。几分钟后，同样的事情又发生了。

"罗素？"

"是的，福尔摩斯，我们都在这儿。你现在安全了。"我觉得他没听到我说的话。然后又过了几分钟。

"罗素？"

"福尔摩斯。"

我们重复了多次这种混乱的对话，最终我们从山里走了出来，走向一片坐落在农田中的房屋，一个瞭望塔高耸其中。阿里站在门口，旁边站着一位身材小巧的漂亮姑娘，她灰色的头发上戴着一块方巾。马哈茂德骑马来到这所小房子前，下马，然后转向这个女人，他的右手摆出了一个可笑的姿势，就像男人在行脱帽礼，当然头巾根本不可能随便一摘就下来。这小姑娘高兴地微微一笑，走上前，亲吻了马哈茂德那毛茸茸的脸颊。

我还没来得及想这男人到底有多么深不可测，他和阿里就站到了我两边，他们托着福尔摩斯，好让我腾出空来下马。他们将他轻轻地向前推了推，脸朝下放在那匹高高的马上，但是当他们试着将他举起来时，肯定有谁碰到了他身上疼痛的部位，因为他突然绷紧身体，急促地吸了一口气。他猛地睁开双眼，直视着我，目光警觉但又不聚焦，就像是个喝醉酒的人或刚从沉睡中惊醒的人。

"罗素？"

"是的，福尔摩斯。没事了。"

"是吗？"

"是的。"

"很好。"他轻松地说，接着他双眼失去焦点，倒在了支撑着他的胳膊上。

清洗包扎福尔摩斯的伤口花费了一些时间。我不用去帮忙；我觉得在过去的两个月里，我已经为他的后背准备了足够多的敷料，而且这个小巧的女人很能干。她用希伯来语介绍了自己——沙娜·戈德史密特，而且她很抱歉自己不是一位合格的医生，而只是距我们最近的医生。至于她对福尔摩斯下的定论，我并未与她争辩。

她给了我一大杯凉爽而酸甜可口的柠檬汁，一杯柠檬汁下肚后，我干燥的喉咙就像是尝到了天堂的美味，感觉完全超脱于世。当时我站在那个空荡荡的小房间里，看着沙娜·戈德史密特正卖力地为处于半昏迷状态的福尔摩斯，我生命的中心，清洗伤口，并为那些露肉、被殴打、烫伤的皮肤敷上药。需求都得到了满足，剩下我独自迷茫，我甚至会失去亲人。坦率地说，我觉得我幼小无助，而且很困惑，我一点都不喜欢这种感觉。

即使是在刚才，我都没有真正理解我对福尔摩斯的感情。我十九岁，在过去的四年里，这个躺在床上失去知觉的人一直是我日常生活中的精神支柱，为我保驾护航。然而，他也是我的老师，他的年龄是我年龄的两倍有余，而且他从没给过我一丁点的暗示，让我觉得他对我的喜爱远远超出一位男教师对一位有潜力的学生应有的喜爱。五周前，我还是一个成熟的学徒，刚刚来到另一个陌生的国家，但上个月发生的事，不管是在英国还是在巴勒斯坦，从核心动摇了我俩那种舒适的关系。我没有时间考虑身份变换的后果，我从一个学徒变成了一位全程搭档，从学生变成了……什么？

随后沙娜·戈德史密特完成了这耗时已久的医治工作，接着她整理小片的纱布和其他医疗用具，然后转向我，我想她是想指示我干什么。我不知道她从我的脸上看到了什么，但她放下了装满东西的盆，将我推到福尔摩斯床边的椅子上。她特别温柔地从我手里拿走玻璃杯，离开房间，但一会儿她又回来了，一只手拿着一条厚重的毯子，披在了我的肩膀上，另一只手拿着一杯当地的白兰地，推到我手里。

我甚至没意识到我在发抖。

我感觉有声音，她正在说话，但我没回答，接着她走开了。不一会儿，我模模糊糊地意识到她又回来了，和马哈茂德一起站在门口，马哈茂德高她一头，然后又传来说话的声音，但最终他们离开了，留我一人陪着福尔摩斯。

福尔摩斯的呼吸声充斥着整个房间。我知道他何时进入了一种无意识状态，何时呼吸减慢，何时呼吸加深。他安睡了大约十分钟,然后他的呼吸好像被卡住了,喉咙后部发出了一阵喉音,他好像快恢复知觉了。他又短暂,浅浅地呼吸了几分钟,直到他叹了一口气,又进入深呼吸的状态。

我不停地发抖。我身上唯一温暖的部位就是我的右手,因为它放在了福尔摩斯的手上,他的手则放在薄薄的床垫上。他左半边脸靠在床垫上,右鼻孔一张一合,右眼时不时地颤动,他嘴的右侧随着呼吸在胡子和瘀青的掩盖下一张一合。我看着他,仿佛看到了他获得新生。

下午慢慢逝去,落日的余晖透过窗户洒了进来,之后我听到他的呼吸声再次改变。他没有动,但他清醒了,完全清醒了。我缩回手,等待着。

他猛地睁开眼睛,惊讶地看着我的膝盖,他转着眼睛四处看,看到了我的脸。他闭上眼睛,清了两三次嗓子。

"罗素。"他的声音沙哑低沉。

"福尔摩斯。"

"我们是不是曾经这样过?"

"我坐在椅子上,你后背绑着绷带躺在床上?恐怕是。"

"越来越没意思了。"

欢乐的泡沫开始在我的胸口扩大,我感觉到我脸上绽放出傻傻的笑容。为了不让他看见,我去倒了一杯水,然后尝试着往他嘴里滴一些,但收效甚微。他闭上眼睛待了几分钟,然后问:"我哪儿受伤了?"

"只是一些皮外伤。没有伤到里面。"我总结道,感谢上帝,他的精神恢复了,否则他不会开玩笑的。

"谁下的诊断结论?"

"我们在一个村落。他们这儿有个医生。实际上,她是一位接生婆,但接受过培训。"

"罗素,我一辈子都不会相信我曾需要一位接生婆为我服务。"

听到这儿,我忍不住大笑起来。听到我的笑声,马哈茂德将头伸进门里,然后又缩了回去。

"马哈茂德给我吃了什么东西?"福尔摩斯突然问道。

"鸦片膏。"

"他真是个危险人物,疯子。"

"他因为剂量过多道过歉了。但是,正是鸦片膏才让你坚持到了这里。"他没有回答。我轻声说道,"福尔摩斯?"

"撞车了,是吗?"

"是的。"

"司机呢?"

"死了。"

"我想也是。那你呢?"

"轻微的撞伤。"

"什么?"

"我头疼了好几天,就这样。"

"很幸运。"

"我们都很幸运。"

"是的。他只是想让我疼痛,没想伤害我。"

过了一会儿,我才明白他口中的"他"指的是谁。"抓你的人,"我说,"他想要什么?"

"信息。约书亚、艾伦比。"他的声音慢慢放缓。

"你跟他说了吗?"

过了很久,他都没回答我的问题,我觉得他睡着了。"我本来要说的,"突然他沉重地说,"接下来的会议或者其他的东西。"

"他是谁?"

"我想我知道了。"他说道,接着他又睡着了。

十六

真实的幻觉会有迹象表明它们的真实性。首先就是一个人很快醒来；如果他一直睡下去，幻觉就会沉重地压在他的身上。其次就是，幻觉带着所有的细枝末节停留于此，在头脑中留下深刻印象。

——伊本·赫勒敦《历史绪论》

我们在村里逗留了三天。第一天是一个周六，阿里、马哈茂德和戈德史密特一家早早地做好了晚餐，然后阿里和马哈茂德借来了精力充沛的马，骑马回到福尔摩斯被抓的别墅。周日下午他们回来了，发现我俩正坐在这所小房子前晒太阳，就像布莱顿海岸边一对退休的老夫妇那样正在打瞌睡，村里的人在我们周围忙碌着。

阿里厌恶地哼了一声，带着马走了。马哈茂德背对我们蹲在前面。这两个阿拉伯人看起来面色阴郁、疲惫不堪，我怀疑他俩昨晚没睡觉。马哈茂德伸手去拿他的烟草袋，开始卷烟，他的手指卷起烟来既缓慢又笨拙。他用蜡火柴点燃了烟，我忍不住瞥了一眼福尔摩斯。他似乎正目不转睛地盯着香烟点燃的那端。他努力将自己的目光移开，拉伤的胳膊急匆匆地伸进长袍，小心翼翼地拿出自己的烟斗，填满烟草，点燃它。我从口袋里拿出一个小石榴，是一个小孩早些时候给我的，然后集中精力剥石榴，吃石榴。

"走了。"马哈茂德简洁地说。

"他们是谁？"

"当地村民认为他们是从大马士革来的，一个人说不是，是阿勒颇。不管怎样，不是巴勒斯坦，这点是一致的。别墅的所有者是一个土耳其人，在9月份英军挺进的时候溜之大吉了，从那以后房子就空了。这些人是三四星期前来的。就在圣诞节前后。"

"知道他们去哪儿了吗？"

"不管去哪儿，他们带走了所有的东西。我们倍加小心地翻查了那所房子。"马哈茂德转头看向福尔摩斯，想在那瘀青而神秘莫测的脸上找到疑虑或批评的神情，但什么也没发现。"一个壁炉里焚烧了许多文件，然后又被碾成了灰烬。非常彻底。我们唯一发现的东西就是最近发行的几份《耶路撒冷邮报》。从其中一份上周四的报纸中我们发现了这个。"他伸出手，把一小块报纸碎片放在福尔摩斯的大腿上。这不是一篇文章，而是一份钟表匠的广告，地点在耶路撒冷新区。这个广告的方框边，有人用笔打了一个小勾。

"你带这个来，意思是他们要去耶路撒冷？"福尔摩斯说。

"我们还有其他的猜测吗？"

福尔摩斯试图转身找一个更舒服的姿势，但他疼得赶紧缩了回来。报纸掉到了地上，马哈茂德捡起来，将其塞入长袍。

"圣乔治修道院，"福尔摩斯说，"沙娜·戈德史密特向我保证，诱惑之山上没有蜜蜂。"

我一时没注意他们在讨论什么，接着我恰巧听到了两个修道院的名字，一个在耶利哥城北面，一个在西面，在艾伦比的车出现并将我们从搜寻修道院蜜蜂的途中带走前，这两所修道院都是我们接下来打算去的地方。感觉是很久以前的事了，但日历上显示是四天前。

马哈茂德又看向别处。"米哈伊尔的蜡烛。"他干脆地说。
"对。"

马哈茂德把烟头扔到地上，站了起来。"阿里和我不会再浪费时间了。我们要去耶路撒冷。"

"这提议看似不错。"福尔摩斯说。我俩都惊讶地看着他。"你们去耶路撒冷。罗素和我会去那儿找你们。周三晚上黄昏时分还是周四中午，就在雅法门内吗？"明亮的阳光下，他向站着的马哈茂德温柔地眨了眨眼，但我能看到他下巴周围突然崩起的线，伸脖子探头肯定让他很痛。马哈茂德摇摇头，走开了。福尔摩斯放低下巴，叹了一口气。

"你现在的身体状况不适合攀爬巨石。"我说，"我看到了许多陡峭的岩石，我知道这一路上的凶险。"

"周四应该可以。"他说。对于福尔摩斯来说，这是对他虚弱身体的最大让步。

然而，阿里和马哈茂德并不打算和我们一起待在村里，尤其是因为我们还将在凯尔特干谷修道院耽误一段时间（无疑这是毫无意义的）。在他们出发去耶利哥前，我追上他们，把马哈茂德拉到一边。

"我想说谢谢。"我告诉他。

"一个人从来不谢他的兄弟。"他回应道，眼角闪出一道光。

"这是谚语吗？"

"这是真理。"

"好吧，不管是不是兄弟，谢谢你。"

他侧过身子耸耸肩，将我说的话一挥而去，但尽管如此，我觉得他很高兴。接着他噘嘴待了一会儿，远眺群山。

"阿米尔，"他说，"玛丽·罗素。接下来的几天，不要试图去保护你的福尔摩斯。这样不利于他的康复。这个我是知道的。"

"好的,"我说,"我也这么想的。一路平安,马哈茂德。"

"愿上帝保佑。"他回应道。

当天外加整个周一,福尔摩斯都坐在太阳下,晒太阳,吃饭,睡觉。但晚上就不同了。我俩没人评论白天发生的事,我在屋内放了一盏小油灯,一整夜都亮着。我为自己要来了第二张床,因为当他放松时,他手臂上的肌肉常常会抽搐,因此我需要在那儿强行按下他抽搐的肌肉,然后按摩,直至它们变柔软。同样,我俩不去评论他无法控制自己肌肉的事;我只是和他睡在同一间屋里,听他制造出各种声响。

他睡觉不多,晚上基本不睡。星期六晚上,他肌肉不停抽搐,直至让人绝望,最终我坚持让他又吃了一口低含量的鸦片制剂,用来镇痛催眠。星期日晚上他坐着抽烟看书,书是从一位村民那儿借的,当我进入梦乡又醒来时,他正在喝白兰地。星期一晚上,他一边读书一边抽烟,很晚我才听见他上床睡觉,自始至终他一直在小声咒骂。我微笑着睡着了,寂静的夜晚,我突然从床上跳起来看着周围的一切。

"福尔摩斯?"

那尖声的号叫,一个可怕神秘的声音,就像一个备受折磨的灵魂发出的惨叫,然后瞬间消失了。

"上帝啊,福尔摩斯,那是你吗?"

他清清嗓子。"我怎么了?"他问道,我在心里狠狠地踢了自己一脚。我和所有人一样,都知道做噩梦是件丢人的事,当我完全醒来时,我甚至不确定我真的听到了那声音。我躺下,把床单盖在头上。

"豺狗,"我困倦地嘟囔道,"对不起吵醒你了。"

我俩那晚都没怎么睡。

沙娜为我们安排了一辆村里的卡车,将我们带到耶利哥,那是一辆福特T型车,是用来运送牛羊的。第二天早上,我帮忙做完家务后,我们爬上车,坐到司机旁边,车一跳一跳地开走了。旅途并不愉快。福尔摩斯拒绝吃药,我很紧张,害怕卷入另一场车祸。这位司机名叫亚伦,他不属于那一小撮知道我们秘密的村民。而且他还是东正教派系的,因此并未试图掩盖自己被迫为一对伊斯兰教徒开车的不满。

一路上没有发生意外,除了扎破一个轮胎外,还有一大群贝都因肥尾羊跑到路上过马路,耽误了一段时间。两小时后,我们离开了这个村子,亚伦在一条荒凉的公路上停下,就在耶利哥城的北面,然后我们下车。他直勾勾地望着前方,等我们系上关门绳,然后开车走了。发动机的声音渐行渐远。一只乌鸦在旁边的树上叫着,远处一个山羊脖铃发出叮当声,我突然觉得我们非常孤独。看向福尔摩斯时,我感觉更糟:他看上去病得很严重,面色苍白,一直出冷汗,有大大的黑眼圈。他倒在篱笆桩上,无法站直。我开始感觉到害怕,渴望讨厌的阿里和马哈茂德能出现。

"上帝啊,罗素,别看起来像个迷失的女学生。我不会倒在你脚下的。"

"你确定吗?"

"当然。比这更严重的伤我都活下来了。我只是需要放松一下。只需……借我你的肩膀用一下。"

我撑着他走了一百码左右,但实际上,这些锻炼对他来说似乎有些好处。他直起了背,软弱无力的症状减轻了,最终他把手从我的肩上拿开,在没有外力的帮助下,继续缓慢前行。

我们沿着耶利哥城的边缘走到西面的古村落台形土墩,

我很想去拜访那位疯狂的考古学家，不论她向我们强加什么帮助，或者即使是一些言语上的激励，帮我们注入一些能量也可以。但随后身体上表现出的虚弱无力阻止了我，我们继续穿过香蕉林和橘子林，来到丢弃骡子和行李的农场。阿里和马哈茂德答应给我们留一头骡子和一些基本的必需品，然后把其余的东西提前带到耶路撒冷。

为了让我俩不再心烦意乱，我用了一个长期以来一直很管用的方子：问福尔摩斯案子。

"福尔摩斯，那个穿着西方人衣服，被看到和毛拉说话的男人，对于他的身份，你有什么想法吗？"

"许多想法，罗素，但没有结论。"

"什么身份都有可能。"

"应该不会。"他冷冷地说。

"可能谁都不是。就是这个国家比正常阿拉伯人高的男人——他到我下巴——然后戴着一顶帽子而不是头巾。"

"罗素，罗素，"他斥责道，"如果他给马哈茂德认识的目击者留下的印象是没有穿着统一的阿拉伯服饰，他肯定不是英国人就是欧洲人。同样，他知道艾伦比足够多的事，而且攻击了运送哈兹尔兄弟的车，他不可能在英国军营里没有耳目。"

我瞥了他一眼，然后走开了。正如我所希望的，他的脸恢复了血色，因为他惦记的工作减轻了他身体的不适。除此之外，批评我总能让他振作起来。

"我们该怎么找到他？"我问。

"也许，我们要等他透露一些不为人知的消息。他最终会露出真面目的。"

"那个……审问你的人。有可能是他吗？"

"从那个人的举止看，他绝对是个英国人，虽然他很可能伪装了一下外表。"他回答道，他的声音听起来心平气和。

"但他不知道你究竟是谁？"

"他觉得他正在对付一个半文盲的阿拉伯人，但我也不敢下断言。我知道当他打算施展本领的时候，他定是个非常聪明的人。"

"如果他认为你是阿拉伯人，他的告密者就存在许多可能性。"

"例如？"

"约书亚。"我犹犹豫豫地答道。幸运的是，他没有嘲笑我的想法。我胆子越来越大，接着说："在海法的那一小撮人。"

"如果由于某种原因，这个英国叛徒没有通知他的主人，或者如果他的主子足够聪明，向我隐瞒了他的信息，接下来又会如何？"

"那么，有可能是在海法的人。其中一个司机，可能是——那个死了的司机，为了掩饰他的叛国罪？或者是暗中参与约书亚和艾伦比交流的人，或者是约书亚和迈克罗夫特，或——"

"就像我说的，罗素，许多想法，但没有定论。我们没有足够的资料证据。"

"那么，你建议我们怎么做？"

"睁大眼睛看，耳朵贴地听，等待时机绊倒他。"

我想，我们一直尝试去做的事都没有取得巨大的成功。

我们发现了留下骡子的农场；这个地方很荒凉。"如果有人偷走我们的东西，我会杀人的，"我对福尔摩斯说，但当我们走到灌木丛和荆棘树之间的一块空地上时，狗吠的声音引出一个过来盘查的老女人。虽然她的胳膊和腿裸露在外，但她脸上裹着厚厚的面纱，胳膊上布满被太阳晒得黝黑的皱纹，戴着几磅重的金银手镯。

"天气不错，哦，老妈妈，"我对她说，"我们来取我们的骡子和……一些东西。"她点头，但眼中充满一种对某人的莫名期待。

"老妈妈，几天前，我们在这儿把行李留给了你儿子。"她点头，"两天前，有几个人来这儿，带走了两头骡子和大部分行李袋子。"她点头，"那留下的骡子在哪儿？"

她点头。

跟着这位和蔼可亲的老太太和六只同样乖巧的狗，福尔摩斯和我动身去找我们的骡子、食物还有铺盖。房屋附近没有其他的建筑，但有一条通向灌木丛的小路，路上有动物蹄子的脚印。在路尽头，我们找到了一头骡子和两个装满食物、毯子和水的麻袋，准确地说，这是阿里和马哈茂德同意给我们留下的。在老太太和狗警觉的注视下，我们往骡子背上装货，然后穿过房子，来到路上。我们感谢这个老太太，她点头并举手向我们告别，胳膊上的手镯发出巨大的声响。我们出门后，再次变成陌生人，一踏进无形的领地界限，狗就开始大叫。

"为什么我觉得像是刚打劫了一个智力有缺陷的人？"我问福尔摩斯。

他点头。

我们在干谷的底部停了下来，喝了一杯有霉味的水，吃了一把枣。我没好气地抬头望向我们和修道院之间这广阔无垠、崎岖难走的上坡路，然后深深地叹了一口气。

"福尔摩斯，"我开口说，"天很热。空气潮湿，让人感觉身体衰弱。我们食物极少，水刚刚够喝，外面还有一群人想杀了我俩。"

"你想说什么？"

"我想求求你，福尔摩斯。如果你想的话，我可以给你跪下，但就当你帮我忙，请你骑骡子上山好吗？"我小心翼翼地低声说道，因此你倒下时，我才不会大叫。"

"既然你都这么说了。"他说。让我惊讶的是，他竟然真的爬到了骡子背上，坐在了包裹的后面。我本以为他身体变好了：这么容易就同意了，看来情况不妙。

我们再次向耶路撒冷的方向前进，而且我们会再次偏离耶路撒冷——虽然这次，我希望，它只是一次平静短暂的临时绕行。我们会在修道院遇到什么？但是，这是一条充满危险的路，尤其是想到在这条路上走过的祖先们。

"福尔摩斯，你知道这是什么路吗？"

"罗素，如果你准备给我讲约瑟夫和怀孕的圣母玛利亚坐在驴背上的故事，我警告你，我不会再往前骑一步。"

"不，不，我想到一个比这更悲惨的故事，但也是来自希腊文的《新约圣经》。我觉得走在这条路上的旅行者会被盗贼袭击，然后被经过这里的好心人救下。"我停下，这温暖宜人的午后似乎突然间变冷了。"你看没看到马哈茂德给我们留了一把手枪？"我小声问。

"哦，我的天啊，罗素。"福尔摩斯说，他的声音听起来充满活力，这让我很欣慰。"在你过度的想象下，这个国家正在遭受严重的破坏。尽量控制一下自己。对于你的提问，我的答案是肯定的，"他补充道，"我们有枪，还有子弹。"

我们从约旦河平原爬到一条崎岖的路上，这条路连着多悬崖的凯尔特干谷的南侧。厚重潮湿的空气令我们呼吸困难，一阵凉爽的清风变成了奢望，所以在上山的路上，我们都热得难受，暴躁易怒，汗流浃背。

几个男孩骑着一头皮肤粗糙、营养不良的驴，一路轻快小跑着从我们身边走过，也是往山上走。他们快乐地叫喊着，直到下一个拐角处，他们才渐渐消失，当我决定停下来休息时，我们来到一个像洞穴似的突出物前，这很可能是耶洗别杀耶和华众先知时，俄巴底亚将一百个先知藏起来的地方。我给骡子喂了水，然后我俩也喝了水，我们站起来遥望远处的古尔河谷和死海的北端，安静地沉思着，毫无生气。

"希律王选择在这里建造他的冬宫，"我对福尔摩斯说，"他喜欢这儿的气候和社会生活。"他没回答。我们继续走。

接下来超过我们的是一群英国游客，虽然他们马的后腿上有约旦河里的泥，但他们精神高涨，衣着讲究，一看就是来朝圣的。两个女人戴着傻里傻气的帽子，六个年轻男人穿着制服，骑着他们漂亮的马一路小跑着超过我们，他们没注意到我们，就好像我们是街边的流浪狗。我们步履维艰地向前走着。

我们终于看到了一条比人行道还窄的小路，向右分叉进入干谷。这条路非常陡峭，沿着干谷的峭壁蜿蜒而下，一些地方还有台阶，我们十分钟走下的高度，和我们过去两小时费力爬上来的高度差不多。在干谷的底部有一条小溪，溪水甜甜的，冰爽可口。在踏上对面的路之前，我们大口地喝水，洗脸。路是通往修道院的，这座修道院悬在一面几乎直立的石壁上。

我想，如果我们在马萨巴参观的希腊修道院是泥蜂的作品，那这座俄罗斯的圣乔治修道院定是崖燕建造的。它是一座弓形带窗户的建筑，稳稳地建在一块有条纹的巨石露出地表的岩层上；看起来像是最轻微的地球颤动也会将它轻轻弹到下面的干谷里；但是，这里环境怡人，因为这里有水，常年积水，如果河道上层是岩石和灌木丛的混合，那么河道的下层就是树——树的数量不多，真的，但它们是真实存在且辨识度很高的树。

干净的空气中能闻到一股潮湿的石头和绿植的味道，焚香和静谧的味道，圣洁和——鲜花的味道。

"蜜蜂。"福尔摩斯若有所思地说,此时我们经过路边的一簇小黄花,这些蜜蜂正在花丛中采蜜。

"蜂房。"两小时后,福尔摩斯深思熟虑地说,当时我们正和修道院的向导一起站在花园里,看着黄昏来临。

"蜂蜡。"那晚晚些时候福尔摩斯高兴地说,此时我们被带进一个小教堂,里面点着上百支棕色的细蜡烛,释放出浓烈的蜂蜜香味,这香味来自一种我曾见过的蜂蜡。福尔摩斯从篮子里拔出一支未点燃的蜡烛,将它举到鼻子边,深深地吸了一口气,然后拿着这支蜡烛走出了小教堂的门。我们的向导(他现在完全困惑不解)和一只大猫(从耳朵的姿态判断,它肯定一出生就在修道院了)站在外面昏暗的阳台上看着我们,福尔摩斯从他的长袍里拿出一个小东西,然后打开它:里面是米哈伊尔的蜡烛头,除了他的钱和刀,这蜡烛头和其他东西都在他的口袋中保存完好。他用大拇指和食指揉搓这个蜡烛头,使之变暖,从而增加它的表面积,接着把它放到自己面前。他深深地闻了一下蜡烛头,接着又闻了一下他刚从教堂里拿出来的蜡烛,然后又闻了一下蜡烛头。他瘀青的脸上露出了满意的笑容,他转身面向那个困惑但显然很焦虑的修士。

"我想见一下院长。"

十七

> 生活必需品是最基本的；奢侈品次之。因此，贝都因人就像生活必需品一样，排在城市居民和长期伏案的人之前。
>
> 很明显，贝都因人比长期伏案的人更善良。
>
> ——伊本·赫勒敦《历史绪论》

马蒂亚斯院长真是沙漠中的生物，坚硬多刺，刚直不屈。福尔摩斯看了他一眼，就卸下了所有伪装。他向院长讲述我们的故事，除了我们的真实姓名，以及在拉姆安拉北面那座别墅中发生的事情的细节，福尔摩斯基本上把一切都告诉了他。最终，故事将我们从英国带到了现在，讲到我们来到修道院，并证实米哈伊尔的蜡烛头来自这里。福尔摩斯停了下来。院长慢慢地眨了眨眼睛，等了一会儿，好像是想确认他的客人是否讲完了，然后掉转椅子的方向，转向裁决的位置。

"请问我能看一下你的后背吗？"他问。

不管福尔摩斯在期待什么，这肯定不是他想要的。他面色铁青。不知院长是想通过这个方法证实福尔摩斯所讲故事的真实性，还是想看看这些伤是否需要医治或者就是因为单纯的好奇。他甚至有可能想测试一下福尔摩斯。如果是最后一种可能的话，这说明他极富洞察力：福尔摩斯是一个不愿展现自己软弱或失败的人。我不知道马蒂亚斯院长想要什么，但我觉得福尔摩斯肯定将这看成一个挑战，他唯一可能采取的回答方式就是：他站了起来，然后将长袍拉过头顶。

我把目光转向一幅黑暗时期圣母和孩子的画像，这位慈母般的人物遥望着世间疾苦，用她的肩膀承受了这一切。似乎过了很久，福尔摩斯衣服掀起的沙沙声停住了，我听到皮革的咯吱声，这表明福尔摩斯坐回了椅子上。当我回头看院长时，我惊讶地发现他的眼睛正盯着我。那是一双极具洞察力的眼睛。

"你的这位同伴是什么情况？"

"他——"

"我是女人。"我说。我想这位慈悲的神父听到我的话肯定不会惊讶，而且确实如此，一瞬间，我想象出一道光从他黑色的眼底闪过。他俯身向前，靠在膝盖上待了一会儿，然后站直，走到房间另一端一个老旧的橱柜前，橱柜的木头经历岁月已经变黑。他走动时，我才意识到他比我想的还要老。八十？九十？他说话的声音听起来却像一个只有他实际年龄一半的人，他讲英语时带一点俄罗斯口音。

他打开橱柜，拿出一个没标签的瓶子，从瓶身的划痕和磨损程度看，这个瓶子已经被反复使用过多次。他用粗糙的手拧开了瓶塞，然后往三个短粗且同样破损的玻璃杯中倒入了浓稠、黑红色的酒。他将其中的一杯放在我旁边的桌上，第二杯放到福尔摩斯身边。他坐回椅子上，手里捧着第三个杯子，眼睛观察着它，好像在向神请示神谕。

"你被一个人虐待，他虐待你的方式和我们过去的压迫者用的方法一样，我很欣赏你，"他毫无征兆地说，"你受到过多萝西·拉斯金，那个疯狂的耶利哥考古学家的帮助，这是你亲善的另一个表现。你和名叫阿里·哈兹尔、马哈茂德·哈兹尔的两兄弟同行，这加深了我对你的好印象。最后，你想为那个德鲁兹教派穆斯林米哈伊尔而斗争，他的死对于全世界来说轻如鸿毛。"他抬起头,脸上裂开无数皱纹,过一会儿我才意识到他在苦笑。"一个修道院可能不是全世界的,但毫无疑问,它是世界的一部分。尤其是修道院的院长。我能为你们做什么?"

福尔摩斯快速喝下酒,然后开始说话;院长起身走到橱柜边,手里拿着酒。他给福尔摩斯的空杯子倒满酒,然后又重新坐下,酒瓶就放在身旁。

"在圣诞节和新年之间的某个时候,您这里来了一位客人,"福尔摩斯说,"我不知道他是以其他修道院兄弟的身份出现的,还是他从你们这儿偷了一件道袍,但我知道当他离开时,他的包里有一件道袍。他还用过从你们教堂里拿的蜡烛。您认识这个人吗?"

"是什么让你觉得有这样一件事发生过,我的孩子?"

"过去三周,我一直在追寻他的踪迹,自从雅法附近有三个人被杀:一个农民,他曾在战争中帮助过英国人,还有他的两位农场工人。来这儿的那个人不是凶手,我可以这么说,那些凶手如果不是他事先安排好的,就是被他怂恿的,但实际上他没有杀人。

"在新月之夜,这个人来到死海,从一个盐贩那儿买了一批炸药。这个盐贩的儿子恰好在这个人的包里看到一件道袍。那晚某时,这个人将你们教堂的蜡烛插在一块石头上,当蜡烛快要燃尽时,他吹灭蜡烛,然后离开了。

"那个德鲁兹教派穆斯林米哈伊尔发现了那支燃尽的蜡烛。米哈伊尔一直在跟踪这个人,很可能看到了他和那个盐贩的交易。当米哈伊尔发现那个蜡烛头时,他刮下烛油,并把它扔到自己的包内——我敢说,他不是把它当证据,对于像米哈伊尔这么节俭的人来说,他只是想发挥那个蜡烛本身的用途,当光源或用来点火。

"不幸的是，这个人发现了米哈伊尔。他和他的帮手转而将米哈伊尔追到以实提莫干谷，在那儿杀了他，从他的遗物中拿走了一个小笔记本。他们把米哈伊尔留给豺狗，带着他们的炸药来到乡村或进入耶路撒冷，把炸药藏起来。

"恐怕这个德鲁兹教派穆斯林米哈伊尔并不是一个有间谍天赋的人。我觉得，当他往笔记本上记录信息时，他既没有将这些信息译成密码，又没有使用简单易解的密码，因为当我们寻找的这个人打开这个笔记本时，他发现了米哈伊尔的主人是一个叫约书亚的人，而且米哈伊尔和一对流浪的抄书员——阿里和马哈茂德兄弟有关系。

"在新月之夜，也就是这个德鲁兹教派穆斯林米哈伊尔被杀之时，和满月之夜，也就是这个人安排了一场车祸之时，在这两个时点之间，他从英国军营中打探到了消息，很可能用的是他以前用过的探听方式——甚至是在军营里的一个同伙。这个消息透露了这两个抄书员会于星期三在海法和艾伦比将军在一起，并在第二天早上坐车返回耶利哥。他甚至知道他们回来时的路线。

"无疑，这个核心的人物想要抓住哈兹尔兄弟中的一个，但碰巧他们跑了，我却落入他们的陷阱。哦，好吧，"他评论道，然后不自然地笑了笑。院长拿起酒瓶，默不作声地再次斟满了福尔摩斯的酒杯。

"这就是我所了解到的他。"福尔摩斯总结道，"我再问一次，您认识这个人吗？"

"他不是人。"

福尔摩斯和我惊讶地相互看了看。

"您肯定不能这么说——"福尔摩斯开始说。

"他是一个魔鬼。"

"啊。"福尔摩斯平静下来，这次没有看我。

"但是，可能你的世界观里不存在魔鬼。"院长说。

"好吧，"福尔摩斯慢慢说道，"是的。我应该说我已经见过了魔鬼，真正的魔鬼。见的次数不多，但足以认出它。"

"你也赞同，这和纯粹的邪恶不同？"我想也许这个慈悲的院长受到过一点点耶稣教会的熏陶，或者是与生俱来的。

"哦，是的。"

"那么你同意他是一个穿着人皮的魔鬼？我管他叫魔鬼。你随意。是，他来过这儿，西方圣诞节过后的第三天。"

"您怎么……知道就是他？他做了什么？"

"我第一次见到他时不知道。圣人可能第一次见到他时就能分辨出来，但普通人没有这样的洞察力。我观察他。

"一个……以让别人不舒服为生活目标的魔鬼。他以各类痛苦为食。他可能以拉断蝴蝶翅膀的方式长大，渐渐转变成伤害小动物。在一种政体下，比如我们过去统治者的监管下，这样的趋势会有用处。它会被培养，然后投入使用。当为其主人服务时，毫无疑问，他会在维护秩序、阻止分裂和反抗的掩盖下，成为一个为所欲为的人：政治和快乐交织在一起。我曾见过其他几个像你这样后背受伤的人，福尔摩斯先生。我见过更糟糕的。他的本性就是折磨别人；有人甚至称他为痛苦的行家——既擅长心理折磨又擅长肉体上的摧残，罪恶和羞耻的双重精神痛苦。当然他知道精神伤害会比肉体上的伤害持续更久。

"他在政府的批准下多年来一直为所欲为，已经不能控制自己伤害别人的欲望，而过去他是可以控制的。到这儿之后，他使劲去攥患有关节炎的安东尼修士的手。他还找到我们中一个曾受过怀疑的年轻修士，说了一些令其更加担心的事。类似的事件，小事，但是，在一个小社区差点造成死亡。第三天，我不得不让他知道我在盯着他。次日一早他就离开了。

我认为我们很幸运，只是丢了几件东西，大部分都能换。"

"院长，你们丢了什么？"

"正如你所说，两件道袍，一打大蜡烛和一些小蜡烛。"

"两件道袍？"

"两件。还有一根登山绳。"

"登山绳？"我打断道。这是我第二次说话，但登山的修士形象有些不协调。

"我们住在悬崖上，"马蒂亚斯院长微笑着指出，"有时我们需要救助贝都因部落迷路的孩子，挪动头顶上威胁我们安全或会造成屋顶瓦片损坏的巨石。一些年轻的修士喜欢这些工作。而且能赚到一小笔钱，"他说，然后转到福尔摩斯的问题，"我们的道袍不多。都是耶路撒冷的母修道院提供给我们的。"

"那个修道院的修士也穿同样的道袍吗？"

"当然。"

"啊。"

"是的。还有一件事。一幅小画像丢了。离开这个社区，这画就不值钱，但有很重要的历史意义，而且对我们来说很宝贵。一幅画，长六英寸，高八英寸，是圣母玛利亚的画像。"

"您有没有报警？"

院长只是苦笑了一下。在你能找到一个友好或愿意帮你的警察之前，你需要走很长一段路。

"神父，我能否提个建议，您应该提醒一下你们在耶路撒冷的母修道院，注意一下是否有陌生人冒充修士？"

"是的，我应该给他们写信。但是，耶路撒冷全都是穿着道袍的、来自世界各地的陌生人。"

"最后一件事。"听到他紧张的说话声，我不由自主地转向福尔摩斯。"您能给我描述一下这个人的长相吗？"

这个问题让院长惊讶地眯起了眼睛。"我以为你已经见到过他了。"

"我……遇到过他。如果再次听到他说话的声音,我就会认出他,我知道他身上的味道或者是他的脚步声,但我从没见过他。"福尔摩斯变得面无表情,脸像岩石一样坚硬,但他的下巴带着些许紧张。我又看了看那张圣母的画像,她似乎在告诉我,她以前也见到过福尔摩斯这样,但我并未因此而感到欣慰。

"我明白了。"院长说。

"我真的知道他许多事。我知道他大约四十年前出生在伊斯坦布尔附近。我知道他在德国读的大学,在布达佩斯待过一段时间。我知道他受过高等教育,认为自己是有修养的人。他和我差不多高,是右撇子。他嘴后部掉了两颗或三颗牙,他喜欢穿西服和软跟的靴子。他一天洗两次澡,用一种法国的发膏,抽很贵的土耳其香烟。我知道他广泛阅读欧洲哲学方面的书,他能流利地说德语、英语、土耳其语和其他三种阿拉伯方言,还会讲其他几种语言,但听起来不太舒服。我知道他用奖励和恐吓来控制自己的下属,他们都害怕他的脾气,他冷酷、恶毒而非暴力。我知道他喜欢让无辜的人痛苦。我知道他是一个危险分子。然而,我不知道他的长相,因为他从来没有……正面接近过我。"

我想,他正在向我讲述他经历了什么,而不是在回答院长的问题,然后我转向那幅画。将一个人的胳膊绑在一起吊起来,要是想转头的话,根本不可能;盯着一面白墙,遭受着一个人施加的痛苦,甚至看不到痛苦的来源和施加痛苦的人——不,院长是对的,这不是人——是个畜生,只不过讲话带口音,有飘忽不定的气味,会发出鞋子走路的声响和衣服的沙沙声。

院长眨了眨他蜥蜴般的眼睛："是你的耳朵和鼻子告诉了你这一切？"

"是大脑告诉我的。"福尔摩斯冷冷地答道。

"孩子，上帝给了你过人的天赋。"这次轮到福尔摩斯眨眼睛了。"正如你所说，这个人很高，可能比你矮一英寸，很重，但是不胖。他头发是黑色的，正开始变得稀少，皮肤有些黝黑，眼睛是黑色的。他胡子茂盛，但修剪整齐。他的脸并没有什么与众不同，但他的嘴巴暴露了他。他嘴唇很厚。他长着一张贪婪的嘴，永远都不满足。"

"如果没有胡子，他会以欧洲人的身份出现吗？"

"不，"院长答道，"不会的。"

因此，他不是那个在雅法和毛拉说话的人。

"有没有什么显眼的伤疤、记号、特点？"

院长想了想。"这里有个小伤疤。"他将手指放在他左眼的边缘，"还有一个记号，一个痣，在他胡子下面，在这儿。"他抬起下巴，轻轻拍了一下他喉咙的右侧。"还有，我记得他习惯在右手戴戒指，但在这儿逗留期间，他没戴。他手指上有个地方肤色比较浅。"他说。

"马蒂亚斯院长，您一定会成为一个好侦探。"福尔摩斯说。

"还有你，我的孩子，要是处在不同的环境下，你会是个好院长。"

我很久没听到福尔摩斯大笑了。他的笑声让我振作不少。

半圆的月亮照亮了我们的路，我们跟着一名困倦的修士，沿着一条小路走到我俩的房间——两个在山坡上挖出的洞穴。天很冷，但厚厚的被子能抵御严寒，我很快就睡着了。

晚上，我房间外的一阵骚动吵醒了我：福尔摩斯走了过去，在月光的照耀下我能看出是他。我从硬板小床上下来，走出房间,来到路上,看到他从我们居住的区域向着修道院的中心区走去。他停在了院长的房门外,他必定是轻声敲了门或小声叫了门,因为,不一会儿门打开,他进去了。一小时后我回屋睡觉,他仍在院长屋里。

第二天,直到阳光悄悄爬进洞穴的门我才醒来。我把一只爬进我靴子里的蝎子倒了出来,然后系紧头巾,走到室外,发现福尔摩斯正坐在他的房前,看着干谷里的小生命在我们面前穿梭。他看起来精力充沛:瘀青变淡了,眼睛又恢复了以往的清晰明亮。我坐在距他十英尺的地方,想问他深夜拜访院长的事。如果他是去打探消息,显然不会急迫到需要深夜拜访,但他也很可能是为了某种所谓的教牧关怀而去找的院长。如果是这样的话,我最好在他夜间出行时假装自己睡着了。我们一起坐在清晨的阳光下,思考着凯尔特干谷的生活。

太阳烤热了我们身边的岩石,一股温暖的尘土味夹杂着溪水底部潮湿石头的清新气味向我们扑来。我们的衣服闻着也是那个味道,但我已经习惯了。伴随着不时响起的有节奏的吟唱祈祷文的声音,一种带着教堂中焚香气味的空气顺着山谷而下。沉闷的钟声早早响起,和英国那响亮的钟声一点也不一样;现在我听到一阵小小的脚步声,是从一片裸露的灌木丛下面传来的,是一只棕色的小鸟在这片干枯的落叶中刨东西吃。其他的鸟儿在一棵棕榈树的叶子里争吵聊天,一只雄鹰乘着热气在我们头顶高高地盘旋,一对蜥蜴爬了出来,在岩石上晒太阳,一次我看到一个戴着头巾的人从对面河道边缘的小路上经过。我开始理解在沙漠中一名修士对房屋的渴求。但愿这誓言不包括服从……

早餐是面包、酸奶和杏干,饭后我们去和院长见最后一面。他拿着一封信迎接我们。

"这是给耶路撒冷修道院教友的。你能保证那儿的院长收到这封信吗？"

"当然。"福尔摩斯说，然后把它塞到长袍里。

"在这封信里，我提到了你们。你们在那个城市可能需要帮助。这封信将确保你们得到帮助。"

"谢谢您，院长。"

"孩子，我祝你狩猎成功。我会为你们祈祷的。"

"谢谢您。"

"还有你，我沉默的女儿。我怀疑你是一反常态的沉默。"现在这个老头眼中闪烁的光并没有一丝误解；这光一闪而过。"我祝福你。"

我不想让他失望，但我不得不温柔地告诉他："我不是基督徒，马蒂亚斯。"

"上帝是不会介意的，我的孩子。毕竟，在他成为我们的上帝之前，他就是你的上帝了。"

"那么我接受您的祝福，谢谢。"

"现在，在你们面前有一条布满灰尘的漫漫长路。我已经为你安排好了安全通道。没有装甲车，恐怕你们必须步行。但你们不用担心会被你们的敌人发现。卡西姆！"他呼喊道。

他身后的门打开了，一个贝都因人走了进来，长得特别像阿里。"这是卡西姆·伊本·拉海尔，"院长用阿拉伯语告诉我们，"他的族人要去耶路撒冷。你们会和他们一起走。卡西姆，这些是我的朋友。要像兄弟一样照顾他们。"

"我会谨遵您的嘱托，神父。"这个年轻人说，然后冲我们咧嘴一笑，让我怀疑他刚才讲的话是不是在愚弄我们。然而，这种因敬畏产生的感情非常适合我们。我们离开了马蒂亚斯院长和他的修道院，朝着耶路撒冷的方向开始了漫漫长路。

十八

耶路撒冷，三大宗教的中心，它不是一座娱乐之城。
——《巴勒斯坦和叙利亚旅行指南》1912年版

我们下午来到这座城市，在六顶贝都因帐篷、十只骆驼和不计其数的山羊和肥尾羊的陪伴下，从耶利哥城爬上了这满是灰尘的公路。这些贝都因人选择在一片过度放牧的平地上过夜，这里位于城市的东面，在阿波斯尔泉附近，那眼泉水里有许多小小的红色蠕虫。我们和族长（卡西姆的父亲）喝完最后一杯咖啡后，他赠给我们所有的骆驼、山羊和马，我们则回以自己微薄的财产，最后我们将对方赠予的礼物又返还了回去，还附带一个毫无意义且漫长痛苦的礼貌性声明，宣布自己毫无价值，永远是他的奴隶，以此来感谢他的热情款待，最后我们离开了。

我们向着夕阳走去，来到了橄榄山，在那里我们看到了横七竖八的坟墓和墓碑，耶路撒冷就在我们的脚下。

耶路撒冷是一颗宝石，虽然很小，但是灿烂无比，坚不可摧，和其他有价值的东西一样，充满危险。耶路撒冷位于犹大山地，是三个山谷交叉之处——汲沦谷、欣嫩子谷和长期被掩埋的提若坡阳谷——如今它已经从使其留存至今的四季如春的平原搬到了山上。当我第一次看到她时，她的一些建筑已有上千年的历史。从土耳其人占领这座城市开始，她已存在了四百零一年；从十字军东征至今，她已存在了八百二十年，当时十字军在哥弗雷的带领下屠杀了耶路撒冷城墙内所有的穆斯林和犹太教徒（和大量未被认出的当地基督徒）；距离罗马人最后一次将她彻底摧毁、夷为平地，已经过去了十八个半世纪，她仍旧屹立不倒。她有雅室，有高墙，仍是孕育三大宗教的圣城，有紧凑的圆屋顶、光塔和塔楼，有占据了大半个城市的广袤无垠的圣殿山。圣殿山被阿拉伯人称为复活教堂，是这个城市中最大的开放空间，一个敬奉神明的大礼堂，里面有陵墓、清真寺教堂和巨大的、闪着金光、镶嵌着图案的壮丽圆顶清真寺。

圆顶清真寺建于7世纪末，建设它的花费相当于全埃及七年的政府收入。圆顶清真寺呈八角形，有三个同心的舞台，中央就是那块岩石[1]，一块凹凸不平的灰色石板，大约四十五英尺长、六十英尺高。如果耶路撒冷是世界的中心，那么这块神圣的岩石就是这个中心里驱动生命血液的心脏。《塔木德》中宣称圆顶清真寺是地球的正中心。祭司麦基洗德在这里献祭，亚伯拉罕在这里准备将自己心爱的儿子以撒献给上帝，穆罕默德从这里骑着他的战马布拉克进入天堂。约柜也存放在此，传说至今仍埋在清真寺的地下，当敌人进入城门时，耶利米将它藏在了那里。圆顶清真寺里有天使加百列的手印和先知穆罕默德的脚印，远古传说，大洪水暴发时，圆顶清真寺曾在水上盘旋，也有说法指出圆顶清真寺坐落在一棵被天堂之水浇灌的棕榈树上，抑或它曾守卫着地狱之门。在圆顶清真寺下面有一个小洞穴，里面有大卫、所罗门、亚伯拉罕和以利亚在此祷告时用过的长椅；而在审判时，上帝的宝座会从圆顶清真寺上长出来。在模糊的记忆中，圆顶清真寺对人类来说，曾经是一块圣地，并且当我面前的城市再次被

---

[1] 圆顶清真寺英文为the Dome of the Rock，意为"岩石上的圆顶"，此处即指其名字中的岩石。——编者注

埋葬时——不论是被毁灭还是被改建得面目全非，它将继续是一块圣地。

在圣殿山的一侧，这座城市紧凑地簇拥在一起，远远望去全是白色涂料粉刷的圆顶和浅金色的石头。一阵柔和的微风吹来，我看到，随着夜幕的来临，这座城市慢慢变成深色。虽然城市里卡车乱窜，晚上炊火里冒出的灰尘和浓烟漫天，但当太阳落到她身后时，这座城市仍美得让我窒息。我的眼中噙着泪水，嘴边挂着赞美诗，作为一个犹太人，我第一次知道为什么犹太人会说我们将"在耶路撒冷遇见未来"。

太阳落了下去，灯都打开了，这时我才想起福尔摩斯，他坐在我身边的石墙上，抽着烟斗。

"福尔摩斯——对不起，你肯定饿了。它真太美了。"

"确实如此。"

"月亮不久之后就会……"我伤感地说。

他站了起来，在他的靴子上磕了磕烟斗。"明天我们就不用待在这个城市了。"他不耐烦地说，"我要去找个人卖给我们晚餐。这辈子我梦寐以求的就是能在橄榄山的坟堆里过夜。"我不顾他的嘲讽：这真是个恩赐，虽然给予的方式很没礼貌。我坐在那儿，等月亮爬上来，听着夜晚周遭的声音，朝圣者从约旦晚归，偶尔经过的军用卡车隆隆地开向伯利恒，现在我已经习惯了豺狗和驴子的叫声混合着宣礼吏的呼唤声、教堂的钟声和来自这城市七万人的轻轻嗡鸣。

我吃喝着福尔摩斯放在我手里的食物，披着他裹在我肩上厚厚的长袍，在一轮残月的照耀下，这座城市在沉睡，变了形状，我看着它，心醉神迷，直到清醒的阳光唤醒，她才恢复了原来的亮丽。福尔摩斯再次将食物塞到我手里，他不知从哪儿弄来一大杯咖啡。当我们对面的城市被卡车和驴子扬起的漫天灰尘遮蔽时，头上的太阳给我们带来了热量，我们起身，向耶路撒冷走去。

在过去的一年里，这座城市看起来比土耳其占领的整个时期都更加活跃，充满活力。在通往城市的道路上挤满了运送石块、木材和瓷砖瓦片的卡车，驮着石头、包裹和生活物资的驴和拿着一点东西、全身遮盖着的女人。到达谷底时，我们走到一辆从东部开来的大篷车和一辆司机带着最东部口音的军用卡车之间。我们跟着骆驼的步伐，绕着城墙走，最后到达雅法门。肺里满是灰尘，各种呼喊和诅咒的声音让我们的耳朵倍感难受。我觉得这不是耶路撒冷，我真想转身逃回那干净、简单、寂静、广袤无垠的沙漠。

我们从一队出租马车之间穿过，然后追寻着艾伦比的足迹步行进入耶路撒冷——真的是足迹，他把朝圣者的步行道路用足迹标示了出来。我们的右边屹立着堡垒，左边是圣墓教堂，前面是像迷宫一样杂乱无序的集市，一个不正规的市场以及各色商品和各种民族盘踞在我们四周。我什么都没看见。我并未注意到那些长着美丽面孔的科普特人和亚美尼亚人，也没对那些放在一只驴驮着的箩筐里，香味扑鼻的芝麻味烤圆面包留下任何印象，甚至没听到那奇怪单调的钟声、乞丐乞讨的哭泣声和各地的方言。我的整个生命和全部注意力都被挂在大新酒店门口的一个小小的、粗糙的字母标志所吸引：澡堂。

我突然意识到，除了在村子里洗了一个冷水坐浴之外，自从一周前离开艾伦比在海法的总部后，我还没洗过澡：我的头巾已经粘在我的头上，我的外衣已经粘到了我的肩膀上，我的手在皮肤打弯的地方起了一层黑色的皱褶，我的脸脏得满是结块的污泥，而且，轻轻拍打根本没法把这些污泥清除，我已经发臭了。甚至是福尔摩斯，伪装时，他总是能掌握诀窍，他拥有像猫一样的能力，在许多不可能的情况下保持洁净（如在他职业生涯的早期，他被安排和当地的一个小伙子住在达特姆尔高原的石屋里，他还能保持衣领和食物的洁净）。但甚至是他，从视觉和嗅觉上来看，现在也是脏兮兮的。他脸上的黑色并不都是染料和瘀伤。

"澡堂，福尔摩斯。"我屏住呼吸说。

"我不能带你去澡堂。"他一边心不在焉地说，一边扫视着我们周围。

"不是公共澡堂，福尔摩斯。一个澡堂，在酒店里，有门和锁。哦，福尔摩斯。"我抱怨道。

"耐心，罗素。哈！这是我们的人。"

我把眼睛从那诱人的标志上移开，顺着他的目光看过去，一个大约十岁的小伙子正跳下一面低矮的墙。这孩子朝着我们的方向后退了十几步，结束了和几个仍坐在墙头上，衣衫褴褛的脏孩子的激烈对话，然后转身背对着他们，越过一个乞丐的独腿和一个麻风病乞丐的手，爬到一只骆驼的肚子下，躲过骆驼主人扔向他的两颗石子，最后爬到一辆陆军参谋车的前端，来到我们面前。他脏兮兮的，穿着破衣服，和伦敦街头的流浪儿一样，然后反常地向我们咧嘴笑了笑，好像我们很熟悉一样。他看起来像是个扒手，长大了肯定会变成贼，接着我突然意识到他是阿里和马哈茂德的同事。

"我觉得你是在找人？"这个欢乐的阴谋家用英语说。

福尔摩斯伸出手，抓住了这小鬼的衣领，把他拽到自己面前，直到他俩的脸仅隔几英寸才停住。男孩的笑容消失了，他开始挣扎，福尔摩斯却抱着他，愤怒地发出嘶声，并用通俗的阿拉伯语说："如果你觉得我会和一头像你一样愚蠢的驴做交易的话，孩子，你真是笨得不该活在这世上，我真应该把你从这悲惨的境遇中解救出来。滚出我的视线。"他摇了摇男孩，放开他，我们看到男孩从肮脏的石头堆里站起来，然后逃跑了。"过来！"福尔摩斯说。我跟着他来到一个靠墙的凹洞，然后蹲在那儿，漫天的灰尘迎面扑来，我们的肚子空空如也，最终那个遭受体罚的小伙子又出现了，手里拿着一筐橘子。他向路人兜售了几个橘子，然后走到我们面前。

"雅法的橘子？"他说，这次说的是阿拉伯语，"汁多还甜。一皮阿斯特三个。"

"一皮阿斯特六个。"福尔摩斯砍价道，他看起来很无聊。

"四个。大的。"

"成交。"他们一手交钱一手交货；男孩消失了；我们继续坐着，拿起橘子。我把我的橘子放在手里滚来滚去，推测种植这特殊水果的人是否就是我眼看着流血至死的那个人，然后我用指甲剥开了橘子的外皮。看着我的手指在潮湿的橘子皮上留下的黑色污迹，我无奈地做了个鬼脸。我小心翼翼地分开橘子瓣，尽量不让我的手指触碰橘子的果肉。我俩一人吃了一个橘子，并在自己的长袍上擦净了手，福尔摩斯把剩下的两个橘子装进骡子身上的包内，接着把牵骡子的绳递给我，然后朝着那个男孩离开的方向走去。在这狭窄街道的尽头，那个小伙子随意地靠在墙边待着，空篮子藏在他的胳膊下，手里还拿着一个吃了一半的橘子。他根本没有抬头看我们，直接顺着墙边溜了。

他带我们沿着铺着鹅卵石的狭窄街道走了一小段距离，接着向左转，又向右转，带我们走了一圈，又回到了我们原来走过的大门。我们走进两扇高高的、结实的木门，里面是一个小小的铺满鹅卵石的院子，有马厩，有一个带盖的蓄水池，一些长在石墙上的裸露葡萄藤，还有几个窗户，所有这一切都没有粉刷涂料，而且大部分东西都暴露在飞舞的苍蝇面前，散发着各种气味。一段古老的木制楼梯摇摇欲坠地靠在右边的墙上，两段楼梯之后有一扇门，大约比地面高出二十英尺。楼梯的顶端,坐着阿里。

他看着我们进来,接着又将注意力拉回他正在雕刻的木头小人上,他用的雕刻刀是那把从腰带中取出的长刀,他曾用那把刀切洋葱、雕刻还有杀人。当太阳照在那邪恶的钢刀上时,我突然明白了他为什么要用同一把刀做这么多事,往往不合适的工作才能让他的手知道这把刀延伸的用途,用刀雕刻驴或是清洁手指甲都能让它在用到暴力上时变得更加精准。我用力咽了口唾沫,扭头看向别的地方。

马哈茂德不在这儿。我们的小淘气向导跑到楼梯上,坐在阿里身旁。阿里根本不理他,继续从那初露雏形的雕刻品上削下一片片像纸一样薄的木屑。我拿着牵骡子的绳站在那儿,呆呆地(不费过多的精力)看着,而福尔摩斯正在协商要两个房间。其实要一个房间会更理想,而且也不是太显眼,但我坚持要两间房,他也同意了,有点风险也是值得的。看到房间时,我很高兴,至少我不用与人共享这没窗户的小卧室和地板上这狭窄的单人垫子:如果轻描淡写地说,就一个字"小",如果说这个房间是从肮脏提升了一个等级的话,我们可以慷慨地称之为舒服。但是,这里似乎还有一些活蹦乱跳的小虫子,而且墙上和地上的污垢似乎只是尘土和碎片,并不是污物。

这里有一种或者说是两种澡堂:一种是在地下室,有一个潮湿的盥洗室,冷水从一根湿淋淋的绿色管子里喷涌而出,形成简陋的淋浴器;还有一种是露天的薄隔断后面放着个锡浴盆。我叹了口气,向地下室走去。

洗完澡后我变得精神抖擞,即使不是特别干净,我上楼,发现福尔摩斯正从楼上下来。他正在吹口哨。他看起来、闻起来都非常干净,虽然他还留着八字胡,但他那帅气的沾满盐和胡椒的络腮胡子已经被他那极其光滑的(即使仍旧很黑)

皮肤所取代。

"你洗澡了？"我问。

"一个舒服的热水澡。"他心情愉快地答道。

我怒视着他。

"一个用人从我的头上浇热水，另一个给我刮脸，还有一个男按摩师，如果他在伦敦最好的土耳其澡堂工作的话，定能赚一大笔钱。"

"祝你眼珠子越长越往里边凹，"我用阿拉伯语愤愤不平地抱怨道，"祝你头皮发痒，头发脱落。愿你一切安好，马哈茂德。"我补充道。他出现在我对面的门口，我跟他打了声招呼。我看到他的房间有两个窗户，还有一个通向楼梯的外门，在地板的中央还有一个漂亮的小炭火盆，快乐地燃烧着。

"早上好。"他回应道——当然，使用的是阳性词的词尾。现在我对阳性词已经非常习惯了。实际上，如果有人用阴性词称呼我，我很可能会转身寻找那个站在我身旁的女人。"你们吃了吗？"

"我们只吃了面包，还是在太阳升起时。"我告诉他。

"我们吃饭吧。"马哈茂德说，仍坐在楼梯顶端的阿里亲切地站了起来，斜靠在那快要散架的楼梯平台的顶端，向下面的院子大声咆哮说，我们想要食物和咖啡，先用茶，别等到几只秃鹰落到窗台上休息，才让我们吃上饭。交易达成，恶言换来了食物。很快阿里回到房间，然后向马哈茂德点了点头。我和他们一起坐在垫子上，几个熟悉的铺盖卷起来放在墙边。福尔摩斯走到窗口，向窗外瞥了一眼，先看了看院子，然后又向上看了看屋顶。

"有人知道我们在这儿吗？"他问。

马哈茂德答道："只有那个男孩和酒店老板。其他人知道我们在这个城市，但不知道具体位置。"

"这两个人可靠吗?"

"两个人都可靠,至死都不会背叛。"他知道福尔摩斯的意思,而且正在告诉他,虽然福尔摩斯被抓走,但这种事不会再发生第二次了——至少不会在马哈茂德眼皮底下发生。

福尔摩斯点点头:"还是不要让其他人知道了。"

"是。"

然后福尔摩斯才和我们一起坐到临时的长椅上。

"我们以为昨晚你们就能到。"阿里说。同样的话,如果从马哈茂德嘴里说出来,可能就是个问句,但从阿里嘴里说出来,它们就成为一种指责。然而,福尔摩斯没有任何反应,只是对质疑做出了答复。

"我们选择在橄榄山过夜。"

两个男人突然看向我们。"你们睡在坟堆里?"阿里问。

"我睡着了。我觉得罗素肯定没睡着。"

"你不……反对有鬼魂出现吧?"

"这很有趣,"福尔摩斯说,"安静。"

阿里看了我一眼,然后又看了一眼马哈茂德,取出他那绣花的烟草袋,卷了一支烟。我觉得他们惧怕墓地鬼魂的事真好笑,还以为什么事他们都能轻易搞定呢。

马哈茂德拿出他的念珠,用大拇指有条不紊地拨弄着。"你们发现了什么?"他问。

"很快了。一个假修士卷了进来。而且还有炸弹。"福尔摩斯答道,然后伸手去拿他的烟斗。马哈茂德似乎对这简洁的总结无动于衷。阿里等着,但福尔摩斯继续抽烟,没有细说。阿里开始变得语无伦次,就像楼下的淋浴器乱喷水一样。剩下的细节留给我去讲。

当讲到我们与修道院院长谈话的内容时,刚说了一半,马哈茂德就突然打断了我,大声问了一个问题,是关于纳布卢斯母马价钱的问题。我正犹豫,阿里走了进来,说了一句关于那只母马开裂蹄子的话,接着我听到上楼的声音。送饭的来了,香喷喷的米饭和新出炉的面包,鲜嫩多汁的煮羊肉搭配着洋葱、坚果和气味浓烈的绿色叶子,配菜是几小碗切碎的沙拉,还有新煮的茶可以为我们解渴,接着又上了一壶咖啡。我们都沉默不语,因为手头有严肃的事情需要处理。

之后,马哈茂德倒了咖啡,把一盘黏黏的甜品放在地毯中央。他把杯子递给阿里,然后是福尔摩斯,最后是我:这是他第一次将喝的东西递到我手里,而不是把它放在我面前的地毯上。我看着他的眼睛,点头致谢,然后心存感激地小口喝着温热的咖啡。

阿里吮吸着他手指上的蜂蜜,然后仔细地在长袍上擦了擦手指。"你为什么认为这一切都是一个带着炸弹的假修士干的?"他毫不掩饰地说出了自己的疑虑。

"只有这种推测才能符合所有的事实。"福尔摩斯答道。

"什么事实?"马哈茂德问。

"你已经看到了。雅法的谋杀,米哈伊尔的死,可能还有那个假毛拉的死,米哈伊尔失踪的笔记本,他包里的蜡烛,那个私盐犯的奇怪顾客,试图通过折磨我套出我口中的消息,让艾伦比将军四处奔忙的漫天谣言,凯尔特干谷的奇怪访客,还有丢失的道袍。"

"它们没有必然的联系,"马哈茂德温和地反对道,"在这里随时都在发生奇怪的事。你不了解这个国家,看起来都很奇怪,而且都有可能对你不利。"

"我对这个国家的了解不多,但是我对犯罪心理很了解。"

"犯罪心理。"阿里用鼻子哼了一声说道。

"你们不相信这里存在威胁。"福尔摩斯冷冷地说。

"威胁?这里总是威胁不断。这是一个充满威胁和血海深仇的国家，你监视着我，你的兄弟要为我的父亲报仇。"

"那起伏击呢？"

"哦，当然，那是政治方面的。但只有真主安拉知道他们的目的。"

"还有我的……审讯呢？"

"没有审讯，"阿里几乎要喊出来了，"那是这个国家的一些人为了找乐子才干的。你难道不明白吗，你个傻子？"

"辱骂别人而不去与人争论是心胸狭窄的表现。"福尔摩斯压低声音危险地说道。

"我道歉。但是我没看到——"

"你没有，对。但是你，"福尔摩斯转向马哈茂德说，"我觉得你有自己的想法。"

"'只有上帝才能确定，'"马哈茂德过了一会儿说道，"但你可能是对的。也许真的存在某种炸弹阴谋。然而，这不大可能立即发生；我们在此逗留期间，什么都没听说。"

"那个钟表匠呢，就是我们在报纸上发现他的广告的那个钟表匠？"我问他。阿里手腕上那块华丽金表的时间仍不对，但那并不意味着他们没去过钟表匠那儿；据我所知，他只是单纯为了装饰才戴的那块手表。

"他似乎只是一个商人。我们跟踪过他。"

"距艾伦比将军来访耶路撒冷只剩不到两周的时间。"福尔摩斯似乎一半是说给自己听的。

"已经提前到这周了。"阿里一边回答，一边伸手去拿咖啡壶，给自己又倒了一杯咖啡。

"什么？三天之内？"

"对。我觉得他——"

"但是为什么？他为什么改变计划？"

"他没通知我们原因。能提前通知我们就已经不错了。"

"那其他的目的地没有变吧?"福尔摩斯问,"见一些宗教领袖,游览西墙、圣殿山还有圣墓教堂,接着在总督府集合?"

"我想应该是,但我推测他还会在早上去做礼拜,他经常这么干,然后他可能会与总督、市长、穆夫提还有其他十几个人进行非正式谈话。"阿里对着他杯子吹了吹,尽管现在咖啡已经不热了,然后小心翼翼地小口喝着咖啡。"而且,被邀请参加此次游览的人数增加了。现在包括英国圣公会主教、东正教牧首、亚美尼亚牧首和总督斯托尔斯——"

"一场名副其实的众神聚会,"福尔摩斯无力地说,"唯独两个人没来,就是费萨尔和劳伦斯。"

"据说这两人会坐飞机从巴黎和会上赶过来,但不太可信。"

福尔摩斯染料下面的脸色变得苍白;马哈茂德在思考着什么,手指拨弄念珠的速度放缓;一想到巴勒斯坦的整个统治集团游走于二百五十磅下落不明的烈性炸药中,我就感到很不舒服;阿里挑衅地盯着福尔摩斯,拒绝承认任何令人忧心的理由。

"你们不喜欢我的推测,"福尔摩斯说,"因为它是我的。"

"我不喜欢是因为它是错的。你凭空编造出了一个反对艾伦比的阴谋。我需要看到一些客观可靠的东西。"

"如果你的兄弟马哈茂德发现了这个阴谋,你会相信他吗?"

阿里气愤地黑着脸:"你不是我兄弟,你不了解这个国家和它的状况。我没有理由听你的。"

福尔摩斯用那双灰色的眼睛盯着他,很快,阿里转移了自己的视线,尽管他很生气。"你就是个粪堆里的狗,篱笆上的公鸡,荡妇帽子上的孔雀。"福尔摩斯平静地说。和大部分阿拉伯语骂人的话一样，不需要翻译，也不带任何文化背景，但阿里就像被扇了一记耳光：他变得僵硬，脸色苍白，血液回冲，他移动着右手。

"我的兄弟。"马哈茂德嘟囔道。阿里的手僵在刀柄上。马哈茂德又说话了，用的语言是我曾在雅法的泥屋里听他们说过的；他说了三十秒钟，最后，阿里把眼神从福尔摩斯身上移开，似乎稍稍放松了一些。

"我的兄弟，"福尔摩斯说，他故意重复马哈茂德刚才说的阿拉伯语，"迈克罗夫特，如果艾伦比将军被杀的话，他不会高兴的，这里将埋下另一场战争的隐患。我不想惹我兄弟生气。"

阿里坐了一会儿，然后，令我惊讶的是，他的嘴唇抽动了一下。他把目光滑向马哈茂德坐着的地方，接着又回到了福尔摩斯身上。他把手从刀子上拿开，伸手去拍福尔摩斯肩膀，然后开始大笑。他拿起杯子，一饮而尽，牙齿间的缝隙从他黝黑的长满胡子的脸上露了出来。

永远，永远我都不会理解男人。

十九

语言是说话者表达他目的的方式。它之所以产生就是为了传达意思,它必须成为说话者身体某部分——即舌头的习惯。

——伊本·赫勒敦《历史绪论》

"距离艾伦比的小规模聚会还有三天,"福尔摩斯若有所思地说,"我需要信息。当打印机打印出来的时候,《巴勒斯坦新闻报》报道的消息就已经过时了,因此,这种消息就和国内新闻、食谱、广告类似。你有什么方法获得最新的有具体内容的新闻吗?"

"当然,有快信,你想要哪类新闻?"

"所有的。任何消息。一起持刀伤人事件、一场入室抢劫事件、重要人物的调情花边新闻、谢赫·哈基姆第二任妻子的开罗购物之旅、阿卜杜拉夫人儿子的奇怪失踪事件。"

马哈茂德对这些奇怪的小道消息耸耸肩,"当我想知道一件事时,我就会去理发店,那儿有一位特别专业的家伙,我认识。而且那儿总有个集市。"

"集市,"福尔摩斯说,然后嘲弄地笑了笑,"当然。我老了,无疑也傻了。然而,我还是想看一些你能找到的官方通讯。约书亚在这个城市里的人是谁?"

一名叫埃里森的办事员,在总督府工作。他在俄罗斯殖民地住宅区有一座房子和一个女人。他顺便告诉我,约书亚已经跟踪了我们向他提供名字的全部六名土耳其军官：其中五人死了，第六个在监狱里。当然，还有其他一些人至今仍下落不明，但只有经历一场惊人的失败以后，才能找到他们。

听到这条新闻，福尔摩斯心不在焉地点了点头："你相信这个职员埃里森吗？"

"我敢拿我的生命担保，而且不止一次。"

"在此事结束前，这可能比你的生死还要危险、还要重要。我们还需要一位炸弹专家，没准我们会找到一些需要拆除的炸弹。"

"阿里和我能做。"

福尔摩斯盯着他，见他胸有成竹，便微微点了点头。"现在，"他说，"我觉得我们已经告诉了你们我们所知道的一切了。我要去集市占个位置，喝咖啡、抽烟了，而你们要找出艾伦比预定计划的准确细节，还要听陌生人询问这些相关细节时的问话。"

"关于这个你凭空想象出的我们的土耳其敌人，你是不是一点可靠的信息都不知道？"阿里问，这次他问得很小心，没有一丝嘲讽。"你说他喜欢伤害别人，还有几个手下为他服务，包括一名政府里的英国人，他偷了一件道袍和一幅画像，他偷了一辆车和一些马匹。他可能是任何人。"

"他认为自己无所不能。他不是，但他既聪明又狡猾，而且当他摧毁掉一条生命时，完全冷血无情。他对这个国家极其了解，以至于让自己隐身于此，正如你所说，他有资源，既有人力资源，又有机械设备。他熟练掌握爆破技术，以至于在计划中加入了炸药。在罗马和大马士革符合这一切的人有一百人，"在阿里重复他的反对意见时，福尔摩斯首先表示了赞同。"我倾向于同意马蒂亚斯院长对这个人的评价，他说他和土耳其人一起工作，而且他专业的领域可能就是审讯。"

福尔摩斯面无表情地补充了最后一句话。

我觉得增添一些更加具体的细节可能会更有帮助。"福尔摩斯认为他的口音不是巴勒斯坦本地的,尽管他说的阿拉伯语完美无缺,他在土耳其和德国上过学。据院长说,这个男人大概四十岁,只比福尔摩斯矮一点,但比福尔摩斯重,而且皮肤黝黑。他头发和眼睛都是黑色的,他胡子下方的喉咙处长着一颗痣,还有一个伤疤在他——"我伸出右手的手指,放在我眼睛旁边,重复着马蒂亚斯院长之前的动作,然而我要说的话却被噎住了。

"上帝啊!"阿里惊叫道,猛地向我相反的方向倒去,就像被枪射中了似的。他的手迅速放在刀上,眼睛扫视着整个房间,眼神在马哈茂德身上和两扇门之间来回游移,好像期待着敌人突然闯入房间,到处都是敌人。另一方面,马哈茂德只是动了动手——他的左手,在我看来,他总是无意识地伸出手指触摸他脸上长长的伤疤。他面色苍白,脸颊突然变得憔悴,在他的脸上出现了我从未想过能看到的表情:恐惧。

"你认识他。"福尔摩斯说,这话说得有些多余。

"那个魔鬼!"阿里咒骂道,然后向地板上啐了一口,"报告说他死了。我们以为他死了。如果我知道他就在我们发现你的房子里……"

"他是谁?"

"他管自己叫卡里姆·贝。"马哈茂德的声音没有任何变化,"战争期间他就在耶路撒冷。城市里大部分人都不知道他是谁,以为只是一个普通土耳其军官。据说他对孩子们特别友好。然而,在不帮助孤儿院的时候,他是土耳其警方的第一个专用审讯官,到了战争期间,他便加入了土耳其军队。当其他人失败时,贝就会上场,他很少失败。"

"我明白了,"福尔摩斯说。我们沉默了一会儿,这种沉默让人感到很不舒服。"他那个时候胡子刮得很干净吗？"

"是的，很干净，"阿里愤愤地答道，"他的脸，他漂亮的衣服，他的手，总是很干净。"

"他现在有胡子了，而且他肯定也在其他方面伪装了自己，就像你所说的，尤其是他还在这里待过几年。他可能戴眼镜，把自己的皮肤涂黑，把他的土耳其毡帽换成缠头巾，诸如此类的一些事。至少某些时候，他会打扮成一名修士，对我们来说机会很好。如果他像你们说的那么注意卫生，那就说明了他为什么要两件道袍。"福尔摩斯刚要站起来，又停住和阿里说话，"你们现在相信我们有必要这么做了吗？"

"如果凯尔特干谷的修士看到的那个男人真像他所描述的，天啊，是的。非常肯定，迫切需要这么做。"

福尔摩斯点点头，然后站了起来。他迅速穿过走廊，进入他的房间，不一会儿又回来了，他把他的烟草和粗糙的卷烟纸塞进一个口袋，手里拿着他的羊皮外套，然后穿上。

"希望天黑前我能回来，"他告诉我，"如果发生任何事情，我会尽力传出消息。"

"等等，我去拿外套。"我说着站了起来。

"你去睡会儿觉，"他坚定地说，"如果马哈茂德带来任何报纸或急件，查阅一遍，看看有没有什么东西引起你的注意。"

"我不需要睡觉。"

"集市说闲话是一个人的工作，"（"一个人，"他又用阿拉伯语说。）"今晚我可能需要你帮忙。"我还没来得及想出任何清晰明了的反对意见，他就离开了。我确实很累，因此我穿过走廊，走进密不透风的卧室，把一个木楔卡在门下，裹着被子躺在垫子上，接着睡着了。

单调刺耳的钟声吵醒了我。门缝中漏出的光虽然昏暗，但很自然，而且光亮不是来自一盏灯。我伸展自己的身体，然后挠遍全身（这个房间并不像我想的那么乐观，还是有虫子），我将头发牢牢地固定在头巾内，最后把门上卡着的木楔踢飞。

现在仍是白天，但天马上就要黑了。没有福尔摩斯、阿里和马哈茂德的身影，而且自从我睡着以后，没有任何迹象表明他们回来过。我感觉自己很迟钝，想尿尿，我的牙齿上有毛。我拿起我的长袍，走下楼，去了厕所，然后用龙头里的水冲洗了我的嘴巴和脸，干净之后开始感觉自己像人了。我从来没午睡过。

当我在院子里往回走的时候，一扇开着的门内传来一个向我打招呼的声音，问我是否要喝茶。我很高兴地同意了，而且也确实这么做了，和带来茶的小男孩一起蹲靠在被太阳烤热的石头上。日光只不过比我们头顶上天空的深蓝色稍浅一点，但茶水有薄荷味，又辣又甜，让我重新恢复活力。我一边对茶吹气，一边咕嘟咕嘟地喝，其乐无穷。我还吃了一把他给我的蜜饯杏仁。我们礼貌地进行了五六次问候，问候对方的身体健康状况，并一再保证这茶是最令人满意最好喝的，感谢上帝，我问他是否见过个子高高的、戴着蓝色头巾的朋友。男孩伤心地告诉我，自从他看到这个人穿过大门，走到街上后，就再没见过他，但他向我保证，如果上帝允许的话，我的朋友很快就会回来。我怀疑即便是真主安拉，对夏洛克·福尔摩斯的行动也不会有什么影响，我想也许我应该自己出去找找看。

我感谢了这个男孩的热情款待，然后我们相互祝愿对方平安好运。当我走出大门，整理了一下肩膀上的长袍时，我突然想到，我刚刚与一个本地人进行了第一次真正的交流。

我们的旅店位于基督区的边缘，是一家很好的朝圣者旅店。我向雅法门的方向走去，在堡垒前一块空旷的空地上，我经过大新酒店，溜进集市，小心翼翼地在凹凸不平的湿滑石头路上行走，与其说这是街道，不如说这是楼梯。我两边是卖东西的小商贩，有地毯、衣服、珍珠母的小装饰品、铜锅和水烟筒。当一个欧洲女人和她的中尉男伴走近时，喧闹的叫嚷声——"小费！""看看我的地毯，夫人，质量最好！""从伯利恒运来的橄榄木，夫人！"汇成一个声音，就像一群乌鸦的叫声，预示着他们的顾客正走近。这两个人从我身边经过，没注意到我，女人看起来很烦，军官似乎恼羞成怒，我第一次真正感谢我这偶尔有些不方便的伪装：这里没人会对一个肮脏的阿拉伯青年多看一眼，都想让我远离他们，怕我抢他们的东西。

我信心大增，继续往前走，走到了一条店铺林立的小巷，穿过满是卖谷物、种子的商贩的街道，来到另一片区域，这里的街道非常狭窄，以至于那些木制格子箱式商铺的窗户在道路中间几乎碰到了一起。接着就是拱顶，开阔的街道变成了一条石头隧道。当运货的马车或一头拉车的驴经过时（有一次来了一个骑着马的警察），行人不得不挤到一边。我停在一个书摊旁，买了两个小东西，然后继续在街上溜达，一直走到卖肉的市场。我屏住呼吸，急忙穿过恶臭的空气和飞舞的苍蝇。当我来到水果摊时，我再次放慢了脚步，那里有许多水果，高高地堆在桌上。我在一个摊上买了几个干瘪的苹果，在另一个摊上买了一堆枣和一把甜杏仁。我一边啃着水果，一边走在各类商品中间，有带沿的帽子、鸭舌帽、头巾、围巾、黑色长袍和灰褐色的卡其布，我看到一个穿着短裙的苏格兰人，一个穿着刺绣长袍的摩洛哥人，一个犹太教哈西德派教徒穿着他最好的丝绸长袍，还有一个狂热的禁欲主义者，几乎什么都没穿。我沉浸在阿拉伯语的节奏中（能够听懂大部分），不时被孩子的哭闹声和偶尔的希伯来语咕哝声打断，我能闻到新鲜潮湿尘土的气味、臭汗味和年轻身体的气息，火药和汽油味，姜黄、藏红花、大蒜、烧香、酒和咖啡的气味，而且到处都是岩石、古老石头、新碾碎的碎石和最近新开凿的建筑的气味。

集市的尽头，我坐在一个高高的门阶上，吃着第二个苹果，看着耶路撒冷的居民各自忙碌着。六个衣衫褴褛的小孩尖叫着，在台阶上跑上跑下，追着一个磨破的高尔夫球；两个穿着闪闪发光白色长袍的老爷爷，专注地坐在内院下棋，捋着他们长长的胡子在认真思考；三位假装端庄的少女，脸上戴着面纱，当一对年轻英俊的男孩经过时，她们挤在一起，疯狂地咯咯直笑。一个警察从我身边路过，身后跟着一小群穿着时尚的游客，在寻找耶稣被绊倒并伸手的地方（当时四十英尺以上才是大街的路面）。

像这样待几分钟，可以让人忘却迷失在这些石头中的生命，两千年前的拿撒勒人耶稣，仅两个月前的英国人汤米。这里的和平是不稳定的，我们几个人都在为维护和平而战，我们要建立一块友善和安全的基石，愿子孙后代们可以站在这基石上越过血腥的过去。如果我们失败了，如果卡里姆·贝得逗，脆弱的政府体系将会崩溃，国家将会陷入混乱的状态，暴君将重返。人间地狱就潜伏在城门外。

我吃完苹果，看着游客们从我身旁经过。我觉得，如果他们不倍加小心的话，钱包定会被一个看上去正派斯文的扒手偷走。我把苹果核扔到排水沟里，然后跟着他们一起离开。夜幕即将来临，起初寻找福尔摩斯的目标早已从我的头脑中消失——在集市上走了一小时后，我不得不承认，我几乎没希望碰到他。我转身向基督区走去，但我走错了方向。

在一座不到一平方英里又有围墙的城市里真正迷失也很

困难，而且我记得在这座如迷宫一样的城市中穿过的主要街道的名字；然而，大部分街道没有标识也没有路灯，黑暗淹没了昏暗的小巷，我看错了路名，发现自己在一条胡同里，里面有几家锁了门的商店和一些人。我想知道这条路是否是条死胡同，于是将头扭向一家亮着灯的商店，然后对里面的人说："晚上好，大叔。请问，这条街是不是通向雅法门的？"

刹那间，我以为这个人认识我，他身材矮胖，高兴地看着我，但是当我凑近，看到他那不相称的礼帽下的脸时，我意识到他只是喝多了。他开始从他摞得很高的货堆里（帽子和披肩）伸出双手和我打招呼，嘴里说着一生都会像奴隶一样干活。我向后退了退，但如果不粗鲁无理地对待他，我就无法完全脱身，所以我让他抓住我的手并容许他大喊大叫，我向他微笑，点了点头，试图与他保持距离。这样僵持了一段时间，我开始觉得有点可笑。最终，我觉得我已经很礼貌了，所以我把两手高高举起，绕了一大圈，才把手从他的手中抽出来，接着我向后退了一步——直接退到另外两双手中，我又落入了两个友好的醉酒人手中。

上帝，当我尽力甩掉六只想抓住我的手时，我非常自责，是我自己来穆斯林区找酒鬼的。他们并未醉得一塌糊涂，只是有些失去理智，而且我承认，他们对我很友好。只是有些太过友好了。

但是所有美好的东西都必须结束，原因是显然没有人拿枪指着他们：三十六计，走为上策。我猛地弯下腰，向后从两个男人的胳膊底下退了出来——缠头巾差点从我头上掉下来。

在灯光的照耀下，看到我凌乱的金发，齐腰的辫子，这三个男人像猫头鹰一样眨着眼。其中一人惊讶地大叫，他们又向我走来。我向后退去，躲开他们，黑夜冷冽的空气让我的头感觉特别轻松，但我不想在走了大半个城市，丢了头巾的情况下回到旅店。我后退，然后又向后退，想用某种方法分散他们的注意力，或去一个足够宽敞的地方，能让我越过他们，并从地上抓起衣物逃跑。

当我摇摇晃晃后退，躲避着几双想抓我的手时，我的脚踩到了一些滑溜溜的垃圾，我滑倒了，飞了出去。我撞到了铺路石上，滚了出去，站起来时，我全身是伤，肮脏不堪，我生气了。这些商人似乎没带武器，然后我就开始做白日梦，想象着我打败这三个人时的快乐，突然我听到一个声音。

我能立刻辨认出这响亮的声音，不论在什么环境下，说什么语言：阿拉伯语、罗马尼亚语或国王式标准英语，在耶路撒冷或在伦敦地下的隧道，咒骂或哄骗、讥讽、傲慢以及生气。而在那一刻，我很高兴听到这声音。

"允许其他人加入这个游戏吗？"那个声音说。

这些商人没有继续大笑着向前走，他们开始伸长脖子寻找那个声音。我挺直身体。"福尔摩斯，谢——"我停住了，无疑我不假思索地说出了不符合语法规则的阿拉伯语，"我需要你的帮助。"

"是吗？"他慢吞吞地说，"你似乎做得很好。"

我现在有他了：在一扇防止两堵墙倒塌的石拱门上方，有一个漆黑的凹洞，他就在洞里。他的话分散了他们的注意力，这正是我所需要的：我用膝盖猛击一人的腹股沟，迅速抬起胳膊肘，猛击第二个人的鼻子，然后用肩膀猛撞第三个人的肚子，最后我抓起破烂的头巾，向上爬过货品和遮阳篷，站到高处。福尔摩斯把我往上拉了几英尺，趁着那些商人还没来得及喘气并提高警惕，我们越过屋顶，消失了。

当我们停在一件12世纪的石雕工艺品上时，我把头巾重新戴到头上。"虽然我不会问你是怎么找到我的，福尔摩斯，"

我说,"但你至少应该帮我一下。"

"什么,抢走你对付三个手无寸铁的大男人的满足感吗?"

他说得对。我独自一人完成的这件事,让我感到非常快乐。这是我第一次真正使用我所拥有的防身技能,"满足感"这个词的确用得恰到好处。当然,他们三个人全都喝醉了,体型肥胖,行动笨拙。"他们体型不算太大。"我反对道。借着附近窗口透出的微光,我发现了胳膊肘上的污点。"如果你能再多帮点忙,我就不会把这人的血弄得我满袖子都是。这血渍弄不掉的。"

"我相信如果你检查一下,你就会发现这血渍无比新鲜。"他委婉地说,我站起来,看到这血渍弄脏了我整件长袍。

"哦,上帝,福尔摩斯,好臭!这是什么?"

"最好别问。来。"

"我想回旅店。"我的那件长袍似乎已经脏得没法穿了,但现在对于我来说,那件长袍简直再干净不过。他并没有回答我的问题,只是在墙上晃动着腿,轻轻跳到下面的屋顶花园里,但我并未因此感到惊讶。我一边用阿拉伯语小声地咒骂着,一边在长袍上寻找一块干净的地方擦擦我的手,然后跟着福尔摩斯跳了下去。

我们重返犹太区的街道,选择走小路来到一个开阔之处。有几个人有目的地朝我们左边走去,从他们的口音判断,应该是波兰犹太人。我瞥了一眼他们的目的地,是两排房子中间的一个缺口。直到我们又向远处走了一点,看到逐渐上升的巨大圣殿山出现在我们面前,我才知道他们要去哪儿。我停下来听他们说话,能听懂他们在说什么。他们试图走出小巷到达天堂,越过犹太圣地对面房子的房顶。我的族人正在对着哭墙祈祷。

"'我们独自坐着哭泣,'"我背诵着明天安息日的祈祷文,

"'因为那被遗弃的宫殿。因为那被摧毁的圣殿。'"

"罗素。"福尔摩斯在我耳边严厉地说。两个人从我们身旁经过,他们穿着黑色的宽松长袍,戴着皮帽,停下来盯着这个背诵着希伯来语祈祷文的阿拉伯男孩。我礼貌地用希伯来语祝他们晚上好,他们相互看了看,然后逃走了。

"那样做绝非明智之举。"福尔摩斯评论道。

"'让和平和快乐重返耶路撒冷,'"我告诉他我有点头晕,"'让树枝开花。'"

"这正是我们试图实现的。"福尔摩斯说,托着我的胳膊肘把我从那个地方架走了。

"我们要去哪儿,福尔摩斯?"

"去见一个穆斯林女人,她的篮子被还了回来,然后去见一位对考古学感兴趣的亚美尼亚牧师。"

我静静地想着,为什么福尔摩斯唯一一次对我提出的简单问题给出了现成答案,却是如此神秘兮兮,像神谕一样难解呢?

"我们有时间吃饭吗?"我满怀期待地问。

"可能没有。"

要么神秘兮兮,要么令人沮丧。

二十

穆罕默德说:"每个婴儿降生时都处于自然状态。是他的父母让他成为一位犹太教徒或基督徒或异教徒。"

——伊本·赫勒敦《历史绪论》

福尔摩斯口中那个篮子重现的神秘穆斯林女人住在锡勒万或西罗亚村,和老城区之间隔着汲沦谷。我们从圣殿山最南端附近的粪厂门出去,沿着城市的外墙走了一会儿,接着向下来到一条有车辙印的小路上,这条小路是通向山谷的(虽然现在谷底有涓流,但通常情况下,这里是干燥的),我们沿着它来到山谷的另一端。在那儿,我们发现了一个墓葬镇,里面住着许多活人。这里的居民看上去和这背景一样危险,粗野暴躁,我只希望不会遭到任何攻击。

福尔摩斯似乎多少知道一些我们要去哪儿。在村庄尽头,他停了下来,向一个孩子打听"阿卜杜勒丑寡妇"的房子在哪儿。

似乎这个寡妇就住在其中的一个墓穴里。一个男孩回应了我们,他大约十岁,满脸狐疑地打量着我俩,为什么天黑以后会有两个陌生人来看望这个寡妇?然而,福尔摩斯用温柔而坚决的态度向他保证我们只说几句话,而且乐意在外面交流,并且他提到了铜钱,不知道是哪个原因软化了这个小伙子男子汉的一面,一会儿,他的妈妈出现了,她用布包着脸,一直包到眉毛,紧张地蹲在坟墓曾经的入口内,而我们则礼貌地待在外面。

"夫人,我们对你篮子的故事很感兴趣,"福尔摩斯说道。母亲和儿子窃窃私语的声音打破了沉寂。他补充说,"夫人,我向你保证我不是疯子。我也有一个东西被拿走,然后又被放回原位,今天我在集市上听到你的故事,我非常感兴趣。我相信这只是一些淘气的男孩做的,但如果一个男孩正在制造事端,我们最好早点知道,虽然他还小,你不同意吗?抚养男孩总是要经历一些艰难时期。外面的诱惑很多,他们不懂得尊重长辈。"

在贝克街上的那些日子,福尔摩斯最能体验为人父母的感觉。当时他曾雇佣饥饿的流浪儿替他做事。他究竟是如何知道这个话题会引起他和一个目不识丁的阿拉伯女人的共鸣的,我无从知晓,但它确实奏效了。她立刻投入到这悲伤的话题中,诉说着如今抚养孩子的不易,她说的话我曾在20世纪的画室中听过,也曾在古埃及父母写的象形文字书信中读过。她说了五遍"他是个好男孩",福尔摩斯打断了她。

"夫人,我还是想知道你篮子的事,你把它们弄丢了?"

"它们被偷了,"她回应道,一提到这事她就变得义愤填膺,从她儿子转动的眼珠判断,他们有许多事想倾诉。"篮子是从我的墙上偷走的,我前面的墙,就是现在这位礼貌的先生坐着的地方上方。"从她遮蔽身体的衣服里伸出一双手,指向上面。我们向上看,看到一枚扭曲的钉子钉在我们头顶上的石墙间。

"你为什么要把它们放在外面的街上?"

"它们很脏,我不想把它们放在屋里。我喜欢干净的房子,先生,虽然很难保持干净,两个孩子整天在家里跑来跑去。"

"你做什么工作?"

"我能找到什么就做什么,"她简单地答道,"我为洗衣工米里亚姆洗衣服,捡碎布,砸石块。"

"这些篮子是你和洗衣工米里亚姆工作时用的吗?"

"不是!上帝啊!这些篮子很脏,又旧又破,一点都不好看,只能用来装石头和土。我都想不到会有人偷这么丑的东西。"

"那你用它们装石头和土?"

"石匠达乌德的儿子是我丈夫的朋友。当我需要工作时,老达乌德会给我提供工作。这工作很艰苦,当我做完一天的工作后,我的手和肩膀都会疼痛,但薪酬很高,我的孩子们必须吃饭。"

"但篮子回来了。它们丢了多久?"

"哦,一个月?也许更久。"她问她的儿子丢了多久,但他也不确定。"也许是一个月或六个星期。"

"那么篮子刚刚回来。"

"被丢在了门口。"她赞同道。

"和它们被拿走时的情况一样?"

"哦,不,"她轻蔑地说,"它们被绑在了一起。"

"夫人,那么,你又把它们扔了吗?"福尔摩斯的声音和原来一样,显得漫不经心,但我能听出他提问时的紧张。

"我本来打算扔了的,但我确实需要为鸡准备一个新鸡窝。虽然两个绑在一起的篮子不如一个篮子好,但总比只有树枝的鸡窝要强。"

"夫人,我想买其中的一个篮子。"

他们沉默良久,接着怀疑地问道:"为什么?"

"用它来谴责那些玩恶作剧的男孩,如果我能找到他们的话。"他毫不迟疑地说。

接下来的沉默比上次时间要短,接着沉默被一阵低语声打断。

"你出多少钱买鸡下面的篮子？"

"你买一个新篮子花多少钱？"福尔摩斯反问道。

"一……两块钱。"短暂的犹豫之后她说道。

"我出两倍的价钱，"福尔摩斯开出两倍的价钱（我怀疑他钱包里根本没那么多钱）。"买鸡身底下最破的那个篮子。"他补充说。

唯一回应我们的是屋内的一阵躁动，接着是良久的沉默。我们坐在那儿等待着，接着她又站在门口，手里拿着一圈磨损破旧、扭曲变形的芦苇。看得出，鸡和这家人一起在屋内生活。她把它递给福尔摩斯，福尔摩斯将它放在我俩之间的空地上。作为一件家用器具，它有许多不足之处，篮子上部的残余部分并不能完全防止母鸡的粪便掉下来，但当初这篮子还是很耐用的，而且非常有用，我能明白为什么她会继续用这个残破的篮子，而不是把它扔给附近的山羊啃食。

"你们看，"她充满歉意地对我们说道，"根本没必要修它。"

"是的。但是夫人，现在你能买一个新的了。"他伸手从自己的钱包内拿出了两倍价钱的钱币。男孩皱了皱眉头，母亲犹豫了一下，但他们是出于不同的原因。

"太多了，"她坦白道，"只要四分之一的价钱，我就能买芦苇编三个篮子了，而且这篮子太旧了，根本没法再编成筐。"这个男孩看到福尔摩斯把钱币放回了钱包，于是开始痛斥他的母亲，但当福尔摩斯再次掏出钱放到这女人手中时，男孩沉默了。女人看着手中那枚皮阿斯特银币，然后又看了看福尔摩斯。

"因为你的诚实，夫人。"他告诉她。他看着她的儿子，批评性地补充道，"诚实的回报更多。"

带着他们的祝福，我们离开了，听着夜晚的嘈杂声和众多山羊脖铃发出的叮当声，闻着各种烹饪的味道，福尔摩斯一只胳膊挎着篮子，我们开始下山。在干谷的另一边，我用阿拉伯语小心翼翼地问福尔摩斯："我们能去左边走吗？"我们转到左边，来到一个花园，里面有一条小溪，在小溪的顶端，有一个长方形的水池，水池四周是一些低矮的建筑。水池中的水倒映出一轮一动不动的半圆月，而且水池中的水看起来比实际水深要深很多。我们肩并肩地靠在栏杆上。

"你今天见到马哈茂德口中那位非常值得信赖的职员了吗？"我问他。

"当然。伯特伦·埃里森是一名肯特州的棒小伙，他在伦敦大学取得了二级学士学位，然后成了一名政府官员。他十年前来到开罗，去年跟随政府的法律事务所来到这儿。他背地里与一个比他大三岁的俄罗斯女人住在一起，虽然他在基督区也有住所。他将基督区的住所当作他的正式住址。"

"一个有小秘密的普通挑剔的政府小职员。"

"似乎是这样。"

"他正好效力于约书亚，通过约书亚为大魔术师艾伦比效劳。"

我感觉到他在微笑。他拿出一支卷好的香烟放在嘴边。

"我们为什么要站在这儿看水池，罗素？"

"这是西罗亚水池。"我告诉他。

"我看到了，它是一个水池。"

"在《约翰福音》里，生来就双目失明的人会在哪儿被医治好？"

"这很重要吗？"他开始失去耐心。

"这很有趣，因为在二十六个世纪以前，希西家王时期，这水通过横穿固体岩石的地下隧道，从三百五十码远的基训泉流到这里。那时城墙就在这下面，即便是被围攻，这个奇迹工程依然能保证城墙内的供水。希西家王的工人从隧道两端开始挖掘——在他们相遇的位置有一段铭文。我记得曾读过，在19世纪80年代，一个美国男孩穿过隧道并发现了铭文。不可避免的是，消息传开后，小偷来到地下，斫下了墙上的铭文。我想现在这铭文应该在伊斯坦布尔。"

"真是一个引人入胜的故事。"

"很启发人的故事，有人可能会说：这是这个国家一个很好的隐藏资源的先例。"

"研究历史一直是一件值得努力的事。"他虔诚地赞同道。

"但是，研究历史也不能让我们轻而易举地从一群人中找出叛徒，从一千个人中找出那个'穿西装的男人'。"

"而且不管背叛了什么，背叛的那个人定是和我们亲近的心腹，他能不受惩罚地挥舞匕首。"

"但是，我已经说过了，马哈茂德是最难被欺骗的人，他说他相信埃里森。"

"确实如此。"他最后深吸了一口烟，在我阻拦他的手之前，他把那燃烧着的烟头扔到了池塘里，烟头突然发出嘶嘶声，然后熄灭了。

"我们现在可以走了吗？"他问道。

我站直身体，不再倚靠栏杆，最后看了一眼池塘顶端那黑漆漆的洞。"听说穿过那条隧道很危险，基训泉的水会突然升高，然后淹没隧道。"

"很遗憾，我们没有闲工夫去探险，罗素。这很有吸引力，因为会冒着在地下几百英尺被淹死的危险。"这次他没有问我，只是开始沿着陡峭的山路向粪厂门走去。

我们一进入城墙就向左转，穿过仙人掌丛林和一堆建筑垃圾，远离圣地和哭墙，朝着通常被称为亚美尼亚人社区的地方走去，现在这里都是四年前为了逃离土耳其屠杀而涌入的难民，当时的屠杀造成了一百多万人死亡。这里的灯光稀疏昏暗，道路蜿蜒曲折，但福尔摩斯的方向感和以前一样强，几分钟后，我们结束了今晚所有的事情，来到了一座教堂里。

它是教堂中的一个小珠宝盒，头顶上有几条由一千个闪闪发光的灯穿成的链子，散发出历史悠久的香气。很明显，现在是休息时间，因为屋里只有几个人，他们都不满地盯着我们。其中一人从后面穿过一扇门，一会儿又带着一位令人敬畏的神父回来了。神父穿着一件黑色的长袍，长着黑胡须，黑眼睛，黑灰的头发，他向我们冲过来，把我们赶到了街上。然而，令我惊讶的是，他并没有把我们留下不管。相反，他跟着我们出来了，抓住福尔摩斯的胳膊肘，把我们带到教堂的角落，穿过一扇小门，来到了一个私人花园。然后他转身抱住福尔摩斯，热情地拍了拍他的胸，这肯定让福尔摩斯还未愈合的后背很疼。在我看来，这位神父向福尔摩斯打招呼的方式并不太热情，只是刚刚好，但很显然他和福尔摩斯是老熟人。

"我的老朋友，"他大叫道，"很高兴收到你的消息。有半辈子没见了！来，我们喝茶。但首先你可能想去洗洗手。"说这话时他甚至没看我的衣服，但也许我能想象到他鼻孔在抽搐。

"这是我的同伴兼学生，阿米尔。阿米尔，德米特里神父。阿米尔是个笨家伙，他在集市上摔倒了。"福尔摩斯告诉这位神父。他半真半假的叙述以及隐瞒了我的真实身份，告诫了我他们之间的友情是有限的。

即使是为我提供冷水和像石头一样坚硬的肥皂，我都会很感激，但至于我的衣服，就别无他法了，只能希望衣服足够干燥，不会在屋主人的家具上留下任何污渍。

我们在又小又拥挤的书房内喝茶，吃着亚美尼亚的糕点，直到我感觉肚子要爆炸了,他俩谈论着过去的人和事。听他们讲的话,我才明白福尔摩斯之所以能在这个城市轻而易举地找到路,不是因为他把怀里的地图背下来了,而是因为他以前来过这儿。不知何故,他从来没跟我提过。

"那么,"最终神父一边拍打着自己的膝盖,一边说,"究竟是什么让你这么多年后再次到访我家?也许和你椅子下面的东西有关吧?"

福尔摩斯踢了一下他放在自己椅子下的篮子。"这个?这是另一件事了。"

"我想,这是否是同样的事?就是你不愿意告诉我。"神父扬起了智慧的眉毛:他真是了解福尔摩斯。"我想可能是你心中的一个小难题——也许是一位失踪朋友戴着的一顶帽子?许多年前就是这件事把你带到我这儿的。但是,不。今天肯定是其他一些让你感兴趣的事。"

这篮子确实看起来很像一顶草帽,是一顶被卡车碾压过的草帽,尽管神父一直对他客人椅子下面的东西很好奇,但他很礼貌,没有再提起它。福尔摩斯也没有提起。相反,他聊的话题听起来像是另一轮当地的八卦,但我很快意识到,并非如此。

"最近考古学方面发生了什么事?"他问,"我知道战争期间,所有的事都停了,但考古现在又开始了吗?"

"只是一些准备性工作而已,我的朋友。调查与探索。当然,几年前,德国人就做了许多前期准备,现在呢?"德米特里神父耸了耸肩,噘起了他布满胡子的嘴唇。"现在英国人在管理这个国家,他们不着急。"

"在耶路撒冷地区的哪些地方?"

神父开始缓缓露出微笑。"我们只对有人的地方感兴趣,不是吗?"

"正如你可能记得的，我一直对考古学感兴趣。"

神父又轻快地瞟了一眼福尔摩斯椅子下的东西，接着又移开了眼睛。我想在耶路撒冷，当然还有去过建筑工地或考古挖掘现场的人，没人会将一个篮子误认成一顶帽子。

"他想知道挖掘现场在哪儿。"德米特里神父对着天花板说。他站了起来，走到书桌后面的墙边，从书架的顶端拿下一个管状物。他将他的手指滑入管子内，从一端快速地举起管子，从另一端拉开了这卷地图。他手法熟练，就像已经做过一千次，他把手指放在地图顶端，快速展开了剩下那部分还卷着的地图，好让露到外面的地图在桌上铺开，然后他将剩余的地图从起保护作用的管子内敲出，整卷地图完全在桌上展开。

我们正看着一幅超级大的地图，是这座城市及周边环境的地图。随着楼宇、街道的出现，他用一支钢笔更新这个地图，在新城区的城墙外增添了许多建筑物和街道。地图上有丰富的信息。他在地图的四角放了重物，以免地图卷起，然后他捋着胡子站着。

"这里，"他摸着地图上的一块区域说道，"这里。这里。这里。这里，去年夏天只持续了很短的一段时间。当然，现在没有什么了。现在太潮湿。"

福尔摩斯端详着这张地图，什么都没说，但是流露出不悦的表情。他最终问道："圣地附近没有吗？"

"南墙，但我重申一下，现在没有。"

"那它一定是个建筑工地。"

"在圣地附近？"

"你知道有什么工地吗？"

"有好几百个，"神父大笑着答道，笑声震得杯子都响了，"英国人正在重建这座城市，你不知道吗？集市都很干净，有大量新鲜的补给水源，新修的四通八达的道路，警察不会再抓人，而且不会像原来一样在老塞赖监狱将犯人打得血肉模糊——不管怎样，不像原来那么频繁了。自从圣诞节就没清空过的污水池也被清干净了。艾伦比将军用了一把大扫帚。"

"有没有什么特别的项目需要带走大量碎石？"

"啊。"神父笑了笑，好像他已经用自己的方式成功诱使福尔摩斯承认了什么事。"有几个。但也许你正在想的是棉花集市。"

福尔摩斯点点头，好像并不是很满意，接着他将话题转移到一些无伤大雅的事上。后来，我们穿过漆黑死寂的城市回到旅店。旅店关门了，同样很黑，我们不得不敲门，之后一个男孩出来开门，让我们进去了。阿里和马哈茂德房间的门关上了。让我感到宽慰的是，福尔摩斯不得不向现实投降，我们径直回到各自房间的硬板床上睡了。

二十一

> 贝都因人的收入不多,因为他们生活的地方几乎不需要雇佣工作,而雇佣工作是利润的基础。
>
> ——伊本·赫勒敦《历史绪论》

第二天一大早,我就听到有人敲门,敲门的节奏我再熟悉不过了。

"起床,罗素!你有工作要忙。"

我把头发塞进头巾里,打开门,看到一个熟悉的身影:福尔摩斯,他不是从床上起来的,而是漫漫长夜后刚刚归来。我想知道他昨晚是否睡觉了。我打哈欠;他看上去很高兴,就像一只起得最早的鸟儿,在我周围高傲地晃来晃去。

"你是否准备给我拿点早餐然后告诉我发生了什么,福尔摩斯?"

"没时间。"

"福尔摩斯!"我反对道。

"你能找到去棉花集市的路吗?"

"棉花集市?呃——"

"沿着大卫街直走,经过希尔希拉街的尖角,再朝圣地走二百码,然后沿着河道向北走,在你的右边,你就能看到棉花集市,只要跟着织布机的声音走就能找到它。"

"为什么?"

"因为军队和红十字会已开始整修市场,想恢复它建立最初的目的，这样就能创造就业。"

"不，福尔摩斯，我为什么要去集市？"

"旅店老板已经在那儿给你安排了整修市场的工作。"

"工作？什么工作？我不会用织布机。今天不是星期五吗？我以为周五会停止所有工作。"

"你不用织布。当然，今天大部分人都是基督徒。很适合你；其他几天工作的大部分人都是阿拉伯妇女，你不适合。"

"但是我要做什么？"

"我觉得应该是搬运石头，然后把篮子里的石头倒在指定地点。"

"就干这个？什么，我们没钱了吗？我觉得我宁愿去乞讨。你肯定能给我化化妆，让我看起来像个麻风病人或被截肢的人或其他什么人。"

"不要孩子气，罗素。你要留心观察。你会看到一些不寻常的事。"

"所有事情都不寻常，福尔摩斯。"我指出。

他不顾我的讽刺。"你最好把你的眼镜留在这儿。"

"那我怎么观察？"

"听。感知。拜托，罗素，用用你的脑子。现在，你已经迟到了。去下面的院子里喝杯咖啡，下午见。"

"那你做什么？"我拼命叫喊。

他在他房门口停了下来，严厉地看着我："当然，我会睡觉的，罗素。你应该记得，我是一个刚从严重伤病中恢复过来的老人。我必须休息。"

他在我面前轻轻地关上了门。我站在古老的木门前待了一会儿，之后决定不妨听他的命令。当我回到床上，躺下搔痒纳闷时，我突然想明白了什么东西。我把眼镜折叠好放在一个袋子里，然后沿着那摇晃的楼梯走到下面，来到外面的集市上。

无疑，棉花集市的这个整修工程是在军队的支持下进行的。一个无聊的警官靠在墙边，抽着埃及香烟，看着妇女们和几个男人正在一条废弃的街道上清理碎石。

棉花集市是一个室内市场，在通道附近有一块肮脏的中古时代的破碎石头和一些腐烂的木材，可以看出，它们已经被遗弃多年。我能听到织机发出的有节奏的声响，这声音并非来自什么特别的地方，但似乎已与空气融为一体。棉花集市的这部分仍在等着翻新，两名拿着铁锹的卫兵站在队列的一端，一群背着箩筐的驴站在另一端，我们中间，站着一些工人，他们把重重的篮筐放在我的头顶上，让我们在驴子过不去的狭窄不平的路上运送碎石。

我已经想好了来这儿的理由，鉴于实际上我也不知道我为什么会来这儿，我觉得我想的这个理由简直太好了，就像一场精彩的演讲，但当我来到这个警官身边时，却迅速用蹩脚的阿拉伯英语说了另外一个理由。他对我的理由并不感兴趣。只是挥挥手让我去拿篮筐，都没看我，然后在铺路石上吐痰。我拿起一个篮筐，加入了沮丧的工人队列。

两小时后，我能明显感觉到我的头痛并未痊愈：那满载着潮湿土壤和石头的大篮筐压在我的头上，我的头并不乐意接受这份重量。我饥饿难耐，甚至是阿里做的那种一半烧焦一半没熟的面包我都极其渴望吃到，还有我的手、胳膊、肩膀和后背，就像在火上炙烤着，疼痛难耐。自去年夏天的大丰收以来，我就没有干过任何沉重的体力活：毕竟，我的职业是个学生。

然而，现在，牛津大学最优秀的学生之一正和一群不识字的耶路撒冷工人一起运石头。如果我回到那绿色宜人的海岸，我该如何向我的导师解释我长满茧子的手？为了暂避风头，我们逃到这里，即使是应对那些在英国追杀我们、不为人知却又无所不能的敌人都比现在干这个要强……

早上晚些时候，几个工人停下来抽烟聊天。为了不引人注意（就是不要将我精疲力竭的真实感受表现出来），我慢慢瘫坐在一堆胡乱摆放的铺路石上，尽力不颤抖。我的同伴们，六个女的和三个男的，已经把我当成了一个有语言障碍的愚蠢青年，他们隔着我各自攀谈起来。一个男的背上背着一个闪闪发光的奇妙装置，是一个精致的铜制品，正朝这条街走来，是个卖茶水的。他慢慢走到正在休息的工人队列中，收下每位顾客递来的钱币，等他们喝完茶，走到下一位顾客身边，倒满杯子，然后继续等待。我买了两杯茶水，正当想要第三杯时，一位天使出现了。

我旅店的朋友，那个厨师的助手来了，只见他从滑溜溜的鹅卵石上跳下来，往我大腿上放了一个带盖的大篮子，然后转身跑掉了。我得救了。

我还没来得及尝出味道，就已狼吞虎咽地吃下大半篮食物了，此时我的同事们径直走回各自的篮筐前。我不情愿地将食物放在一边，但吃下的食物已让我恢复体力。我对着面前的老妇人笑了笑。昏暗的集市似乎变得更加明亮。我也能听懂周围人说的话了。

即便是在男人面前，女人们谈论的话题也总是能令我大吃一惊。我们停下来吃午饭时，我对其中一些优秀女士的了解比我在牛津大学公寓里对那些我认为比较亲密的邻居们的了解还要多。那天早上我学了许多新单词，但事实上，对于一些单词的英文意思，我也只是猜测而已。很快就能发现，无论是这个警官还是这两个卫兵（他们正在接受挖石头的惩罚），说的都是阿拉伯语。他们可能会对那些评论的性质和喧闹的笑声提出质疑，但对此他们别无选择，只能故作镇定，装成是一个英国人。我开始自我享受，偶尔会大胆说出一些简短的评论，因为他们是基督徒，和一些穆斯林比起来，他们能更容易地接纳我这样一位男性。

干活干到一半时，有人说的一句话引起了我极大的兴趣。我们已完成了第一块地的清理，警官将我们赶到一个胡同的拐角处，一个女人饶有兴趣地看着一堆新泥土，然后平静地说："我们昨天搬的是同一堆土。"听到她这么说，另一个人回应道："前天也是。"

他们俩放声大笑，但当土壤被铲进我的篮筐和驴子背上的箩筐时，我凑近看了看这堆土。这土和我们之前搬运完的那堆土似乎真的不一样，这土更潮湿，而且不知为何，有机物比较少，但当我看到其他人将土壤放到驴背上时，我才意识到这土有什么不同。他们也注意到了自己篮筐里的土，因此没有直接将土扣到驴背上的箩筐中，而是将篮筐歪向一边，专心地摇动篮筐里的土，看着土慢慢倾倒而下。即使没有眼镜，我也能轻松看到他们态度的变化；然后，在驴附近，我前面的女人从她的空箩筐中迅速抢走了什么东西，匆忙地塞入长袍内。一个拇指大小的东西；我觉得是枚硬币，然后我才知道这土壤有什么不同：这是老土，这些精明的家伙都知道。

我差点错过埋在我篮筐中的宝藏，如果我的同事没有断定我只不过比傻子强一点的话，我本来会错过宝藏的。一个长得很难看的瘦小老太太倒完篮筐中的土壤后，停了下来，看着我往驴背上的箩筐内倒土。她的手动了动，但我篮子里的宝藏比她的先出现，她还没来得及抱怨咒骂，我就已经将宝藏藏好了。过了一会儿，我在门口停了下来，仔细检查了宝藏。我用大拇指刮掉它上面粘着的泥土，发现是一个小小的玻璃瓶，不到两英寸高。我感觉有人看着我，就把它放到我的口袋内，再次拿起篮筐。

吃午饭时，我迅速将剩余的食物大口塞进嘴里，然后坐下来，把篮筐放在膝盖上。我用潮湿的手指快速擦掉嘴边的食物碎屑，然后绞尽脑汁地想办法重提刚才那个女人谈论的话题，是有关再次出现的土壤的。可惜的是，这个女人在胡同的另一端待着，而我却与几个男人在距胡同另一端二十英尺的地方待着。男人们聊天的内容全是新一届政府种种不公和错误的做法，远不如胡同另一端传来的喋喋不休的声音有意思，直到一个老头突然开始背诵一首积极正面的史诗：一周前他的一只山羊丢了！第二天，他的邻居准备了一顿盛宴！烤全羊出现在菜单的显著位置！老人的孙子企图通过粗暴的方式解决此事！军事警察来了！他们停止了争吵！

他长而有力的朗诵终于结束了，还没等到其他人有喘息的机会，我就大声地评论，以防自己在说阿拉伯语时出现错误，我把舌头放在嘴巴前面，好为自己的错误找理由。

"前几周我妈妈丢了一只鸡，但偷鸡的人留下一个银手镯。"由这个苍白无力的故事所引发的这点流言蜚语既不热情也不恰当，当他们开始漫无目的地向另一条小路移动时，我又大声地评论，"我们认为这是恶魔所为。"如我所愿，当我提到一个令人生厌的恶魔时，整个胡同里的人都沉默了。

"恶魔为什么要留下一个银镯子？"我身旁的男人质问道。

"恶魔为什么要偷鸡？"我反问道，我的逻辑和他的一样。"恶魔总是制造麻烦。我妈妈的鸡给我们下了很多蛋，但这个银镯子，当她尝试将镯子卖了的时候，只会带来麻烦，因为路上的一个女人说我们的手镯是偷的。"

结果令人很满意。我们讲了十分钟有关错误指控和真实盗窃的故事，最后我推波助澜了一下。

"你为什么认为这些土堆在不断涌入棉花集市？掺和着旧硬币的新土堆？"

片刻沉默之后，人声嘈杂，最终一个男人掌握了话语权，因为他的肺活量比其他人要大。

"——这个硬币是给我兄弟的，我们将它清理干净，直到它闪闪发光，然后我们把硬币运到我兄弟媳妇的表弟那，他在塔里克·巴布·西蒂·玛丽亚有一家商店，靠近耶稣被绊倒的地方，战前那里有许多外国人用这些硬币买东西，现在他们又开始回来了。我兄弟媳妇的表弟上周刚将硬币卖给一个有钱的美国人，他得到两个金里拉，但他只给我和我的兄弟二十五美吉弟。"

其他人礼貌地等着，直到他说完，他们"哇！"的一声表示赞赏。他们所讲的故事内容都围绕着我所提出的中心议题，这藏有宝藏的土壤是被一些奇怪的不为人知的恶魔放在那儿的。但我并没有留心听他们说话，因为我的问题已经由最后一位说话的人回答了：是的，在我脚下的某个地方深深地埋藏着一个藏有宝藏的土壤层。

"我的父亲，"那个人说，"他的记忆力特别好，他在路边发现一个钱包，作为一名善良的基督徒，他老老实实地将这件事汇报给了警察，但警察打了他，把他扔进老塞赖监狱待了一周，警察说他从钱包里偷了一些硬币，而且还想因为上交钱包得到奖励，但实际上是那个警察偷了钱。当然，那些警察是土耳其人。"他忧郁地补充道。

"我母亲的父亲的第二个妻子！"其中的一个女人大喊道。

考古发掘的话题被反复讨论，直到我们的卫兵再次出现，命令我们回去工作，但我对自己的劳动成果相当满意：某人，在晚上，从地底下挖一定量的土放到地面上，然后拉走。也可能是，某人，从锡勒万的坟墓/房子的墙内借了两个篮子，他碰巧经过。在这之前，这个人借了两件道袍，一条绳子和一把蜡烛，因为他觉得他可能会用上这些东西，然后他从那儿经过。对某人的假设圆满地分散了我一时的注意力。我和其他人一起排队装满篮子，跟着他们倒垃圾，但我什么都没注意，直到感觉一只手搭在我的袖子上。

我低头看到旅店厨师助手那年轻稚嫩的面庞，我突然觉得我对他有着深厚的感情。

"旅店里的人叫你回去。"这个男孩说。

"谁叫我？"

"你的朋友。"

"我有好几个朋友呢。"

"你那个交往时间最长、戴着蓝色头巾的朋友，"他说，然后，由于某种原因，他用手捂住嘴巴，忍不住咯咯地笑了起来。

"我这就来。"我放下篮子，紧跟在他身后，走到那条狭窄的街道上。我在坑坑洼洼的道路上小心翼翼地走着，避免踩到路面上的洞（其中一位卫兵已经用上了镐）。在棉花商贩遍布的大街上，那位警官拦住了我。

"喂，你要去哪儿？"

"先生，有人叫我去别处。"我用流利的英语说道。

"你别说了。"

"恐怕我就要说。"

"半天是没有工钱的。要么全部都给你，要么什么都不给，这就是英王陛下的一贯作风。"我对他所说的话非常怀疑，但我并不打算因为这微薄的报酬与他争论。当我开始表达自己的想法时，我这位年轻的朋友把我推到一边，开始用甜言蜜语哄骗这位冷冰冰的警官。我将此事交给他，然后迅速溜到集市上，朝着雅法门走去。我觉得我听到了这位警官大喊大叫的声音，但我转过一个角落，没去管他们。

当我穿过大卫街的蔬菜市场，戴上了眼镜时，我才意识到，一个本地的工人宁愿不要工钱也要执意离开，可能会让这个英国士兵觉得可疑。我犹豫了一下，几乎转身回去，但福尔摩斯正在等我，而且那个男孩看起来足智多谋，肯定会从这棘手的局面中顺利脱身。我小跑着踏上大卫街的台阶，来到旅店。

二十二

随着文明的衰亡，土地的富饶也日渐消退。甘泉只存在于文明的国度，当国家变为废墟，泉水就会在地面消失，就像它们从没出现过一样。

——伊本·赫勒敦《历史绪论》

一辆军车停在旅店门外的街道上。这听起来似乎是件很正常的事，问题是这条街道不足八英尺宽，而这车的宽度超过五英尺，这就意味着一头载货的驴子必须卸下货物才能通过，除了最窄的马车，其他车辆都得转弯，另外择路绕行。想从这儿经过的路人大声叫喊、诅咒，或像乞丐一样哀求，但司机却充耳不闻，一手拿着一支香烟，一手拿着一本黄色封面的小说。我悄悄地走过去，穿过旅店厚重的木门，来到院子里，有点想知道是哪位军官可能到访此地。

我的好奇心没有持续多久。当我往顶楼走的时候，我柔软的靴子踏在破损的台阶上，发出摩擦声。我敲开福尔摩斯的门，走了进去——然后立马鞠躬道歉，惊慌失措地退到走廊里。

"先生，我万分抱歉，我恐怕走错了，我没想——"我关上门，站在门外，盯着门迷茫地看了很久。然后我才意识到，即使那位警官怀疑一个匆忙离开的劳工，也不可能反应如此迅速。排除了这个——我再次打开走错的房门，把头伸进去。"福尔摩斯？"

一个时髦阔气的人——闪闪发亮的高筒靴、干净整洁的卡其布制服、锃亮的腰带、硬挺的帽子、漂亮的发型、修剪整齐的胡子,手里拿的轻便手杖正优雅地拍打着他的裤子——转过身,脸上带着邪恶的笑容。

"天啊,福尔摩斯,你穿成这样到底要干什么?你会被逮捕的!"我见过他无数次的伪装,从假扮成吉卜赛人,扮演我父亲,到一位年老的酒色之徒,再到丰满漂亮的卖花女郎,但是,从他的个性考虑,没有一个装扮比这更稀奇古怪。

他只是站在那儿嘲笑我。"天啊,罗素!"他最终大笑着说,"即使这身昂贵的衣服会带来无尽的烦恼也是值得的,能看到你吓成这样真是难得。我不知道你会这样。你是偷偷摸摸溜走的,罗素。肯定是偷偷摸摸溜走的。"

我一点都不觉得好笑,于是把我的想法告诉了他:"你差点让我心力衰竭,福尔摩斯。我以为你来这儿是要逮捕我,因为我偷了文物。我应该举报你冒充警官。"

他擦了擦眼睛,擤了擤鼻子,开始摘掉自己的帽子和军用腰带。"我穿这套制服是经过最高权力机关批准的——虽然毫无疑问只是临时委任,"他补充道,"你偷了什么文物?"

我拿出用小手帕包裹的东西,蹲下来,在地板上打开手帕。我拿起那个小玻璃瓶来回检查,小心翼翼地擦掉外面的污物,但瓶颈上有一个裂缝,瓶子的一部分掉到了我的手指上。真可惜。

然而,尽管它已经四分五裂,但已向我传递了信息。

"这是一个罗马的瓶子,福尔摩斯。可能是3世纪或4世纪的。"

"然后呢?"

"那么一个中世纪集市里清理垃圾时怎么会出现这个东西?"

他弯腰坐在那低矮的小硬板床上,对于一个穿着僵硬的过膝长靴的人来说,这真是一个高难度的动作。"罗素,这里就你最懂历史。你觉得它为什么会出现在那里呢?"

我把碎成两半的瓶子放在脏兮兮的亚麻布碎片上,然后舒舒服服地坐在地板上。"这个可怜的小东西应该是在1600年左右被埋在地下的,而且我认为,它应该是在最近几个晚上才重见天日的。有人在清理地下的房间。"

"好。哦,很好,罗素。"

我准备开口分析我干活时头脑中已经设想好的某人性格,但我还没来得及说话,他就站了起来,戴上帽子,系上腰带。

"我七点钟派车来接你。现在"——他拍了拍衣服上的各个口袋,直到找到了他想要的东西。他将手指伸进口袋,拿出一块带链子的银表——"三点四十五。这个时间你还能小睡片刻,但我建议你在你的指甲上多花一些精力。"

我举起手看了看。确实,我的指甲真是糟糕透了,但是总之,它们让我的伪装更加逼真。

"为什么?"

"当然是因为我们要吃饭。"他惊讶地说,然后迅速将手杖夹到一只胳膊下。"是在美国殖民地。当然,不用穿得太正式。毕竟,战争刚结束不久。"

"哦,不。福尔摩斯,你不会说——"

他打开门。"我在你房间放了一件连衣裙。如果我忘了什么东西,你可以让厨师苏莱曼安排。咱们七点见。"

我真的想直接拒绝他这专横傲慢的召唤;我什么都不想做,只想摘下头巾,一头倒在我那沙沙作响的床上。然而,好奇心还是占了上风——还有那从未说出但已经付诸实施的挑战。

然而，我的指甲还是打败了我。最终，匆忙查看了我的阿拉伯语－英语字典之后，我来到阿里和马哈茂德的房间，因为我们大多数的行李都在那个屋里（他们不在屋里，但房门是开着的），然后我朝外面的楼梯处大喊，告诉厨师苏莱曼我需要一副女式手套，很快，他派一个小男孩去集市上买了。

我的头发同样很糟糕，但最终我把它梳成了一个时髦的发结，然后我对着那面斑驳的镜子挑剔地检查自己，这面镜子是福尔摩斯拿到我房间里的，同时他还带来了连衣裙、袜子、鞋、发夹、耳环以及所有为女士准备的行头。他知道这一套东西，因为曾经给过他：他甚至觉得还需要一瓶昂贵的香水，我肆无忌惮地用了起来。实际上，冷水并没有洗净我的脸。

但是，如果我没忘记自己是个女人，时刻注意自己的仪态，不蹲着，也不随心所欲地用华丽的阿拉伯语骂人，我觉得我还是能顺利通过的。这条连衣裙的款式早已过时，也许在这儿穿比在伦敦更适合，高领、长袖、低低的下摆。这是一件做工精致的衣服，深栗色掺杂着些许白色，裙子时而紧贴着我，时而随风飘动，将人们的目光从我浅色的皮肤上转移开来，即使涂抹再多的粉也不会让我的皮肤发亮。

我仔细检查了一下镜中的自己，心里有些不确定，怀疑福尔摩斯是否打算让我打扮得如此……有吸引力。年轻的女人似乎在回头看我，我应该说，很性感——放荡，甚至像是黄色小说里的某位欧亚性感女郎。总的来说，我想可能这种效果是碰巧出现的；如果他是故意想要这种效果的话，他可能会拿来一瓶护发素，好让我头发的金黄色看起来像是人为的。

备选的两副手套到了，不久，阿里和马哈茂德也在楼梯上出现了。他们站在门口，直勾勾地盯着我，但我并没有脸红。相反，我转过身向他俩征求意见。

"你们觉得这副白色的手套好,还是这副带花边的好?"

阿里只是直勾勾地看着。马哈茂德看了看那两副手套,嘴唇抽动了一下。我选择了那副带花边的长手套,因为它们戴起来相对较难,这样吃饭的时候戴着手套也是可以理解的。

这两个男人就像两只没有自我意识的猫,直直地瞪着我喷香水,用力把手套拉到位,然后检查发夹。最后阿里说:"路上有一辆车。"

"你为什么不早点说?"我生气地质问,赶紧披上晚会的斗篷,从他们身边挤过去,来到外面的楼梯间——现在天黑了,外面的人看到我并对我这位集市旅店的奇怪客人评头论足的概率会相对降低。当我小心翼翼地走下楼梯时,我听到马哈茂德在跟我说话。

"你头发的颜色就是所谓的'草莓金'?"他问道。

我停住了。"我想是。"我回答。他们没有再发问,我耸耸肩膀,继续下楼,但在我到达庭院的鹅卵石路面前,我听到一个陌生的声音充斥着整个肮脏的小院:是一个男高音唱歌的声音。他慢慢地唱出几句歌词,此时,另一个男中音的声音也加入了进来。"我与这位草莓金卷发的女孩跳舞,"他唱道,"乐队演奏……"古老的曲子跟着我一直来到门外,当我被司机扶上车时,他们不再唱歌,而是禁不住大笑起来。我摇摇头。我就像是与一对正处于青春期的男孩住在一起。而此时,福尔摩斯是最好的选择。

我们驱车穿过雅法门附近的城墙缺口,这个缺口是1898年为了让德国皇帝骑白马进入这座城市而凿开的。我在某个地方见过一张关于这个庆典的照片,这位穿着白色丝绸衣服的德国皇帝,在军乐队和阿拉伯骑兵的簇拥下走在前面,他的女眷们舒舒服服地坐在游览车里跟在他身后。当然,一旦进入城墙内,就没有车辆和军乐队通行的路了——在这座迷宫一样的城市中,我们的旅店远离喧嚣的都市,少有车辆通行。然而,尤其是在耶路撒冷,象征主义就是一切——这就解释了艾伦比将军十九年后从德国皇帝的同盟者手中夺取这座城市时,也选择凿出一个相对的入口。艾伦比将军穿着他那双满是灰尘的靴子爬上山,被一群和他一样的人簇拥着,他们都穿着在战场上磨破的旧卡其布军服。当他向聚集在一起的这座城市的代表们发表演说时,所有的盛况都被搁置在一旁,之后他谈到要继续解放巴勒斯坦其他尚未解放的地区。真是太象征主义了。

这块美国殖民地在老城区的北面,这和我听说的很像:一家美国人在19世纪80年代来到这里,在那个越发邪恶的时期,他们坚持积德行善。他们的主屋起初是一位土耳其的高级官员为他的几位妻子建造的,是一座两层的石头建筑,周边围绕着一座私人的庭院花园,从它的建筑特点来看,充满了东方的魅力。今晚很冷,尽管如此,我还是将斗篷放在车里,跟着一个年轻男人走了进去,尽管除了他的口音和肤色,他似乎更像是这家里的一员,而非仆人。我们穿过用高高的有东方韵味的通风拱门连接的房间,房间里摆放着维多利亚风格的沉重家具和种在铜锅里的一团团绿色植物,院子里到处都是闪闪发光的吊灯和火盆,在摇曳生姿的喷泉的装点下更显节日气氛。房子的女主人显然不知道我是谁,但还是彬彬有礼地接待了我,并向旁边所有的男性介绍我。花园里的大多数人都是男性,许多人都是佩戴着红色徽章的军官,这徽章表明他们是艾伦比将军的手下。他们中只有极少数人带了妻子,除了房主的女儿们和我以外,没有一个未婚女性在场。福尔摩斯也不在。我想知道他是否会出现,我是否被他抛弃于此,只能靠自己排忧解难,我根本不知道为什么要来这儿,来这儿要做什么,我感觉房子的主人肯定正在打听我这个混在他们中间、无人陪同并且有些可疑的年轻女子的身份。我必须振作起来，好好表现，但还是感觉有些尴尬。我心中暗暗咒骂，决定等福尔摩斯出现救我时，一定要让他吃些苦头。

我感觉越来越糟，突然一位帅气年轻的骑兵军官站在我面前，问我："罗素小姐，我能请你喝杯酒吗？"

"什么？"

看到我的反应，他因自信翘起的胡子似乎有些下垂。"呃，你的酒杯？我想知道你是否介意再喝一杯。也许，除了酒还有其他可以喝的东西。如果你喜欢的话，就这些。"

我深吸了一口气，然后呼气，将自己的烦恼撇到一边，低下下巴，接着抬头看着他的眼睛。"我很想再来一杯。"我对他轻声说道，我看见他粉红的面颊变得越来越红，他的胡子高兴地翘了起来。

他带回来的酒可能不算烈酒，但至少这酒既不甜也不醇香。我将整杯酒吞了下去，心里想着福尔摩斯留给我这身裙子和如此扎眼的耳环。如果我不得不扮演符合这身装扮的角色，那么就应该全心全意地去演。如果福尔摩斯想要我变成一位不是特别淑女的十九岁女士，那他一定会得偿所愿的。

最终福尔摩斯是在晚餐铃响十分钟前赶到的，我和福尔摩斯的出现让在场的各位大为吃惊，难分伯仲：我周围聚集了一大群年轻帅气献殷勤的军官，福尔摩斯走过来，高高地挑起眉毛，和他们打招呼。站在福尔摩斯身边的男人看了我一眼，我感觉脸颊通红。新来的两个人都没有向我打招呼，在福尔摩斯看来，我打算装成不认识他。而他的同伴根本没认出我。

高兴的女主人围着这新来的两个人，按照级别的高低，将他们介绍给了他们不认识的人（当然，福尔摩斯只认识其中很少一部分,而且没人认识他),直到他们来到我所在的圈子。这里都是下级军官,他们都像石头一样僵硬地站着。这位将军让他们放松的话并未对他们绷直的脊柱和结结巴巴的舌头产生任何影响。最终,该介绍我了。

"将军,这位是玛丽·罗素小姐,一位访客。罗素小姐,这是艾伦比将军。"当听到我名字时,这位将军的眉毛翘了起来;我们还没握手,他就厉害地咳了起来,忙用一块大手帕遮住了他脸的下半部。有人拿来了一杯水,然后试探性地拍了拍他的背。最后,他的眼睛湿润,闪烁着泪光。他伸出手,抓住我的手。

"很抱歉,小姐,呃,罗素小姐。"他面部扭曲,似乎正在控制另一次咳嗽的发作。"灰尘,你知道的。真是一个尘土飞扬的国家。"此时艾伦比很难控制住自己的嘴,所以我只好转向福尔摩斯,向他伸出我娇小的戴着蕾丝手套的手。

"这位是威廉·吉尔特中校,"我们的女主人连忙说,"他是新来的,罗素小姐。"她的话听起来非常不确定,不知道为什么会有这些奇怪的暗流搅动她平静如水的晚宴。福尔摩斯握着我的手微微地鞠了一躬。

"很高兴认识你。"他嘟囔道。

"中校。"我稍稍侧了一下头。

"希望我不会打搅你们的谈话。"他冷冷地说。

"哦,不,请加入我们的谈话。"

"也许得晚点。你说过你对考古学很感兴趣。"

"是的,"我乖乖地说,"我对这门学科充满绝对的热情。"

"也许我们饭后可以讨论一下。"

"期待与您愉快地交谈。"

"谢谢。裙子真迷人。"他扫了我一眼,演技真不错。我觉得我周围的年轻男士们有些躁动,但没人敢对一个穿着高级军官制服的人表现出的无礼提出反对,而且福尔摩斯对此心知肚明。然而,我是一个被满屋子男人羡慕和钦佩的女孩,我没必要搭理他。

"什么,这件过时的衣服?"我带重音地强调道,故意将我放在胸部的手滑到臀部。"这裙子一点也不好看。"他的眼睛变得忧郁,然后突然转身走开。我把双手放在胳膊肘下面,对着我的爱慕者们眨眨眼。"我们饭前再喝点酒好吗,男孩们?"

有迹象表明,他们匆忙重新安排了餐桌的座次,我发现我周围坐着的全是比我现在相处的这些低级军官年长的男人。我玩世不恭地想着是否要继续调情,但这想法只持续了一分钟;这样做的话对我的女主人来说有些太无情了。因此,我让裙子的高领变成娴静端庄的标志,而非挑逗诱惑,然后与他们礼貌地交谈了起来。

我的右边是一位年长而且有些耳聋的先生,是研究法律的,他啧啧地喝着汤,似乎完全没有意识到穿插在晚餐之中的谈话,因为他一直在跟他右边的同事说话,不曾搭理我。坐在我左边的先生也面临着双重压力。幸运的是,坐在我对面的男人注意到了我的困窘,努力将我带入他和他邻座的谈话中。

早在庭院里的时候,我就注意到了这个男人。他似乎是这个家庭中的一员,但他跟房屋的主人并非同一个民族,从外表来看应该是黎凡特人。我觉得,他应该五十多岁,比福尔摩斯稍小,是一位处事冷静、心平气和的人。他善于倾听别人,见解独到,甚至博学高明。他和他的同伴,法律部长诺曼·本特里奇(他的骆驼队负责把预言中所说的尼罗河的水带到耶路撒冷)正讨论打算在新城建一个大酒店,我心中想着福尔摩斯给我的考古学暗示——我调查的唯一线索——我向他们请教，在建筑工地的前期准备工作中，如何应对那烦人的考古遗址。

可以理解的是，这个男人似乎对我的问题大吃一惊。"您对建筑还是考古感兴趣？小姐，您姓——"

"罗素。哦，当然是考古。我想如果我是个男人的话，我会将我一生的时间用在地下挖掘，发掘我们祖先的生活，探寻古墓、隧道和其他一些东西。"

我已成功将他带入第一个陷阱。他伸手拿了一个烛台，将它移到我旁边，想看清我长什么样。"没有埋藏的宝藏吗，罗素小姐？对于业余的考古学家来说，宝藏通常更令他们感兴趣。我应该说，其中的一些，是女性。"

"哦，是吗？很有意思。但是，我不是特别关注黄金和类似的东西。我更喜欢日常用品、珠子项链、容器、石刻的厨神等。前几天我在土里发现了一个小小的罗马香水瓶——当然，是坏的，但比贵族们的珠宝首饰要货真价实得多。"

很快就能看出，耶路撒冷的每个人都对古董充满热情，我们很快成立了一个活跃的研讨小组，一边吃鱼喝汤，一边热烈讨论。女主人瞥了我们一眼，神态轻松但有些困惑。福尔摩斯坐在艾伦比将军的左边，偶尔若有所思地看向桌子的尽头。谈论的话题飞到了南方，他们谈到了埃及古墓的挖掘，但我又无情地将话题带回国内。

"坟墓很有趣，你们不这么认为吗？"我兴高采烈地问，"因此我喜欢黑暗和封闭的地方。我觉得这附近肯定也有许多这样的地方。咱们想想吧。"

"好，"坐在那个肤色较深的人左边的男人说，"你算是问对人了。雅各布，跟她说说你发现的希西家王隧道。"

我糟糕的表演从来没有成功钓上过大鱼；这次我是钓上黄金了。"你不是那个男孩吧？"

"那是很久以前了。"

"但你是那个男孩。你和你的朋友穿过了隧道。"

"更像是游过去的。恐怕桑普森是个不靠谱的家伙——他害怕隧道的黑暗,然后跑回家了。我们应该在半路相遇,但他始终没出现,最后我在西罗亚池的底部出现了。当我从洞口出来时,吓坏了那些正在洗衣服的可怜女士。她们认为我是个恶魔;很幸运,我成功脱身,只有几处擦伤而已。"

"前几天我还和一个朋友说,我多想穿越希西家王隧道。"

"罗素小姐,我怎么也不会想到这隧道能吸引一位年轻的女士。这是一场极其肮脏而且很不舒服的冒险。只适合年轻男孩。"在旁边听我们聊天的人咯咯地笑了出来,我想如果我把我这一天的活动描述给他们听,不知他或他们会怎么反应,但我只是回以微笑。他补充说:"我后来发现这实际上是一种相当危险的特技表演。圣母池的水有一个讨厌的习惯,在没有任何预兆的情况下,就会涨水,然后没过隧道的顶部。"

"耶路撒冷有许多这样的隧道吗?"

"像那样的隧道没有。旧城的大多数隧道要么是新铺设的地下管道,要么是掩埋在地下的房间。"

"管道。"

"例如希律王时期铺设的地下管道,将水从伯利恒水库引入。现在,这是个相当有趣的壮举。也许并不像西罗亚隧道那么令人印象深刻,但它是个好的实体工程。当然,现在它大多数废弃的部分已换上了新的英国管道。这真是一个天赐之物。为什么呢,去年夏天——"

"它们都是空的吗?"我打断道。

"什么?"

"这些旧的地下管道。现在里面有水吗,或者是空的?"

他向后坐了坐,噘起嘴。"你知道的,我对此一无所知。

我们曾经都对这类事情很感兴趣，当一些激动人心的东西被挖掘出来时，整个镇子里的人都会跑来看，但不知何故，在过去几年中，我们就不去了。你知道的，就像一个爱好，游客们总是在一旁观看，但就是没有时间或精力去细细探究。你知道的，这里从头到尾都非常糟糕。"

"那么，我明白了。"

"当然，不像你在伦敦，我们周围不会有炸弹落下来。"

战争期间，我在这座城市停留的时间很短，但我并不想纠正他的错误印象。

"是的，这里只有一些偏执狂的高级官员、不受控制的军队、疾病、干旱和饥饿。"我说道，然后用叉子扎了一块鲜美嫩滑的烤牛肉，送到自己嘴边。

"是的。不过，这已经结束了，不是吗？英国人在这里，这里有水和食物。他们甚至在照顾生病和受伤的人。也许我们本周可以抽出几个小时去放松一下。"

"好吧，如果最近你打算去地下郊游的话，记得通知我。"

"我会的。其实，为什么不定在下周呢？我们可以去所罗门采石场组织一次家庭野餐。一些年纪尚小的孩子们从来没去过那儿。要想清理入口的碎片并检查屋顶松动的岩石可能要花费几天的时间，但它肯定很有趣。你知道吗，我都记不清我们上次在那儿干了什么，总之很有趣。"他蜡黄色的脸颊顿时变得红润，看上去比以前更年轻了。

"所罗门采石场是什么？"

"是这座城市下方的一个巨大洞穴——它的入口在大马士革门附近。实际上它曾经是一个采石场，人们仍能看到那些凿痕和一些尚未完全分离的大石块，但它应该不是圣殿山巨石的来源地。在我印象中，那石头太软了。"

它应该是一个通向棉花集市的巨大洞穴，挖空了半座城市，但它是地下，地下正是我的兴趣所在。

"我对此很感兴趣。这个洞穴有多长？"

"我现在记不清它的准确长度了，也许是一百五十码，甚至是二百码。"我兴趣大增。在一个小城市中，五六百英尺是个合适的距离。

"怎么进去？"

"原来有个铁门，就在大马士革门的东面。实际上，我们在殖民地的商店原来出售过一法郎的门票。但自从战争发生后，就不卖了。让我问问——哦，老兄！最近你有没有注意到有游客进入棉花洞？没有？我不这么认为。我们只是想去那儿野餐。罗素小姐在这里——"

"你管它叫什么？"我急切地打断了他的话。

"叫什么？"我激动的声音让他很困惑。邻座的几个人看了我一眼，但我对此毫不介意。

"那个洞穴。你刚才叫它什么？"

"棉花洞吗？是的，那是它另外一个名字。没有所罗门采石场这个名字显得宏大，旅游书上是那么叫它的。本地人都叫它的阿拉伯语名字。棉花洞。"

二十三

> 只有当聚落文化在那座城市中维系很久时,艺术才能稳固建立。
>
> ——伊本·赫勒敦《历史绪论》

由于我意想不到的沉默,我们桌子这头的对话开始沉寂,直到我振作起来,张开嘴,做一些毫无意义的评论,例如,"很好。"此时,谈话的声音才渐渐高涨。但我不敢看桌子的另一端,我能感觉到福尔摩斯的眼睛在盯着我,但现在这都不重要。我们首先要挨过晚餐。

幸运的是,甜点已经摆上桌,紧接着是奶酪,然后我们女士就可以借故离开了。那么我应该逃跑吗?或者能在餐桌上得到更多的信息吗?不,那样做绝非明智之举;虽然福尔摩斯不在我身边,但是他时刻注意着我。我决定现在最好不要再继续追寻下去,尽量保持耐心,我转向坐在我左边的个子小小的、紧张的比利时人。"拉马尔丁先生,你来耶路撒冷做什么?"

当我们起身离开,留下这些先生们独自抽雪茄时,我再也没耐心在那儿多停留一刻。我心中带着一丝忧虑,紧跟着女主人;我向来不擅长与女人聊天,因为我的母亲去世前,我还没掌握与无业的家庭妇女聊天的艺术,因为她们除了针线活和孩子之外,没有任何话题可聊,而且,我今晚一开始就不太招她们喜欢。然而,我不必担心。事实上,我对这些女性印象深刻,尤其是刚来的海伦·本特里奇,战争期间她在英国的陆军运动中表现积极。这场战争改变了我们所有人,但这些女士们只是恭敬而有礼貌地问了几个浅显的问题,而我俩却高兴地火速投入到三四个不同主题的讨论中,其中主要的两个议题就是犹太复国主义与阿拉伯民族主义的关系以及面对未来的发展,如何保持老城区的历史纯度。我们有些不情愿地重新加入男人们的讨论。他们似乎一直在谈论板球。

"你聊得很愉快,是吗?"一位看上去很高兴的上校带着上升的语调问道,"带着婴儿和时髦的衣服去解决世界性的问题?"

在男人们咯咯的笑声中,我大声地说道:"实际上,我们正在讨论《贝尔福宣言》和巴黎和会的进展。要不要再来杯咖啡?"

我斜靠在餐柜前,然后从威廉·吉尔特中校的手中接过一杯咖啡。

"黑咖啡就可以,谢谢。"我告诉他。当我们周围聊天的声音再次高涨时,我对着杯子的边缘小声嘟囔道,"我猜如果吉尔特先生发现他在舞台上扮演的角色反过来要模仿他本人,他肯定非常开心。"真正的威廉·吉尔特是一位美国演员,曾经扮演过福尔摩斯,用了一点柯南·道尔的故事,并增加了一些离奇的情节。人们也许希望知道福尔摩斯对这些作品的看法。

"我觉得这只是公平而已。你对面的那位先生说了什么?"

"他说了很多事。"我微笑着穿过房间,来到那位对我爱慕的年轻骑兵军官的身边。当看到我和一位中校站在一起的时候,他变得有些害羞。

"罗素。"

"不要叫我'罗素'。如果我现在告诉你,你就会离开这里，两天之内都不让我看到。我刚刚在工作；我不打算让你把所有的乐子都抢去。"我把杯子放到桌上，转过身，微笑着迎接一个向我走近的男人，"斯托尔斯总督，您肯定对这城市取得的进展相当满意——至少我希望如此。我刚刚还在这儿和威廉·吉尔特中校说话呢——你知道威廉中校吗？是的，既然您提到了，他看起来有点像一位演员。多么有趣的巧合啊。我刚刚跟他说话还不到五分钟……"

福尔摩斯所能容忍的礼貌寒暄的时间是二十分钟。我只能指望这个了，让自己卷入一场从贫民窟中拯救阿拉伯女孩的愚蠢对话（这是梅杰夫人的话，不是我说的）的方法是教她们针线活，因为我知道，接下来的时间里，我肯定不再有耐心待在那儿。晚宴音乐的环节马上就要开始了。罗纳德·斯托尔斯准将，巴勒斯坦实际的统治者，坐在钢琴前准备弹奏《蝴蝶夫人》的选段"维多利亚"，此时福尔摩斯赫然出现在梅杰夫人和一位倾慕我的年轻军官中间，他向我露出牙齿，微微地笑了笑，紧张得就像在做鬼脸。

"你早些时候说过想搭车回城里。我现在要走了。"

"谢谢，中校。你真好。"我跟房子的主人和女主人告别，甩掉两位执着的倾慕者。当我走近门口时，那位考古的雅各布来到了门厅。

"怎么这么快就走了，罗素小姐？我们去所罗门采石场的活动考虑得怎么样？我怎么联系你？"

"哦，我——"

"在总督府留消息总是能联系到本人，你没发现吗，罗素小姐？"福尔摩斯流畅地说。

"是的。是的，好像是这样。你知道，我经常搬家。我下周甚至有可能不在耶路撒冷，但是非常感谢。"在我做出更傻的事之前，福尔摩斯将斗篷放到我的肩上，然后把我朝门的方向推去。

我在车上冻僵了，裹着薄薄的衣服，瑟瑟发抖。福尔摩斯的身上散发出一股更冷的寒气。

"我无意让你引起这么大骚动，罗素，"车子刚刚驶出大院，福尔摩斯就冷漠地低声说道，"这只是一次简单的收集信息的练习，并不是一场为期八周的舞会。"

"这条裙子是你选的，福尔摩斯，也许你没注意到，在整个城市中大概还生活着其他三名不到四十岁的英国女人，而且都已经有婚约。我怎么会引起这么大骚动？看样子，他们肯定会记住我，但不是因为我问了许多有关城市地下隧道的问题。你想让我给他们留下什么印象？"

他默默地听着我讲话，车内的温度渐渐上升了几度。"很好，"他说，"我知道你的想法了。下次，我会用心挑选你的裙子；我讨厌为你负责，讨厌看到你在晚宴上穿成那样在一群年轻男人面前招摇过市。我承认我没想到你穿上这裙子会是这个样子。"

我严厉地看着他，但由于光亮不足，看不清他的表情。他只是平淡地陈述着，既没有讽刺之意，也没有调侃的味道。如果是其他男人说这些话，我至少可以认为他已经注意到了我的样子，他已经赞赏——我迅速地坐直身体。够了。实际上，这一晚上的挑逗已经太多了。没在这儿待太久真是件好事，肯定不是以罗素小姐的身份：一群穿着制服的年轻男人以崇拜的目光看着你，真是一件令人兴奋的事。是时候换回我的长袍和头巾了。

我一定是叹了口气或是制造出了一些噪音。

"灰姑娘从舞会回到了家，嗯，罗素？"但是，他是微笑着说这话的。

现在已过了十一点，旅店的门再次紧闭。一个打哈欠的男孩听到了我们叫门，他打开门，递给我们一盏灯，然后跌跌撞撞地走了回去。在我房间的门口，我向福尔摩斯道晚安，在微弱的灯光下，他凝视着我，好像我疯了一样。

"我们还有工作要做，罗素。"

"上帝啊，福尔摩斯。你今天早上某时就跟我说过同样的话，从那时起我就在拼命干活。我头疼，肩膀疼，手疼；你昨晚没有睡觉吗？"

"你还年轻，罗素，"他粗暴地说，"你可以明天睡觉。"

"你打算——你就是这么打算的。我们出去。"

"先让我脱了这身荒唐的衣服。如果我是你，我也会这么做的。"他走进他的房间，我关上我房间的门，将木楔卡在门上，换上阿拉伯男孩的衣服。我固定好头巾，将木楔从门上拿开，迅速向后退了一步，此时另一扇门打开，一个贝都因人福尔摩斯走了出来。他轻轻关上房门，我们一起蹲坐在地板上，将油灯放在我俩之间。令人惊讶的是，这姿势真舒服。

"告诉我你考古的朋友说了什么。"他问道。

"这座城市北端的地下有山洞，就在大马士革门附近。旅游书上把它们叫所罗门采石场，但它们还有另一个名字，一个当地人知道的名字，叫棉花洞。"

他的眼睛闪闪发光。"真是让人浮想联翩。"

"我觉得也是。有个铁门可能被埋在垃圾下面了——他认为自从战争爆发前夕，这个洞就没人去过。它是一个大洞，在这座城市下面大约延伸了二百码。"

"到达棉花集市仍旧有一段距离。我想应该还有四五百码。"

"有趣，虽然名字很巧合。"我挑衅地说道。福尔摩斯不相信这是个巧合。他没有任何反应，只是坐下来，一分钟后他拿出烟斗，这样总是能加快他思考的速度。

"我们需要看些地图。"他说。我不动声色地听他说完。"在神父德米特里的地图里肯定有一张能展示这座城市的地下。"

"现在把他叫起来是不是有些太晚了？"

他皱了皱眉。"德米特里是一位很好的老人，但他与土耳其人有一些可疑的交易。"

"哦，一定不会的。"

"他的人民的福利是他唯一在乎的东西。即使是对老旧石头的热情也是排在亚美尼亚人后面的。有两次，可能有几次，他给土耳其人……他们想要的人，为的是让他们释放亚美尼亚人罪犯。我想，有人能理解他。毕竟，土耳其人的目标是种族灭绝，而当一百万人被杀时，很容易用异样的眼光看待外人。毕竟，与一车的同胞相比，一两个英国人算什么？"

"那么，不能信任他？"我直截了当地问。

"他只是不能经受考验。他有可能听信他人的谗言，怀疑我们的目的不纯，而且我们已经在亚美尼亚地区露面露得够多了。还有，"他说道，"相当多的亚美尼亚人在监狱腐烂。"

"总督府怎么样？军队无疑已经对总督府所在的每寸土地，不论是地上还是地下，都进行了彻底的调查。"

他一边抽烟一边愤怒地喘着粗气。"我要谨慎提防总督府。"他最终说，听起来很不高兴。

"埃里森。"

"一个好的职员就像一个仆人，看不到但又四处可见。但是，我发现我不相信埃里森。有一件事我不明白，为什么海法的人会通知耶路撒冷的人，他们急切想要得到阿里和马哈茂德的帮助，而且还让埃里森无意中听到这件事？"

"你觉得他们在海法还有一个内线？"上帝啊，英国的安全漏洞就像是瑞士奶酪。"那个司机呢？他被杀死后那条线是不是就断了？或者因为他已经没有利用价值了？"

"有可能。甚至是很有可能。然而……"

"即使我们有可能向埃里森隐瞒这件事，但你也不希望拿总督府大楼冒险。"

"对，除非我们更加确定。没有比这更重要的事了。"

"那么接下来干什么？"我问，虽然我觉得我知道。

他拿走烟斗，检查碗里的烟草。"你注意到德米特里神父书房门上的锁了吗？"

"那是一把非常老旧的锁。"

他扭过头，向我咧嘴笑了笑。"这才是我的罗素呢。"他说，好像一切事情都已有了定论。确实如此。

我们从旅店沉重大门上的小门出去，沿着漆黑的小路向着亚美尼亚区走去。

"还有一件事，"福尔摩斯在我耳边轻声说道，"据说在这个城市漆黑街道上行走而不拿着灯的人会被当成坏人抓起来。我们最好不要拿灯，但是如果有人抓我们，你就赶紧跑。你明白吗？他们抓到我们其中一人就会满意而归，我会在一个小牢房里安全地睡一晚上，但是如果你被抓起来，我不会去男人的牢房里看你，即使几个小时也不会去的。做你必须做的事，但要获得自由。"

我不得不承认这个想法不是一个让人高兴的想法。"好吧。"

"你保证？"

"是的。"

"好。"他悄悄溜到小路上，我在后面跟着。城堡前有一块空地，白天这里举办了一场大型的活动，现在这里除了老鼠和一只骨瘦如柴的猫外，一片荒芜。我们偷偷地跟在那只猫后面，穿过寂静的大卫街市场的门，在圣公会教堂的大门和城堡的台阶之间（谦卑的胜利者艾伦比将军曾在这里向全市人民发表他胜利的演讲），我们穿过兵营，进入亚美尼亚区。我们听到过两次声音，每次我们都紧紧地贴在墙上，但我们看到的唯一活物要么是鸟，要么就是四只脚的动物。我们来到教堂，绕着它走，然后小心翼翼地穿过大门和花园，来到神父德米特里的书房门前。

福尔摩斯给我的圣诞礼物，是一把闪闪发光的全新撬锁工具，是在迈克罗夫特位于伦敦的公寓里给我的。这次我们用的是福尔摩斯那把旧的撬锁工具。几分钟后我们进入房间，里面弥漫着令人安慰的书香、淡淡的咖啡味和焚香的味道。

福尔摩斯伸长胳膊从高高的书架上拿下装地图的卷筒，然后拿着它来到一面书墙前，似乎在寻找书的标题。他动了动，一会儿我听到一声咔嗒声，一排书架打开了。我们走了进去，他关上门，然后他打开手电。

我们进入了一个房间中的小壁橱，大概八英尺长，四英尺宽，地板上有一张薄床垫和一对茶壶。里面唯一的空气来源是个一只手大小的通风网格。我尽量不去产生幽闭恐惧。

福尔摩斯拿出地图铺在地上。我将四角展平，他翻阅地图，直到找到我们想找的东西，然后他将其他地图从成堆的地图顶端拿开，任它们卷起来。

在这张地图上，城墙和地标只是些熟悉的图形。上面有圆顶清真寺、圣墓教堂和亚美尼亚修道院；曾经将这座城市一分为二的提若坡阳谷用一支铅笔添上了。

在这张地图上，管道是一些绘制清晰的线条。主管道从南面的伯利恒引出，在欣嫩子谷的两侧绕了一大圈，环绕着苏丹池来到西南城墙，随着地形线沿城墙原路返回，直到最后来到距离粪厂门不远的地方，管道的线条在地下穿过城墙，然后进入市区，顺着提若坡阳谷到达大卫街的东半边，这个不断变化的城市的旧边界。在那里，管道的线条向东延伸至希尔希拉街下方：圣殿山下方。根据地图，在到达圆顶清真寺前，这条管道分成两支，一支向下延伸，将水注入卡布喷泉里，另一支将水送进以色列池，那里曾经有可能成为那个神奇的毕士大池，现在已经变成了一个干旱的垃圾场。

向上延伸的那支管道引起了我的兴趣，因为在通向圣地的大门处分叉后，管道转向正北，在西墙和圆顶清真寺之间延伸，距离棉花商贩大门不到五十英尺，是圣地入口距离圆顶清真寺最近的地方。

此外，还有一条管道，不是来自伯利恒，而是来自位于城市西部的马米拉池。它从雅法门下流过，在圣墓教堂附近的希西家王池前停下，将其注满，之后继续向东，沿着大卫街附近的地区向圣地延伸。管道分叉太多，从伯利恒引出的那支管道在到达以色列池之前，与其北半部分汇合，其南半部分则穿过棉花集市，流入这个市场下的一个澡堂，希法土耳其澡堂。从德米特里神父写在上面的整洁小字看，这里也是因作为毕士大池的选址之一而闻名。

当我眉飞色舞地欣赏着这些宝贵的资源时，福尔摩斯突然拿出他那张巴勒斯坦地图，在这张地图的背面是一张详细标注着城市街道的地图，他将神父那张地图上的标志仔仔细细地抄在他的地图上，标记着管道的线条、山谷的斜面、正方形的蓄水池、圆形的喷泉和代表着地下室建筑面积的小块阴影。棉花洞看起来就像是一小片洒下来的灰色墨水，在地底延伸的距离比我想象的要远，是雅各布所说距离的一倍半。它从根基处破坏了穆斯林区的中间部位到圣地的最北角，途经希律王的安东尼亚堡垒和臭名昭著的土耳其人建造的老塞赖监狱，在卡里姆·贝处于至高无上地位的时期，穷困的阿拉伯挖钻工的亲属曾在那所监狱中被殴打，根据德米特里神父笔记的记载，现在那里已经变成了一所学校。

我研究着棉花集市周围那些混乱的标记和符号，然后努力回忆过去阅读的细节。威尔逊拱门是圣地的下一个入口，但某个地方肯定有个升降机井。那个澡堂里没什么奇怪的东西吗？我对这个城市早期的了解还是相当之多的，但对这个城市近期的了解，除了十字军东征之外，其他皆是一片空白。

"我们需要一本旅行指南，福尔摩斯。"我低声说。他哼了一声，继续在地图上做笔记。

我们在狭窄寒冷的小卧室里待了一个小时，之后我们站起来，卷起地图，准备离开。回书房之前，福尔摩斯关掉手电，我们在彻底黑暗的环境中站了几分钟，调整我们的眼睛以适应黑暗的环境。

"你怎么知道有个这样的地方？"当我们等待时，我问他。

"德米特里带我来过。那时候有点搞笑——他在这间屋里储藏好酒，他不愿与他的信徒分享那些酒。毫无疑问，从那时起，就有越来越多有价值的违禁品被藏在这里。准备好了吗？"

暗门咔嗒一声打开了，我们走了出来，回到书房。福尔摩斯在黑暗中穿行，我听到那卷地图撞击书架的声音，与此同时，我慢慢地走向门口。我成功抵达门口，但福尔摩斯似乎因为一些事耽搁了，我听到了一阵微弱的、漫长的沙沙声，就像是指尖划过凹凸不平的表面发出的声响。

"闭上眼睛。"他命令道。我转过脸，眼皮被一束光短暂地照亮，瞬间又熄灭了。当他来到门口和我会合时，他抓住我的胳膊，接着我感觉什么东西被递到手中：一本厚重的小书。我笑了，因为我在红色的书脊上看到了书的名字，旅行指南。

"他会不会知道？"

"他有几十本旅行指南，并向游客分发，他甚至可能不知道自己有多少本。我们走吧。"

我把旅行指南塞到我的长袍里，然后我们走出书房，在暗淡月光的照耀下，我们来到花园。我等福尔摩斯锁上门，然后我们就像来的时候一样，悄悄地从花园的大门里溜了出来。现在大约是夜里两点半，我全身疲惫无力。我忘了问他我们要去哪儿，但在街上他向右转，是回酒店的方向，我就此抱着今晚可能结束的渺茫希望跟着他。我不知道福尔摩斯的打算，不过，在街上走了几步，就看到一个黑影从一栋大楼的边缘走了出来，过了一会儿，我听到我们身后有脚步声。我转过身，看到另一个似乎有些熟悉的身影。

"不带我们就出来散步，肯定很没意思。"阿里说。他威胁的口吻并没让我从刚才紧张的态势中摆脱出来，我并未感到一丝轻松。然而，福尔摩斯迅速站直身体，继续前进，与挑衅地站在小路中间的阿里擦肩而过。马哈茂德从后面跟了上来。

"当然不。"福尔摩斯的声音顺着这条狭窄的小路渐渐远去。

我们别无选择，只能跟着他。

二十四

　　大多数东方人都把欧洲的旅行者当成一个大富豪，有时当成一个疯子。

　　旅行者应提防有偷窃习惯的乞丐。

　　——《巴勒斯坦和叙利亚旅行指南》1912年版

　　旅店老板亲自开门让我们进去，我们来到阿里和马哈茂德的房间，点起灯，喝着旅店老板在我们进屋不到两分钟就送过来的咖啡，然后我们开始商量事情。阿里内心充斥着怀疑和挑衅，马哈茂德像一块坚硬的石头，以至于我想从他身上敲击出火花，然而福尔摩斯给人的印象是，他觉得现在与以往并无不同之处。面对着男人之间阳刚的对抗，我向后坐了坐，靠在墙边，手里拿着我那本新的旅行指南，然后打开它的索引页。

　　福尔摩斯连续倒了三小杯咖啡，然后从长袍中拿出烟斗、烟草袋和地图。他填满烟斗，拿出一根火柴，让那两个人眼睁睁地看着那张折叠着的破旧方形纸。当他点燃烟斗时，他的这两位观众看起来气呼呼的。他把烟斗柄放到牙齿间，向前倾了倾身体，在地板上展开地图。当他们看了一两分钟他对那张打印版地图的修改后，他从嘴里拿出烟斗柄，然后用烟斗敲了敲那张地图。

　　"这位友好的神父，在完全不知情的情况下，让我们了解了我们脚下的城市。罗素，你能否……"

我合上我的小书，赶忙向前走了几步，然后向他们解释各种线条、波形曲线和标志的意思。阿里越来越困惑，而马哈茂德却越来越感兴趣。然后我向他们讲述了我在棉花集市工作时的所见所闻。当我描述我的工作时，我被他们的表情逗乐了。当我讲完后，阿里提出异议。

"这座城市地下没有路。这不是伦敦。"

"路，没有，但有洞穴和隧道、坟墓和蓄水池，它们可以连起来，实际上就形成了一条路。"

"这些管道，"马哈茂德说，"它们不是隧道吗？"

"对于一个像猫一般大小的人来说，可能是隧道。但是它们能扩大，特别是在圆顶清真寺的北部，它们曾经供水的水池现已废弃。"

"那这个呢？"阿里指着灰色的墨水污渍问道。

"所罗门采石场。也有人叫它棉花洞。"

"它们哪儿都不通。"阿里轻蔑地说。

"它们在城市地下几乎延伸了一千英尺。"

"哇！这么远！"

"你俩有人去过那里面吗？"福尔摩斯问。

阿里看起来有些不安，马哈茂德却若有所思地用手拨弄着念珠。"有传闻，"他说，"在战争的最后几天，有个计划想要从地下摧毁你地图上标记的名为安东尼亚的地方。我听说是英国政府阻止了这个阴谋。它们是耶路撒冷伤感的过去。但是，对于这个故事，我并未多想，因为是迈纳茨哈根上校给我讲的。你认识他吗？一个彻彻底底的疯子，却是个伟大的战士。"

"几千年来可能一直存在一条密道，"我说，"据说西底家王和他所有的士兵在夜间从'国王花园中两堵墙之间的大门'逃离了。虽然国王的花园在城市的南部，但是没人知道他们从哪儿出来。约瑟夫斯说约翰·赫卡尼亚的一个儿子在圣殿山附近的地下通道被杀。"

福尔摩斯小心地在牙齿上敲打了几下烟斗柄,接着从长袍中取出另一张纸,把它放在地图上。"这周末艾伦比将军的行程,"他说,"明天在总督府会面。如果天气允许的话,今天开车去趟沙漠,与军队进行一次亲密会餐,随后是军队业余戏剧表演——将军真是个勇敢的人。但是看看周日。"

我们看了看周日,福尔摩斯用潦草笔迹记录的信息,无疑是艾伦比将军在他们去美国殖民地的路上告诉他的:与斯托尔斯长官吃早餐;与圣公会的信徒一起做礼拜;然后在下午一点钟进行一次友好的公开露面,与斯托尔斯长官、一大堆高级官员以及基督教、犹太教和穆斯林社区中的高级军官一起走过圣殿山。当然,没有拉比,也不在穆斯林的场地中举行,但有少数几个犹太人,随后可能会在总督府的茶宴上出现一到两个拉比。二十四个名字,几乎涵盖了巴勒斯坦的权威,在一个地方,周日下午,在三大宗教共有的最神圣的地方。

这个提醒让人有些不寒而栗:这些人,在那个地方,和卡里姆·贝这样一个手中有二百五十磅炸药的人在一起。

"'我要像擦盘子一样把耶路撒冷擦一遍,'"我小声说,"'擦完还要把它倒过来。'"

马哈茂德继续用手指拨弄念珠,嘴里默默地念叨着,但是阿里有力地说道:"他们不能去。艾伦比必须取消会议。"

"必须得抓住卡里姆·贝。"令我惊讶的是,说这话的人居然是马哈茂德。"而且,即使这些人不在那儿,贝也会不顾一切地引爆炸药。地点很重要;搭上他一条命只是个附加品。"

"我同意。"福尔摩斯说。

"犹太人会被谴责，"我缓缓地说，"如果他们没有失去领袖，许多人将认为他们应该负责。"另一场屠杀就会开始。

"无疑这是贝的目的，"福尔摩斯说。他的烟斗已经熄灭了；他划亮另一根火柴，将它对准烟嘴，然后嘴里含着斗柄说话："贝和他的人不可能大摇大摆地从街上过来；即使是在晚上被发现也很危险，白天的时候，整个城市里遍布着爱讲闲话的人。要么他们在白天来一个通常很繁忙的街区，要么他们以一种别人看不见的方式来。不论是哪种情况，我们都需要看看洞穴。"

阿里显得有些畏缩，虽然仅有一分钟，但还是可以察觉，出乎意料的可爱。

"看洞穴没必要四个人都去。"马哈茂德说。

"我记得你们不希望在本次调查的任何细小环节落下你们。"福尔摩斯面色温和，不带任何欺骗，虽然我知道他同样注意到了阿里脸上的恐惧。

"我们需要商量一下。阿里和我会安排街头监视，你和阿米尔去下面。你们不打算今晚进洞穴吧？"

"我要去看一下入口。"

我放弃了睡觉的希望。

周六凌晨时分，福尔摩斯和我战战兢兢地穿过集市。接着我们被迫走上屋顶。但当我们最终到达大马士革门时，发现一对大嗓门的约克郡人在站岗。我们向东退到希律门，发现那里荒无人烟，特别适合我们通过，我们溜出城，在城墙外面又原路返回。然而，我们发现在夜里找到那个洞穴基本不可能，月亮马上就要落下了，而且没有机会使用电灯：在石头上纠结在一起的灌木丛看起来都很像，乱七八糟的，再加上自从最后一位游客进入所罗门采石场后，这么多年累积下来的落石和碎片，使这里的环境变得更加复杂。我们尝试着。我们用半个小时击打灌木丛（轻轻地），只为了找到洞穴的铁门入口，但即使是福尔摩斯也不得不承认自己的失败。当我们回到希律门时，发现那两个爱说话的约克郡人又来到了这儿。我们小声地用各种语言咒骂着，然后退到大马士革门，发现那里无人守卫，顺势进入城市——不料却被一组巡逻队发现，被迫又上了屋顶。我努力去看这次行动的积极面，我断定，这证明，无论如何，晚上在这个城市里，任何想要进行犯罪活动的人，在转移人和设备时都很困难。

当我们进入旅店大门时，已经是凌晨五点，新的一天开始了，早餐的炊火烧得正旺。我们步履沉重，饥饿疲惫——做饭用的煤油灯的光亮照在我们身上，福尔摩斯看上去特别老。我们吃了些热乎乎的东西，正当整个城市开始苏醒时，我们开始睡觉。

不过，白天的大马士革门是个令人愉快的地方。午后的阳光亲切慈爱地倾斜在头上顶着重物的优雅女人身上，照耀在昨晚曾狠狠刺痛我们如恶魔般的荆棘上。在过去的两小时内，我们一直跪坐在城墙对面，我俩之间的地面上摆着一袋开心果，我们一边吃坚果，一边看着灌木丛中的动静，既高兴又忧虑。

我们刚一出大门就看到这幅景象：在这位考古的雅各布，也就是美国殖民地那个被领养的儿子的监督下，六个阿拉伯人挥舞着长刀。他离开后，工人们立即停工抽烟。最终他们重新开始砍灌木丛，但力气明显不如从前。

但是，门的顶部慢慢出现，有些人将砍灌木丛用的刀随手一扔，然后拿起铁锹。很明显，这条路已经很久没人走过了；不过，我们打算等夜幕降临时走一走。

几小时后,当大门几乎要清理干净时,雅各布回来了。随着他的出现,清理大门的速度又提升了,铁门很快出现在眼前。雅各布手中有一把钥匙,他在大门上试了试,试了很久,以至于这些阿拉伯人的参与感减弱了,他们走到旁边抽烟聊天,时刻关注着这个穿着欧洲服装的人弯着腰在钥匙孔处耐心地拧来拧去。他偶尔拿起一个油壶,向锁孔内挤进一些油,然后又开始拧动,但最终,大约在下午五点钟,他放弃了。他将油全部洒在铰链和锁孔处,然后召集工人离开。他沿着通往美国殖民地的繁华街道走去,经过距我们坐过的地方三英尺处,发现脚下散落着一大堆开心果壳。他们弯腰看了看地上的果壳。雅各布停了下来。我的心瞬间停止跳动。一枚小硬币落在我长袍的下摆处;他走了。

雅各布他们砍下的那一大堆灌木给我们创造了一个很好的隐藏点,可以隐藏我们袋中带来的探洞设备,就等着天黑了。

当福尔摩斯用尽全力用撬锁工具撬门时,洒在上面的油奏效了,六小时后,门打开了。

二十五

人类灵魂的一个特点就是希望知道未来会发生什么，是生是死，是好是坏。

——伊本·赫勒敦《历史绪论》

完全无光和无声的环境压迫着我们，仿佛浸在一个巨大的黑湖中。我的耳膜和眼睛都感到了这股压力，而且呼吸困难。我闻到了……死亡的味道。冰冷、陈腐，除了原石味，闻不到任何活物的气味。甚至连蝙蝠也不愿待在这里。当福尔摩斯说话时，我几乎吓得从靴子里跳了出来。

"我没听到什么异常的声音。我觉得我们可以冒险点灯。"

我的心在胸口跳了几下，然后心跳才再一次恢复平稳。我清了清嗓子，然后引用了一句阿拉伯语："'在山洞里避难，真主安拉就会怜悯你，并为你的事情带来一个好的解决方案。'"在这漆黑一片的山洞中吹哨也不可能：洞穴吞噬了洪亮的声音，就像一粒干豆在瓶子中发出格格响声的回音。我继续干巴巴地小声答道，"没有光就往前走，冒的风险更大。"

很快我说的话应验了。他拿着灯向前走，地面坑坑洼洼的，突然出现一些洞，而且还很深。这里不适合在毫无准备的情况下前来探索。

我们所在的山洞非常大。当我们小心前行时，灯发出的光就像小斑点般微弱，几乎照不到围墙。一千年前，巨大的石柱被小心谨慎的石匠们放在这儿，支撑着洞顶和上面城市的巨大重量。墙壁上凿有壁龛，那是采石工人安放油灯的地方。地面朝着我手中拿的黄铜指南针显示的最南端连续倾斜，一些地方倾斜得比较厉害。为了测量最宽的地方，我俩分开一段距离往前走，但当我们走到洞穴尽头时，除了石头、滴水和一些刻在墙上的十字军的十字标志外，我们什么都没看到。

洞穴尽头是个长宽各约二十英尺的正方形房间，里面清楚地标注了开采石块的方法：墙壁上有凿痕，石头顶部被切割后留下一些岩脊，一块被丢弃了很久的对切石块。人总会忍不住去猜测石头为什么会被丢在那儿。是因为遭遇入侵还是其他什么原因？和平时期就没必要制造这些吗？手头的工作不只需要一块石头？或者只是因为不适合，石头太软、渗水透气性太强，然后采石工人去其他地方了？

我坐在一块石头的岩脊上，试图用这些想法分散我的注意力，以便不去想我在哪儿，不去想我头上悬挂的巨石正渴望着地心引力能让它与它的下半部分重聚，然后把我夹在中间，不去想头顶上来来往往的卡车和行人走动时不可避免的连续震颤——

"罗素，我相信你是不会被水蒸气吓到的。"

"别胡扯。"我站起来，定睛一看。周遭的一切都覆盖着一层薄薄的灰尘（我想应该是滑落岩石引起的），包括我坐着的那块石头。福尔摩斯仔细端详那块独立岩石的顶部，戳了一两下岩石表面，然后转头去看他身后墙上的洞。我走过去检查那块巨石。石头表面覆盖着蜡，是许多根蜡烛的蜡，但蜡的表面都覆盖着尘土。

"确定这不是新鲜的吗？"我问。

"根据旅游指南上所说，在这儿有旅行团时，岩石表面就有蜡了。"奇怪的是，福尔摩斯的声音在洞内居然产生了回声，我转过身，看到他的头和肩膀从墙上的洞里冒出来。"你能进去吗，罗素？"

我看了看这个大黑洞。"我必须进去吗？"

"你完全可以不进去，但我很乐意尝试一下，假如你想让我后背的伤越来越严重的话。"

"好吧。我去。"

这是个紧凑狭窄的洞，只比裂缝稍大一点，以至于我不能靠双手和膝盖在里面爬行。福尔摩斯抬了我一把，把我塞了进去。我爬了不到四英尺，之后又爬了出来，脱掉妨碍我爬行的外套和长袍，只剩下那件长长的薄衬衫和腿上的宽松裤子。我仍戴着头巾，希望它能在一定程度上起到保护我头骨的作用。我又爬了进去，扭动身体前行，我将手电向前移动了几英寸，然后靠靴子里脚趾的推力向前又挪动了一段距离。突然裂缝变宽了，宽到我几乎可以在里面爬行；有时墙壁慢慢逼近，让我以为应该是时候退回去了。我缓缓前行了六十英尺，感觉像是已走了好几英里，不料前方的路因洞顶塌陷被堵住了。周围没有路，或者说没办法穿过这个洞，我半侧着身子躺着，眼里噙着汗水，心中升起的恐慌如同魔掌般突然抓住我，压挤我，在城市下面的岩石中压挤我，等着我手电的光熄灭，等着空气耗尽，等着我最终动弹不得被卡死在这里。

一瞬之间，那牢牢抓紧我的恐惧和害怕无疑战胜了理智，怂恿我撞击这狭窄的围墙并尖叫，但是，福尔摩斯定是听到了我挠墙的声音突然停止了，因为我听到他在叫我。

"罗素？"这声音弹了回去，又产生了回声，但它就像救生艇上伸出的手，让人精神振奋。我弯下脖子，顺着脚的方向回应他。

"怎么了？"我的声音有些颤抖。

"罗素。"他说。他放慢了说话的速度,以便回声不至于掩盖他所说的话。"找人把你弄出来挺不方便的。"

我渐强的恐惧感立刻转化成愤怒。不方便,是吗?上帝啊,我会给他带来不方便。

我把身体向后缩了缩,拽了拽手电,然后又向后退了退,拽了拽手电,就这样,我向后快速挪动了几英尺,来到一个稍大的地方。我设法慢慢地斜着身子翻了个筋斗,我都不知道自己居然能如此灵活。剩余的路程我是头朝着外面挪出去的。

在隧道尽头,福尔摩斯从我手中接过手电,放在地上,把我整个人也拉了出去,放在地上。当他放开我时,我走路有些摇晃,但我很高兴他把手从我的肩上移开,因为我能感觉到自己——不再发抖,但确实有些晃。他把水瓶递到我手中,我大口地喝着水。

"上帝,"我小声嘟囔道,"我头一次喝这么多水。哦,什么都没有。福尔摩斯,这个隧道走到一半就不通了。原来肯定有人用过这隧道——整条隧道上都是凿痕——但大约二十码后,洞顶塌陷,周围没有开口。"我颤抖着,当福尔摩斯递给我长袍时,我突然想起我已全身湿透,汗液已迅速冷却。但安慰的是,冷汗至少证明我还活着。

福尔摩斯拿起手电,走到主洞,此时我在穿衣服,又喝了一点水,吃了一些坚硬的干果。这让我感到相当充实。

"那么,"当他回来时,我说,"接下来干什么?"

"我们还有十一个小时。"

我沮丧地看着他。似乎毫无希望。我们已跟马哈茂德达成一致,如果十二点半他仍没收到我们的消息,艾伦比将军与军队、城镇官员于一点举行的会议将会挪到其他地方,圣地会被清空。人们的生命将会得到挽救,但因为圣地被毁而产生的骚乱必定充满暴力血腥。

我站了起来。"那我们最好离开。"

我们离开了这个小房间,与主洞相比,这儿几乎像家一样舒服。在出洞的路上,我看到墙上除了十字,还有一些非常古老的希伯来语涂鸦和共济会的象征符号曲尺和分规。这么多年来,这小地方还挺忙碌。

福尔摩斯站在洞内,将手电顶在头上,凝视着洞内的昏暗。"在这种情况下,很难看出一只大象乱跑的踪迹。"他抱怨道,"但是,我们只能尝试。罗素,你朝那边走。"

我俩分头行动,开始从相反的方向找,沿着洞的外墙找,到手指状的延长线下找,最后回到掌心部位的中心洞穴找。除了洞顶开始崩裂的地方外,这里灰尘较少,但地上有些危险的坑,而且一些地方有顶部渗下的有害黏液,走上去很滑。我走路时异常小心,并检查了所有看着别扭的地方,但这里没有脚印,没有刚挖掘过的痕迹,附近也没有插着棉花集市指示箭头的瓦砾堆。

到达铁门入口前,我遇到了福尔摩斯,因为我这个方向有更多的手指状的延长线。他只是摇摇头。

延长线除了把宽阔的中心洞穴分成了四等份,并无异样,但是检查的过程艰辛痛苦:向前小心地走两三步,检查地面,再把手电向上照一下,对着几乎看不到的圆顶伸长脖子,希望能看到——什么?从洞里伸出两条挥舞着的腿?

两点过去了,两点半过去了,然后大约在凌晨三点,我清楚地听到我的伙伴喊了句胜利的口号——"哈!"我把目光从头顶的岩石移开,然后一路小跑着穿过凹凸不平的地面,朝着他的灯跑了过去。

他正低头看着一块岩石,这岩石和我已仔细检查过的那一两英亩的石头很像,没有什么特别的;过了一会儿我才看到他发现了什么。接着我蹲了下去,把手电直接照向它。

"土壤！"我惊讶地说。这土块已经干了，我摸一下就碎了。福尔摩斯弯下腰，把土壤扫进一个信封当证据，我觉得在这个地方做这种事显得有些格格不入，但我想这是职业习惯，很难改变。

"这土是靴子跟上掉下来的。"他说，接着将注意力和手电的光转向洞顶。他又开始来回走动，将手电的光射到头顶粗糙的石头上，因此我也回到了自己那块地方。二十分钟后，我听到另一声"哈"。

他又在研究那块地方。他正站在一根支撑着洞顶的圆柱基石上。我走到他身边，并未发现任何土壤的痕迹，但是从石块上散落下的灰尘和小石子都已从地上刮干净，扔到了下面的岩石上，分成长长的两小堆，略微比手大一点，相距大约十六英尺，在它们中间，远离圆柱的一边，有个更大一点的土堆。我把手电的光照到它上面。

一扇巧妙隐藏的门，半隐半现地藏在圆柱旁的一个深洞中。这是一扇又小又旧的门，黑色的木门上有很多生锈的铁钉。地上的痕迹是一架放在这儿的梯子留下的。

然而，这石头地面上没有任何土壤的痕迹。

"这扇门通向阿拉伯区的一所房子。"我说。

"我很庆幸你没把脑子留在裂缝里。"他冷冷地回应道。我跟着他回到发现土块的地方，然后我们开始沿着木门中间一条想象出来的线迅速检查岩石、泥土和洞穴的墙壁。

他们一直很小心。我又发现了泥土的踪迹，距墙十英尺远；福尔摩斯发现两个地方，那里可能有人从洞穴的地面上扫走了一些东西，也可能没有。现在是三点四十五分。我们停下来休息，福尔摩斯点燃烟斗，狠狠地盯着那沉闷的大石头。

"他们这么小心一定暗示着什么，"他最终说，"此人一向自恃过人，所以很少掩饰自己的行踪，除了那些最为草率的行动。过去,他不太相信有人在找他,在凡人眼中他就相当于无形。但是,现在他变得谨慎小心。我想,如果没人从他眼皮子底下劫囚的话,他不会像现在一样忧心。

"我在想昨天,贝是如何运送偶然碰到但又可能派上用场的东西的,不顾它可能会触发警报的危险。虽然,他显然是对的,鉴于目前这个国家的混乱状态,政府几乎不会注意到任何东西。假设他是一个相当谨慎的人,而且能很快适应当地的服装和语言,谁还会去寻找制造这场混乱的幕后主谋呢?艾伦比只是刚开始怀疑,甚至约书亚,我觉得他比自己表现出来的有能力得多,也只是半信半疑而已。

"他似乎在谨慎小心和粗心大意之间摇摆不定,这取决于他头脑中哪种思想占优势。现在我认为我们已经浪费了足够的——"

"福尔摩斯,不!"他正准备对着一块岩石敲烟斗,听到我的话,立刻僵住了。"你的烟斗。再吸一遍。"

他乖乖地将斗柄放在双唇之间,迅速吸了三四次。

冒出的烟移动了。

他立刻把烧了一半的烟渣敲了出来,并从我们的洞穴探索袋中拿出一支蜡烛,点燃它,伸出胳膊举着蜡烛。蜡烛闪着微光,直直地向上燃烧着,一动不动。我从包里又拿了一支蜡烛,从他的那根蜡烛上借火点燃,然后我俩来到洞穴的墙边。

我俩慢慢地举着蜡烛走,等着移动的空气平稳下来,当蜡烛火焰直直地燃烧时,我俩又动了动。接着,当福尔摩斯和我的距离只有几英尺时,我蜡烛的火焰猛地冲向一侧,然后熄灭了。我差点高兴地大叫出来,直到我看到那空气流的来源:在一块巨大对切石块的底部。

我们趴在地上,将手电照向石头和地面之间的狭窄缝隙。

缝隙似乎不足一只手的宽度。从洞孔看过去，除了石头，看不到任何隧道。

"这儿哪都不通，福尔摩斯。"

"一定通。"

"我知道你希望如此，但是——"

"罗素，你仔细看。"

我跟着他手电的光亮看，当然，山洞中没有苍蝇，也不会有蜘蛛网，我意识到我看到的是线和毛发。

而且在我们对面的大石头边缘还有几个土块。

"但有坚硬的岩石！我能看到它。"

"我不在乎你的眼睛告诉了你什么；我告诉你，他们定是从这儿来的。"他双膝跪地，开始脱长袍，但我拦住了他。

"我先下去。如果我卡住了，你可以拉我的脚，把我拉上来。但我不确定我能把你拉上来。"

我再次脱下裤子和背心，那晚我第二次将自己的身体塞进山洞的狭窄入口，只有我的骨头知道，这洞穴随时会塌陷。

但它没有。洞中看不到的是这弯曲的地面。当我钻到岩石下面时，我发现自己进入了一个壁龛，接着又向上，当坡面再次回到洞穴地面的高度时，我已能清楚看到巨石的背面。我用手电照了一下四周的墙壁，发现我正站在一条巨大整洁的隧道中，隧道的高度不能让我完全站直，但宽度足够让人在里面行走。我双膝跪地，然后把脸放在洞孔处。

"这里有条隧道，福尔摩斯。许多房间，地面是下降的。你进来之前先把设备塞进来。"

我又向里面稍微爬了爬，接过福尔摩斯递来的包和灯。当福尔摩斯小心翼翼地滑进隧道，然后站起来欣赏这整洁的带有雕刻的岩石时，我又穿上了衣服。

"很漂亮。"他说。

"一个后门？"我小心谨慎地说，"'国王带着他的士兵在夜里逃走了。'"

"我们可以走了吗？或者你想测量一下数据，写份研究论文？"

"你先走。"

隧道向南延伸了五十码，接着突然转弯，稍稍向东偏转。福尔摩斯时刻注意着指南针和地图，但我们似乎正直线奔向圣地。我们多次停下来观察那凹凸不平的隧道，尤其是靠近地面的部分，但并未发现其他通路，只有这条五英尺半高、不足三英尺宽的隧道，是两千多年前人们拿着凿子挖出来的。

突然间，这顺直平稳的小路中断了。隧道前进的通路停止，然后向正东拐，接着向下延伸了六步远，之后又转向南面。这样看来，有两组人在这里挖掘，因为这里是在西罗亚水池的希西家王隧道，两组工人在挖掘的方向上稍有偏离，所以不得不用一条十英尺的连接隧道和六步长的向下延伸的阶梯来连接彼此。更靠近东半边的隧道继续向北延伸，超过两组工人汇合的地方约十二英尺，很明显，当其中一组工人意识到挖掘的隧道已超过他们约定的标志时，为时已晚。那半截隧道被用于储存大量的岩石和多余的土壤，一些土壤是最近才被运进来的，那土堆还在往通道中滴水。

这里的土壤与整改棉花集市用的土壤不太一样，但福尔摩斯并未怀疑什么。他用手指夹起一撮土，放到眼前。"我相信用显微镜检测一下，这里的土与阿卜杜勒丑寡妇篮子上粘着的土一样。"他说，然后用长袍擦了擦手指。我觉得根本没必要为此争执。

我们沿着平淡无奇的隧道继续向前走，慢慢向下，距山洞约一百五十码处，空气中弥漫的气味改变了。福尔摩斯停了下来，将手电的光照向前方的通道，然后关掉手电。黑暗再次将我们包围。

"听到什么了吗?"过了一会儿,他轻声说道。

"没有,但空气的味道不同了。"

"是吗?你说得对。"

除了偶尔飘来漏水厕所的难闻气味,迄今为止这条隧道里弥漫的唯一气味,就是从两条隧道连接处飘来的湿土味。现在这种气味与湿土味非常相似,但味道更猛烈,而且有种轻微腐烂的气味;但是,尤其是在闻了好几个小时裸石的气味后,我判断这气味不具任何攻击性,只是泥土的气味罢了。

我们继续前行,比之前更加谨慎小心。过了一会儿,我断定,是的,我听到一个声音,但不够清晰,我无法确定它是什么,只不过我的内耳膜轻微震颤了一下。

在毫无征兆的前提下,我们来到隧道的尽头,从表面上看,这条隧道从半路延伸至一面石头墙。从福尔摩斯的肩膀上看过去,我看到我们前方的地面上有水,黑色的水,不知道有多深。水从好几个地方源源不断地滴入这片水域,那连续不断的悦耳回音就是我刚刚在隧道中听到的不明声响。在洞顶的某个地方,我闻到了蝙蝠的气味。

福尔摩斯向后退了退,然后把手电递给我;我打开手电,照向前方。在我们左边,有一座巨大的石拱门支撑起了拱形的洞顶,在另一边有一个同样被水淹没的房间。我们周围的墙壁上有些凸起的石头,这些按照规律突出的石头有节奏地上升,在我们头顶形成一道阶梯。我们右侧的墙毫无特色,除了三个几乎被水淹没的拱门顶,这些拱门比我们左边的拱门矮得多。我把头缩回来,轻声问福尔摩斯:

"上楼梯吗?"

"然后到地面上去?他们费了这么大劲要藏起来。不可能。这个楼梯是公用的。"

"为什么？那这个地方是干什么的？"

"一个雨水池。"

"它真大。而且这么古老。"甚至，这是希律王室的——但是，当然：这是希律王的大水池，它上面的岩石用于重建圣殿山一角的塔楼，建成了名为安东尼亚的堡垒（是根据希律王的朋友马克·安东尼的名字命名的）。据约瑟夫斯说，这个地点的下方，在圣殿山和堡垒之间的黑暗地下通道中，阿里斯托布鲁斯一世的兄弟在这里被暗杀。"我们肯定是在安东尼亚堡垒的下面。"我说，然后伸手去拿指南针。但福尔摩斯拦住了我。

"这大概就是正确的方向。我们到下面的拱门试试。"

我还没来得及反对，他就掀起了衣服的下摆，俯身浸入阴冷的水中。水面仅仅没到他的膝盖。我把包递给他，脱下靴子，然后跟着他。

脚下的岩石是光滑的，危险地向左侧滚落而下，但它很结实，而且相当平稳。福尔摩斯俯身检查右边最靠近我们的被淹没的拱门，当我蹚水走向他时，我突然觉得他很像一位传统的家庭主妇，正在家具下面翻找老鼠，提起裙摆，头戴一条头巾。我开始咯咯地笑，他转向我，生气地向我发出嘘声，但他这么做只会使情况更糟。我用手捂着嘴巴高声大笑起来，然后将一只靴子掉进了水里。我艰难地眨了眨满是泪水的眼睛，跟着福尔摩斯穿过中间的拱门，进入另一边的通道。我爬到一块突出的干燥岩石上，坐了下来，颤抖着深呼吸一下。长期积累的压力会以最奇怪的方式发泄。

二十六

青年们在山洞中寻求庇护,并说:"安拉会垂怜我们并带我们脱离苦海。"

——《古兰经》,18章:10节

现在清醒了,我穿上靴子,跟在福尔摩斯身后爬下那狭窄的通风井。从这里开始,通道不再干净匀整,但我们别无选择。现在我们正从一个让人不舒服的洞爬向另一个洞;我们两次走错方向,最终来到了一个哪儿都不通的坟墓或蓄水池。幸运的是,我们的前辈已做了相当多的清扫工作。通过他们留在入口的碎石堆,我们通常可以看出管道的长度或找出一个坍塌街道的入口。他们并未隐藏他们的踪迹。他们运送的垃圾最远来自安东尼亚蓄水池的隧道入口,并被送至两组挖掘工汇合地的废弃隧道,距离约有一百英尺,他们是被逼的,以免有人注意到蓄水池中增加了几立方码的土渣。现在,他们仅将碎石和土壤铲到另一侧或是最近的洞口。

我们正向东南方向行进,指南针保证我们与圣地平行,但我们已开启了一段与我们在岩石隧道中平静穿行截然不同的旅程:我们进入一座破裂的坟墓,走上几个台阶;挤进一堆巨大且极其危险的落石中;爬到一根圆柱的下面(由一些看起来非常单薄的木板支撑着);滚入一个干涸的中世纪蓄水池,然后爬到蓄水池的另一端;进入一段舒适的管道,内心充满不祥的预感,要不是知道最近有人从此管道横穿,我是绝不会进来的；更让人预想不到的是，我们匍匐穿过了一段古罗马时期的道路，路边的石头是为了防止马跌倒的；通过一扇完整的大门，穿过半个房间，房间的路面镶嵌着图案，石膏墙被烧焦，看起来似乎是某人的地下室；通过一段细流，奇怪的是，它看起来像是一条小溪，我认为这预示着我们已经来到了提若坡阳谷；下到一口竖井，穿过一段所罗门的砖砌通道；沿着岩脊又爬入另一个蓄水池中。

这真是一段噩梦般的旅程。为了保存手电的电量，我们用了油灯，而且为了节约煤油，我们只用了一盏油灯。指南针对我们来说已毫无用处，因为我们每挪动几英尺就会掉转方向。从一个我们误以为是蓄水池的东西中流出黏糊糊、有霉味的水将我们浸湿，一直没到大腿根，我的头一阵阵疼痛，福尔摩斯以一种我熟悉的僵硬姿势向前移动，一些令人讨厌的洋洋得意的大老鼠在这下面生活，我们每前进一步，投入敌人怀抱的危险就会越大。

更糟的是，时间在流逝。我们上方的城市现在已经苏醒；半小时前，当我们来到一扇支撑着铺路石的倾斜拱门下面时，我们被头顶上方十英尺处传来的马蹄声吓了一跳。我们有一两次瞥见了日光，而且洞穴深处的安静也不再是绝对的了。

八点半，我躺在一块平坦的石头上。"我必须停下来休息会儿，福尔摩斯。就十分钟。"自我们离开凯尔特干谷，四天来，我睡觉的时间加起来不超过十二个小时，但我既没睡着，也不清醒。福尔摩斯坐了下来，小心翼翼地靠在了墙皮脱落的墙上。我闭上眼睛，我们听着脚步和铁车轮震动发出的声响。

五分钟后，福尔摩斯拿出烟斗。这差点激起我的反对，接着我决定，还是让它见鬼去吧。烟味非常普遍，随处都可以闻到，而且可能从任何地方飘进来。

几分钟后，我听到了一个熟悉的声音，是检查和仓促擦拭左轮手枪的声音，接着是袋子发出的沙沙声。我叹了口气，坐起来，喝了一口水，吃了一把坚果。

"我们将永远留在这下面了，福尔摩斯。"我沮丧地说。我本以为这只是一个无趣的笑话，但它却成了一句枯燥无聊的声明；至少这里面没有恐惧。我太累了，以至于不再担心洞顶有塌陷的危险。

他将一个枣核吐到手里。"我以前经历过失败，但没有一个像亚伯拉罕岩石飞入空中这么壮观。"

"你没经历过太多失败。"

"太多了。"

"例如？"

"你选了一个非常讨人喜欢的谈话主题，罗素。你想了解我的失败。很好，让我想想。至少有四个人曾向我寻求帮助，但直到他们被杀，我也没能做什么。就算我最终破了这些谋杀案，但从我客户的角度看，这并不能否认我的失败，准确地说，这些案子并不算成功。艾琳·艾德勒打败了我，尽管那是一个极其愚蠢的案子。还有那个潜水艇计划，华生管他的那个故事叫什么？斯科特之类的？霍华德？"

"布鲁斯，"我说，"帕廷顿[1]。而且那不算失败，你追回了丢失的图纸。"

"我当时不如烧了它，这样对大家都好。"

"你认为德国后来偷了图纸吗？"

"我相信这些图纸正摆在陆军部的某个地方，上面覆盖着一层厚厚的灰尘。是的，我现在记起这个故事了——它也是始于一个政府职员的叛国行为。是不是那个华生插入了一些关于一支玫瑰的离奇情节？"

---

[1] 指柯南·道尔《最后致意》中的情节。——编者注

"我觉得那是关于海军条约的故事。"我说。

"是吗？这个重要吗？你究竟为什么要讲这些废话？"他站了起来，然后开始将东西胡乱扔到包里。

"我没有——"

"在你的脚那儿，罗素。你现在所处的环境让你产生了一种令人不快的病态倾向。"

"我现在的——为什么？我们在哪儿？"

"你在一座坟墓里，罗素。我相信你已经来到了石棺的顶部。"

我们穿越障碍的旅程仍在继续，向西，向南，偶尔又重复向北行进，但总体上我们一直沿着圣地的方向行进。我想我们肯定已经到达了这个城市，但福尔摩斯说没有，我们甚至还没到大卫街，刚离开安东尼亚蓄水池三百五十码（直线距离）。我们继续走，继续走。

接着，在一个由滚落下来的巨大采石场的石料搭建出的干燥舒适的空间中，我们发现了一个储藏罐头食品的地方，其中一些罐头食品仍装在运输箱内。它们上面覆盖着厚厚的尘土，那些没被踢到一边的食品罐头，标签仍旧光鲜亮丽。

"我也这么想的，"福尔摩斯小声嘟囔道，"贝一定抓到过一些走私贩，然后从他们那儿得知了走私的途径。毫无疑问，他是在战争期间老塞赖监狱的审讯中得到的这些信息。食物短缺，走私犯如雨后春笋一般涌现出来——当我们从地下室的门来到棉花洞上面的房子中进行调查时，我们可能会发现这些走私贩是谁。贝把这些走私的线路记在心中，等待着它们派上用场的一天。看这些食品罐头的样子，他最多下到这里五六次。"他停了下来，举起了一只手，"你听到声音了吗？"他问，然后将油灯熄灭。

我竖起耳朵，正要说我没听到时，突然又传来一个声音，一个尖锐且模模糊糊的叫喊声，它不是从上面的街道，而是从我们头顶的一个洞孔飘进来。听起来像是一个孩子。

我们静静地使用手电的爆闪模式，收拾好东西，开始溜进下面的通道，即两面墙之间的狭窄空间，或者说，原来曾经是墙的地方，现在已经是地基了。这个孩子的声音飘来飘去，而且还夹杂着其他声音：流水的声音。它变得越来越清晰，然后福尔摩斯停住了。

"我们来到地面上了。"他屏住呼吸对我说，然后将手电调节到聚光模式。他快速短暂地照了一下地面，然后又照向我们前方，接着我们站在黑暗中思索。

我们前面没有多余的地方了。在我们脚下大约四英尺处，有一座萧条的砖砌通道，里面的水看起来很脏。那个巨大平坦的石头盖子已掉到通道中，我们听到的微弱流水声，就是水滴落到石头上时发出的声音。

声音肯定是沿着这个通道飘下来的，而且因为我们在通道上面，所以声音变得越来越清晰：仍旧没有说话声传来，我无法听出这声音是什么，但我能将这声音分为两类，可能是三个孩子，在互相叫喊打闹。一直存在的这个声音我完全想不到是什么，我绞尽脑汁想哪里……

"澡堂！"我大声说。我无视福尔摩斯的嘘声，试图想起我狂热阅读的旅行指南的内容。我轻声说："这一定是希法土耳其澡堂。它是一个大雨水池，在地上挖得很深，位于棉花集市的南侧。从它的西南端引出了一条下水道，好像是一条五英尺长、三英尺宽之类的通道。"

"你想去调查，还是我去？"

"我去。"我不情愿地说。

"我必须说我是来欣赏这个下水系统的。"尽管他说话的声音很小，但充满幽默感。"我以前为什么没有碰到一位精力旺盛的年轻助理来帮我做美国人所谓的'肮脏的工作'？"

"我是你的搭档，不是你的助理，"我没好气地说，"而且你得让我过去。"

"那边有个落脚点；我就坐在那儿。准备好了吗？"

"等一下。"我是不穿衣服跳进水里，等我从水中出来，还能穿上相对干燥温暖的衣服，还是穿着衣服跳进水中，让我的皮肤隔开肮脏的墙壁，这真的很难抉择。最终，我无法面对全身赤裸的自己，因此我穿着那件长长的宽松背心，然后把其他所有的东西堆成一堆。福尔摩斯打开手电，走到通道对面的侧墙上；我轻松跳进冰冷的水中，然后瞬间麻木了。

"你需要用手电吗？"他问。

"其实，有个地方照进了一点光。我先去那儿。"光亮是从通道的转弯处照射进来的，我游向它，努力将自己的脸露出水面，即使这意味着要用头巾的后部摩擦头顶上油腻的石头。我来到转弯处，有一线光从五十英尺远的地方照向我，这光亮和两个孩子戏水打闹的声音令我陶醉，以至于我差点错过那个隐蔽的开口。

吸引我注意力的是一块碎屑，在覆盖一切表面的墨绿色污泥中间，有一块洁净的闪着光的碎石头。我望向洞里，但什么都没看到，但我也不必去看什么。我回去叫福尔摩斯。

刚一安全进入那隐蔽的入口，我们就尽力将自己弄干，用我们带的那个布包擦水。

我们也不再像原来那么小心谨慎。福尔摩斯点了灯，然后我们继续走，现在速度加快了。这实际上是另一条通道，也许是为了防止那条下水通道被破坏，作为替补而建的，但这条通道建得更高，因此里面很干燥。它也是通往同一个方向的，然后，在我估计是澡堂的地方，转向右边，然后又向左，接着没走一会工夫，又拐向右。指南针告诉我，我正面朝东方：我们正在靠近圆顶清真寺。

福尔摩斯又停了下来。我伸长脖子，眼睛越过他的肩膀，首先看了看洞底，然后又看到了一块木头，这块木头盖在洞顶的一个小孔上。小孔前方的地上有许多土，是直接从小孔漏下来的。地上有两个标记，就是我们在山洞门下发现的梯子脚在地上留下的那两个标记。这里也没有梯子的影子，但不论过去他们清走了什么，梯子确实在这里出现过，他们将这条路最后一段的垃圾扔到了我们头顶正上方的棉花集市。原本露天的市场出现的英国编织篷必定让他们烦恼，迫使他们在这座城市的地下，从棉花洞一路远远地运送他们的设备，但他们一旦到这，我们前方隧道里的土壤放在我们头顶上方的街道中，就会很容易被清干净，而且偶尔离群索居的人能发现市场的入口。

没时间去检查头顶的入口。我们几乎就处在希法土耳其澡堂周围的墙壁下面，而且我能强烈地意识到我们距城市中心的圆顶清真寺有多么近，距那块淡蓝色的巨石有多么近，那块岩石上曾经摆放过约柜，曾被父亲亚伯拉罕和他那个被捆着的儿子以撒触摸过，曾被先知穆罕默德和他富有传奇色彩的马踩踏过。《塔木德》中所说的圆顶清真寺遮盖了洪水的故事，一遍又一遍地在我脑海中呈现，还有穆斯林的说法，圆顶清真寺是地狱的大门。如果我们不在接下来的九十分钟时间里揭开二百五十磅炸药的真相，我们很可能会发现这两个传说都是真的。

撒下来的土壤上有新的脚印，比我们这两双靴子留下的相互踩踏的脚印还要新，我们的脚印来回踩踏，已经变得模糊不清。有两个地方，水流到下面的岩石上，将你土壤变成了泥，在每个变成淤泥的地方都有一双新靴子走过的脚印，都是向着同一个方向的,而且是在不足二十四小时以前留下的。今晚,这脚印可能已经安静地存在了好几个小时,当艾伦比和他的同伴出现在圣地时,一个十二小时的时间装置可能就被安放于此,用于引爆炸弹。虽然我们已在城市下方道路的一端辛苦寻找了好久,贝或是他的一位部下已穿过棉花集市,来到了这条曲折小路的末端。

不幸的是,在两个小泥坑中,他都没再踩到原先的脚印上,因此我们不能完全肯定他现在是否在据我们较远的隧道的那端等着。福尔摩斯熄灭油灯,交给我,然后又拿出手电。

我们偶然碰到被放到棉花集市上的土壤来源:一段长长的洞顶倒坍。大量的石头和土壤被清理干净,增加了几段木头马马虎虎地支撑着洞顶。

从棉花商贩大门——这是从棉花集市进入圣地的大门——到圆顶清真寺,差不多有三百英尺,我们蹑手蹑脚地前行,像影子一样安静,将用光的次数和亮度降到最低,随时可能遭受突然袭击。

还没走到一半,我们偶然来到伯利恒管道的上半支,在伯利恒管道的左侧。显然它不再通向任何地方,因为管道中没有丝毫水流动的迹象,而且有一种难以用言语形容的馊味。我们继续走,现在在希法土耳其澡堂下面,在圆顶清真寺的大台子下面,而不到两个小时,艾伦比将军将在这里做一个有关兄弟情谊的演讲。福尔摩斯将光照向每个角落,甚至是每个可能隐藏炸药的石头上,想着炸弹可能就安放在这里,但什么也没有。

我们在黑暗中奋力前行,在心急如焚和小心谨慎之间犹豫不决,在对光的需要和被发现的危险之间举棋不定,四十码,二十码,当看到隧道的尽头时,我们大吃一惊。里面什么也没有。

直到我们向屋内走了两步，才看到地面上的洞和洞里的东西。

爆炸反应是一件很奇怪的事。在一个开阔的山坡上引爆炸药，炸药会以大致相等的比例喷向各个方向，并迅速消散。例如将炸药禁锢在枪膛内，它所有的能量被迫集中在一个方向去寻求释放，从而极大地增强了它的能量。

这个男人很了解他的炸药。卡里姆·贝耗时费力地在地下室的石头地面上挖洞，就是为了让他的炸药瞄准目标。接着他在洞口的四周堆起高高的沉重石板，好让爆炸物直接向上瞄准。没这种准备的话，产生的爆炸力会让圆顶清真寺震颤，将它上面镶嵌的拼花瓦片震落，甚至有可能把清真寺震塌。如果有了这种准备，福尔摩斯想象这个神圣的圆顶清真寺会被炸得冲向云霄，就像打开的香槟酒塞子冲向空中一样，一切都是这么生动形象。

我点燃油灯，把它挂在墙上的钉子上，这钉子可能就是为了挂灯才被钉上去的，当我转身时，福尔摩斯正躺在石头上，他弓起上半身，面朝着触发爆炸的机械装置，同时手指顺着示意图在下面乱作一团的电线之间查找，试图理清每根电线的去向。我从他手中接过手电，将手电的光直接照向他手指指着的地方。令人担忧的是，钟表的指针即将触发爆炸装置，我尽力去抚慰自己疯狂跳动的心，暗自告诉自己贝只用高品质的钟表，那表的时间肯定相当准确。但是，事实上，据说在这里做一次祷告比在其他地方做一千次祷告都值得，当我知道这个说法时，我心中才感到安慰。

经过我上千次热诚的祷告后，福尔摩斯坐了起来，拿出烟斗。角落里燃烧的油灯让我心情很糟，但他突然点燃的火柴让我的心一下子变凉了。

"我们去找阿里？马哈茂德说他可以拆除炸弹。"

"不必了,这很简单,"他平静地说,"似乎没耍什么花招。我想贝以为我们不会接近这个装置。"福尔摩斯用牙叼着烟斗,然后在包里翻找,拿出一个布捆着的小工具包,他解开包裹,在一块稍平的石头上向着洞口的一侧展开工具包。并从其中的一个口袋里挑出一对小剪刀。他用右手拿着剪刀,然后将烟斗放下,伸直身体,肚子平躺在那堆石头上,接着将头伸进洞口,脚伸进隧道里。他几次伸缩剪子,似乎是在给工具热身,我来回移动了好几次,确保手电的光能直接照到他工作的地方。他双手伸到炸弹上方,开始用左手的手指精心梳理电线。当他尝试梳理的电线被解开后,他又用右手拿起剪刀,开始把剪刀移到引爆装置上方,然后直接在我们头上敏捷地剪了三刀。

我吓得差点把手电掉了;福尔摩斯差点因为痉挛性的抽搐剪错电线:不管是发生了哪个,都将是一场灾难。我吓得咒骂了一句,然后盯着上面看,福尔摩斯也吓得抖了一下,但他试图掩盖他的害怕,表现得好像什么都没发生过一样。

他慢慢地缩回手,把脸放到左臂袖子的臂弯处,擦去眼里的汗水。

"它只是圆顶清真寺下的小洞穴中的一个瞄准定向装置,"他颤抖着说,然后清了清嗓子,"他们在地上敲击,通过听声验证空洞。"

"该死的。"我说话的声音也不太平稳,"他们还会再来一遍吗?"

"得等到下次艾伦比来的时候。"他深吸了一口气,接着又擦了擦眼睛,然后再次伸直身体趴在石头上,在二百五十磅的炸药上方。当他集中精力的时候,他的手静止不动,接着他拿起一根电线,剪了下去。和上次一样简单。

我再次恢复呼吸。福尔摩斯剪断电线,然后将电线对折,从可能会引发爆炸的报警时钟指针助推器下小心翼翼地取出两个雷管,把它们放入隧道中。他走回来,坐在地上,头靠着墙休息。

"我太老了,干不了这个。"过了一会儿他说道。

"当我取下头巾的时候,头发肯定变白了。"我赞同地说。

"我已经忘记时间了。"他非常诚恳地坦白道。

我拿出一直带着的老旧银怀表。"十二点四十。"

"十六分钟之内,我们能赶到马哈茂德那儿吗?"

"我们可以试试。"

"好样的。"他带着半嘲讽的语气说道。

福尔摩斯将工具扫进他的包内,我取回油灯,接着,在残存的自我意识的提醒下,我举起油灯,照亮小屋的所有角落,只是为了以防万一。但是,没有看到隐藏在神圣圆顶清真寺下的约柜,实际上,除了卡里姆·贝或他的同伙,没有迹象表明其他人来过这里。我跟着福尔摩斯尽快走下滑溜溜的石头,穿过死气沉沉的管道,然后沿着隧道来到洞顶上通往棉花集市的洞孔。插入通道口的门既没有锁也不是一扇真正的门,那只是一块黑色的木头,福尔摩斯从下面轻松地抬起了它,然后轻柔徐缓地穿过我们上方房子的地板。

福尔摩斯准备把我推上去,接着他停住了,将手枪递给我。"他们可能在房子内留了一个守卫。尽你所能,保持安静。"

我把手枪塞到腰带中,穿着靴子踩在他交叉的双手上,他用力托起我,我毫不费力地穿过通道口。我立刻滚到屋子的一侧;屋内没有任何反应。我从长袍的内兜中拿出摇摇欲坠的手电,借着手电的光扫视了一圈地下室中残留了几世纪之久的污物,然后我发现了一架梯子。我将梯子递给下面洞里的福尔摩斯,他刚一上来,我们就把梯子搬了上来,放到原位。

这间房子似乎是空的。我们沿着磨损的石阶走了上去，鞋底带着从隧道中粘上来的厚厚的土，那天我们第一次来到地面，沐浴在神圣的日光中——但鉴于这个房子的构造，接受的日光并不充足。

房子真正的门被封上了，但窗户既没有装玻璃也没有装百叶窗，而且窗户的正下方堆着源源不断补给而来的碎石堆，那是我和其他人已经清理过的。今天集市上没有挖土的工人，因为士兵们在其他地方执行着更紧急的任务。

"从我们目前的状况看，如果我俩同时出去，会在街上引起注意，"福尔摩斯评论道，"你去找马哈茂德还是我去？"

"我去。"

我耽误了三十秒钟，从满是污泥的长袍上拍掉一些泥土，然后将我的外衣扭正，而福尔摩斯找到了一小块稍干净的头巾，靠在上面休息。我穿过窗户，差点把腐烂的窗户框带到下面的土堆上。我拖着土块，走开了，并在指定的角落里发现了阿里和马哈茂德，他们看起来非常紧张。我放慢速度，漫步前行，当他们看到我时，惊讶地瞪大了眼睛，我不受控制地咧嘴笑了出来，脸上的污泥也瞬间裂开了。

"阿米尔！"阿里喊道，"里面有什么，在那个名叫——"

"你受伤了吗？"马哈茂德打断道，"福尔摩斯在哪儿？"

"我俩都很好。"我答道。当我靠近他们时，我轻轻地用英语补充说道，"炸弹的引信已被拆除。你可以告诉艾伦比将军他应该继续。"

"真主安拉保佑，你们成功了，"阿里说，"你们去了哪儿？"

"在棉花集市下面。"我答道。他转身飞快地跑向集市。

二十七

他们用计谋，真主也用计谋，真主是最善于用计谋的。

——《古兰经》，3章：54节

"问题是，"福尔摩斯说，"如果我们是卡里姆·贝，他是会继续留在附近等着见证他的杰作，还是会远离这里？罗素？"

"为什么这听起来像是一道考题，而并非在征求意见？"我大声质疑道，"当然，他会在能够看到结果的地方等着。他甚至可能会选个好一点的角度以便看清这一切。"

"你们同意吗？"他问我们的两个同伴。

"哦，是的。"马哈茂德说。

"当然，"阿里说，"卡里姆·贝不会错过任何一个见证痛苦的时刻。"

福尔摩斯拽出地图，将它折起来，露出城市的部分。"艾伦比和其他人打算从摩尔门进入圣地。他们将参观埃尔阿克萨清真寺，经过卡布喷泉，穿过金门，然后回去，进入圆顶清真寺待几分钟，之后他们一起站在这些石阶上，"他轻叩地图，"为了演讲和拍照。是吗？"

"这些事情都是经过精心缜密计划的，"马哈茂德指出，"这是唯一确定不冒犯任何人的方式。"

"艾伦比就是艾伦比，这样时间足够用。"

"毫无疑问。"

"他们仍然希望一点三十五的时候留在圆顶清真寺吗？"

"是的。"

"炸弹引爆装置的时间设在了一点四十。贝可能在十分钟之后才会确定有什么不对劲的地方。从圆顶清真寺西侧能看到的建筑物数量有限。因此，我们应该能看到他。如果你给我们四副野外双筒望远镜，一些黑布，一把图钉或小钉子，以及允许我们占领这里的两小栋建筑物。"他摸了摸地图。

马哈茂德说："我去请求许可。阿里去购置必需品。"

阿里点了点头，两人站了起来，但福尔摩斯伸出一只手。

"哦，阿里？你去集市上时，买些食物、烟草，还要再买一把手电。我们的手电坏了。"听到分配给他这种像仆人一样低下的任务，阿里面露愠色，但他还是离开了，马哈茂德紧跟在他身后，穿过窗户来到集市。

我们仓促检查了房间剩余的东西，除了六个挂着土块的破旧篮筐和一些被老鼠拉走的剩饭外，什么也没有。水的唯一来源是地下室的一个水坑，从街道上滴入地下室的雨水已经被排干——很脏，但仍旧比我们的脸和手干净。我们将手帕浸湿并搓洗干净，用它擦洗我们的皮肤，直至干净到能辨认出那是我们的皮肤，我们拍打揉搓衣服，并重新戴上头巾。当我们整理完毕时，我们看起来像是最贫穷的阿拉伯农夫，但至少不会吓到孩子，更重要的是，不会被人从圣地中驱逐出来。

阿里回来了，手里拿着热腾腾的食物，一瓶温热的咖啡，四副军用野外双筒望远镜和一把新手电。福尔摩斯抽了一斗烟，阿里抽了一根香烟。福尔摩斯再次清理了手枪。我想睡觉已经想了一个星期了。现在是十二点五十。

接着马哈茂德将头伸进朽烂的窗口，我们要回去展开行动了。

"我要用二十年来报恩，"他对福尔摩斯说，"我希望你知道你在做什么。"

"你有更好的主意吗？"福尔摩斯温和地回应道，"假如你处在我们的位置？"

马哈茂德耸耸肩，沿着小巷走进集市。一分钟后，阿里也跟了上去；两分钟后，福尔摩斯和我溜达着走向圣地。卖橘子给我们的小男孩回来了，我看到这个淘气鬼像罪犯一样，带着迷人的微笑看向这座房子。

圣地里人潮鼎沸，有英国士兵，穆斯林守卫，还有一些对这些大人物感兴趣的普通民众。我们在拥挤的人群中走过一个又一个人，来到坐落在圆顶清真寺周围的两栋小建筑前——小清真寺或是教室。站在这些小建筑物门口的士兵们此时就像个瞎子，对我们视而不见，我想马哈茂德肯定已向负责圣地内活动的负责人打了招呼；要想在不足半小时的时间内顺利完成这样一个任务，就意味着我们要来到建筑物的顶部。

福尔摩斯远离拱形窗户，撕开阿里扔进来的黑色丝绸，开始用钉子把它们钉在窗户上。我们很快将所有朝北和朝西的窗户都盖上了黑布；南边没有高楼。

接着我们开始监视。我注意到艾伦比和他的官方随行人员正向南面聚集，接着来到我们身后，视察这扇用砖堵住的金门，据说救世主弥赛亚就是从此门穿过，进入耶路撒冷。我们一直都在寻找贝的身影。我们之间的对话内容就像这样：

"面朝左边宣礼塔的第三扇窗户的窗帘？"

长久的沉默。

"一个女人。"

接着又是沉默。

"我觉得我看到了——没有。对不起。"

停顿了一下。

"一个穿着棕色长袍的人站在屋顶九点钟的方位。"（十二点钟的方位是正北方。）

停顿了很久，在此期间，福尔摩斯在他的望远镜中发现了这个人，接着，"太短了。"

除了圣地中嘈杂的声音外，我们又沉默了六分钟。

"黑色胡须，戴着眼镜，顶层，方位十点三十。"

"那里有一半的人都是黑胡须。"我抱怨道，但是从窗口眺望，我看到一个男人，靠着窗框，看着下面不常有的繁忙喧闹。接着，一个小孩来到他身边，当我看到他用手抱起孩子，然后指向我们的方向时，我立即将他排除，尽管福尔摩斯盯着他看了一会儿。

问题是，朝着这个方向的建筑物的侧面现在都处于阴影中，而且建筑物本身都是石头做的，墙体非常厚，以至于门的厚度通常有一英尺或更多，即使是在高层亦是如此。贝所需要做的就是往后站，穿着深色的衣服，然后保持不动。我们应该击倒门，而不是带着望远镜，站在窗帘后面。现在已经太迟了。我听到了有人靠近的声音，其中就有艾伦比说话的声音，我偷偷地看了一眼我的怀表：一点二十八。他们来早了。

从经过我们门口的嘈杂说话声判断，会议似乎进展顺利。翻译们一直很忙。

我看看上面，突然猛地抽动了一下，在一个高高的屋顶上，有一个简陋的棚子，一眼看过去，有一百个这样的棚子。这个棚子大约离我们有一百二十码远，就在圣地西北角的南面。

"福尔摩斯——"

"我看见了。"

我拨弄着望远镜的镜头，祈祷着能看得更清楚些。那里有个人，但至今还没看到脸。如果那个人是他，他肯定会感到很紧张，因为艾伦比他们这队人几乎提早五分钟进入了圆顶清真寺。突然出现了一块白色的污迹，几秒钟后，我看到了马哈茂德，他不经意地抬起手，在头巾下搔痒，顺便遮住自己的脸，向下一节楼梯走去。过了一会儿，阿里裸露着脸，走过我们掩着窗帘的窗户。

"你看到了？"他问，还没等我回答，他就飞快地向上面的台阶走去。

他们在托管门等我们。我看了一眼我的怀表，然后跟着他们走出圣地：一点三十六。艾伦比和其他人仍在圆顶清真寺里。

一远离公共场所，我们就跟在阿里和马哈茂德的后面一路小跑，他们似乎确切地知道自己要去哪儿。他们向右转，进入埃尔瓦德大街，接着进入一个典型的耶路撒冷迷宫，里面有窄小的通道、石头墙和不像是真的小花园，然后来到小巷中，这条小巷是沿着一栋高大建筑物的一侧延伸的。

"老塞赖监狱，"阿里简短地解释道，"贝已经回家了，那不再是他的监狱，他不得不偷偷摸摸地来去。大门是一个进出方式。这条小巷的尽头，是另一个进出方式，除非他有翅膀。你们两个待在这儿，如果他出来的话就拦住他。"

阿里还没说完这句话，他俩就进去了，虽然福尔摩斯很渴望和他们一起，但他能理解他俩的意思。他平静下来，我俩坐在树下看着。

一点四十二，地下深处没有发生爆炸，也没有逃跑的修士，只有一只花斑狗在石头间偷偷摸摸地走动。

一点四十七。阿里的头出现在远离我们的矮墙上。即使距离很远，我们仍能看出他的愤怒和沮丧。看到他的表情时，福尔摩斯跳起来，用手打了一下自己的额头。

"翅膀！"他大叫道，"当然，他有翅膀——他从修道院偷的绳子。我怎么这么笨？"他从长袍中迅速取出手电，转过身去，然后顺着小巷跑回埃尔瓦德大街。现在我们一起跑，避开商贩和游客，躲开虔诚的犹太教徒和驴车，伴随着传来的教堂钟声，我跟在他身后，冲进棉花集市，忽略这些激动得气喘吁吁的卖橘子的年轻人。他穿过窗户进入那栋房子，沿着光滑的阶梯走了下去，进入地下室。不顾那里摆放的梯子，直接从洞口跳进隧道，然后又开始跑，一手拿着手电，一手拿着枪。我也跟在他后面，但没有手电，跌跌撞撞地撞到了墙，被远远地抛在了后面。晃来晃去的手电光来到了一个弯道，然后伴随着一个叫喊声，光亮突然静止不动了，福尔摩斯猛地扑倒在地。他的声音在石头通道中回荡，我悄无声息地跟了上来，然后贴着弯曲的内墙，仔细看脚下的隧道。福尔摩斯就躺在我脚边，他的手电和手枪都稳稳地指着前面那个蓄着胡子、穿着道袍的人，现在那个人吃惊地站直身体，惊讶地看着这边的光亮。

"你失败了，卡里姆·贝。"福尔摩斯说。

"你是谁？"这个假修士质问道，他的声音傲慢专横，怒火中烧。

"罗素，你用你的枪射他行吗？"

"可以。"我答道，虽然我所拥有的最危险的武器是我的飞刀，但贝所在的位置距我们很远，而且方位也不对。听到我的话，这个男人猛地抽搐了一下，将手从道袍的前方慢慢移开。我听到身后有声音，迅速低头，首先看到了阿里，接着是马哈茂德，他们翻进隧道，开始朝我们的方向跑来，当借着手电的光看到我时,才减慢了奔跑的速度。我举起手以示警告。我们沿着拐角处移动,站在趴着的福尔摩斯身后。

贝将灯举高,然后眯起眼睛看了看阿里和我,他之前从没见过我俩。他同样没有理会马哈茂德。接着他将目光移到福尔摩斯身上。

"你!"

"我。"福尔摩斯回应道。

寂静袭来,除了几个人紧张的呼吸声外,周围一片寂静。突然,卡里姆·贝似乎下定决心想要干什么,几乎难以察觉地点了点头。我们全部做好准备,阿里手中的枪又举了起来,但这个男人只是动了动眼睛,先看了看马哈茂德,然后看了看阿里和我,最后是福尔摩斯。他就这样看了很长时间,仔细端详着从他那儿逃脱的受害者,接着抬起头,向我们头顶上方看过去,接着举起他的右拳,突然挥向胸口。一瞬间,我还以为贝在进行某种古典式的行礼,直到福尔摩斯高喊"不!",接着福尔摩斯挣扎着爬了起来,但已经太晚了。当贝的拳头接触到他长袍前襟时,传来一阵低沉的重击声——声音不是很大,贝却向后飞了出去,就像被马踢了一样。他的灯撞到地上,起了火,隧道地面燃烧的石蜡如滚滚波涛向我们扑来,但正当我们猛冲到角落的时候,我们看到那个穿着道袍的男人倒在了隧道的墙上,是藏在他胸前的备用雷管的爆炸力将他扔到了那儿。

二十八

> 在所有人中，学者是对政治手段最不熟悉的人。
> ——伊本·赫勒敦《历史绪论》

我们从隧道深处爬出来，就像四个离开坟墓的幽灵，身上的每个地方都脏兮兮的，几乎就像死人。我们从下面一爬进棉花集市中那座废弃的房子，就瘫坐在地，背靠着墙，出神地望着我们脚边的洞。阿里用阿拉伯语和至少两种其他语言单调乏味地咒骂着，我头一次完全赞成他。这是一次胜利，但不是一次干干净净的胜利，也远不是一次彻底的胜利。我知道，福尔摩斯可能看起来像是要睡着了，但他的大脑仍在运行，他在担心一个相当大的问题。贝已经死了，我们怎么才能找到他的告密者，怎么才能断定在总督府里工作的职员伯特伦·埃里森是不是那个告密者。

我把头埋在手里，等着耳鸣的声音消失，我眼前的闪光点消失了；我能看到的所有东西就是贝奇怪的姿势，一遍又一遍地在我眼前回放，这个准军礼已让他丧命，那是一种我们向即将死去的人问候的姿势。

我无法接受这男人向我们行的军礼，这是对受害者的蔑视，无论是他看到马哈茂德脸上的疤痕后表现出的亲密，还是当他认出福尔摩斯时脸上表现出的惊讶，我都不能接受。当然，一巴掌拍在上面是引爆雷管的一种较为有效的方式，但为什么不是用拥有更小受力面的拳头去捶呢。而且——

我摇摇头。这纯属空想,就像占卜术或是通过水晶球预知未来。他拍打胸口和捶胸口又有什么不同?我怎么才能知道,对于他来说,这个手势是否意味着其他一些超越骄傲和蔑视的东西?

但他向上看去,目光超越了我们所有的人。而且他挺直了背,抬高肘部,好让拳头直直地打在胸口上。挺直身体直面死亡?或者……或者是向那位看不到的首领最后致敬,只不过在我看来,这致敬略显幽默?

上帝啊,我想我是疯了。马哈茂德肯定会鄙视我,阿里会大笑并无情地蔑视我,但是我不得不说出我的想法。

"福尔摩斯?"

"是的,罗素。"

"我们能确定贝就是这儿的首领吗?"

阿里讥笑我,马哈茂德只是默默地看着,福尔摩斯向后靠去,闭上眼睛。但是,我坚持问道:

"他刚刚认出了你,但他不知道你真正的身份。而且他除了知道我是一个阿拉伯男孩之外,肯定对我一无所知。他不知道他面对的是夏洛克·福尔摩斯和玛丽·罗素。"

"因为他得到的信息也不全面。"他说话的声音听起来很疲倦。

"但是为什么?是因为他的告密者也不知道吗?或者有没有可能是因为指挥他的人不愿意告诉他?"

"罗素……"

"不对,福尔摩斯,"我不顾一切地继续讲道,"我们所了解的贝不太可能会突然间对政治感兴趣。他对他在老塞赖监狱中的位置非常满意,折磨囚犯和……好吧。"我想也许我不应该讲这些论点。"他似乎同时出现在两个地方,一天晚上杀了米哈伊尔,接着在穿越这个国家的途中杀死了毛拉;他既能运筹帷幄，又能临场发挥，既小心谨慎又粗心大意。你自己说的，他似乎长了两个脑子。我只是觉得他实际上应该是那样的。"

"阿米尔讲的很有道理。"马哈茂德说。我转头，难以置信地盯着他。

"所以你认为，我们不应该清理他的余党，"福尔摩斯说，"我们应该找出另一个首领。也许是——如果我可以使用这个词——幕后策划者。"

"这是一个有效假设，福尔摩斯。"我说。让我感到宽慰的是，他笑了。

"非常好。在这种情况下，我认为我们应该赶紧离开。根据我的经验，大师级的罪犯，不论是从政的还是从事其他行业的，往往不愿意等着被人抓住。"

在这犹如一团乱麻的地方，那根闪闪发光的绳子就是穆斯林区的房子，这座房子已经被贝和他的手下用于运送他们不敢带进棉花集市的大件设备、工具和爆炸物。那扇坐落在棉花洞顶、通往这座房子的沉重铁门以及居住在这所房子里的人肯定和这件事有关。

不幸的是，我们没办法将我们对棉花洞的了解与我们头顶上街道的地图精准匹配。福尔摩斯拿出这本薄薄的、潮湿的，且被严重蹂躏的地图，然后小心翼翼地在地上展开。这为我们提供了目标，因此我们的小分队在一定程度上又恢复了能量。

经过一番考虑，我们断定这所房子肯定是在哈雷特·萨蒂耶的南面，可能位于建筑群里的一条死胡同附近。当然，我们可以把整个搜索的任务交给艾伦比，让他的士兵和警察封锁整个区域，一个房子接着一个房子地搜索，但我们没人认真考虑过那个选择;对此我们达成了一致。

然而,为了防止我们因在公共场所游荡或因入侵他人住宅而被狂热的士兵逮捕,我们确实需要一个权威人物。我们看向福尔摩斯。

"你还留着那件制服吗,福尔摩斯?"我问道。

他叹了口气:"很遗憾我还留着。"

"那你可以负责让这些警察远离我们。"

"虽然你……"

这次轮到我叹气了:"与此同时,我进入洞穴,去敲那间房子的门。大声地敲。"

"非常,非常大声地。"马哈茂德说。他和阿里(尤其是阿里)看起来对这个分工非常满意,而且我意识到,我也比较喜欢像他俩一样,站在街角或房顶,等着抓落荒而逃的老鼠,如果运气好的话,我在地下室门上的重击声就能把它赶出房门。

"为什么男人总能得到有趣的工作?"我抱怨道,然后拿出怀表,"我什么时候开始?"我看了看表,难以置信地将它举到耳边。表并没有停止走动,只不过现在才两点三十而已。艾伦比依旧在圣地做演讲。

"如果我跑步的话,两点四十就能开始。"福尔摩斯说。

考虑到老城区面积较小,我觉得如果两点四十开始的话,当他快步走下大卫街集市的台阶时,会跑掉缠头巾和制服上的纽扣。

"五十可以吗?"

"四十五,罗素。"

"很好。"当我们准备离开时,我刻意提醒道,"我相信你们三人中肯定会有人告诉我,我该在何时停止敲门。"

"如果上帝允许。"福尔摩斯认真地说。

"见鬼去吧!"我大声说,声音大得惊到了两个裹着黑衣的女人,她们正忙着把大罐顶在头上。通往棉花洞的门,我和福尔摩斯已经锁上了,但现在这门大开着,而且我们看到入口内有人在活动。我摸了摸福尔摩斯留给我的手枪的枪柄,然后向前走去。

当我看到考古学家雅各布站在洞口时,我并未完全感到放松,但至少我不用为了进入洞内而不得已射杀任何人。尽管我很快就开始怀疑,如果我刚刚拿出武器,并命令他们离开,所有的一切会不会变得更加简单。

"你好,雅各布,"到达洞口时,我说,"很抱歉,我没有向你介绍我的真实身份,而且我也不知道你的姓氏。"

这位好先生只是瞪大眼睛看着我,怒气冲冲地眨着,努力让他面前的这张脸与这个听起来像是受过良好教育的英国口音相匹配,想知道他究竟在哪儿见过这张脸。

"玛丽·罗素,"我暗示道,"不久前的晚上,我们在餐桌上见过。穿着和现在完全不同。"我取下头巾,让他看到我的一头金发,好让他想起我,然后他猛地向后退了一步。我只能祈祷他没有心脏病,随后我哈哈大笑,好像他后退的这个动作就是一个大笑话。"我知道,我知道——这需要一些解释,但我向你保证,有解释。只是不是现在。我急需进入棉花洞,并且制造出一些噪音,给在上面入口的朋友看。你知道我说的门吗?不知道?那么也许你想看看?还有——我可以借用一下梯子吗?"

我的口音、女性气质以及他好奇心的驱使,让他放下了戒备。他跟在我身后,嘴里却不坚定地嘟囔着不去。他甚至提出要带着结实的棍棒,为的是达到我所说的制造噪音的目的。他的手下,三个对此非常感兴趣的阿拉伯基督教徒,排成一队跟在后面,拿着梯子,走在棉花洞那凹凸不平的地上。

我看了看我的怀表,又抬头看了看搭着梯子的暗门,然后并非第一次地希望我能吸烟。吸烟能让一个人在等待的时候找点事做,而不是复习语法或造句。我决定让雅各布对此事的细节稍微多了解一些,即便不为别的,就因为他没有将我丢给警察,也应该受到奖励,所以在我开始大声驱赶老鼠之前的七分钟里,我给他讲述了一个大量删减、极具误导性且基本目标明晰的故事:上去敲开那扇门,直到有人出来阻止我。无疑,他会急切地问我问题,为了防止这点,直到是时候开始行动了,我才从故事夸张的渲染中跳出来,起身抓起棍棒,朝我们头顶上坚固的木门猛击过去。

这隆隆声听起来给人带来满足感;木门在我面前喷射出的尘土和铁锈碎片并不多。我咳嗽,不住地打喷嚏,然后眯着眼睛,继续胡乱地捶打。这是一段旋律,大约敲打三次木门就会有一次重击,击中坚硬的岩石,接着一阵颤动沿着我的脊椎到达牙齿,震得牙齿格格作响。愚蠢地敲打大约一分钟后,我感觉有东西在拍打我的靴子,雅各布的声音在这回荡的喧闹声中升起。他提议接手我的工作。

最后,我们轮流敲门,站在这架咯吱作响的梯子上,重重地敲击像钢铁一样坚硬的门。显然,雅各布先生肯定觉得我疯了,他想等我累了好把我带走,然后在我发烫的前额上放一块浸过冷水的布,但是这三个阿拉伯人却很享受。

轮到我上梯子了,我刚开始敲打木门,旁边的门却突然陷入地下,此时我开始觉得,雅各布关于我精神状态的担忧也许是对的。我差点将棍棒扔到下面人的头上,笨手笨脚地拔出我腰带中别着的枪。门咔嚓一声打开了,开门的人看到我倒抽了一口气,与此同时,我将枪口对准阿里。

"这么说,这次你想杀了我吗?"他礼貌地问道。我觉得每次我差点杀了他的时候,他反而对我更加友好。他宽大的手放了下去。我把木棍扔到一块空地上,将手枪插回腰带间,然后伸手去抓他的手,任他拽着穿过洞孔。他踢了门一脚,在门被堵住之前,我只能通过缝隙仓促地说了句"谢谢"。我同意,这儿没地方介绍我后面跟着的非正规军。

阿里从地上抓起灯,然后快步冲向楼梯。

"你抓住几个?"我问他。

"四个,"他高兴地答道,"都活着,但还没人开口。上帝啊,你的福尔摩斯是一位优秀的战士。"

我的福尔摩斯指关节肿胀,眼睛通红,看起来对自己相当满意。他和马哈茂德正将第四个人拖进屋内,那个人四肢被捆绑着,嘴巴被堵住,被他们扔到他的同伴身边。这几个人看起来就像是被卷起的地毯。福尔摩斯命令外面好奇的人把门关上,然后我们站在捕获的猎物边上看着。

然后,阿里突然间慢慢抽出了他邪恶的刀,接着那四个人吓得眼睛睁得老大,额头上满是汗水。不,是五个人。我也不希望用刀去挖掘秘密。我伸出一只手放在阿里的手臂上,仔细端详着我脚下的这些人。四个黑皮肤的男人穿着阿拉伯人的服装,从衣着来看,他们并非这里最穷的人,但也并非富有之人。其中一个年轻人,年纪似乎还没我大,看起来吓得快要昏过去了。我再次掐了一下阿里那像岩石一样坚硬的前臂,然后弯腰跪在这个年轻人身旁。

"我不会伤害你。"我对他说。他的视线从我的脸上掠过,然后又回到阿里身上。我转身将阿里的刀从这个犯人的眼前移开,然后俯身将堵住他嘴的东西拿了出来。他被迫向后退了退,警惕地等待着,看我会耍什么花招。

"我们必须知道你们的首领去哪儿了,"我对他说,"不是卡里姆·贝。贝已经死了。"这四个人依旧想挣脱束缚,不断挣扎。这个年轻人抬头看着我身后的阿里。他们认为阿里杀了贝,对此我不想予以纠正,我只是说:"我们必须找到你们的那个首领。为了找到他,这些人会杀了你们。缓慢地,而且很痛苦。现在告诉我你们的另一个首领在哪儿,这样你就不会受伤了。"我等着这个年轻人考虑,接着补充道,"他不是你们的人。他为了利用你们的房子和你们的沉默,已付了报酬;你们没有理由为他牺牲。他同样不会为你们牺牲自己。"

年轻囚犯的目光摇摆不定,然后滑向那个年纪最大的囚犯,两人看起来很像。父亲?叔叔?不论是哪种可能,这两个人都有血缘关系。我走到这个年纪较大的囚犯身边,然后也取出了塞在他嘴里的东西。

我轻声说:"请不要让我的朋友伤害这个男孩。那样他会死得很惨,为什么,为了一个外国人?那就让外国人来对付外国人吧。"然后我对穿着外国军服的福尔摩斯点了点下巴,热切地希望我们要找的这个人,不论他是不是埃里森,确实是个英国人。

不知道这个躺在地上的男人在想什么。他只是躺在那儿,看着我,板着脸。他可能是个聋子,因为他对我说的话一点反应都没有。阿里在我身后焦躁不安地动来动去,我感到一阵绝望,因为我试图阻止暴力的行为失败了。

接着这个男人的脸色变了,变化很小,但我很确定。我伸出手示意阿里。

"他在穆瑞斯坦一家商店的上面有栋房子,"这个囚犯说,"基督区克里斯琴街售卖橄榄木的那家店,店前放着一盏灯。那房子的入口就在商店里。后门是从屋顶爬下来,进入新集市,落到卖黄铜锅的商贩和来自喀布尔的皮革工人之间。他身边有两个人。都有枪。"

福尔摩斯跟我说过埃里森在老城区也有一栋房子,是为自己非法的女朋友准备的。"他会在穆瑞斯坦,而不是在他位于俄罗斯殖民地的房子内?"

"我只知道这个地方,不知道你说的那个地方。"

"他怎么打算的?"

这个男人耸了耸肩。"消失。他经常这么干。"

"这次不会。"我宣布道,然后站起来。我回头看了看马哈茂德。"还有其他要问的吗?"

他轻轻摇了摇头,看起来和福尔摩斯一样高兴。阿里把他的刀拿走了,然后走进另一个屋子,回来时手里拿着另一把刀。同样很邪恶,接着他有目的地走向那个男孩。我脚下的男人喘着粗气,好像我踢了他的肚子一样,他再一次剧烈挣扎着,想挣脱绳子的束缚,从他咬紧的牙齿间传来轻轻的呻吟声。阿里弯下腰,突然将男孩的嘴巴堵住,接着站直身子,举起刀,将所有的力量集中在右臂,用力将刀砍下去。刀还在颤抖,刀刃插入地板内两英寸,距那个男孩绑着的手三英尺远。我向下看去,发现这个老囚犯正安心地闭着眼睛。

这将花费这个男孩一段时间,但他会在我们赶回之前,给自己和家人松绑。我弯下腰,将东西塞回年龄较大的男人嘴里,好让我们有机会在报警铃响之前逃离这个区域,但我还没来得及堵住他的嘴,他又开口说话了:"他靴子里有一把刀。要小心。"

我从我的靴子头取出我的匕首。"像这个?"

"啊。我明白了,这是一种风俗习惯。"

"也不完全是,"我说,"谢谢你的提醒。"

阿里锁了门,然后我们将这些人留在了那里。

穆瑞斯坦是圣墓教堂南部的一个开放区域,历史上经历了多次变迁,查理大帝在这里为朝圣者建造了临终关怀院招待所，十字军时期这里变成了医院，后来医院又被捐赠给了奥玛尔清真寺，最后变成了普鲁士皇室的财产。现在它已经成了该市的一部分，是集市和办公楼的聚集区，这里有教堂也有商贸，穆斯林和基督教，朝圣者和当地居民擦肩而过，做着各自的事情。

我们差点错过他们。如果我们的囚犯再多犹豫两分钟，如果我们停下来让福尔摩斯重新穿上长袍，戴上头巾，这三个人肯定已经走了。

福尔摩斯依旧穿着的制服再次帮了我们，正是因为他的出现，才让他们露出了真面目。

我们一路小跑着来到穆瑞斯坦，登上大卫街，然后半路拐弯，当转到克里斯琴街的拐角时，我们放慢了速度，走路前行。狭窄的街道上挤满了赶在周日过来朝圣和买东西的人，这三个人从道路的一侧走过来，如果不是其中一人警惕地四处张望，在戴着头巾的低矮人群中发现福尔摩斯的军帽，然后转身就跑，我们是不会发现他们的。他突然的移动吸引了我们的注意力，我们跟在他们身后，在繁忙的街道上猛冲，卸下所有伪装，大声叫喊。路过的人都停下来观看，但没人上来干涉。

我们在圣墓教堂前的院子里追上了他们。其中一人转过身来，手里拿着枪，疯狂地扣动扳机。子弹差一点就击中了福尔摩斯，接着阿里和马哈茂德扑倒在他身上。剩下的两人中有一人冲上了右侧的道路，福尔摩斯迅速跑过去跟在他的身后；另一个人穿过圣墓教堂的大门，然后消失了——感谢上帝，艾伦比和随行的重要人士早已离开圣墓教堂。当我经过吃惊的穆斯林守卫，进入回荡着回声的昏暗教堂中时，他已经藏到了小教堂里。

圣墓教堂里全是小教堂，一个接着另一个，墙上是展览美术作品的画廊，在这个神圣的地方，每平方英寸面积的使用率都很高且竞争相当激烈（因此这些穆斯林守卫们可以依仗这个，以同样的态度蔑视基督教的每个分支）。蜡烛和香，闪闪发光的镀金表面和暗影，说着各种语言的祈祷者和四处游荡的人们——感觉一片混乱。

我站了一会儿，拼命地搜索着我刚刚跟踪的那个人，但我没看见他——更糟糕的是，这些卫兵认为我不属于这里，他们从驻扎地走了出来，想将我赶走。我别无选择，只能冲入人较多的左侧，既希望能甩掉这些卫兵，又希望能找到我的猎物。

可是，我发现了他的长袍，被踢到了圆形主厅边上一个空荡荡的小教堂角落里。我小声说了句特别不适合那个场合的话，匆匆走出了那个房间，然后被一个怒气冲冲卫兵发现了。但在我转身冲进拥挤的人群之前，我隐约看到从黑暗中走出一个熟悉的身影跟在那个卫兵的后面，并抓住了他的胳膊。

阿里——上帝啊，他从没这么受欢迎过！我跟在两个戴着高帽子的牧师后面，继续搜索，但我不知道我是为了什么，或者是在找谁。这个人——是埃里森吗？——长袍里面穿了什么？是从凯尔特干谷偷来的第二件道袍吗？一件修女的衣服？还是一件西装？我继续慢慢地搜寻，检查每一道裂缝，每一张脸，但似乎都不是。

我已经找遍了圆形大厅，当我从它旁边的希腊教堂走出来时，阿里来到我身边。

"他把他的长袍扔了，"我对他说，"你是怎么摆脱警卫的？"

"我告诉他你是我爱惹麻烦的弟弟，我回去会狠狠地揍你，让你永远都忘不了。你看到我们要找的人了吗？他是埃里森吗？"

"我不知道，"我沮丧地说，"我从来没见过埃里森。我只看了一眼这个人的手——皮肤是浅色的。你知不知道这里还有没有其他出口？"

他还没停下来回答我的问题就溜走了，留下我一人在走廊中继续向前走，这条走廊弯弯曲曲地通向希腊小教堂。小教堂中有浓重的熏香味和蜡烛味。走廊尽头有一段向下的楼梯，我站在那儿犹豫了一下。

我们的采石场有枪吗？几乎可以肯定有。他会用枪吗？如果可以避免的话，他可能不会用枪。一声枪响会将耶路撒冷一半的基督徒和少数的穆斯林引到他面前。阿里随时都会回来；在那之前，我只需要确保敌人找不到出路。

我开始沿着楼梯向下走，心都提到了嗓子眼；当跑动的靴子声从我身后传来时，我差点叫出来。

阿里对着我耳朵说话，声音如此之小，我几乎都听不到，我心跳的声音和下面屋子传来的说话声都快盖过他的声音了。"他还没从修道院出去。"

"这些楼梯通向哪儿？"我问。

"更多的小教堂。"

"但是没有出口？"

"没有，除非他挪开一面坚硬的石头墙。"

"那么我们——"他的话就像子弹击中了我，我瞬间僵硬了，转过身惊恐地看着他。"哦，上帝啊，你觉得他没有——我的意思是说，这个地方虽然很恐怖，但是……炸药？"

"福尔摩斯说，走私犯的两个雷管放在了炸弹里，贝把第三根雷管用了。"

这是一个小小的安慰，但阿里果断地摇了摇头。"不论这个人是谁，他肯定不笨。他知道他绝不会逃离爆炸。而我宁愿他早已在我们前面绕了好几圈，而且快要出门了。我一个人去下面查看，你去上面看着出口；其他人随时都会来这儿。"他把他的手偷偷放在长袍上放枪的位置，然后点点头，转身上楼去了。在楼梯顶部，我朝右边瞥了一眼，接着猛地把头甩向左侧，速度快得差点把眼镜甩掉了——但是不管我用眼角的余光瞟到了什么，那身影都消失了。

我看到的像是一个浅色头发油光锃亮的人，躲到了另一个门道。

即使在伦敦，光着头什么都不戴也是很罕见的；我在这个国家逗留期间，见过的光头成年人没有几个。其中大部分是在艾伦比总部吃早餐时见的——

不！在海法，是的，但不是在吃早餐的时候，不是那个油光锃亮的头。是在一个较为私密的饭局上，在艾伦比的办公室里。喝茶和吃三明治。他就在这儿，穿着制服回来了，虽然他现在无法再在他丢弃的长袍中隐藏他那笨重的大帽子。

"阿里！"我突然叫道。

我来不及等他了。那个人离我不到三十英尺，快速跑上了一段不知通向何处的楼梯。阿里匆忙赶来，我听到了身后的走动声，但我已经开始行动了。在我差点撞到楼梯之前，马哈茂德朝我大步走来，戴着卡其布军帽的福尔摩斯沿着另一个方向搜寻——肯定是看到他们靠近，才让我们的猎物跑了回来。我举起手吸引马哈茂德的注意力，听到他喊福尔摩斯，然后我跑上楼梯，他们跟在我身后。

台阶顶端那些装饰华丽的小教堂距离教堂地面约十五英尺高，能俯瞰警卫坐着的入口门厅。我以为他打算冒险跳下去，因为门口的警卫和集市的人群都被吸引到了他身边，但当我闯入时，我却发现他一手拿着一个巨大的银烛台，一手拿着一把刀，一群因愤怒纷纷表示抗议的修士们理智地站在刀可能造成伤害的范围之外。他举起烛台，然后用力扔了出去，没有扔向那些修士，而是砸穿了一面隔板，在隔板的另一面，可以瞥见一个色彩斑斓的小屋，他没在屋子的这头装门只能意味着一件事：隔板另一面的小教堂有通向外面的入口。再像这样用烛台猛击一下，他就可以穿过隔板逃之夭夭了。我从靴子里取出我那把微不足道的小刀，然后让那些修士们给我让开一条路。他又扔过去一个烛台，这时我喊了他的名字。

"普拉姆柏瑞！"

他没有停住，但他受到了惊吓。没有击中目标。第三个烛台扔了过去，这对于隔板来说无疑是一个决定性的打击，我不得不展开行动，否则我得再一次眼睁睁地看着他迅速撤退，再一次重见蓝天。这里修士比较多，飞刀或开枪的风险很大；因此，我把手向前伸去，在几个身体健硕的修士之间挤出了一条路，然后胡乱地把刀向下扔了出去，刺向普拉姆柏瑞身上任何一个我可能用飞刀碰到的部分。

我刺向了他的脚，我的刀卡在了他军靴厚重的皮革上。我试着把刀拽回来，没有成功，但在我脱身之前，普拉姆柏瑞的刀向下飞了过来，把我手背划开了一道口子。挤在修士之间将我托起的压力依然存在，那力量阻挡了我，让我无法逃脱，当我拼命拉扯他们的长袍时，我感觉到尖刀划过空气，又向我暴露在外的后背袭来。

一声枪响响彻这神圣广阔的圣墓教堂。枪声在教堂中回荡，然后在令人震惊的空前沉默中渐渐消逝，沉重的烛台哐当一声滚落在地，接着是刀，最后是普拉姆柏瑞。

如果我没有忙着去安慰这些修士，说我不会流血而亡，我就会用我青年时代所有的激情和得救的身体去拥抱马哈茂德，这样我俩定会一辈子都感到尴尬的。

尾声

在以色列人逗留沙漠期间,孩子的重要意义在于,四十年,让第一代人消失,让下一代人成长,而这新的一代,并不知道在埃及蒙受过的屈辱。

——伊本·赫勒敦《历史绪论》

我手腕被划破,流了血,但是并不严重,当阿里为我包扎伤口时,他似乎觉得这伤口是自豪和引以为荣的标志,而非笨拙和差点遭遇灭顶之灾的记号。伤口并未给我带来麻烦,最终只留下一条细长的弧状伤疤,但当我把伤疤公然裸露在外时,阿里会很开心,我却总装作若无其事的样子。马哈茂德也是默许的态度。

但是,那天晚上,当我洗完澡并从海伦·本特威奇那儿借来一条裙子时(这条裙子比任何一件我离开英国后穿过的衣服都更像一种伪装),我才真正掩盖了伤疤。我在乞丐的攻击和各种异样目光的敌视下来到西墙前祷告,并将写着祈祷文的纸条塞入墙壁石缝间。我觉得,战争留下的创伤并不属于这里。

当我游览完西墙后,我们离开了耶路撒冷,向北面的阿克里进发,那儿将有船带我和福尔摩斯离开这个国家,回到有同样棘手案子等待着我们的英国。我并未看到朝圣者和游客们眼中的耶路撒冷。我还没在希西家王隧道中游过泳,也未曾冒险进入华丽而又不失简约的圣安娜教堂,没有沿着围墙散步，没有游览城堡，更没有参观考古学家们的重大发现。我甚至没有注意到我曾帮忙拯救的圆顶清真寺以及它那超凡脱俗的美——至少那时并未注意到。

我还未曾目睹这些就离开了这座城市，因为时机不对。参观这些应在一次不一样的朝圣之旅中进行，它们也将留下与此次不一样的回忆，我只能接受一种回忆。我不急于"看到"耶路撒冷：我知道"明年还会来耶路撒冷"。

除此之外，我不知道还有什么能结束周日下午的回忆。我们疲惫地走回雅法门，为了不走上坡路，我们挤进一辆马车，乘车前往总督府大楼。我们于日落时分抵达，刚一出现，福尔摩斯穿着的那套假制服就成了我们免于被捕的唯一护身符。我们身上都散发着臭汗、下水道、蝙蝠粪便和煤油烟雾的臭味，以及肉体燃烧时发出的令人作呕的恶臭，除了福尔摩斯的卡其色制服，我们的衣服都磨破了，溅满鲜血，肮脏得令人难以置信。吃惊的军警拿起我们的武器护送我们。我们在枪口的威胁下，穿过层层的军官，最终来到艾伦比面前。在优雅庄重的客厅里，他坐在炉火前的一堆空茶杯中间，周围簇拥着那天下午在圆顶清真寺默默陪伴他的知名人士。

没有什么，没有任何旅游美景和朝圣满意而归的回忆，也没有任何皇家表彰和绑着奖章的绶带可以取代今天我获得的奖励。这些人的表情我铭记于心，这些穿着镶有金色穗带的制服的、没戴帽子的男人，以及戴着头巾、穿着镶金边的阿拉伯长袍的男人的表情，总督和斯托尔斯夫人的表情，本特威奇一家、穆夫提和卡迪、美国殖民地的几名成员、红十字会的领袖、两位拉比、德米特里神父和其他一些重要人物的表情。（令我难以置信的是，这些人中居然有身材矮小、腼腆羞涩，令人心生敬畏的人物托马斯·爱德华·劳伦斯本人，为了参加这次会议，他秘密地从巴黎和会的现场连夜飞了回来。)他们看到,埃德蒙·艾伦比将军威风凛凛地穿着他那件一尘不染的晚礼服,整齐地戴着绶带和奖章,每一根稀疏的头发都齐整地梳理好,从他的椅子上跳起来。在挥手示意这三个散发着恶臭的人坐到那些讲究的政要权贵间的丝绸椅子上之前,他拍了拍那两个惊恐的贝都因阿拉伯人的肩膀,并与他们击掌(其中一人穿着俗艳的印花长袍,褪了色的红色长靴,另一个人伤痕累累,脸色阴沉。两人都很脏,而且看起来很危险,可能有些失礼),又拍了拍陪伴着他们的那位军官的肩膀并与他击掌(他急需一把刮胡刀刮刮胡子,洗个澡,一些膏药,并恶补一卡车的纪律准则)。但是冒险并未到此结束,因为接下来(此刻这些人的表情由惊讶、失望变成目瞪口呆和纯粹的怀疑),"公牛"艾伦比——最后的圣骑士,耶路撒冷的征服者,中东的英雄,圣地这片土地的总司令——转向了第四位恶臭难闻的入侵者。他温柔地抓起那位年轻的贝都因小伙漆黑的,血淋淋的,绑着绷带的手,举到唇边,吻了一下。